ACTION

BAND 122

VINCE FLYNN

OATH OF LOYALTY

DER TREUESCHWUR

EIN *MITCH RAPP*-THRILLER VON KYLE MILLS

Aus dem Amerikanischen von Alexander Rösch

FESTA

Die amerikanische Originalausgabe *Oath of Loyalty*
erschien 2022 im Verlag Emily Bestler/Atria Books, Simon & Schuster.

1. Auflage Mai 2024

Titelbild: @difrats

ISBN 978-3-98676-104-2
eBook 978-3-98676-105-9

Wann also ist mit dem Aufkommen von Gefahr zu rechnen?
Meine Antwort lautet: Wenn sie uns jemals heimsucht, wird sie aus unserer Mitte entspringen.
Sie wird nicht von außerhalb kommen.
Wenn die Zerstörung unser Los ist, müssen wir selbst ihr Urheber und Vollstrecker sein.
Als Nation freier Menschen müssen wir alle Zeiten überdauern oder durch Selbstmord sterben.

– Abraham Lincoln, 1838

PROLOG

Im Südwesten von Uganda

Rapp nickte anerkennend, wobei er bezweifelte, dass die subtile Bewegung im Mondlicht zu erkennen war. Mike Nash hatte es geschafft, den Geländewagen durch den Fluss zu bringen, war dann aber wenige Meter vom trockenen Ufer entfernt im Schlamm stecken geblieben. Der ehemalige Marinesoldat saß auf dem Fahrersitz, das Gesicht erhellt vom Leuchten des Armaturenbretts. Die Fernbedienung für die Seilwinde baumelte an der Hand aus dem Fenster.

Davon abgesehen blieb alles ruhig. Selbst die Brise war verstummt. Allein das Sirren der Insekten durchbrach die Stille, unterlegt vom Leerlauf des Motors. Die wenigen Spuren menschlicher Zivilisation in diesem Teil Ugandas hatten sich vor einer guten Stunde verabschiedet, als das hügelige Ackerland einer verlassenen Wildnis wich. Am Himmel zeichneten sich die verschwommenen Konturen der Milchstraße ab und vermittelten ein trügerisches Gefühl von Frieden und Anonymität.

In jüngeren Jahren hätte Rapp seiner Umgebung lediglich Beachtung geschenkt, um taktische Feinheiten zu analysieren. Er war regelrecht besessen davon, mögliche Hinterhalte und Fluchtwege zu sondieren oder die Geschwindigkeit abzuschätzen, mit der man sich in unberechenbarem Terrain außerhalb des Lichtkegels von Scheinwerfern absetzen konnte. Jetzt gelang es ihm fast, sich der Illusion hinzugeben, es sei ein sicherer Moment zum Durchatmen.

»Mitch! Was treibst du denn da, Mann? Irene wartet.«

Da es keine Bäume gab, mussten sie einen Bodenanker zum Sichern der Winde benutzen. Rapp blickte sich um und stieß auf eine Stelle mit ausreichend weicher Erde, um die schaufelähnliche Klinge einzuschlagen. Sobald der Haken tief genug eingedrungen war, hob er eine Hand, und Nash begann, das Seil einzuholen. Als es straff war, hatte sich Rapp bereits einen halben Meter in die Dunkelheit zurückgezogen.

Er beobachtete, wie sein alter Freund das Gaspedal durchtrat, während er selbst die Fernbedienung betätigte. Der Motor des Wagens kämpfte gegen das Einsinken der Reifen ins Erdreich an, durfte dabei aber nicht zu viel Zug auf den Anker ausüben. Überzeugt davon, dass Nash das Fahrzeug bald zurück auf festen Boden geholt haben würde, verlagerte Rapp die Aufmerksamkeit zurück auf den Himmel.

Vor nunmehr sechs Wochen hatte Irene Kennedy ihn gebeten, einen Auftrag zum Schutz von Nicholas Ward anzunehmen, dem ersten Billionär der Geschichte. Eine Person mit weitreichendem Zugriff auf den Hauptrechner der CIA hatte sensible Informationen über den Unternehmer abgezogen und eine verzweifelte Maulwurfsjagd in Gang gesetzt, über die lediglich fünf Personen auf der Welt Bescheid wussten. Seitdem ging es mit der Situation zunehmend den Bach runter. Die gestohlenen Informationen waren in die Hände der Saudis gelangt, die nun versuchten, Ward zu töten; einen Mann, dessen Fortschritte auf dem Gebiet der alternativen Energien ihre üppigen Ölreserven wertlos zu machen drohten. Rapp hatte erste Anschläge vereitelt, allerdings auf eine Weise, die den Anschein erweckte, die Saudis wären erfolgreich gewesen. Aktuell glaubte die Öffentlichkeit, dass sich Ward in der Gewalt eines der skrupellosesten Terroristen der Geschichte befand und Rapp, Scott Coleman und die meisten seiner Mitarbeiter nicht mehr lebten.

Sie zogen eine Alles-oder-nichts-Strategie durch, ausreichend, um die großen Volkswirtschaften zu erschüttern, aber nicht erfolgreich genug, um ihren Maulwurf zu identifizieren. Mit etwas Glück änderte sich das bald. Ward nutzte seine Beteiligungen an internationalen Telekommunikationsfirmen, um die Wegwerfhandys aufzuspüren, über die der Unbekannte mit seinen saudischen Auftraggebern kommunizierte. Es schien nur eine Frage der Zeit zu sein, bis dabei ein Name fiel.

Ohne diesen Namen hatten sie jedoch weiterhin keine Ahnung, wie tief der Maulwurf in die Kommunikationsstrukturen der Agency vorgedrungen war. Aus diesem Grund hatte Irene Kennedy Mike Nash zu einem persönlichen Treffen mit Rapp nach Uganda geschickt, um die nächsten Schritte zu koordinieren. Unter Einsatz primitiver technischer Mittel und damit abhörsicher.

So lautete zumindest die Theorie.

Bei seinem Eintreffen hatte Nash ihm ein passwortgeschütztes Tablet mit einer Videobotschaft von Kennedy übergeben. Sie setzte ihn darüber in Kenntnis, dass die Verschwörung gegen Ward weit über die saudische Königsfamilie hinausging. Offenbar waren die Risiken so groß, dass sie ohne Nashs Wissen selbst den Weg nach Uganda angetreten hatte, um persönlich mit Rapp zu sprechen. Der Clip endete mit der Wegbeschreibung zu einem Treffpunkt, der so nahe am absoluten Nirgendwo lag, wie es irgendwie möglich schien.

Das Motorengeräusch des Geländewagens wurde lauter. Rapp richtete die Aufmerksamkeit auf den Mann am Steuer. Nash war zweifellos mutig, patriotisch und verdammt clever.

Doch war er auch loyal? Gestern wäre ihm die Antwort auf diese Frage noch locker über die Lippen gegangen, doch eine SMS, die Rapp vor ein paar Stunden erhalten hatte, ließ ihn stutzig werden.

Paranoia? Wahrscheinlich. Sogar fast sicher. Allerdings hatte es noch nie jemanden umgebracht, zu paranoid zu sein.

»Wo geht's lang?«, wollte Nash wissen.

Aus den veranschlagten zwei Stunden war eine fünfstündige Tortur geworden, die zwei weitere Flussdurchquerungen und eine weitere Gelegenheit zum Einsatz der Seilwinde umfasste. Schließlich hatten sie eine asphaltierte Straße erreicht, die in einer Sackgasse endete.

»Rechts. Wir sind wieder auf der ursprünglichen Straße, von der wir hinter der Tankstelle abgebogen sind.«

Als sie durch ein kleines Dorf fuhren, ihren nächsten Orientierungspunkt auf der Karte, war es bereits später Vormittag. Rapp stellte den Kilometerzähler des Fahrzeugs mit dem Knopf auf null zurück. »Nach exakt 27,3 Kilometern kommt auf der rechten Seite ein Feldweg. Im Dunkeln kann man ihn leicht übersehen, aber jetzt, wo die Sonne aufgegangen ist, sollte es kein Problem sein, ihn zu finden.«

Laut Kennedys Video führte dieser Feldweg sie zu einem Waldgebiet, das zu steil und felsig war, um von Bauern genutzt zu werden, die sich einst in der Gegend niedergelassen hatten. Auf einer Lichtung in der Mitte sollte Kennedy warten.

Wie angekündigt, war die Abzweigung tagsüber leicht zu finden. Sie erklommen die holprige Strecke durch den Wald. Nach ein paar weiteren Kilometern zeigte Rapp auf eine Lücke im Laub. »Da vorn.«

Nash hielt an der bezeichneten Stelle. »Hier?«

Rapp riss wortlos die Tür auf und verließ den Wagen. Nash folgte ihm, wobei er eine Hand benutzte, um die Augen vor dem grellen Sonnenlicht zu schützen. Die Lichtung wies einen Durchmesser von knapp 100 Metern auf und wurde von dicht wuchernden Bäumen umgeben. Der Boden war leicht uneben, ein paar Felsen hier und dort, ansonsten nichts.

Mitch blieb in der Nähe des Fahrzeugs stehen. Sein Begleiter entfernte sich ein Stück, um Abstand zwischen sie zu bringen. Nachdem er etwa 20 Meter zurückgelegt hatte, drehte er sich um.

»Verrätst du mir, was wir hier wollen, Mitch?«

»Wir sind mit Irene verabredet.«

»Mit Irene? Wovon zum Teufel sprichst du?«

Rapp löste sich aus der Deckung des Wagens und kam auf Nash zu. »Die Nachricht auf dem Tablet besagte, dass wir sie hier treffen.«

Auf Nashs Gesicht trat ein skeptischer Ausdruck mit einem Anflug von Alarmiertheit. »Als ich sie zurückließ, hatte sie sich in ihrem Büro ziemlich bequem eingerichtet, Mitch. Warum sollte sie mich herschicken, wenn sie vorhatte, selbst zu kommen? Gibt es etwas, das du mir verschweigst?«

Rapp fand keine Zeit für eine Antwort, bevor die Männer zwischen den Bäumen auftauchten. Drei von ihnen waren von Kopf bis Fuß in Tarnmonturen gehüllt, ihre Augen hinter Schutzbrillen unsichtbar. Sie hielten Sturmgewehre in der Hand. Die perfekt abgestimmten Positionen ermöglichten es ihnen, Rapp mit den Waffen ins Visier zu nehmen, ohne ein Kreuzfeuer zu riskieren.

Rapp blieb stehen und beobachtete einen Moment lang, wie sie sich bewegten, griff aber nicht nach der versteckten Glock im Holster unter dem rechten Arm.

»Es lauern noch vier weitere in den Bäumen, die auf deinen Kopf zielen. Jeder von ihnen ist ein erstklassig ausgebildeter Operator. Sie wissen, wer du bist. Sie mögen zahlenmäßig und strategisch überlegen sein, aber ich garantiere dir, sie haben trotzdem Angst. Ein falsches Zucken von dir, und sie drücken sofort ab.«

Rapp nickte und spürte ein Aufflackern von Wut, die sich schnell in etwas weitaus Schlimmeres auflöste. Etwas, das ihm schlagartig in Erinnerung rief, was er seit dem Tod seiner Frau durchgemacht hatte. Ein tiefes Gefühl von Verlust, begleitet von dem undefinierbaren Gefühl, dass künftig für ihn nichts mehr so blieb, wie es mal gewesen war.

»Behalt einfach die Hände, wo sie sind, und alles wird gut.«

»Wieso kauf ich dir das nicht ab, Mike?«

Nash zog den Colt und trat einen halben Meter weiter zurück. Er war jetzt zwar ein Schreibtischtäter, aber noch nicht so weit von seinen militärischen Wurzeln entfernt, um diesen Männern grenzenlos zu vertrauen, dass sie ihn beschützten.

»Es ist nichts Persönliches, Mitch.«

»Wie kann es verdammt noch mal nichts Persönliches sein? Wir sind seit Jahren befreundet. Wir haben zusammen gekämpft. Wir haben zusammen geblutet. Und jetzt stehe ich hier im Wald und warte darauf, dass du und deine Freunde mich abknallen. Weswegen überhaupt? Für einen Berg Kohle von den Saudis? Deine Frau verdient mehr, als du ausgeben kannst.«

»Es geht nicht um Geld, Mitch. Und nicht die Saudis stecken dahinter, sondern der Präsident der Vereinigten Staaten. Es fällt dir wahrscheinlich schwer, das zu begreifen, aber ich arbeite nicht für dich. Ich arbeite nicht einmal für Irene. Ich arbeite für den Mann, der ins Weiße Haus gewählt wurde.«

»Du hast dich auf die Seite eines Politikers geschlagen? Hast du den Verstand verloren?«

Nash versteifte sich. »Meinst du, ich habe gewollt, dass es dazu kommt? Willst du mich verarschen? Du kannst dir nicht vorstellen, was ich alles angestellt habe, um zu verhindern, dass es so endet. David Chism hätte beim ersten Angriff sterben sollen. Dann wäre es vorbei gewesen.«

»Was hast du gegen ihn?«

»Ich? Gar nichts. Aber die Saudis. Nachdem du Chism gerettet hattest, bat Cook mich, ihm Informationen über Nicholas Ward zu liefern. Er sagte, er will nicht, dass Irene davon erfährt. Ich dachte mir anfangs nichts dabei. Er schien einfach nur ein bisschen in Wards schmutziger Wäsche herumwühlen zu wollen, um ihn zu erpressen, sich seine Unterstützung zu sichern, so was in der Art. Aber dann wurde Wards Anwesen gestürmt und er selbst in seinem Hangar geschnappt. Erst da merkte ich, worauf ich mich eingelassen habe.«

»Aber du bist mit deinem Wissen nicht zu Irene gegangen.«

»Wozu? Um ihr zu sagen, dass ich gerade meine besten Freunde zum Tode verurteilt habe? Dass der Präsident der Vereinigten Staaten von mir unterstützt mit einer ausländischen Regierung konspiriert, um den reichsten Mann der Welt abzuservieren? Was hätte das geändert? Chism war tot. Ward war in der Gewalt von Gideon Auma. Und du und die anderen waren nicht mehr da.«

Traurigerweise hatte er wahrscheinlich sogar recht. Cook hatte Mehrheiten in beiden Häusern des Kongresses um sich geschart und Verbündete in den Führungsetagen von National Security Agency und Secret Service sowie bei den Joint Chiefs. Man munkelte, dass er im Begriff stand, den FBI-Direktor durch eine Frau zu ersetzen, die ihn vergötterte, und als Nächstes nahm er sich vermutlich die CIA vor. Cook stand in jeder Hinsicht über dem Gesetz. Hätte er durch das Tor des Weißen Hauses auf Touristen gefeuert, wäre er dafür vermutlich nicht mal einem Richter vorgeführt worden.

Nash begann auf und ab zu gehen. »Die Welt, für die wir gekämpft haben, existiert nicht länger, Mitch. Wir haben den Kollaps der Sowjetunion herbeigeführt und so gut wie jeden islamischen Terroristen getötet, der uns je auch nur schief angesehen hat. Die Zeit der Kriege zwischen den Supermächten ist vorbei – das muss so sein, sonst überlebt keiner von uns. Dein Freund Nicholas Ward glaubt fest daran, ein Goldenes Zeitalter einläuten zu können. Du weißt noch besser als ich, dass das Blödsinn ist. Die Menschen brauchen Härte. Sie brauchen einen Gegner, den sie bekämpfen können. Jemanden, den sie hassen und dem sie sich überlegen fühlen. Sonst verlieren sie ihre Identität und das Gefühl, dass ihr Leben einen Sinn hat. Und damit kämen sie nicht zurecht. Ohne konkrete Bedrohung, ohne Feindbild fallen sie am Ende übereinander her.

Das Video von Irene, das du vorhin gesehen hast? Einer der Mitarbeiter des Präsidenten hat es innerhalb von weniger als einem Tag mit einer Software erstellt, die man kostenlos im Internet bekommt. In ein paar Jahren werden die Hälfte der Videos, die man im Netz findet, Fälschungen sein. Verbreitet von rechten und linken Spinnern, von ausländischen Mächten und jedem, der genug Grips im Schädel hat, um einen Laptop zu bedienen. Wenn wir das nicht in den Griff bekommen, wird es in einem Bürgerkrieg enden. Statt Norden gegen Süden werden es diesmal 400 verschiedene Fraktionen sein, die alle keine Ahnung haben, was wirklich abgeht. Idioten, die die Erde für eine Scheibe halten. Impfgegner. Nazis. Kommunisten. Antifa. Die Glutenunverträglichen …«

»Und die Cooks werden alles wieder in Ordnung bringen.«

»Ich glaube zumindest, sie haben bessere Chancen als die meisten anderen«, antwortete Nash. »Sie machen sich keine Illusionen über die Menschheit. Sie wissen, dass 95 Prozent von ihnen sich mit Händen und Füßen gegen die Utopie wehren, die Nicholas Ward ihnen aufzwingen will. Und was noch wichtiger ist: Sie wissen, dass sie dabei die restlichen fünf Prozent mit in den Abgrund reißen. Die Cooks wollen den Menschen lediglich die Führung geben, die sie brauchen. Sie wollen ihnen das Leben erleichtern. Ihnen ein Ziel geben. Etwas, dem sie sich zugehörig fühlen.«

»Und die restlichen fünf Prozent? Ich nehme an, die bekommen auch, was sie wollen?«

»Ja. Reichtum, Macht und eine schöne hohe Mauer zwischen uns und ihnen.«

»Was für eine herrliche Vision.«

Nash stieß ein verbittertes Lachen aus. »In meiner ganzen Karriere ging es darum, für Amerika und den amerikanischen Traum zu kämpfen, Mitch. Aber irgendwann wacht man aus jedem Traum auf. Irgendwann muss man sich eingestehen, dass die Affen immer einen Grund finden werden, sich gegenseitig mit Fäkalien zu bewerfen. Die Frage ist nur, wie viel man bereit ist, an einem kleben zu lassen. Ich habe mein ganzes Leben damit verbracht, Menschen zu retten, die nicht gerettet werden wollen. Jetzt ist es an der Zeit, dass ich mich selbst und meine Familie rette. Ich möchte, dass meine Kinder in 20 Jahren in ihrem Penthouse relaxen, statt um Reste betteln zu müssen oder sich wegen jeder Verschwörungstheorie, die auf Facebook kursiert, gegenseitig umzubringen. Mein Job hält Al-Qaida nicht davon ab, hier und da ein paar Leute umzubringen. Nicht mehr. Es geht vielmehr darum, den Mob daran zu hindern, sich selbst und alles zu zerstören, was Menschen wie wir aufgebaut haben.«

Rapp nickte und sah zu den Männern, die ihre Waffen auf ihn richteten. »Also, wie lautet der Plan, Mike? Ich habe nicht den ganzen Tag Zeit.«

»Der Plan …« Nash blickte auf die Pistole in seiner Hand. »Der Plan lautet, so viel von deinem Chaos zu beseitigen, wie ich kann.«

»*Mein* Chaos?«

»Richtig. Dein Chaos. Deinetwegen gelten Ward und Chism als tot, und das müssen sie auch bleiben. Wenn sie unter die Lebenden zurückkehren, erzeugt das Unannehmlichkeiten für Personen, die es nicht schätzen, wenn man ihnen Unannehmlichkeiten bereitet. Ich nehme an, du hast sie zusammen mit Scott irgendwo in der Nähe versteckt? Sag mir, wo ich sie finde. Ich fahre rüber, trinke ein paar Bier mit den Jungs, und dann bringe ich heute Abend beide um und fliege nach Hause, bevor jemand mitbekommt, was passiert ist. Jeder, der sich bereit erklärt, den Mund zu halten, kann gehen.«

»Und Irene?«

»Ich kann sie schützen. Cook wird mich zum neuen CIA-Direktor ernennen. Er hat kein Interesse daran, sich mit ihr anzulegen. Sie muss einfach nur die Versetzung in den Ruhestand akzeptieren.« Er hielt einen Moment inne und richtete dann anklagend den Finger auf Rapp. »Wie immer bist du das Problem. Du bist der Teil dieses verdammten Sandwichs, an dem alle ersticken werden.«

»Und deshalb werde ich nicht einfach so verschwinden.«

»Ich weiß nicht. Vielleicht weißt *du* es. Wie wäre es, wenn ich dir den verfickten Deal des Jahrhunderts vorschlage? Du gibst mir auf der Stelle dein Wort, dass du die Sache auf sich beruhen lässt. Dass du mich vergisst, die Cooks, die Saudis, Ward und den ganzen Rest. Dass du zurück ans Kap fliegst, Rennen auf dem Bike fährst, Zeit mit deiner neuen

Familie verbringst und nie mehr einen Fuß auf amerikanischen Boden setzt. Wenn du dich dazu bereit erklärst, bringe ich dich persönlich zum Flughafen.«

Rapp schwieg.

»Ja. Das dachte ich mir.« Nash schüttelte langsam den Kopf. »Aber eins verspreche ich dir: Ich werde dich zum Helden machen. Der ganze Mist, den du geleistet hast und von dem keiner etwas weiß? Ich werde es den Menschen sagen. Das hast du verdient, Mitch.«

Rapp ging zu einem Felsvorsprung, misstrauisch beäugt von den Männern, die ihn mit ihren Waffen anvisierten. Er setzte sich darauf und stützte die Ellbogen auf die Knie. »Ich habe auf der Fahrt hierher eine interessante SMS erhalten.«

»Danach wollte ich dich ohnehin noch fragen.«

»Wie ich dir ja bereits erzählt habe, brauchen Wards Leute noch ein paar Wochen, um die Wegwerfhandys ihren Benutzern zuzuordnen. Aber er hat eine Liste der Funkmasten zusammengestellt, die bei den Telefonaten benutzt wurden.«

»Und?«

»Ihm ist da etwas äußerst Interessantes aufgefallen. Eins dieser Telefone war zweimal in die gleiche Funkzelle eingeloggt wie ich, wenn ich zu Hause in Virginia bin.«

Nash legte die Stirn in Falten, als er versuchte, die Auswirkungen dessen nachzuvollziehen, was er gerade gehört hatte. Rapp half ihm auf die Sprünge.

»Offenbar ist Nick Wards Gedächtnis besser als meins. Ich kann mich nicht erinnern, ihm gegenüber erwähnt zu haben, dass der Mann, mit dem ich heute verabredet bin, einige Häuser weiter wohnt. Aber er wusste es.«

»Ich verstehe nicht.« Nash wich noch ein paar Schritte zurück und vergewisserte sich, dass seine Leute mit schussbereiten Waffen auf Position waren.

»Ich habe auch so einiges nicht verstanden. Das Video von Irene, in dem sie mich auffordert, sie mitten im Nirgendwo zu treffen. Das alte Passwort aus Weißrussland, das sich jeder mit entsprechender Freigabe in der Agency besorgen könnte. Der Maulwurf, der zu schlau war, als dass ihn jemand hätte identifizieren können. Durch die Ortungsdaten der Funkzellen fügte sich dann alles zu einem schlüssigen Gesamtbild zusammen.«

Als Nash diesmal die Männer betrachtete, die Rapp bedrohten, nahm er sich die Zeit, jedes Detail genau zu inspizieren – ihren Körperbau, die Art, wie sie standen, wie sie ihre Gewehre hielten. Und dann wusste er Bescheid. Er wusste Bescheid, noch ehe Rapp sie mit einem unauffälligen Kopfnicken dazu aufforderte, Schutzbrillen und Masken abzusetzen.

Nash wandte den Blick ab, bevor er Scott Coleman in die Augen sehen musste. Verständlich, denn Coleman war wahrscheinlich sein bester Freund auf der Welt. Joe Maslick und Bruno McGraw, die ebenfalls anwesend waren, standen auch ziemlich hoch im Kurs.

»Was habt ihr im Wald gefunden?«, erkundigte sich Rapp bei Coleman.

»Sieben Söldner.«

»Alle tot?«

»Bis auf den einen, den wir am Leben ließen, um ihn zu verhören. Solide Jungs. Mit denen war nicht zu spaßen.«

Rapp nickte. Die Stille auf der Lichtung dehnte sich aus. Schließlich durchbrach er sie. »Ich lasse dir fünf Minuten Vorsprung«, meinte Rapp schließlich. »Um der alten Zeiten willen.«

Rapp zielte nicht sonderlich exakt und setzte einen einzigen Schuss zwischen die Bäume ab. Der Knall war ohrenbetäubend laut, und das Knacken, mit dem das Projektil ins Blätterdach einschlug, klang bedrohlich. Genau darum ging es.

Eine halbe Stunde nach Beginn der Verfolgungsjagd hatte sich die Steigung des bewaldeten Hangs auf geschätzt fünf Prozent erhöht. Ihm bereitete das keine Probleme, bei Nash sah das anders aus. Während seiner aktiven Zeit als Marine war er konditionell in Höchstform gewesen, aber das konnte man jetzt nicht mehr behaupten. Er hatte sein Ausdauertraining weitgehend zugunsten von Gewichtheben aufgegeben und brachte solide 95 Kilo auf die Waage. Eine prima Idee, um die während der Dienstzeit arg strapazierte Wirbelsäule zu stärken, aber für einen ausgedehnten Berglauf alles andere als günstig.

Rapp visierte einen Punkt etwas weiter links an und feuerte erneut. Er wollte Nash so lange wie möglich den Hang hinauftreiben. Selbst nach Jahren politischer Arschkriecherei und dem Durchsitzen von Schreibtischstühlen durfte man einen Mann wie Michael Nash nicht unterschätzen.

Rapp lief weiter. Er bemühte sich, leise zu sein, ohne es zu übertreiben. Die gleiche Explosion, die Nashs Rücken in Mitleidenschaft gezogen hatte, beeinträchtigte auch sein Gehör. Eher unwahrscheinlich, dass er in der Lage war, den Rhythmus menschlicher Bewegungen von Geräuschen zu unterscheiden, die der stoßweise wehende Wind verursachte.

Ein historisch befriedigendes Ende für diesen Hurensohn. Die Menschen hatten sich durch die Evolution bis zum heutigen Tag keine nennenswerten Vorteile verschafft. Sie waren weder besonders schnell noch besonders stark. Sie besaßen keine scharfen Klauen oder spitzen Zähne. Ihr einziges Talent war die Fähigkeit, nicht aufzugeben und ihre Beute zu zermürben, bis sie irgendwann kapitulierte, betäubt und wehrlos.

Rapp hatte nicht vor, sich auf einen Nahkampf mit einem verzweifelten früheren Marine einzulassen, der fast 20 Kilo schwerer war. Nein, Nash würde auf seinen verdammten Knien enden – nach Luft schnappend und in Erwartung der Kugel, die ihn niederstreckte. Wobei das genau genommen nicht stimmte. Der loyale Soldat, den Rapp gekannt hatte, war bereits tot. Schon seit Längerem. Die Kugel machte es lediglich offiziell.

Während er sich einen Weg durch das Gestrüpp bahnte, musste Rapp immer wieder daran denken, wie es so weit gekommen war. Er erinnerte sich an die Schlachten, die sie gemeinsam ausgefochten hatten, einige gegen Amerikas Feinde, andere untereinander. Er erinnerte sich an lautstarke Auseinandersetzungen über Strategie, Taktik und Personal. Er erinnerte sich daran, wie er mit Maggie und den Kindern auf Nashs Terrasse gesessen hatte oder ihrem ältesten Sohn Lacrosse beibrachte.

Rapp verlangsamte den Schritt, als seine weiß glühende Wut zu einem dumpfen Rot verblasste.

Vor ein paar Jahren hatte er Nash gezwungen, die Lorbeeren für etwas zu ernten, das Rapp geleistet hatte. Er war über Nacht zum Nationalhelden aufgestiegen. Ausgezeichnet mit dem Distinguished Intelligence Cross, das ihm die Aufmerksamkeit der Washingtoner Eliten und eine enorme Medienpräsenz sicherte. Die unerwartete Berühmtheit hatte es unmöglich gemacht, weiterhin als Geheimagent eingesetzt zu werden. Ohne eigenes Verschulden sah er sich über Nacht von der Karriere ausgeschlossen, die er mühsam aufgebaut hatte.

Er war stinksauer gewesen, und im Nachhinein betrachtet hatte er wahrscheinlich allen Grund dazu. Damals hatte Rapp sich eingeredet, es nur zum Wohl seines Freundes getan zu haben. Dass ihn die Belastungen der Einsätze an seine Grenzen führten und er eine Familie hatte, die ihn brauchte. Er hatte sich eingeredet, den alten Freund damit zu beschützen. Aber war diese Entscheidung wirklich von ihm getroffen worden? Und waren seine Beweggründe wirklich so selbstlos gewesen? Irgendjemand hatte öffentlich den Ruhm einheimsen müssen. Rapp wollte damals nicht, dass es ihn traf. Allerdings war er nicht einfach nur aus dem Rampenlicht geflohen, wie er es sonst immer tat, sondern hatte seinen Freund vor die Scheinwerfer und Kameras gedrängt.

Rapp blieb stehen und lauschte in den Wald hinein, auf der Suche nach der Zielperson. Kein Mucks. Wenn er entsprechend motiviert war, schaffte es Nash offenbar immer noch, seinen fetten Arsch einen Hügel hinaufzubewegen.

Er setzte sich in Bewegung, stellte aber fest, dass die Gedanken seine Beine ausbremsten. Er dachte an einen besonders hässlichen Streit zurück, den er und Nash vor Jahren ausgetragen hatten. Er endete damit, dass Rapp ihn schwer verletzt am Straßenrand zurückließ.

Jetzt konnte er sich nicht mal mehr erinnern, worüber sie damals gestritten hatten.

Er versuchte, sich auf die bevorstehende Aufgabe zu fokussieren. Wenn er Mike Nash nur als weiteren verweichlichten Aktenhengst abstempelte, könnte er diese Fehleinschätzung durchaus mit dem Leben bezahlen. Es fiel ihm schwer, sich zu konzentrieren. Es gab so viele gemeinsame Erinnerungen.

Die bittere Wahrheit lautete, dass er selbst Nash zu dem Mann gemacht hatte, der er heute war. Er hatte den Marine mit Gewalt in die Chefetage gedrängt. Was hatte er denn erwartet? Nash gab immer Vollgas. In der Schule. Im Sport. Im Kampf. Kein Wunder, dass er auch in seinem neuen Einsatzbereich nach Mitteln und Wegen suchte, sich als Sieger auszuzeichnen. Natürlich merkte er schnell, dass die Politik in Washington ein Umfeld war, das Loyalität und Mut nicht belohnte. Es belohnte Verrat und Eigennutz.

Wer sich nicht anpasste, ging unter.

Rapp glitt zwischen den Bäumen hindurch und dachte über alles nach, was Nash auf der Lichtung zu ihm gesagt hatte. Steckte möglicherweise ein Körnchen Wahrheit darin? Sie hatten sich in ihrer gemeinsamen Zeit zwar häufiger gestritten als auf einen gemeinsamen Nenner verständigt, doch er hatte die Einschätzungen seines Freundes stets ernst genommen. Manchmal ernster, als er sich eingestehen wollte.

Dieser verdammte Hurensohn!

Rapp hasste Zweifel. Auf der Liste bescheuerter Sachen, mit denen man nur Zeit verschwendete, kamen sie gleich nach Reue und Schuldgefühlen. Und doch schlurfte er hier durch den Dschungel und zweifelte an allem und jedem. In einem Tempo, das dafür sorgte, dass er sein Opfer nie einholte.

Trotzdem wollte er Nash leiden lassen. Ihn so lange den Hügel hinaufjagen, bis der Wald sich zum Ackerland hin öffnete und ihn zum Umkehren zwang. Er wollte immer wieder wahllos auf ihn feuern und ihn so an den Rand einer Panik treiben. Dann, irgendwann später, wollte er zu Coleman und den anderen stoßen und einfach verschwinden. Nash würde sich im Wald verkriechen – wahrscheinlich tagelang –, fast verhungern, von Ungeziefer anknabbern lassen und hoffentlich eine Amöbe verschlucken, die einem brutalen Durchfall bescherte. Bis er irgendwann wiederauftauchte. Dreckig, unrasiert und dehydriert. Ohne Rückendeckung durch die

Agency oder seine Familie. Ohne zu wissen, wem er trauen konnte.

Wenn er schließlich in die Vereinigten Staaten zurückkehrte, wurde er zu Kennedys Problem. Vielleicht kommandierte sie ihn für den Rest seiner Dienstzeit zur Überwachung einer sibirischen Wetterstation ab. Oder sie steckte ihn in ein vergessenes Lagerhaus voller Geheimdienstberichte aus dem Kalten Krieg, die abgeheftet werden mussten.

Vor ihm wurde das Sonnenlicht intensiver und deutete auf eine Lücke in der Vegetation hin. Rapp inspizierte die Fläche und entdeckte im Zentrum eine Gestalt.

Nash.

Er zögerte einen Moment, begab sich dann aber in eine Position, in der er zwar für den anderen sichtbar war, aber ausreichend Deckung besaß. Nash hatte keine solchen Vorkehrungen getroffen. Er stand ungeschützt da, die Waffe locker auf den Boden gerichtet.

»Du bist noch lahmer, als ich dachte«, stichelte Rapp.

»Ich hatte es nicht eilig. Ich zögere nur das Unvermeidliche hinaus, oder? Ich lasse mich nicht von dir den Berg hochscheuchen, bis ich kollabiere. Ich möchte mit ein bisschen mehr Würde abtreten. Wenn ich schon sterben muss, dann mit kotzfreiem Hemd und ohne Bügelfalte in der Hose.«

»Ganz wie du meinst.«

»Es war ein wilder Ritt, nicht wahr, Mitch? Was wir alles angestellt haben? Was wir alles gesehen haben? Selbst wenn wir darüber reden dürften, würde es uns niemand abkaufen.«

Rapp zog die Schultern hoch.

»Ich bin stehen geblieben, um dir etwas zu sagen, Kumpel. Es gibt keinen Grund mehr, dich anzulügen. Also nimm es ernst, okay? Nichts von diesem ganzen Scheiß ist wichtig. Nur Claudia, Anna, Irene, Scott und die Jungs. Das war's.

Alle anderen warten nur darauf, einem in den Rücken zu fallen. Das habe ich in den Konferenzräumen dieser Welt gelernt. Wir sterben alle, und in ein paar Jahren wird sich niemand mehr daran erinnern, dass wir überhaupt existiert haben. Nichts, was wir tun, bedeutet etwas.«

»Gibt es einen Punkt, auf den du hinauswillst?«

»Natürlich. Schließ deinen Frieden mit dem Präsidenten, Mitch. Du und Irene, ihr könnt den Sturm, der aufzieht, nicht im Alleingang aufhalten. Ich weiß, dass du nichts mit ihm zu tun haben willst, aber sei wenigstens so klug, ihm aus dem Weg zu gehen. Und obwohl ich weiß, dass du in den letzten Jahren selten meiner Meinung warst, solltest du über meine Worte nachdenken. Es ist ein guter Rat.«

Er hob die Pistole und schob die Mündung unter das Kinn.

»Mike! Nein!«

Es war zu spät. Der Schuss löste sich, und er brach auf dem Dschungelboden zusammen.

1

Westlich von Manassas, Virginia

Der Regen hörte einfach nicht auf. Zuerst kam er in Bogen. Dann in Wellen. Jetzt schien er sich förmlich im Kreis zu drehen, überforderte die Scheibenwischer von Rapps Mietwagen und tanzte im Licht der Scheinwerfer. Dahinter steuerte Irene Kennedy ihren eigenen Geländewagen und folgte ihm im Abstand von wenigen Metern. Durch die beschlagene Windschutzscheibe ließen sich vage die Umrisse seines Hauses erkennen, doch das tröstete ihn nicht sonderlich.

Er hatte Maggie Nash gerade über den Tod ihres Mannes informiert. Der sorgfältig ausgearbeitete Schwachsinn über seine Heldentaten trug wenig dazu bei, die Tatsache zu verschleiern, dass sie jetzt eine Witwe war, deren vier Kinder ohne einen Vater aufwuchsen. Er änderte auch nichts am vorwurfsvollen Blick in ihren Augen. Einem Blick, der besagte: *Was zum Teufel hatte mein Mann, der mit Rückenproblemen in die Verwaltung versetzt wurde, in Uganda verloren? Warum ist er – wie so viele andere – tot, während du einfach weiterlebst?*

Berechtigte Fragen, auf die er ihr keine Antwort geben konnte.

Das moderne, fast museal anmutende Konzept des Hauses, das vor ihnen auftauchte, war ursprünglich von seiner verstorbenen Frau erdacht worden. Architektonisch hochmodern, aber vom Fundament an kompromisslos auf Sicherheit getrimmt. Nach der Fertigstellung fühlte es sich zunächst ein wenig wie ein Bunker an. Nicht dass er damit ein Problem gehabt hätte. Es gab nichts Besseres, als von Tausenden Tonnen Beton umgeben zu sein, um nachts ruhig zu schlafen. Sobald Claudia dem Ganzen ihre Handschrift verlieh, fühlte es sich tatsächlich wie ein Zuhause an. Der Geruch von Zement und frischer Farbe wich dem Geruch von frisch gebackenem Brot, Blumen und Kokosnuss-Shampoo. Das Brummen der hochmodernen Klimaanlage wurde von Annas atemlosen Erzählungen und dem Scheppern von Pfannen ersetzt.

Im Näherkommen verwandelte sich das Gebäude erneut in einen Bunker. Leblose Leere im Wert von acht Millionen Dollar.

Das riesige Tor schwang auf, sobald er den Knopf am Schlüsselanhänger drückte. Er ließ ihn erst los, als Kennedys Wagen ebenfalls die andere Seite erreicht hatte. Überall flackerten Sicherheitslichter auf. Sie rollten vor dem Eingang aus und sprangen in den Regen hinaus. Mit einem speziell angefertigten Schlüssel gelangte er ins Haus, wo er zunächst das Sicherheitssystem deaktivierte und einen Check startete. Er hatte die Logs bereits per Handy abgerufen, doch er traute der Sache nicht. Alles, was mit dem Internet verbunden war, ließ sich von außen manipulieren. Die Anlage selbst war jedoch in die Wände eingebaut. Um sie auszuhebeln, brauchte man mehr als ein paar clevere Hacker – man brauchte Presslufthämmer.

Gerade als Kennedy den Vorraum betrat, kam die Entwarnung. Sie hielt ihren Schirm ins Freie, um ihn auszuschütteln, bevor sie die Tür schloss. Das Geräusch des Sturms wurde größtenteils ausgeblendet, sodass man wieder nur das Surren der Klimaanlage hörte.

»Claudia hat mir eine Liste mit Sachen gegeben, die ich nach Afrika mitbringen soll«, meinte Rapp. »Warum holst du dir nicht eine Flasche Wein und kommst dann rauf?«

Kennedy nickte stumm und machte sich auf den Weg in den Keller.

»Nimm einen von den guten Tropfen«, rief er, während er die Treppe hinaufsprang. »Ich bezweifle, dass ich lange bleiben kann, und ich bin mir nicht sicher, ob ich jemals zurückkomme.«

Eigentlich hätte er gar nicht hier sein sollen. Aber Kennedy allein mit Maggie sprechen zu lassen war ihm feig erschienen. Immerhin trug er eine große Mitverantwortung am Tod ihres Mannes. Also hielt er es für das Mindeste, ihr in die Augen zu sehen, wenn sie die traurige Nachricht erhielt.

Rapp betrat das Hauptschlafzimmer und aktivierte per Handy ein weißes Rauschen, das über versteckte Bluetooth-Lautsprecher in der Zimmerdecke abgespielt wurde. Auf diese Weise wurde jedes Gespräch für versteckte Mikrofone verschleiert. Er rechnete zwar nicht damit, dass welche installiert waren, aber besser übervorsichtig als nachlässig.

Er rief Claudias Liste auf und schlurfte in den begehbaren Kleiderschrank, den er nur selten nutzte. Das Gewirr von Kleidung, Schuhen, Schals und Gott weiß was noch wirkte auf den ersten Blick völlig wahllos, deutete aber bei näherer Betrachtung auf einen übergreifenden Masterplan hin.

Er hatte immer noch nichts von dem gefunden, was auf der Liste stand, als Kennedy mit einer offenen Flasche Bordeaux in der Tür auftauchte.

»Was ist der Unterschied zwischen einem Absatz und einem Keil?«, fragte Rapp.

Sie schenkte ihnen ein, winkte ihn aus dem Schrank zu sich und nahm ihm im Vorbeigehen das Handy ab. Ein kurzer Blick auf den Bildschirm genügte ihr, um mit dem Zusammentragen zu beginnen.

»Was ist passiert, Mitch?«

»Mike war dein Maulwurf.«

Sie nickte stumm. »Kann ich davon ausgehen, dass er auf Anweisung des Weißen Hauses gearbeitet hat?«

»Ja.«

Präsident Anthony Cook unterschied sich massiv von seinen Vorgängern. Ein rücksichtsloser Autokrat, der keine Liebe für das Land aufbrachte, das er regierte, oder die Menschen, die es bewohnten. Das Gegenteil schien der Fall zu sein. Er erkannte zielsicher jeden Makel, jede Schwäche und besaß eine unglaubliche Gabe, sie für sich auszunutzen. Nach seiner Auffassung ließ sich das amerikanische Volk umso besser kontrollieren, je mehr er die Menschen gegeneinander ausspielte. Sein einziges Ziel schien darin zu bestehen, sich in der Bewunderung seiner Anhänger zu sonnen und Macht anzuhäufen.

In vielerlei Hinsicht hielt Rapp Cooks Frau sogar für noch schlimmer. Sie trat bei Weitem nicht so charismatisch auf, agierte aber klüger und berechnender. Gemeinsam stellten sie einen Machtfaktor dar, mit dem man rechnen musste. Zumindest in diesem Punkt pflichtete er Mike Nash im Nachhinein bei.

Als Kennedy wieder das Wort ergriff, wurde deutlich, dass sie über etwas nachdachte, das ihr sehr naheging.

»Hast du ihn getötet?«

»Er hat sich selbst umgebracht.«

»Meinst du das im übertragenen Sinne?«

»Du meinst, ich will darauf hinaus, dass er mir in die Quere gekommen ist und es auf Selbstmord hinausläuft? Nein. Er hat sich eine Pistole unters Kinn gehalten und abgedrückt, bevor ich ihn davon abhalten konnte.«

Sie sackte förmlich zusammen. Ein Teil der inneren Anspannung fiel von ihr ab. Er beobachtete sie ein paar Sekunden lang, während sie einen Gürtel auf einer Kommode zusammenrollte. »Wie geht es jetzt weiter, Irene?«

Sie antwortete nicht sofort, aber als sie es tat, sagte sie einen Satz, den er selten von ihr hörte. »Ich weiß es nicht.«

»Mehr fällt dir nicht ein? Du hast mir das eingebrockt, erinnerst du dich?«

»Meinst du die Maulwurfsjagd? Oder dieses Leben?«

»Beides.«

»Ich schätze, das habe ich. Vielleicht wäre eine Bitte um Entschuldigung angebracht.«

»Ach was. Wir hatten einen ziemlich guten Lauf.«

»Bist du dir da so sicher?«, fragte sie und drehte sich zu ihm um. »Denn er hat uns an diesen Punkt geführt. An diesen Ort. Zu diesem Moment. Ich erkenne jetzt, dass ich die Wahrheit viel zu lange ignoriert habe, Mitch. Seit Langem. Vielleicht schon so lange, wie wir uns kennen.«

»Welche Wahrheit?«

»Dass die amerikanische Demokratie viel verletzlicher ist, als ich es mir eingestehen wollte. Ich habe immer gewusst, dass es eine machthungrige herrschende Klasse gibt, aber ich habe nicht sehen wollen, wie viele Menschen bereit sind, vor ihr zu buckeln. Vielleicht verlangt die Freiheit dem Durchschnittsbürger einfach zu viel ab. Zu viel persönliche Verantwortung erzeugt zu viele Gelegenheiten zum Scheitern.«

»Kurz vor seinem Tod hat Mike gesagt, wir sollen mit den Cooks Frieden schließen. Dass wir sie nicht besiegen oder ändern können, was kommt.«

»Das ist wahrscheinlich ein guter Rat.«

»Das hat er auch gemeint.«

Sie holte einen Stapel ordentlich gefalteter Kleidung aus dem Schrank und legte ihn aufs Bett, bevor sie zu ihrem Weinglas zurückkehrte. Rapp war nicht sicher, ob er es sich nur einbildete oder ob ihre Hand leicht zitterte, als sie es an die Lippen führte.

»Die Rolle der CIA wird sich unter den Cooks verändern, Mitch. Sie wird sich stärker nach innen kehren und nicht länger mit äußeren Mächten beschäftigen, weil sie diese nicht als direkte Bedrohung betrachten. Sie werden deutlich mehr mit internen Feinden beschäftigt sein – politischen Gegnern, Kritikern und dem amerikanischen Volk selbst. Der Heimatschutz wird unter ihrer Regie zu einer Organisation, die sich ganz dem Erhalt ihrer Macht verschreibt.«

»Das wäre eine große Veränderung, die viele Menschen betrifft. Meinst du, es wird ihnen gelingen, das durchzuziehen?«

»Ich habe viel über diese Frage nachgedacht. Meine Antwort lautet Ja.«

»Du bist noch da. Ihr Plan sah offenbar vor, Mike auf deinen Stuhl zu setzen, aber das hat nicht funktioniert.«

»Nein, hat es nicht.« Sie starrte in ihr Weinglas.

»Aber so oder so bist du am Ende«, stellte Rapp nüchtern fest.

»Keine Frage. Ich habe viel öffentlichen Rückhalt und einige mächtige Freunde innerhalb des Beltway. Deswegen müssen die Cooks behutsam agieren. In Anbetracht des mangelnden Widerstands, der ihnen bei den bisherigen Säuberungsaktionen entgegenschlug, gibt es für sie nun allerdings keinen Grund mehr, sich zurückzuhalten.«

»Und du glaubst, dass es ihnen gelingen wird.«

»Natürlich. Überleg mal, wie effektiv die Stasi die Bürger in Ostdeutschland mithilfe von handschriftlichen Notizen, verkabelten Abhörstationen und Schwarz-Weiß-Filmen kontrolliert hat. Vergleich das mit den hochauflösenden Videos, sozialen Medien und künstlicher Intelligenz, die heute zur Verfügung stehen. Die Technologie, jeden einzelnen Bürger in Amerika lückenlos zu überwachen, ist längst vorhanden. Man erfährt nicht nur, was jeder tut und sagt, sondern auch, was er denkt und fühlt. Alles nur eine Frage der Skalierung und der Nutzung der bestehenden Möglichkeiten.«

Rapp nickte und verschränkte die Arme vor der Brust. »Das ist nicht das, wofür ich unterschrieben habe, Irene. Ich war gern dazu bereit, mein Land gegen Feinde von außen zu verteidigen, aber es ist nicht meine Aufgabe, es gegen sich selbst zu verteidigen. Die Tatsache, dass das amerikanische Volk für diese Scheißkerle stimmt, ist nicht mein Problem. Dass Cook einen meiner besten Freunde auf mich gehetzt hat, damit er mich umbringt, schon.«

»Du trinkst keinen Wein?«, fragte Kennedy, die dieses Gespräch mit allen Konsequenzen offensichtlich noch für eine Weile hinauszögern wollte.

»Das wäre wahrscheinlich keine gute Idee.«

Sie lächelte bitter und goss sich großzügig aus der Flasche nach. »Nein. Da hast du vermutlich recht.«

2

Weisses Haus
Washington, D. C.

Die Experten hatten sich wieder einmal geirrt.

Laut einer Prognose der NOAA hätte der Sturm harmlos vorbeiziehen und das Festland nur streifen sollen.

Stattdessen wurde die Ostküste der USA von sintflutartigen Regenfällen und ungewöhnlich starken Winden heimgesucht. Im Süden waren mehrere Großstädte ohne Strom. Die schweren Überschwemmungen trafen die Behörden vollkommen unvorbereitet. In der Region um Washington sah es etwas besser aus. Vertraute man denselben Experten, sollte das auch so bleiben, sobald die Böen sich abschwächten. Es blieb abzuwarten, ob sie zumindest mit dieser Vorhersage richtiglagen.

Catherine Cook stand schweigend am Fenster ihres Büros, beobachtete die Bäume, die sich gegen die Urgewalten der Natur zur Wehr setzten, und lauschte dem Rauschen hinter der Scheibe. Die Aussicht war zwar nicht so gut wie durch die Fenster hinter dem Schreibtisch ihres Mannes im Oval Office, dennoch bot sie einen guten Überblick. Viel besser als in den Räumlichkeiten, die sie als First Lady von Kalifornien genutzt hatte. Oder in der Firmenzentrale der früher von ihr betreuten Hedgefonds.

Sie hatte ihr ganzes Leben lang darauf hingearbeitet, dieses Ziel zu erreichen, aber sie war dennoch nicht auf das Ausmaß der Chancen vorbereitet gewesen, die sich nun boten. Die Hebel, die man ansetzen konnte, wenn man Kalifornien regierte, erschienen ihr im Vergleich dazu trivial. Und die Milliarden, die sie während ihrer Zeit in der Hochfinanz verwaltet hatte, fielen für die Federal Reserve in die Rubrik vernachlässigbare Rundungsfehler.

Über alledem stand jedoch das überwältigende Gefühl einer Gelegenheit. Während viele ihrer Kollegen in New York es nicht wahrhaben wollten, entpuppte sich die Wall Street bald als Sackgasse. Sobald man alles erworben hatte, was käuflich zur Verfügung stand, reduzierte sich das Ganze auf ein primitives Spiel. Einen unbedeutenden Wettbewerb zwischen Menschen mit Unsicherheiten, die sie fälschlicherweise für Ehrgeiz und Überlegenheit hielten.

Kalifornien zu regieren war weitgehend dasselbe gewesen. Ohne Zugang zum nationalen Sicherheitsapparat, ohne Militär und ohne die Option, mit ausländischen Machthabern in Kontakt zu treten, war das Ende des Weges zwar weniger offensichtlich, aber genauso real.

Dieses Fenster symbolisierte den entscheidenden Unterschied. Trotz des strömenden Regens behielt sie alles und jeden im Blick.

Sie und ihr Ehemann waren die richtigen Leute am richtigen Ort zum richtigen Zeitpunkt. Sie hatten die Chance, nicht nur Amerika neu zu gestalten, sondern auch die Welt jenseits der Grenzen. Die Freiheit, die die Welt im letzten Jahrhundert genossen hatte, war nichts als eine Anomalie. Eine vorübergehende Atempause zwischen den Priestern und Adligen des Altertums und den Politikern und Milliardären der Neuzeit. Eine Atempause, die sich dem Ende zuneigte.

Sie traten in eine Ära ein, die sich auf eine andere, jedoch viel tiefgreifendere Weise als in der Vergangenheit beherrschen ließ. Das Erobern von Territorien – einst so wichtig – war irrelevant geworden. Die nächste Phase der Zivilisation wurde von einem Netzwerk lose verbündeter, über den ganzen Erdball verteilter Diktatoren kontrolliert. Die zentrale Herausforderung bestand darin, dafür zu sorgen, dass der amerikanische Präsident diesen Wandel einleitete, und nicht die politischen Anführer Chinas oder Europas. Und dazu musste Washington zu einem entscheidenden Machtfaktor aufsteigen, der sogar Peking oder Moskau übertraf. Schwäche und Kompromisse waren nicht länger tolerierbar.

So viele Chancen. Aber nur für diejenigen, die den Mut hatten, sie zu nutzen.

Kühnheit in der politischen Arena war etwas, woran es ihrem Mann nie gemangelt hatte, aber jetzt hatte sich ihr Umfeld verändert. Und auf diesem ungewohnten Terrain wurde etwas sichtbar, das sie bei ihm früher nie erlebt hatte: Feigheit.

Er war wegen seines Charismas, seiner Attraktivität und seiner vertrauenerweckenden Selbstsicherheit ins Amt gewählt worden. Er konnte andere mit einer Leichtigkeit betören, verärgern oder erschrecken, wie es niemand sonst auf der Welt schaffte. Anthony Cook war ein Blitzableiter für menschliche Gefühle. Ob es sich dabei um Liebe oder Hass handelte, spielte keine Rolle. Er beherrschte alles und jeden in seinem Einflussbereich.

Zumindest war das einmal so gewesen. Bevor sich ihre Wege mit einem bedeutungslosen CIA-Auftragskiller namens Mitch Rapp kreuzten.

Catherine wandte sich dem Fernseher zu. Der Gouverneur von North Carolina mühte sich durch den Sturm, der seinen Bundesstaat verwüstete. In anderen Zeiten wäre ihr Mann an seiner Seite gewesen, hätte jung und vital gewirkt, das durchnässte Hemd eng am muskulösen Oberkörper anliegend. Man hätte ihn mit einem Ausdruck tiefer Besorgnis im Gespräch mit Bewohnern vor Ort gezeigt. Beim Entladen von Lastwagen oder beim Stapeln von Sandsäcken. Damit war es vorbei. Aus praktisch allen Aktivitäten außerhalb des Weißen Hauses klinkte er sich inzwischen aus. Er hatte sich sogar von den Online-Scharfschützen der Partei zurückgezogen, die das amerikanische Volk bei Laune hielten. Er konzentrierte sich nur noch auf eine Sache: die Abwehr der von Mitch Rapp ausgehenden Bedrohung.

Sie wandte sich erneut dem Fenster zu und hörte nach wenigen Augenblicken, wie die Tür hinter ihr aufschwang. Es gab keinen Zweifel daran, wer da kam. Nur eine Person auf der Welt betrat unangemeldet ihr Büro.

»Ich dachte, du hättest ein Treffen mit Dick Trenton?«, fragte sie, ohne sich umzudrehen.

Trenton war ein milliardenschwerer Spender, der den direkten Zugang zum Präsidenten sehr schätzte und keine Gelegenheit ausließ, ihn im Oval Office zu besuchen.

»Ich habe es abgesagt.«

»Warum?«

Er wich der Frage aus. »Immer noch keine Nachricht von Mike Nash?«

Sie holte tief Luft, blickte stur nach draußen und zog es vor, seine verschwommene Reflexion in der Scheibe zu betrachten. »Nein. Aber das überrascht mich nicht. Er hat angekündigt, dass er etwas Zeit benötigt.«

»Wie viel Zeit denn noch, Cathy? Woher wissen wir, dass er es sich nicht anders überlegt hat, als er Rapp und anderen Wegbegleitern von früher begegnet ist?«

»Mike ist kein Idiot, Tony. Er weiß, in welche Richtung sich die Welt entwickelt und welche Rolle er künftig einnehmen kann. Er wird sich wohl kaum uns zum Feind machen, in der Hoffnung, dass Mitch Rapp ihm verzeiht.«

»Dann hat Rapp ihn womöglich umgebracht. So wie er alle anderen umgebracht hat.«

Sie schloss die Augen und blendete die Ablenkungen um sich herum aus. »Mike ist ein ehemaliger Aufklärer der Marines und einer der wenigen Menschen auf der Welt, denen Rapp vertraut. Wahrscheinlicher ist, dass Rapp längst tot ist und Mike sich momentan um Nicholas Ward kümmert. Sobald er ihn erledigt hat, werden wir Kennedy ablösen und es ist vorbei. Niemand wird Einwände äußern, wenn Mike die Leitung der CIA übernimmt. Wenn überhaupt, ist er in Washington beliebter als Kennedy. Sie hat so eine Art an sich, die den Leuten Unbehagen bereitet.«

»Aber können wir darauf vertrauen, dass er auf dem Kurs bleibt, den wir einschlagen wollen?«

Das war eine schwierigere Frage. Nash verfügte nach wie vor über ein archaisches Moralempfinden, von dem er sich nicht vollständig lösen konnte. Letzten Endes musste ihm nicht gefallen, was er tat. Für den Moment reichte es, wenn er begriff, dass ihm keine andere Wahl blieb.

»Darauf haben wir aktuell sowieso keinen Einfluss«, meinte sie. »Aber wir können etwas dagegen tun, dass die Chinesen uns im Pazifik schwach wirken lassen. Wir müssen uns eine Strategie zurechtlegen, wie wir den Konflikt um illegale Einwanderung, von dem wir beide wissen, dass er brodelt, für unsere Zwecke ausnutzen können. Und dann sind da noch deine sinkenden Zustimmungswerte ...«

Es klopfte leise an der Tür. Einen Moment später schob ihre Assistentin den Kopf durch den Spalt. »Entschuldigen Sie die Störung, aber Stephen Wright hat gerade angerufen und angekündigt, dass er auf dem Weg hierher ist. Er wollte, dass ich Sie sofort informiere. Es sei dringend.«

Wenig überraschend zog sie damit die volle Aufmerksamkeit ihres Mannes auf sich. Wright war der kürzlich eingesetzte Leiter des Secret Service und der Mann, der für die so wichtige körperliche Unversehrtheit des Präsidenten zuständig war.

»Wann trifft er ein?«, fragte Cook und drehte sich ein wenig zu abrupt in Richtung Tür.

»In zehn Minuten, Sir.«

Catherine Cook ließ sich im Sitzbereich nieder, der das Zentrum des Oval Office beherrschte. Ihr Mann hingegen wählte den üblichen Platz hinter dem modernen Tisch, der den Resolute Desk ersetzt hatte. Die Konstruktion aus Glas, Stahl und poliertem Holz passte zum veränderten Einrichtungsstil und führte jedem, der den Raum betrat, vor Augen, dass die Vergangenheit abgehakt war. Künftige Schlachten konnten nur von denen gewonnen werden, die sich von den Beschränkungen der Geschichte befreiten.

Cook stand auf, als sein Geheimdienstchef eintrat. Catherine blieb auf der Couch sitzen. Sie kannte Wright seit fast 20 Jahren und hatte ihn noch nie so ausgezehrt gesehen. Das dichte graue Haar war weiterhin perfekt frisiert, die Bräune fast unnatürlich gleichmäßig, doch Schweiß glänzte auf der Stirn und sammelte sich in den Falten um die Augen. Nicht weiter überraschend. Als ehemaligem Richter fehlte es ihm an der Erfahrung, eine so verzweigte Organisation zu leiten. Was er jedoch mitbrachte, war die Vision einer neuen Weltordnung, weitgehend deckungsgleich mit ihrer eigenen. Zudem war er intelligent und vertrauenswürdig, und er genoss den Status, den ihm die Zugehörigkeit zum inneren Führungszirkel bescherte.

Seine erste Aufgabe als Leiter des Secret Service hatte darin bestanden, das Sicherheitspersonal von Personen zu säubern, die entweder Mitch Rapp oder Irene Kennedy gegenüber loyal waren. Im Nachgang ergänzte er die bestehenden Sicherheitsprotokolle und ließ jene anpassen, mit denen Rapp und Kennedy vertraut genug waren, um sie zu umgehen. Ferner überwachte er diskret einige der Agenturen, die noch nicht der Ägide der Cooks unterstanden – allen voran das FBI.

»Was haben Sie für uns?«, erkundigte sich der Präsident.

»Meine Leute haben Irene Kennedy vorübergehend aus den Augen verloren, aber dann hat das Team, das Mitch Rapps Wohngebiet überwacht, sie wiedergefunden. Sie betrat das Haus von Mike Nash …«

»Ist er da?«

»Sie traf sich mit jemandem in der Einfahrt, den wir aufgrund der schlechten Wetterverhältnisse nicht identifizieren konnten. Sie verschwanden für etwa 45 Minuten im Inneren und fuhren dann zu Rapps Haus. Eine Überwachung dort ist schwierig. Vor allem weil wir die Drohnen aktuell nicht einsetzen können.«

Cook schwieg einen Moment lang. Seine Augen huschten nervös durch den Raum. »Ist er es? Ist es Rapp?«

»Ich glaube nicht, dass wir voreilige Schlüsse ziehen sollten«, warf Catherine ein. »Es könnte ebenso gut Mike gewesen sein. Er und Kennedy hatten vielleicht in Rapps Haus etwas zu erledigen. Sie dürften auf jeden Fall Zugang dazu haben. Mike gehört wahrscheinlich zu den Leuten, die sich darum kümmern, wenn Rapp unterwegs ist.«

Wright stand einfach schweigend da und blickte zwischen den beiden hin und her. Daran hatte sie sich längst gewöhnt. Sie traten als Team sehr entschlossen auf. Dritte waren dann oft unsicher, wer von ihnen das Zepter in der Hand hielt.

»Es ist Rapp«, beharrte Cook.

»Tony, wir …«

»Red nicht so herablassend mit mir, Cathy!« Er wandte sich an Wright. »Ist Ihr Team bereit?«

Sie spürte, wie sich die Haare in ihrem Nacken aufstellten. »Welches Team, Tony?«

»Ja, Sir. Es ist vor Ort und wartet auf Ihre Freigabe.«

»Geben Sie grünes Licht.«

Wright nickte kurz und verließ eilig den Raum. Als sich die Tür schloss, wiederholte Catherine ihre Frage. »*Welches* Team, Tony?«

Es war schwer zu erkennen, ob er ihre Frage absichtlich ignorierte oder es ihm einfach schwerfiel, ihren Gedankengängen zu folgen. »Mike ist tot«, verkündete er ohne Umschweife. »Und höchstwahrscheinlich hat Rapp ihn vorher gefoltert. In diesem Fall weiß er alles über unsere Kooperation mit den Saudis gegen Ward. Und er weiß, weswegen wir Mike nach Afrika geschickt haben. In diesem Moment stehen er und Kennedy in der Festung, die er gebaut hat, und planen ihre nächsten Schritte.«

»Du musst dich beruhigen, Tony. Selbst wenn alles stimmt, was du sagst, brauchen wir uns keine Sorgen zu machen. Es ist unsere Stadt und unser Land. Unseres. Nicht ihres.«

»Ich bin nicht bereit, die Sache einfach auf sich beruhen zu lassen, Cathy. Wenn wir sie gewähren lassen, werden sie sich mit Coleman und seinem Team kurzschließen. Und das wäre erst der Anfang. Sie haben überall Verbündete sitzen.«

»Wenn Mike von der Bildfläche verschwunden ist, müssen wir davon ausgehen, dass Nicholas Ward noch lebt«, versuchte sie, ihn daran zu hindern, sich endgültig in seinem Kaninchenbau zu verkriechen. »Wir werden uns überlegen müssen, wie wir damit umgehen, wenn die Meldung an die Öffentlichkeit kommt. Außerdem stellt sich das Problem, dass wir keinen Selbstläuferkandidaten mehr für Kennedys Nachfolge bei der Agency präsentieren können. Mike wäre eine populäre Besetzung gewesen. Er hätte denjenigen einen gewissen Schutz bieten können, die …«

»Willst du jetzt ernsthaft über politische Konsequenzen diskutieren, während Rapp und Kennedy nach Möglichkeiten suchen, es mir heimzuzahlen?«

»Ich halte es für unwahrscheinlich, dass sie das tun. Rapp mag äußerst skrupellos agieren, aber Kennedy kalkuliert die Folgen von allem, was sie tut. Und ein unüberlegter Schritt gegen uns läge nicht in ihrem Interesse.«

»Erzähl das Christine Barnett.«

Christine Barnett war bis zu ihrem überraschenden Selbstmord die Vorsitzende ihrer Partei gewesen. Es kursierten etliche Verschwörungstheorien und Verdächtigungen, aber niemand hatte jemals belastende Beweise gefunden, die der offiziellen Version widersprachen.

»Reine Spekulation, Tony.«

»Spekulation? Christine hielt sich für die Wiedergeburt Christi und lag in den Umfragen mit acht Prozentpunkten in Führung. Und dann, als sie kurz davorsteht, alles zu bekommen, was sie je wollte, bringt sie sich um? Beleidige nicht meine Intelligenz. Oder deine eigene.«

»Ein Grund mehr, Kennedy und Rapp nicht mit einem halb garen Plan kaltzustellen, Tony. Im Moment befindest du dich am sichersten Ort der Welt, mit einer ganzen Armee von Leuten, die dich beschützen. Wir können uns den Luxus leisten, einen Gang zurückzuschalten und in Ruhe zu überlegen, was wir als Nächstes unternehmen.«

Ein weiterer ungewohnter Ausdruck huschte über das Gesicht ihres Mannes. Misstrauen?

»Du hast leicht reden, Cathy. Rapp hat es nicht auf dich abgesehen. Er ist hinter mir her.«

3

Westlich von Manassas, Virginia

Rapps Handy vibrierte und er zog es aus der Tasche.

»Probleme?«, kam Kennedys Stimme aus dem begehbaren Schrank. Sie durchsuchte Claudias Schubladen nach etwas, das sich Obi-Gürtel nannte, während sie an ihrem zweiten Glas Wein nippte. Das war mehr, als er sie jemals hatte trinken sehen. Nun, sie hatte immerhin gute Gründe. Ihre Aussichten waren nicht besonders rosig. Und seine hatten sich soeben massiv zum Schlechteren gewendet.

»Ich habe gerade eine Einbruchswarnung erhalten. Die Stromzufuhr am Haupttor der Siedlung wurde unterbrochen.«

»Ich hatte gehofft, dass du dich vorher absetzen kannst. Ich nehme an, dass der Präsident dringend mit dir sprechen möchte.«

»Darauf wette ich.«

»Ich gehe davon aus, dass du einen Plan für solche Eventualitäten hast?«

Das hatte er. Das Tor war standardmäßig verriegelt, sodass die Trennung vom Strom nicht viel bewirkte. Das jeweilige Team dürfte das allerdings wissen und nutzte die Aktion höchstwahrscheinlich nur zur Ablenkung. Vermutlich hatten sie überall auf dem Gelände und im Waldgebiet dahinter Leute in Stellung gebracht. Die konkreten Abwehrmaßnahmen im Haus waren zwar nicht allgemein bekannt, die grundsätzlichen Sicherheitsvorkehrungen hingegen schon. Sie würden keinen Frontalangriff riskieren, sondern stattdessen absichtlich einen Alarm auslösen, um ihn aufzuscheuchen. Und es funktionierte. Auf die wortwörtlichste und ärgerlichste Weise, die man sich vorstellen konnte.

»Ja«, raunte er in einer Lautstärke, die dazu führte, dass seine Stimme vom weißen Rauschen verschluckt wurde, das weiterhin aus den Deckenlautsprechern drang. »Könntest du Claudia Bescheid sagen, was passiert ist, und ihre Sachen für mich bei FedEx einliefern?«

»Falls ich nicht im Gefängnis lande«, versprach Kennedy und schenkte sich ein weiteres Glas ein. Nicht die üblichen zwei Fingerbreit. Wenn die Einsatzkräfte, die sich seinem Grundstück näherten, nicht zügig handelten, würden sie Irene im Vollrausch auf dem Sofa vorfinden.

Rapp scrollte durch die Bilder der Überwachungskameras in der Siedlung und stoppte bei einer Aufnahme, die Männer in taktischer Montur zeigte, die über den südlichen Zaun kletterten. Durch den Regen war es schwer, Details zu erkennen, aber das war auch gar nicht nötig. Er verzichtete auf die Mühe, sie durchzuzählen. Sie wimmelten wie ein ganzer Ameisenschwarm.

Es dauerte etwa sieben Minuten, sein Flurstück zu erreichen, wo sie sich erst einmal verschanzen würden. Wenn er nicht gerade vor ihren Augen das Haus verließ, würden sie sich für eine altmodische Belagerung entscheiden. Der Faktor Zeit, die Nachschublinien und ihre schiere Mannstärke spielten ihnen in die Karten.

Er machte sich auf den Weg zur Tür. Ehe er den Flur durchquerte, drehte er sich noch einmal zu Irene um. »Es war interessant.«

Sie lächelte und prostete ihm zu. »In der Tat.«

Es regnete in Strömen, als Rapp ins Freie trat. Wenn überhaupt, regnete es sogar noch stärker als bei der Ankunft. Trotz der leistungsstarken Sicherheitsbeleuchtung verschwamm die Mauer um das Grundstück zu einer vagen Masse. Die Pfützen waren über ihre üblichen Begrenzungen im gepflasterten Hof hinausgetreten. Das Wasser strömte in die strategisch platzierten Abflüsse. Wieder einmal hatte er Glück. Überwachungsdrohnen blieben bei diesem Wetter am Boden, und Hunde, die in solchen Szenarien viel bedrohlicher waren als Menschen, konnten keine Witterung aufnehmen. Trotzdem bereitete ihm die große Zahl von Männern Sorge, die in den Wäldern hinter dem Haus lauerten. Waren es zwei Dutzend? 50? Eine ganze Hundertschaft? Wie Kennedy gern zu betonen pflegte, verfügte der Präsident der Vereinigten Staaten über eine Vielzahl von Ressourcen. Weit mehr als die Terroristen und alten Feinde, die ihm die besondere Konstruktion des Gebäudes vom Leib halten sollte.

Rapp war völlig durchnässt, als er eine Insel mit dichter Vegetation auf der westlichen Rasenfläche erreichte. Er kämpfte sich durch das Blattwerk und tat sich schwer, den Schwung der Bewegung beizubehalten, da die Äste von allen Seiten auf ihn einpeitschten. Das Wasser lief ihm in einem dicken Strahl über den Nasenrücken, als er das Zentrum erreichte und auf die Knie sank. Wenigstens war es nicht kalt. Die Temperaturen bewegten sich weiterhin bei um die 25 Grad, würden aber später in der Nacht ein wenig absinken. Bis dahin war er entweder sicher im Trockenen oder längst auf dem Weg in die sonnige Guantanamo Bay.

Nachdem er ein paar Handvoll schlammiger Blätter weggeschaufelt hatte, fand er die gesuchte Metallklappe. Das Rad, mit dem man sie öffnete, klemmte, aber das war so gewollt. Er hätte befürchtet, dass Anna sonst auf der Suche nach dem Fußball, der ihr ständig entwischte, darüber stolperte. Weiteres Graben mit den Händen brachte eine Stahlstange zum

Vorschein, die er zum Verstärken der Hebelwirkung zwischen die Speichen des Rads schob.

Rapp hatte endlos über die exorbitanten Kosten der Baumaßnahmen geschimpft, die sicherstellten, dass sich sein ummauertes Grundstück bei Regen nicht in den größten Swimmingpool Virginias verwandelte. Ungefähr nach der Hälfte der Aushubarbeiten hatte er eine Kehrtwende vollzogen. Die Ingenieurin, die das Projekt betreute, reagierte mehr als nur ein wenig überrascht auf Rapps Forderung, ein deutlich größeres Drainagerohr als nötig zu verlegen. Als er dann noch darauf bestand, einen Zugang vorzusehen, der groß genug war, damit ein Mensch hindurchpasste, glaubte sie, er habe völlig den Verstand verloren. Aber solange die Schecks ihres Auftraggebers gedeckt waren, beschwerte sie sich nicht.

Es kostete etwas mehr Mühe als erwartet, aber schließlich löste er den Verriegelungsmechanismus und zog den Deckel zurück. Er beugte sich in die freigelegte Öffnung und leuchtete mit einer roten LED-Lampe die schimmelige Rohrummantelung und die etwa zehn Zentimeter Wasser ab, die sich am Boden stauten. Die Vorstellung, Anthony Cook das Genick zu brechen, lieferte ihm gerade genug Motivation, um hineinzuschlüpfen und die Luke hinter sich zu verschließen.

Er hatte gelernt, seine Klaustrophobie in den Griff zu bekommen, nicht jedoch die Wut, die er empfand, wenn er aus dem eigenen Haus vertrieben wurde. Und zwar nicht etwa von einem Haufen IS-Wichser mit Selbstmordwesten oder einem russischen Speznas-Team, das sich an seinem ehemaligen Anführer rächen wollte. Nein, er wurde von dem Land verfolgt, das er sein Leben lang verteidigt hatte. Im schlimmsten Fall vielleicht sogar von ein paar Frischlingen, für deren Ausbildung er indirekt mitverantwortlich war.

Die Kraft des Wassers und das zunehmende Gefälle des Rohrs unterstützten ihn, während er sich mit den Füßen voran durch die beengte Umgebung vorarbeitete. Als er die Grundstücksgrenze erreichte, wurde das Gefälle so stark, dass die Schwerkraft die Oberhand gewann. Er spürte, wie er an Geschwindigkeit zulegte, aber in der Dunkelheit ließ sich unmöglich abschätzen, mit welchem Tempo er durch den Schacht glitt. Jedenfalls war er schneller als erwartet, als das Rohr ihn schließlich etwa 100 Meter vor der Grundstücksgrenze ausspuckte. Er spürte, wie er in die Luft segelte, der Regen auf die Haut klatschte und er im schlammigen Hang landete. Er verlor kurzzeitig die Kontrolle und wurde nach etwa 25 Metern von einem Busch ausgebremst. Besser als von einem Baum, aber definitiv keins seiner anmutigsten oder würdevollsten Fluchtmanöver.

Er lag völlig regungslos im Geäst und versuchte herauszufinden, ob sein Wiederauftauchen bemerkt worden war. Letzten Endes erwiesen sich seine Sinne als nutzlos. Sie wurden unbrauchbar gemacht von der Dunkelheit und dem Tosen des Sturms. Glücklicherweise galt das für alle Beteiligten. Er hätte schon buchstäblich auf einer Patrouille landen müssen, um entdeckt zu werden.

Rapp harrte weitere fünf Minuten aus, ehe er aus dem Gestrüpp kroch und die Steigung hinabkletterte. Er blieb geduckt, legte weite Teile in Bauchlage zurück und stoppte alle paar Sekunden, um sich einen Überblick zu verschaffen. Sein Ziel befand sich etwa 400 Meter weiter hangabwärts. Er schaffte es, grob die Hälfte der Strecke zurückzulegen, bevor der Regen nachließ und damit auch die Deckung.

Seine Situation wurde durch den Umstand erschwert, dass er es mit Gegnern zu tun hatte, die sich von den sonst üblichen unterschieden. Bei den Männern, die ihn verfolgten, handelte es sich wahrscheinlich um Militärs oder Personal von Homeland Security. Wer wusste schon, was ihnen über die Mission und den Mann, den sie jagten, erzählt worden war? Erfüllt von Stolz und Patriotismus schreckten sie vermutlich vor nichts zurück, um ihr Land vor der vermeintlichen Bedrohung zu schützen, die in den Schatten lauerte. Er konnte sie nicht guten Gewissens töten, umgekehrt sahen sie das wohl nicht so eng.

Die nächsten 100 Meter verliefen ziemlich reibungslos, obwohl die Tropfen nur noch vereinzelt fielen. Nach ein paar Minuten stoppte der Regen ganz und in der Wolkendecke tat sich ein Loch auf. Das dunstige Sternenlicht war gerade intensiv genug, dass Rapp eine Bewegung in westlicher Richtung ausmachen konnte. Er presste die Wange in den Schlamm und verharrte, um allein mit den Augen eine vage Silhouette zu verfolgen, die sich seiner Position näherte. Mit schrumpfender Entfernung wurden die Details klarer – die Fatigues, das Sturmgewehr, der athletische Gang trotz der um Bodenhaftung ringenden Stiefel. Am meisten beunruhigte ihn das am Helm montierte Nachtsichtgerät. Rapp hatte ein ähnliches Modell bei einem Einsatz vor etwa einem Jahr benutzt. Das linke Glas verstärkte das Restlicht, das rechte verfügte über ein Wärmebildgerät. Die Darstellung geriet ein wenig irritierend und im Detail unscharf, aber Körperwärme hob sich im Display deutlich ab. Die Tatsache, dass er mit Schlamm bedeckt war und sich zwischen ihnen ein Urwald aus Laub befand, schwächte den Effekt zwar leicht ab, doch allein auf diesen Vorteil konnte er sich nicht verlassen. Bei der Jagd mit Wärmebildgeräten war es entscheidend, dass einen die Bewegung in der Dunkelheit nicht unbewusst selbstgefällig machte. Der Trick bestand darin, so zu tun, als ob man am helllichten Tag mit einem leuchtend orangefarbenen Overall durch die Gegend spazierte.

Die meisten Bäume um ihn herum hatten zu schmale Stämme, um ausreichend Deckung zu bieten, aber es gab einen, knapp vier Meter entfernt, der ihm geeignet erschien. Er blieb auf dem Bauch liegen, arbeitete sich stetig vor und schaffte es ohne das Aufflackern von Mündungsblitzen zu besagtem Gewächs.

Jetzt zählte das richtige Tempo. Sobald er in das Blickfeld des Gegners geriet, musste er den imaginären orangefarbenen Overall vollständig hinter dem Baum verstecken. Das bedeutete, dass er sich im gleichen Tempo um den Stamm herum bewegen musste wie sein Verfolger – ein Trick, bei dem es auf das perfekte Timing ankam.

Nach einer weiteren Minute hatte Rapp den Stamm um 45 Grad umrundet, ohne dass Schüsse oder Rufe nach Verstärkung ertönten. Es erschien verlockend, so lange zu warten, bis der andere ihm ganz dicht auf die Pelle rückte, um ihn im Nahkampf zu überwältigen. Dumm nur, dass er keine Ahnung hatte, wie viele seiner Kameraden dort draußen lauerten oder wie sie organisiert waren. Weitere Teams könnten sich bereits außerhalb seiner Sichtweite darauf vorbereiten, die Position anzugreifen. In diesem speziellen Szenario verlieh ihm Schnelligkeit eine höhere Überlebenschance als Umsicht.

Er erreichte die Senke, zu der er wollte, ohne weiteren Feindkontakt, verfehlte dabei aber fast die gesuchte Stelle. Seit er das letzte Mal hier gewesen war, hatte der Bewuchs stark zugenommen, sodass er mehr Geräusche verursachte, als ihm lieb war. Glücklicherweise tropfte weiterhin das Wasser von den Blättern um ihn herum und erzeugte eine verwirrende Klangkulisse, die zwar nicht so ablenkend war wie Regen selbst, aber für eine kleine improvisierte Landschaftsumgestaltung ausreichte.

Die Luke, die er schließlich fand, ähnelte der in seinem Hof, mit dem Unterschied, dass sie sich leicht öffnen ließ und mit einer Gummidichtung versehen war, die sie wasserdicht verschloss. Nachdem er kopfüber hineingeschlüpft war, klappte er den Deckel hinter sich zu und schaltete die Taschenlampe ein. Das Rohr war ein Überbleibsel vom Bau des Wohngebiets und wesentlich geräumiger als jenes, durch das er vorhin entkommen war. Die Abdeckung an beiden Enden sorgte für ein gewisses Maß an Trockenheit. Trotzdem blieb es muffig und stank nach Schimmel. Wenigstens das Waten durch Wasserpfützen blieb ihm erspart.

Rapps Ausrüstung befand sich exakt dort, wo er sie vor mehr als einem Jahr zurückgelassen hatte. Tarnmontur, Zivilkleidung, eine Auswahl an Waffen, Bargeld und Ausweise, allesamt in reißfesten Plastiktüten verpackt. Wasser und Lebensmittelkonserven stapelten sich an der Seite, ansonsten musste man auf Annehmlichkeiten verzichten. Ein leichter Schlafsack und ein wasserdichter Biwaksack blieben das Höchste der Gefühle. Beim ursprünglichen Anlegen des Verstecks war ihm zwar bewusst gewesen, dass er eine Latrine brauchte, aber die nötigen Arbeiten waren durch andere Prioritäten verdrängt worden. Spätestens in ein paar Tagen drohte sich dieses Versäumnis äußerst unangenehm zu rächen.

4

Weisses Haus
Washington, D. C.

Drei Secret-Service-Agenten, die sie nicht kannte, geleiteten Irene Kennedy ins Oval Office und wiesen ihr den Weg zum modernen Schreibtisch, der das Büro dominierte. Gehorsam nahm sie davor Platz und musterte ihr Spiegelbild in den dunklen Scheiben dahinter. Es war kein schöner Anblick. Das Make-up lief herunter, sie war klatschnass und tropfte auf das nagelneue Eichenholzparkett des Präsidenten. Praktisch nichts von der Vergangenheit – nichts von der Tradition – war in diesem Raum übrig geblieben. Das erschien ihr passend.

Sie hatte Rapps Master-Passwort benutzt, um sein Haus zu verriegeln, während sie die letzten Habseligkeiten von Claudia zusammensuchte. Über sein Tablet konnte sie die Teams beobachten, die außerhalb der Mauer in Stellung gingen, aber keins davon schien es sonderlich eilig zu haben, auf das Grundstück zu gelangen. Wenn man Mitch Rapp auf seinem eigenen Spielplatz angriff, war Vorsicht der bessere Teil der Tapferkeit.

Nachdem sie ein weiteres Glas Wein geleert und den Karton mit Claudias Sachen zugeklebt hatte, spielte sie kurz mit dem Gedanken, einfach zu bleiben. Die Lebensmittelvorräte reichten wahrscheinlich für ein Jahr, die Bestände im Weinkeller sogar noch länger. Die Regierung – *ihre* Regierung – würde irgendwann die Solarpanels zerstören. Den Dieselgeneratoren ging von selbst der Nachschub aus. Dann konnte Anthony Cook seinem zögerlichen Personal den

Befehl zum Vorrücken erteilen. Sie würden das Grundstück mit ihren automatischen Waffen und Rammböcken stürmen, und die Sache wäre gegessen.

Nach ein paar Stunden vor dem Kamin, in denen Rapp seinen Fluchtplan umsetzte, ließ die Wirkung des Weins nach. Und damit auch der Reiz, wochenlang allein in einem belagerten Haus zu verbringen. Aber es war eine unterhaltsame Fantasie gewesen.

Sie starrte so lange auf ihr Spiegelbild, dass sich eine ziemliche Pfütze bildete, bevor die Cooks erschienen. Der Präsident setzte sich an den Schreibtisch und entließ die Männer des Secret Service, die sie bewacht hatten. Catherine nahm interessanterweise eine ihrer Positionen ein. Sie saß in der Regel auf einem Stuhl neben dem Resolute Desk oder postierte sich bei ernsten Gesprächen rechts hinter ihm. Aus welchem Grund auch immer schien sie sich diesmal damit zu begnügen, den Wortwechsel aus der Distanz zu verfolgen. Welchen Grund mochte das haben? Fühlte sie sich so sicherer? Setzte sie auf einen besseren Überblick? Alles, was Catherine Cook tat, erfüllte einen bestimmten Zweck. Eine Eigenschaft, die sie und Kennedy teilten und die möglicherweise die Grundlage für eine funktionierende Arbeitsbeziehung hätte bilden können. Doch dazu bestand längst keine Hoffnung mehr. Im Nachhinein war es naiv gewesen, daran zu glauben, dass sich so etwas entwickelte.

»Wo ist Mitch Rapp?«, fragte Cook und starrte sie direkt an.

»Er hat das Haus verlassen, als Ihre Leute die Stromzufuhr zum Tor der Wohnsiedlung unterbrachen. Ich kann Ihnen nicht sagen, wohin er gegangen ist.«

»Und das soll ich glauben?«

»Es gibt keinen Grund für mich, Mitchs Fluchtplan im Falle eines Angriffs zu kennen. Ich will ihn gar nicht kennen.

Was, wenn mich einer seiner Feinde in die Finger bekommt und verhört?«

Ihr Tonfall verriet, dass sie davon ausging, dass exakt das geschehen war.

»Wohin könnte er sich wenden?«

»Noch mal, ich habe nicht die geringste Ahnung.«

»Sie sind diejenige, die ihm beigebracht hat, wie man untertaucht.« Die Lautstärke von Cooks Stimme stieg parallel zum Grad seiner Frustration.

»Eigentlich war es Stan Hurley. Und Stan besaß ein gesundes Misstrauen gegenüber Regierungen – einschließlich der eigenen. Ich nehme an, dass Mitch überall auf der Welt sichere Unterschlüpfe nutzen und auf zahlreiche alternative Identitäten zurückgreifen kann, die mir nicht bekannt sind. Ich kann es allerdings nicht beschwören.«

»Mike Nash«, warf der Präsident einen neuen Namen in den Ring. Er schien zu erkennen, dass er mit seiner Befragung in einer Sackgasse gelandet war. Sie beschloss, es ihm nicht so leicht zu machen. Nicht nach allem, was er sich geleistet hatte.

»Was ist mit ihm?«

»Ich will mit Nash sprechen.«

»Ich finde, dazu hatten Sie bereits ausreichend Gelegenheit.«

Sein Zeigefinger schoss nach vorn und richtete sich wie eine Pistole auf die Besucherin. Sein Tonfall klang bedrohlich. »Sie mögen für mich nutzlos sein, Irene, aber Sie sind mir nie als dumm aufgefallen. So ziemlich jeder Verbündete, den Sie in dieser Stadt zu haben glauben, würde Ihnen bereitwillig die Kehle durchschneiden, um es sich nicht mit mir zu verderben. Und diejenigen, die es nicht tun würden, stehen bereits auf dem Abstellgleis. Welches Vermächtnis wollen Sie hinterlassen? Und wie schwer wollen Sie es sich für den Rest Ihres Lebens machen?«

Er hatte recht. Sie war nicht dumm. Trotz des jahrzehntelangen Dienstes für ihr Land besaß sie nur noch wenige Freunde innerhalb des Beltway. In dieser Stadt ging es vorrangig um Macht, und diese Macht lag derzeit in den Händen des Mannes, der vor ihr saß.

»Mike ist tot«, erklärte sie schließlich.

Cook sah sie gleichgültig an. »Hat Rapp ihn ermordet?«

»Er hat Selbstmord begangen.«

»Und das soll ich glauben?«

»Sie haben ihm keine andere Wahl gelassen.« Sie vermutete, dass es die Nachwirkungen des Weins waren, die aus ihr sprachen, aber es störte sie nicht. »Sie forderten ihn auf, Ihnen die CIA-Akte über Nicholas Ward zu beschaffen, damit die Saudis die darin enthaltenen Informationen nutzen können, um den Mann zu töten. Als Sie merkten, dass es nicht funktioniert, haben Sie so lange auf Mike eingeredet, bis ihm nichts anderes übrig blieb, als nach Uganda zu fliegen und die Situation zu regeln, bevor wir herausfanden, dass *er* unser gesuchter Maulwurf war …«

Cooks Lachen war laut genug, um sie zu unterbrechen, aber nicht laut genug, um einen Hauch von Unsicherheit zu verbergen. Zwar war er in seiner Position relativ unantastbar, aber Selbstüberschätzung gehörte nicht zu den Fehlern, die er sich gestattete. Genauer gesagt: nicht zu den Fehlern, die seine Frau ihm gestattete.

»Haben Sie Beweise für diese Behauptung, Irene? Irgendwelche?«

»Ich brauche keine Beweise, Mr. President. Denn dies ist kein Krieg, den ich führen möchte. Sie haben dieses Amt im Rahmen einer fairen Wahl erlangt und Mike traf seine

Entscheidungen aus freien Stücken. Ich bin nicht so naiv zu glauben, dass ich aus einer Konfrontation mit Ihnen als Siegerin hervorgehen kann.«

Er musterte sie lange schweigend, schließlich schien er ihre Erklärung zu akzeptieren. »Aber was ist mit Rapp? Er ist nicht so schlau wie Sie.«

»Mitch trifft seine eigenen Entscheidungen.«

»Und was werden wir mit ihm machen?«

Es gelang ihr gerade noch, ein Lächeln zu unterdrücken – das erste seit einer gefühlten Ewigkeit. Cooks konspirativer Tonfall klang viel zu durchschaubar. Ein Test. Vielleicht nicht einmal das. Die Andeutung eines Tests. War Kennedy anfällig für die subtilen Manipulationen, die Mike Nash das Genick gebrochen hatten? Stieß Cook beim Blick in ihre Seele auf eine unerfüllte Sehnsucht? Eine Schwäche, die er ausnutzen konnte, um die Kontrolle über sie zu erlangen?

Nein. Wenn eine solche Schwäche je existiert hatte, existierte sie jetzt nicht mehr. Ihre Aussage, nicht kämpfen zu wollen, entsprach den Tatsachen. Vermutlich hatte sie in ihrer Zeit als CIA-Direktorin nie so wahre Worte gesprochen.

»Ich schlage vor, ich erspare uns allen weitere Zeitverschwendung, indem ich Ihnen versichere, dass ich nicht wie Mike bin. Sie haben nie etwas geleistet, das meine Bewunderung oder Loyalität verdient, ganz im Gegensatz zu Mitch. Ich bin strikt dagegen, was Sie und Ihre Wähler mit diesem Land vorhaben. Aber ich erkenne auch, dass ich nicht in der Lage bin, etwas dagegen zu unternehmen.«

»Dann wissen Sie, was jetzt kommt.«

»Das weiß ich, ja.«

»Kehren Sie nicht nach Langley zurück. Sie würden es gar nicht erst durch das Eingangstor schaffen. Ihre persönliche Habe wird Ihnen nachgeschickt.«

Sie wandte sich zum Gehen, ohne ihn eines Blickes zu würdigen.

»Geben Sie auf«, hörte sie Catherines Stimme in ihrem Rücken. »Wenn Sie diese simple Sache für uns erledigen, sind wir bereit, Sie mit einer flammenden Rede und einer Freiheitsmedaille zu verabschieden.«

Kennedy öffnete die Tür und betrat das Vorzimmer, wie sie es schon so oft getan hatte. Doch heute war es vermutlich das letzte Mal. Ihr Leben in Diensten der Vereinigten Staaten, die Schlachten, die sie für ihr Land ausgefochten hatte, und die Opfer, die sie gebracht hatte, sammelten sich als schlammige Pfütze vor dem Schreibtisch des Präsidenten.

5

WESTLICH VON MANASSAS, VIRGINIA

Rapp aktivierte die Hintergrundbeleuchtung der Armbanduhr und spähte auf das Zifferblatt: 22:43. In einer Minute brach der dritte Tag seines Lebens in einer Röhre an. Es war ein willkürlich gewählter Zeitpunkt, aber so gut wie jeder andere. Er kramte nach einer Dose WD-40 und sprühte etwas davon auf den Verriegelungsmechanismus der Luke, bevor er das Rad langsam drehte. Er hatte keine Ahnung, was draußen vor sich ging, deswegen war es entscheidend, sich nicht durch übertrieben laute Geräusche zu verraten. Er hoffte, einen verlassenen Wald vorzufinden. Beinahe genauso wahrscheinlich war, dass er von Suchtrupps, Hunden und Hubschraubern mit Suchscheinwerfern umzingelt wurde.

Der erste Blick durch den Spalt war vielversprechend, dahinter zeichnete sich nichts als Dunkelheit ab. Er rückte mit dem Gesicht näher an die Öffnung, spürte die kühle Luft auf der Haut und genoss ein paar tiefe Atemzüge. Anfangs war das Fehlen einer Latrine noch verkraftbar gewesen. Nach dem unerwarteten Reißen einer der Plastiktüten, die er für sein Geschäft benutzt hatte, wurde es dann doch ziemlich unangenehm.

Nachdem er den Spalt um einige Zentimeter erweitert hatte, entdeckte er nichts Bedrohlicheres als Bäume, die vom fahlen Mondlicht angestrahlt wurden. Der Beschaffenheit des Bodens nach zu urteilen musste es vor mindestens einem Tag zu regnen aufgehört haben. Die Abwesenheit von Sturm oder nennenswerten Windstößen erleichterte es, ungewöhnliche Geräusche zu bemerken, also stemmte er die Luke auf und verbrachte die nächste Stunde mit Lauschen.

Zufrieden mit der Feststellung, dass zumindest seine unmittelbare Umgebung sauber war, ließ er zwei Liter Wasser und einen vakuumversiegelten Beutel mit Kleidung in die Außenwelt plumpsen. Nachdem er hinterhergekrochen war, verharrte er erneut und checkte die Einsatzzone. Weiterhin keine Anzeichen menschlicher Präsenz. Der Himmel war sternenklar, die Temperaturen überstiegen erwartungsgemäß die 20-Grad-Marke. Inzwischen dürfte man die Suche nach ihm ausgedehnt haben – vermutlich auf Straßen, Flughäfen und Freunde oder Familienmitglieder, die ihm Unterschlupf gewähren könnten. Anthony Cook setzte garantiert alle verfügbaren Hebel in Bewegung.

Rapp zog sich aus und verwendete das Wasser aus der Flasche und einige Feuchttücher, um Schlamm, Schweiß und den Gestank von Exkrementen von seinem Körper zu entfernen. Das Prozedere nahm mehr Zeit als erwartet in

Anspruch. Ein Scheuerschwamm und etwas Bleiche wären praktisch gewesen, doch schließlich gelang es ihm, sich in einen präsentablen Zustand zu versetzen.

Die Kleidung sollte ihn wie einen Wanderer wirken lassen – mit einem Rucksack, der groß genug war, das Nötigste mitzunehmen, aber nicht so groß, dass es die Mobilität zu stark einschränkte. Unten rechts war eine dezente Tasche angenäht, in der seine Glock Platz fand, was ein umständliches, aber machbares Ziehen über Kreuz ermöglichte.

Er warf die dreckige Kleidung und den leeren Wasserbehälter in die Luke zurück, bevor er sie schloss und mit Erde tarnte. Nachdem er noch einmal kurz die Umgebung überprüft hatte, schritt er geradeaus bergab. Am Fuß der Erhebung führte ein Pfad entlang, der in der Regel von Jägern genutzt wurde und daher zu dieser Jahreszeit verlassen war. Wenn Claudia ihren Job erledigt hatte – und das tat sie immer –, erreichte er sein Fluchtfahrzeug eine halbe Stunde vor Sonnenaufgang. Mit etwas Glück verließ er den amerikanischen Luftraum am frühen Nachmittag und traf morgen in Afrika ein.

Vorausgesetzt, er entschied sich für dieses Ziel.

Er pirschte zwischen den Bäumen hindurch, wobei er manchmal den Weg des geringsten Widerstands nahm und manchmal wahllose Umwege einschlug. Es gab keine Anzeichen dafür, dass man ihn verfolgte, aber das bedeutete nicht viel. Er hatte sich im Laufe der Jahre einige mächtige Feinde gemacht: Al-Qaida. IS. Die Hälfte des Kongresses und zwei Drittel des saudischen Königshauses. Aber an der Spitze der Liste stand der amtierende Präsident der Vereinigten Staaten. Cook kontrollierte den mächtigsten Militär- und Geheimdienstapparat aller Zeiten sowie die Loyalität von

Staatsoberhäuptern auf der ganzen Welt. In Anbetracht dessen fühlte Rapp sich ausgesprochen einsam.

Natürlich blieben ihm Coleman und die Jungs, aber wie weit wollte er sie in diese Shitshow hineinziehen? Nicholas Ward besaß eine starke Abneigung gegen die Cooks und genug Macht, dass sie es sich zweimal überlegen dürften, ihm in die Quere zu kommen. Dennoch gab es Grenzen für den Dank, den er Rapp für die Rettung seines Lebens schuldete.

Und schließlich war da Irene Kennedy. Eine Frau, die von Anfang an für ihn da gewesen war, jetzt aber mit Problemen kämpfte, gegen die seine eigenen fast vernachlässigbar wirkten.

Damit blieben nur noch Claudia und Anna übrig. Aber war das fair ihnen gegenüber? Er hatte sich selbst so toxisch gemacht, dass niemand, der halbwegs bei Verstand war, sich freiwillig in seiner Nähe aufhalten wollte. Das hatte er schon mit seiner verstorbenen Frau durchgemacht. Und es war keine Bürde, die mit der Zeit leichter wurde. Ganz im Gegenteil.

Er hatte schon vor Jahrzehnten Fluchtpläne erstellt und sie alle sechs Monate aktualisiert. Einen Schönheitschirurgen in Argentinien. Geld. Identitäten. Das Geheimnis eines erfolgreichen Untertauchens lag jedoch nicht in diesen akribisch ausgetüftelten Feinheiten. Entscheidend war, dass man sich von seinem bisherigen Leben verabschieden musste. Nicht nur von Freunden und Familie, sondern in vielerlei Hinsicht auch von sich selbst. Keine Langstreckenrennen mehr. Keine Sicherheitseinsätze jeglicher Couleur. Keine Reisen an Orte, an denen man früher gelebt oder gearbeitet hatte. Wenn er wirklich dauerhaft verschwinden wollte, musste er 20 Kilo Körpergewicht zulegen, nach Panama auswandern und den Rest seiner Tage damit verbringen, sich auf dem Golfplatz die Kante zu geben.

Keine schöne Vorstellung, aber wie sah die Alternative aus? Cook unterstellte mit Sicherheit, dass Rapp Mike Nash getötet hatte und wusste, dass das Weiße Haus hinter dem Verrat steckte. Danach würde Rapps Ruf von selbst gegen ihn arbeiten. Cook ging davon aus, dass sie sich in einem Duell auf Leben und Tod im Ring gegenüberstanden. In der einen Ecke der Präsident der Vereinigten Staaten, der vom Militär, dem Heimatschutz und praktisch allen Geheimdiensten der Welt unterstützt wird. In der anderen Ecke: Mitch Rapp und seine Glock 19. Wer wollte da ernsthaft über den Sieger spekulieren?

Der Ford F-150 war geschätzt fünf Jahre alt. Dass er in dieser kurzen Zeit eine Menge durchgemacht hatte, ließ sich selbst im Dämmerlicht erkennen. Die Nummernschilder aus Virginia waren aktuell, auf der verdreckten Ladefläche sammelten sich die üblichen Abfälle des Landlebens. Das Wichtigste war, dass er genau dort parkte, wo er sein sollte: auf einem zerfurchten Feldweg, der während der Sommermonate nahezu ungenutzt blieb.

Die Schlüssel waren unter einem Stein in der Nähe der vorderen Stoßstange vergraben. Er benutzte sie, um sich Zugang zu verschaffen. Nachdem er den Motor angelassen hatte, holte Rapp ein nagelneues Satellitentelefon aus dem Handschuhfach. Er setzte den Akku ein und aktivierte die Verschlüsselung, bevor er Claudia in Kapstadt anrief.

»Geht es dir gut?«, fragte sie zur Begrüßung.

»Ganz okay.«

»Warst du die ganze Zeit in der Röhre?«

»Ja.«

»Bist du je dazu gekommen, die Latrine zu installieren?«

»Reden wir über etwas anderes.« Er trat aufs Gaspedal.

»Ich musste das Flugzeug an den dritten Standort verlegen. Die erste Etappe musst du allein bewältigen. Das Wetter sieht ganz anständig aus, und es ist ein Modell, mit dem du vertraut bist. Flieg trotzdem vorsichtig.«

Er runzelte die Stirn über die kaum verhüllte – aber zugegebenermaßen verdiente – Beleidigung seiner Fähigkeiten als Pilot.

»Verstanden.«

»Wenn du das zweite Flugzeug erreichst, sag dem Piloten, wo du hinwillst. Ich muss dich warnen: Ich werde beobachtet.«

Damit hatte er gerechnet. Die Cooks überließen nichts dem Zufall.

»Wie viel Mühe geben sie sich damit?«

»Eine, vielleicht zwei Personen. Keine elektronische Überwachung auf dem Grundstück – ich säubere es regelmäßig –, aber sie verfügen wahrscheinlich über gewisse Optionen außerhalb der Mauern. Ich bezweifle, dass sie mit deinem Erscheinen hier rechnen. Das wäre zu offensichtlich.«

»Gibt es sonst noch etwas, das ich wissen sollte?«

»Eine gemeinsame Freundin von uns hat ihren Job verloren.«

Sie bezog sich eindeutig auf Kennedy, wollte aber Schlüsselwörter vermeiden, die von der künstlichen Intelligenz der NSA aufgeschnappt wurden.

»Das Ende einer Ära.« Rapp wusste nicht recht, was die Information in ihm auslöste. Wut? Resignation? Den Wunsch, eine gute Flasche Tequila zu öffnen und den Deckel in die Mülltonne zu pfeffern?

»Stimmt. Aber es könnte auch der Beginn einer neuen sein.«

6

WEISSES HAUS
WASHINGTON, D. C.

Catherine Cook mied die übliche Abkürzung über den Rasen und hielt sich an den Bürgersteig. Die Temperaturen steuerten steil auf 30 Grad zu, aber das Gras war noch weich von den sintflutartigen Regenfällen, die die Ostküste heimgesucht hatten. Das Wichtigste war jedoch, dass die Überschwemmungen in den Carolinas schnell genug zurückgegangen waren, um das Desinteresse ihres Mannes eher als verpasste Gelegenheit denn als Futter für die Opposition einzustufen.

Ein Mann mit vernünftigerem Schuhwerk als ihrem überholte sie links, schwitzend in schwarzer taktischer Montur, begleitet von einem Schäferhund. Er unterhielt sich kurz mit einer Gruppe ähnlich gekleideter Männer, die Sturmgewehre in der Hand hielten, bevor er seinen Weg fortsetzte. Manifestationen der zunehmend bedrückenderen Sicherheitsvorkehrungen ihres Mannes.

Außerhalb des Tors wurden die Fahrzeuge um die kürzlich errichteten Absperrungen herumgeleitet, was die ohnehin beträchtlichen Verkehrsprobleme in Washington noch verschärfte. Das zusätzliche Security-Personal wurde durch provisorische Kontrollpunkte und Scannerstationen ergänzt, was den Zugangspunkten einen deutlichen Flughafencharakter verlieh. Außerdem wurde ein Großteil des Personals, das nicht als unmittelbar sicherheitsrelevant galt, als entbehrlich eingestuft und bis zum Abschluss erweiterter Hintergrundchecks nach Hause geschickt. Sie selbst hatte dadurch ein Drittel ihrer Mitarbeiter eingebüßt.

Ihr Mann galt seit jeher als risikofreudig. Er wusste, was er wollte, und verfolgte es mit einem Maß an Aggression, das selbst in der ihr so vertrauten Finanzwelt als ungewöhnlich galt. Diese Leidenschaft und die zerstörerischen Impulse, die manchmal damit einhergingen, machten ihn für den gewöhnlichen Wähler so zugänglich.

Das war es auch, was sie zu einem so effektiven Duo machte. Ihre leidenschaftslose, analytische Art stand im krassen Gegensatz dazu. Am Ende vereinten ihre stets hart erkämpften Kompromisse das Beste aus beiden Welten – sorgfältig kalkulierte Strategien, verpackt in das messianische Flair, das die Menschheit von ihren Anführern erwartete.

Was sie übersehen hatte, war, dass ihr Mann noch nie mit einer *physischen* Bedrohung konfrontiert gewesen war. Die Leidenschaft, die sie fälschlicherweise für Stärke gehalten hatte, schlug in lähmendes Entsetzen um, sobald er erkannte, dass eine Niederlage gegen Mitch Rapp nicht dasselbe wäre wie eine politische Niederlage. In der Politik ließ sich selbst aus einer Schlappe noch Profit ziehen. Durch Lügen, Verdrehen von Tatsachen und Vorbringen von Beschuldigungen. Bei Rapp musste er auf eine solche zweite Chance verzichten. Die Feinde, die dieser Mann besiegte, kehrten nicht gestärkt aus der Erfahrung zurück. Nein, sie kehrten *gar nicht* zurück.

Erschwerend kam hinzu, dass ihre Fähigkeit, ihren Mann zu beeinflussen, zu schwinden schien. Mit wachsender Paranoia suchte er zunehmend Rat bei anderen. Bei Menschen, die ihm etwas versprachen, das sie ihm nicht bieten konnte: Schutz.

Und dann war da noch die Bedrohung durch Nicholas Ward. Er war am Vortag auf die öffentliche Bühne zurückgekehrt und hatte verkündet, dass sein Tod im Rahmen einer Strategie vorgetäuscht worden war, ein Komplott gegen ihn zu vereiteln. Eine Strategie, die ihm nicht nur das Leben gerettet, sondern Mitch Rapp Gelegenheit gegeben hatte, eine der brutalsten Terrororganisationen der Welt auszulöschen. Die Story nahm das Nachrichtengeschehen so sehr in Beschlag, dass sie vermutlich nur eine offene Kriegserklärung gegen den Iran als Schlagzeile abgelöst hätte.

Während sich ihr Mann also hinter seinem immer ausgeklügelteren Sicherheitsapparat verschanzte, labte sich der erste Billionär der Welt am Interesse der Öffentlichkeit und wirkte dabei souverän, brillant und entschlossen. Schlimmer noch, er hatte die Unterstützung von Mitch Rapp und Scott Colemans Organisation auf seiner Seite. Mit der fast unvermeidlichen Hinzunahme von Irene Kennedy verfügte er über mehr Macht als die meisten Staaten.

Der Umstand, dass Ward schamlos die Lorbeeren für die Geschehnisse in Uganda einheimste, war bezeichnend. Er wusste, dass sie und ihr Mann gegen ihn vorgegangen waren, und machte eine Show daraus, sich als Opfer zu inszenieren. Er vermittelte die Message, dass er es zwar vorzog, sich aus dem Rampenlicht herauszuhalten, es aber genauso gut zu nutzen verstand wie jeder andere.

Natürlich hatten die Verschwörungstheoretiker ihren großen Tag. Erste Theorien fanden bereits den Weg in die Mainstream-Medien. Wards paramilitärischer Triumph in Uganda und seine anschließende Wiederauferstehung wurden mit der erhöhten Sicherheit im Weißen Haus in Zusammenhang gebracht. Überall tauchten ausgeklügelte Geschichten über einen Schattenkrieg zwischen den Reichen dieser Welt und der politischen Elite auf. Sie unterschieden sich lediglich in dem Detail, welche Seite als gut und welche als böse eingestuft wurde.

Glücklicherweise war dies etwas, das sich zu ihrem Vorteil nutzen ließ. Der Marktwert von Wards Firmen war im

Zuge seines vermeintlichen Ablebens rapide gesunken. Der unvermeidliche Wiederanstieg der Kurse eignete sich ideal, um Anschuldigungen wegen Gewinnsucht, Steuerbetrug und Aktienmanipulation vorzubringen.

Mehr noch, Wards Aktionen in Uganda schienen den Tod zahlreicher Minderjähriger nach sich gezogen zu haben. Mit der Nachricht, dass Kinder abgeschlachtet wurden, konnte man arbeiten. Ein wenig Geschick, und sie standen als unschuldige Opfer da, deren Leben Ward in seiner blinden Gier nach Sicherheit und größerem Reichtum ausgelöscht hatte. Mit etwas Glück gelang es sogar, einen Hauch von Rassismus heraufzubeschwören.

Dies waren Punkte, die im Fokus des anstehenden Treffens mit ihrem Mann standen. Nur sie zwei und ihr politischer Chefstratege nahmen daran teil. Keine Ablenkungen, keine Abschweifungen, keine anderen Themen. Sie mussten die Deutungshoheit über die Ereignisse zurückerobern und Anthony Cook als einzigen verlässlichen Vermittler von Stärke, Wahrheit und Stabilität etablieren. Falls ihnen das nicht zeitnah gelang, drohte alles, wofür sie so hart gearbeitet hatten, wie ein Kartenhaus zusammenzubrechen. Und ohne einen verlässlichen Hirten kamen die Schäfchen vom Weg ab.

»Guten Tag, Ma'am.«

Catherine nickte der Sekretärin ihres Mannes fast unmerklich zu, als sie an deren Schreibtisch vorbeiging. Ihre Stimmung verdüsterte sich, als sie die Tür zum Oval Office öffnete und sah, dass ihr politischer Stratege durch Abwesenheit glänzte. Offenbar war er durch den Direktor des Secret Service und Darren Hargrave ersetzt worden; den Mann, den sie für Irene Kennedys Nachfolge an der Spitze der CIA ausgewählt hatten. Die Besucher standen dicht beieinander in der Nähe der Sitzecke und redeten mit gedämpfter Stimme eindringlich auf den Präsidenten ein.

Die drei Männer schenkten ihr kaum mehr Aufmerksamkeit als sie der Sekretärin im Vorzimmer, doch Catherine weigerte sich, diese Bloßstellung hinzunehmen. Stattdessen setzte sie sich auf eins der Sofas und musterte die Anwesenden intensiv. Es kostete sie mehr Konzentration, als ihr lieb war, die wachsende Besorgnis aus ihrer Mimik zu verbannen.

In vielerlei Hinsicht war Hargrave das genaue Gegenteil von Stephen Wright. Der Leiter des Secret Service war gut aussehend, sehr direkt und jemand, der seinen Mangel an Kreativität durch Liebe zum Detail wettmachte. Hargrave hingegen verfügte über Kreativität in Hülle und Fülle, doch im Grunde seines Herzens war er ein hinterhältiger Bastard mit der Gabe, alles und jeden in seiner Umgebung zu vernichten. Die einzige Ausnahme bildete Anthony Cook. Aus welchem Grund auch immer, Hargrave schien von ihm vollkommen fasziniert zu sein. Ihn als loyal zu bezeichnen wäre in Bezug auf sein Verhältnis zum Präsidenten eine glatte Untertreibung gewesen. *Gefolgsmann* traf es wohl besser. Oder *Jünger.*

Hargrave war weniger daran interessiert, Macht an sich zu reißen, als sich in ihrem Glanz zu sonnen. Außerdem war er fast krankhaft eifersüchtig und nutzte jede Gelegenheit, subtile Keile zwischen Cook und jeden zu treiben, der das Vertrauen des Präsidenten genoss. Tatsächlich fragte sich Catherine manchmal, ob Hargraves Frau und Kinder nur eine Tarnung waren. Ob seine Gefühle für ihren Mann in Wahrheit tiefer gingen, als die Leute vermuteten.

All dies hatte sich im Laufe ihrer 15-jährigen Zusammenarbeit als enorm nützlich erwiesen. Hargrave war ein rücksichtsloser Parteisoldat mit grenzenloser Loyalität und flexibler Moral. Jetzt aber entwickelte er das Potenzial, gefährlich zu werden. Sie hatte ihn über die Jahre hinweg beobachtet und ahnte, wie es weiterging. Er würde die Angst ihres Mannes behutsam schüren und für sich nutzen, um zum engsten Berater, Vertrauten und Beschützer aufzusteigen. Wenn man ihm genügend Freiheiten ließ, konnte er sich als einzige Person inszenieren, die sich ernsthaft um Cooks Wohl sorgte, während alle anderen den Präsidenten nur für ihre eigenen Interessen ausnutzten.

Es vergingen einige Minuten, bis ihr Mann endlich in ihre Richtung sah. »Rapp ist weiterhin verschollen.«

»Stellt sich die Frage, ob er auf der Flucht ist« – Hargrave deutete mit dem Kopf zu den Fenstern – »oder da draußen vor dem Tor steht und lauert.«

Catherine entging nicht, wie der Gesichtsausdruck ihres Mannes bei diesen Worten entgleiste. Sie kam nicht umhin, Hargraves Überzeugungskraft zu bewundern. Mitch Rapp kam ihr nach seinen Worten nahezu allmächtig vor. Ein schwarzer Mann, dessen Bedrohung durch seine Abwesenheit noch tückischer wirkte als durch seine Anwesenheit. Ein undeutlicher Schatten direkt unter der Oberfläche des Ozeans. Ein leises Knarzen in der Nacht.

»Was meinen Sie?«, wandte sie sich Wright zu. »Lauert er vor Ihrem Tor, Steve?«

Der Geheimdienstchef sah erst sie und dann den Präsidenten an. Er schien sich in seiner neuen Rolle noch nicht ganz wohlzufühlen. »Wir gehen davon aus, dass sich Scott Coleman und Bruno McGraw auf dem Anwesen von Nicholas Ward in Uganda aufhalten, aber es ist unmöglich, 100-prozentig sicher zu sein. Joe Maslick und Irene Kennedy sind beide in ihren Häusern in Virginia, Charlie Wicker in

Wyoming. Alle drei werden von uns lückenlos überwacht. Claudia Dufort, Colemans Logistikchefin und Rapps Lebenspartnerin, befindet sich mit ihrer Tochter in ihrem Haus in Kapstadt. In Anbetracht all dieser Umstände und der Sicherheitsvorkehrungen vor Ort stufe ich die Möglichkeit eines Angriffs als eher unwahrscheinlich ein.«

»Es wäre naiv zu glauben, dass Coleman und sein Team die Einzigen sind, an die sich Rapp wenden kann«, betonte Hargrave. »Ich lasse die Akten aller Operationen, an denen er je beteiligt war, von Analysten durchgehen und kann Ihnen versichern, dass er nahezu überall auf Verbündete zurückgreifen kann. Auf Menschen, deren Leben er gerettet hat, Menschen, die ihm ihre Karriere verdanken, ausländische Agenten, mit denen er in Einsätze gezogen ist. Sogar private Auftragnehmer, die für den richtigen Preis alles tun. Es ist nicht auszuschließen, dass in diesem Moment Mitarbeiter in Ihrem Sicherheitsstab tätig sind, bei denen eine Verbindung zu Rapp existiert, auf die wir nur noch nicht gestoßen sind.«

»Wir haben die Leute, die für die Sicherheit des Präsidenten zuständig sind, mit äußerster Sorgfalt ausgewählt«, merkte Wright säuerlich an, der über den Angriff auf seine Kompetenz sichtlich verärgert war. »Die meisten sind zu jung, um mit Rapp gedient zu haben, und der Rest hat einen eindeutig nachverfolgbaren beruflichen Werdegang, der sie nie in Rapps oder Kennedys Einflussbereich geführt hat. Wir haben auch alle Sicherheitsprotokolle geändert ...«

Catherine blendete den anschließenden Wortwechsel aus. Sie war von dem Vorstoß auf Rapps Haus überrumpelt worden. Etwas, das nicht oft vorkam. Ihr Mann hatte sie nicht in die Planung der Aktion einbezogen – entweder weil Hargrave ihn davon überzeugt hatte oder weil er wusste, dass sie es abgelehnt hätte. Es war eine gedankenlose Aktion gewesen, getrieben von Panik und den Kriechern, mit denen er sich umgab. Dummheit und Schwäche – Eigenschaften, die in der hitzigen Diskussion, die sich vor ihren Augen abspielte, deutlich zutage traten – waren fatale Begleiter.

»Stellt Mitch Rapp überhaupt eine Bedrohung dar?«, unterbrach sie den Disput.

Die naheliegende, aber unerwartete Frage ließ die drei Männer verstummen.

»Das ist nicht dein Fachgebiet«, rügte ihr Mann. »Es ist auch nicht meins.«

Aber es *war* offenbar das Fachgebiet eines frisch gekürten CIA-Direktors, der noch vor einer Woche ihr privater Rechtsberater gewesen war? Und von einem Leiter des Secret Service, der noch gar nicht alle Kartons im Büro ausgepackt hatte? Im Prinzip überraschte es sie nicht, dass die körperliche Bedrohung ihrem Mann den Verstand raubte. Sie war jedoch überrascht, wie schnell und gründlich es geschah.

»Mitch Rapp liebt dieses Land«, sagte sie. »Er hat sein Leben damit verbracht, das zu verteidigen, was er für die Ideale der Vereinigten Staaten hält. Du wurdest vom amerikanischen Volk gewählt und regierst genau so, wie du es den Menschen versprochen hast. Bist du sicher, dass er einen amtierenden Präsidenten ermorden und ein Land, das ohnehin mit Problemen kämpft, weiter destabilisieren will? Und selbst wenn er das wollte, würde er sich damit gegen die Männer und Frauen stellen, die geschworen haben, dich zu beschützen. Menschen, die er kennt und bewundert.«

»Was schlagen Sie vor, um diese Theorie zu überprüfen?«, konterte Hargrave. »Soll der Präsident eine Rede auf einem ungesicherten Podium in Nebraska halten? Den ersten Pitch in einem ausverkauften Baseballstadion übernehmen?«

Der Präsident bedachte den neuen CIA-Chef mit einem wütenden Blick. Dieser wandte sich daraufhin hastig ab. Für Catherine war es ein kleiner Trost. Ihr Mann war Hargraves Bann nicht restlos erlegen. *Noch* nicht. Leider würde ihr ehemaliger Anwalt bald zu demselben Schluss gelangen, sich für eine Weile zurückziehen und neu sortieren, um seinen Vorstoß auf die nächste Ebene zu heben. Ob ihr Mann ihn in einem Monat auch noch so brüsk in die Schranken wies?

»Ich denke nicht, dass wir ins Absurde abgleiten müssen«, meinte sie. »Kurzfristig sollte Tony hierbleiben, geschützt von dem Sicherheitsapparat, den der Secret Service so gewissenhaft aufgebaut hat. Wir werden die Zeit nutzen, um Rapp ausfindig zu machen, unsere Sicherheitsprotokolle zu verfeinern und weiterhin Personal auszusortieren, das ihm und Irene Kennedy gegenüber loyal ergeben ist.«

»Ich stimme zu«, sagte Wright. »Ich betrachte dies als abnehmende Bedrohung. Im Moment sind unsere Systeme noch nicht ganz auf dem neuesten Stand, und wir kennen nicht alle Personen, die Rapp oder Kennedy einen Gefallen schulden. In den kommenden Monaten werden wir über das entsprechende Wissen verfügen.«

»Rapp dürfte das ebenfalls bewusst sein«, wandte Hargrave ein. »Er ist vielleicht der erfolgreichste Auftragskiller der Geschichte. Ihm wird nicht entgangen sein, dass sein Job mit jedem verstreichenden Tag schwieriger wird. Wenn er einen Vorstoß wagen will, muss er es tun, solange es noch Lücken im Zaun gibt, durch die er schlüpfen kann.«

Cook nickte stumm und ließ sich die einzelnen Argumente durch den Kopf gehen. »Wir werden in zwei Tagen erneut zusammenkommen. Bis dahin will ich wissen, wo Rapp steckt, und ich erwarte konkrete Vorschläge, wie es weitergeht.«

7

In der Nähe von Franschhoek, Südafrika

Rapp brauchte immer ein paar Tage, um sich an den Linksverkehr zu gewöhnen. Die Konzentration darauf, einen frontalen Zusammenstoß zu vermeiden, fühlte sich auf seltsame Weise therapeutisch an. Auf dem langen Flug nach Südafrika hatten ihn Gedanken an Irene Kennedy, Anthony und Catherine Cook, Mike Nash und das Land beschäftigt, das er liebte, aber kaum wiedererkannte. Indem er sich darauf fokussierte, nicht zur Kühlerfigur eines entgegenkommenden Traktors zu werden, konnte er alles andere für eine Weile verdrängen.

Er genoss einfach die kühle Brise, die durch das Fenster hereinwehte, die Weinberge, die ihn umgaben, und die Berge am Horizont, die unter dem sternenklaren Firmament glänzten.

Die Vereinigten Staaten waren Tausende Kilometer entfernt im Rückspiegel. Die entscheidende Frage lautete, ob das weit genug war.

Er bog auf eine Schotterstraße ab und wurde auf der ersten Anhöhe mit einem Anblick belohnt, nach dem er sich mehr gesehnt hatte, als er geahnt hatte – das Strohdach eines kapholländischen Hauses, das über eine hohe weiße Mauer hinausragte. Etliche der Bäume an der Grundstücksgrenze waren zurückgeschnitten worden, um die Sicht zu verbessern, wodurch alles etwas kahl wirkte. Zumindest so lange, bis die Weinstöcke der Nachbarn Blätter bekamen. Insgesamt erweckte das Grundstück den Eindruck, als hätte sich dort in den letzten 100 Jahren nicht viel verändert.

Tatsächlich verfügte das Haus über hochmoderne Alarm- und Überwachungssysteme sowie über einige Verteidigungsprotokolle, die selbst sicherheitsfanatische Südafrikaner beeindruckt hätten. Auf Claudias Drängen hin war das alles jedoch geschickt getarnt. In Amerika unterwarf sie sich freiwillig dem Diktat seines maßgeschneiderten Bunkers. Sobald sie in Südafrika war, wollte sie hingegen in einer idyllischen Oase aus der Jahrhundertwende leben. Das gehörte zu den Kompromissen, die ihm eigentlich fremd waren, die man aber offenbar eingehen musste, wenn man ein Leben jenseits der Arbeit führen wollte.

Als Rapp durch das Tor rollte, bot sich ihm ein inzwischen vertrauter Anblick. Zwei Rhodesian Ridgebacks rasten aus dem makellos gestrichenen Hauptgebäude und nahmen seinen Geländewagen ins Visier. Gleichzeitig trat Claudia auf die Veranda. Die Hunde schlugen so heftig gegen die Seite des Fahrzeugs, dass es in der Aufhängung wackelte und zahlreiche Kratzspuren zurückblieben. Ein Grund dafür, dass er die umfassendste Versicherung abgeschlossen hatte, die Hertz für Leihwagen anbot. Allerdings gab es weniger Knurren und Speicheln als bei früheren Gelegenheiten. Ein Schritt in die richtige Richtung, aber kein so großer, dass er riskiert hätte auszusteigen, bevor die Verstärkung eintraf.

Einen Moment später erschien ein siebenjähriges Mädchen mit einem Wirrwarr blonder Haare und einem fehlenden Schneidezahn. Sie sprang von der Veranda, stürmte in seine Richtung und winkte aufgeregt, bevor sie an den Hunden vorbeilief. Im Vertrauen darauf, dass er nun in Sicherheit war, öffnete Rapp die Wagentür und hob das Mädchen in die Luft. Aisha und Jambo scharrten und bellten, aber sie schienen ihn nicht länger zerfleischen zu wollen. Vielleicht freuten sie sich sogar ein bisschen, ihn zu sehen.

»Wie läuft's, Kleine?«

»Es läuft großartig! Können wir nachher eine Runde drehen? Es ist noch nicht zu spät. Und das Wetter ist wirklich toll. Mama mag es nicht, wenn ich mit dem Fahrrad draußen unterwegs bin, solange du nicht da bist. Es ist so langweilig, im Garten nur im Kreis zu fahren. Wir sollten das auf jeden Fall machen. Es wird erst in ein paar Stunden dunkel! Und morgen soll es regnen.«

»Ich weiß nicht. Ich habe einen ziemlichen Jetlag und vermute, dass du sofort Vollgas gibst, wenn wir auf der Straße sind.«

»Nein, mach ich nicht. Wir drehen eine lockere Runde! Zone eins! Sogar auf den Hügeln.«

Er grinste, als er sie in Richtung Haus trug. Sie hatte sich bereits seinen Trainingsjargon angeeignet.

»Nur wenn du mir versprichst, dass es ein reiner Recovery Ride wird.«

»Ich versprech's. Wir lassen es erst am Donnerstag richtig krachen.«

Schließlich erreichten sie die Treppe. Er setzte sie ab, bevor er Claudia einen kurzen Kuss auf die Lippen drückte. Sie sah ihre Tochter an und deutete in den Flur. »Ich war vor ein paar Minuten in deinem Zimmer und glaube, du weißt, was ich gleich sagen werde.«

Sie sprach immer Französisch mit Anna, in der Hoffnung, sie zu einer Muttersprachlerin zu erziehen. Das und das ständige Durcheinander in ihrem Zimmer bildeten die Grundlage für einen kalten Krieg zwischen den beiden. Wie üblich erhielt sie ihre Antwort auf Englisch.

»So unordentlich ist es gar nicht. Und Mitch ist gerade erst gekommen!«

»Wenn du später mit ihm losfahren willst, schlage ich vor, du gehst jetzt hoch und machst dich an die Arbeit.

Dein Hintern wird nicht in die Nähe eines Fahrradsattels kommen, bevor du alles in die Schränke geräumt hast. Und damit meine ich nicht, dass du es einfach reinwirfst.«

»Ist ja gut!« Wütend stapfte sie davon. Rapp zuckte zusammen. Das hatte sie sich ebenfalls von ihm abgeschaut. Er musste ein bisschen besser aufpassen. Was sie gar nicht gebrauchen konnten, war ein Anruf von der Schule, in dem ihnen mitgeteilt wurde, dass Anna einem ihrer Mitschüler mit dem Kricketschläger von hinten gegen das Knie geschlagen hatte.

Claudia zog ihn an der Hand hinter sich her zu einer stahlverstärkten Tür an der Rückseite des Wohnzimmers. Sie betraten ein ehemaliges fensterloses Bad. Die Wände waren inzwischen gepanzert, und ein Metallschrank voller Lebensmittel und Waffen stand an der Stelle, wo sich früher die Wanne befunden hatte. Auf einem Regal neben dem Waschbecken und unter einer Reihe von Farbmonitoren reihten sich verschiedene elektronische Geräte auf. In der Mitte stand ein kleiner Tisch mit drei Klappstühlen.

Wiederum ein müder Abklatsch dessen, was er in den Staaten nutzte. Die Vorräte waren begrenzt und der Raum besaß weder gefilterte Luft noch eine autarke Wasserversorgung. Positiv ließ sich anmerken, dass er schalldicht und die Wände robust genug waren, um selbst ziemlich gut ausgerüstete Angreifer gut eine Stunde lang am Eindringen zu hindern.

Als die Tür hinter ihnen fest verriegelt war, füllten sich Claudias Augen mit Tränen und sie schlang die Arme um ihn.

»Was?«

»Ich wusste nicht, ob wir dich jemals wiedersehen. Nach allem, was passiert ist, dachte ich, du wirst einfach verschwinden.«

»Ich habe es in Betracht gezogen«, gab er zu. »Und es ist nach wie vor eine Option.«

Sie ließ ihn los und trat einen Schritt zurück. »Nein, ist es nicht.«

»Warte mit deinem Urteil, bis du die ganze Geschichte gehört hast.«

Sie setzten sich, doch bevor er berichten konnte, ergriff sie das Wort. »Was ist mit Mike passiert, Mitch?«

»Hat Maggie es dir nicht erzählt?«

Claudia und Maggie Nash waren während ihrer Zeit als Nachbarn in Virginia enge Freundinnen geworden. Er hatte damit gerechnet, dass sie als frischgebackene Witwe sofort Kontakt zu Claudia aufnahm, um sich Trost und Zuspruch zu holen.

»Sie hat nur erwähnt, dass er dich und die Jungs im Dschungel gerettet hat. Es war eine schöne Geschichte. Zu schön, um wahr zu sein, finde ich.«

»Mike war der Maulwurf«, räumte Rapp ohne Umschweife ein. »Er hat direkt für die Cooks gearbeitet.«

Sie strich sich eine Haarsträhne aus der Stirn. Die afrikanische Sonne hatte es merklich gebleicht, während ihre Haut im Gegenzug deutlich dunkler geworden war. Der Kontrast wurde zunehmend stärker, ebenso wie die Falten an den Rändern der nach unten gerichteten Augen. Er wusste, dass die Leute so etwas als Lachfalten bezeichneten, aber in ihrem Fall hielt er diesen Begriff für entschieden zu optimistisch. Es war schwer, sich nicht mit der Frage zu beschäftigen, ob diese Beziehung sie nicht sogar noch mehr auslaugte als ihre vorherige. Es waren lange 35 Jahre für sie gewesen. Sicher, viele ihrer Probleme hatte sie sich selbst zuzuschreiben, aber das machte die Sache nicht leichter.

»Hast du ihn umgebracht?«, fragte sie schließlich.

»Was macht das für einen Unterschied?«

»Es macht einen großen Unterschied, Mitch. Du schleppst eine Menge mit dir herum, aber ich kenne Mike gut. Wenn du die Schuld an seinem Tod mit dir herumschleppst, will ich es wissen.«

»Nein. Er hat sich selbst umgebracht. Bevor ich ihn daran hindern konnte.«

»Und das ist die Wahrheit?«

»Ja.«

»Es … Es tut mir leid, Mitch. Ich weiß, wie nah ihr euch gestanden habt.«

Er zuckte mit den Achseln, wobei er darauf achtete, dass es lässiger wirkte, als es sich anfühlte. »Jeder stirbt irgendwann. Der Rest von uns macht weiter, bis er selbst an die Reihe kommt.«

»Und wie genau machen wir weiter?«

»Das ist die Frage. Ich denke, wir können davon ausgehen, dass Anthony Cook ziemlich sauer auf mich ist.«

»Und was schlägst du vor, was wir dagegen unternehmen?«

»Ich denke darüber nach, Irene zu bitten, einen Waffenstillstand auszuhandeln.«

Ihr Gesichtsausdruck verriet, dass es nicht das war, womit sie gerechnet hatte.

»Überrascht?«

»Ein wenig. Das klingt nach einer untypisch vernünftigen Vorgehensweise.«

»Das ist es, was Mike sich gewünscht hat. Was er mir angeboten hat. Hätte ich es nicht abgelehnt, wäre er noch am Leben und wir wären deutlich besser dran.«

»Aber du warst wütend.«

»Verdammt, ja, ich war wütend. Nach all den gemeinsamen Jahren hat er sich wegen eines beschissenen Politikers, den er gerade erst kennengelernt hat, gegen mich gestellt. Was soll …« Rapp hielt inne, bevor die Verbitterung über Nashs Verrat aus ihm herausplatzte. Stattdessen winkte er mit einer Geste ab, die sie und die Umgebung einschloss. »Jetzt habe ich mich in eine Lage gebracht, in der Vernunft meine einzige Option ist.«

»Und das ist unsere Schuld? Meine und Annas?«

»Schuld? Nein. Ich habe meine Entscheidung getroffen und bereue sie nicht. Aber sie schließt euch nicht automatisch mit ein. Du solltest dabei berücksichtigen, dass Anthony Cook ein größenwahnsinniger Verrückter ist. Und alle größenwahnsinnigen Verrückten haben eins gemeinsam: Tief im Inneren sind sie Feiglinge. Er hat Angst vor mir. Das macht ihn gefährlich.«

»Ihn als Feind zu haben«, erklärte Claudia nachdenklich, »ist nicht gerade ideal.«

»So kann man es auch ausdrücken. Die Quintessenz ist, dass ich ein Problem habe, wenn er nicht bereit ist, die Sache zu vergessen. Und wenn wir zusammenbleiben, hast du auch welche.«

»Wir haben dieses Gespräch so oft geführt, dass ich finde, wir sollten es aufzeichnen und uns einmal im Jahr gegenseitig vorspielen.«

»Ich verstehe, worauf du hinauswillst, Claudia. In diesem Fall reden wir aber nicht von einem Terroristen, der sich einen Namen machen will. Eine Reaper-Drohne könnte uns in dieser Sekunde umkreisen. Wenn sich die hiesige Regierung über den neuen Krater mitten in ihrem Weinanbaugebiet beschwert, würde er behaupten, dass sie eine Al-Qaida-Zelle ins Visier genommen haben, und dann genug Geld verteilen, damit der Vorfall unter den Tisch geschoben wird.«

»Wie ich schon sagte, es ist nicht ideal«, räumte sie ein. »Aber du hast ja noch Freunde. Irene, Scott und die Jungs. Wenn er eine Bombe auf uns wirft, würden sie reagieren. Und das ist keine Gruppe, mit der man leichtfertig einen Krieg anzettelt.«

»Ich will nicht, dass ...«

»Ich bin noch nicht fertig.«

Er verstummte.

»Das ist unser Leben, Mitch. Wir haben uns bewusst dafür entschieden, unsere Leichen in einem gemeinsamen Schrank zu sammeln.«

»Der Schrank ist ganz schön voll, findest du nicht?«

»Ja. Aber es ist, wie es ist. Du kannst diese Familie nicht länger als vorübergehende Unterkunft behandeln, die du jedes Mal verlässt, wenn etwas Schlimmes passiert. Wir stehen das gemeinsam durch. Auf diese Weise sind wir stärker. Das müssen wir auch sein.«

Er überlegte fast eine Minute, bevor er weitersprach. »Wo stehen wir?«

»Wie ich schon am Telefon erwähnte, werden wir von mindestens einem, wahrscheinlich zwei Agenten beobachtet. Ich nehme an, dass sie auch unsere Telefonate und den unverschlüsselten Internetverkehr überwachen.«

»Damit sie den Cooks Bescheid geben, sobald ich hier bin.«

»Keine Frage. Irene, Joe und Wick sind in den USA und stehen ebenfalls unter Beobachtung. Bruno und Scott halten sich in Uganda auf dem Anwesen von Nicholas Ward auf. Ich nehme an, dort befinden sie sich fürs Erste in Sicherheit. Amerika fehlt es dort an nachrichtendienstlicher Infrastruktur, und wie du selbst weißt, ist Wards Grundstück eine wahre Festung.«

Rapp nickte. »Dann bleiben wir vorerst bei dieser Strategie. Solange er mich und die Jungs im Blick hat, macht sich Cook keine größeren Sorgen. Vielleicht können wir so ein bisschen Druck vom Kessel nehmen.«

»Eine Geste des guten Willens.«

Er lächelte grimmig. »Eher ein leichtes Ziel.«

Rapp trat auf die Veranda hinaus und blinzelte den Hunden entgegen, die von Osten her auf ihn zustürmten. Diesmal rief er nicht seine vorpubertäre Leibwächterin herbei, sondern starrte die Tiere intensiv an. Ihr Tempo verlangsamte sich. Sie blieben ein paar Meter vor ihm stehen und begnügten sich damit, ihn aus dieser Entfernung zu beobachten. Nach ein paar Sekunden trat er vor und kraulte jedem von ihnen den Kopf. Als er ein Handy aus seiner Tasche zog und losging, trabten sie hinter ihm her.

Das Samsung war ein handelsübliches Modell ohne besondere Sicherheitsvorkehrungen und gehörte zu Claudias Familienvertrag. Er benutzte es selten, weil es leicht abzuhören war, aber in diesem Fall war es genau das, was er sich erhoffte. Nachdem er einen Eintrag aus der Kontaktliste ausgewählt hatte, schien es ungewöhnlich lange zu klingeln, bevor am anderen Ende abgenommen wurde.

»Liegst du gerade in der Sonne?«, fragte er.

»Eigentlich habe ich ein wenig im Garten gearbeitet.«

»Ist das dein Ernst?«

»Du klingst überrascht.«

»Nein, ganz und gar nicht. Es klingt, als ob du dich langsam mit dem Ruhestand arrangierst.«

»Ruhestand«, meinte sie. »Hast du entschieden, es so zu nennen?«

»Nach allem, was ich in den Nachrichten gesehen habe, ja. Die Cooks singen nicht gerade ein Loblied auf dich, aber sie äußern sich halbwegs höflich.«

»Ich kann mir vorstellen, dass die First Lady ihren Mann davon überzeugt hat, mir nicht offen den Krieg zu erklären. Dass es besser ist, mich in Vergessenheit geraten zu lassen.«

Rapp schirmte die Augen mit der Hand ab und beobachtete, wie die Sonne auf den Glasscherben an der Mauer glitzerte. Die aufgewirbelte Erde von den umliegenden Weinbergen schob sich wie ein Schleier vor die Berge, während der Wind auffrischte. Er fragte sich, ob dies ausreichte, um Annas Begeisterung für eine Fahrradtour im Keim zu ersticken.

»Wie steht es mit einem Krieg mit mir, Irene? Meinst du, die Cooks sehen darin einen Vorteil?«

Es gab eine lange Pause, bevor sie antwortete. »Es steht außer Frage, dass der Präsident dich als Bedrohung ansieht. Im Moment sind die Ressourcen der US-Regierung fast ausschließlich auf seine persönliche Sicherheit ausgerichtet.«

»Ich weiß nicht viel über Politik, aber das scheint mir keine erfolgreiche Strategie zu sein. Die Menschen wählen keinen Präsidenten, der sich vier Jahre lang unter dem Schreibtisch verkriecht.«

»Ich könnte mir vorstellen, dass seine Wahlkampfberater deine Einschätzung teilen. Was ist mit *dir?* Wie denkst *du* darüber?«

Er setzte sich auf eine Steinbank und lehnte sich mit dem Rücken gegen die Mauer, während die Hunde zu seinen Füßen ins Gras sanken. Sie hielten jedoch nicht lange still. Anna schob den Kopf durch die Haustür und ging zum Nebengebäude, in dem sie ihre Sportsachen aufbewahrte. Sie lachte, als Aisha und Jambo um sie herumsprangen, und versuchte, ihnen einen Schlag auf die Nase zu verpassen. Jedes Mal war sie ein klein wenig zu langsam. Er verfolgte das Spiel schweigend, bis sie über den Rasen zu ihm gelaufen kam. Eine Erinnerung daran, dass ihm keine andere Wahl blieb, als jeden Instinkt zu ignorieren, den er im Laufe der Jahre entwickelt hatte. Mitch Rapp, der Familienmensch. Der Friedensstifter. Die Quelle der Vernunft und des Kompromisses. Es fiel ihm schwer, nicht laut aufzulachen.

»Ich will einen Waffenstillstand. Kannst du ihn vermitteln?«

Als Kennedy antwortete, machte sie sich nicht die Mühe, ihre Erleichterung zu verbergen. »Ich werde Catherine noch heute Morgen anrufen und sehen, was ich tun kann.«

8

CIA-Hauptquartier
Langley, Virginia

Alles wirkte vertraut, aber wie so vieles in Langley war das eine Illusion. Tatsächlich war nichts mehr so wie früher. Die Organisation, die sie all die Jahre mit aufgebaut hatte, existierte nicht länger. Ideen, Werte und Überzeugungen, auf denen sie basierte, wurden mit erschreckender Geschwindigkeit und Leichtfertigkeit über Bord geworfen.

Irene Kennedy trug einen Besucherausweis und wurde von einer nervösen jungen Frau, die sie nie zuvor gesehen hatte, durch das Gebäude geführt. Catherine Cook hatte ihre Bitte um ein persönliches Treffen abgelehnt und stattdessen darauf bestanden, dass Kennedy sich an Darren

Hargrave wandte – den Mann, der sie ersetzt hatte. Sie nahm an, dass der Präsident ihr damit verdeutlichen wollte, dass sie in Washington inzwischen als *Persona non grata* galt. Catherine Cook hätte es vermutlich vorgezogen, die Sache selbst in die Hand zu nehmen. Es war ein Treffen, in dem das Potenzial steckte, die Amtszeit ihres Mannes entscheidend zu verlängern, und die First Lady war zu klug, um es einem so labilen Charakter wie Hargrave anzuvertrauen.

Die Reaktion der Menschen, an denen sie vorbeikam, war in ihrer Vorhersehbarkeit faszinierend. Ein paar alte Bekannte, die kurz vor der Pensionierung standen, blieben stehen und wechselten verschleierte Worte darüber, was mit der Organisation und dem Land geschah. Die meisten jedoch wendeten hastig den Blick ab und huschten davon.

In dem alternativen Universum, das die Hauptstadt der Nation bildete, war man entweder an der Macht oder unsichtbar. Viele einflussreiche Menschen scheiterten an dieser Umstellung und verbrachten den Rest ihres Lebens damit, um Reste zu betteln, die vom Tisch fielen. Kennedy hingegen hatte sich stets auf den Tag gefreut, an dem sie all das hinter sich lassen konnte. Natürlich entsprach es nicht der Art und Weise, wie sie sich diesen Ausstieg vorgestellt hatte, aber es brachte durchaus Vorteile mit sich. Ein klarer Schnitt ohne Komplikationen, die sie ausbremsten.

Die Philosophie von Mitch Rapp war sogar noch ungewöhnlicher. Am liebsten wäre er durchs Leben gegangen, ohne dass jemand in Washington je von seiner Existenz erfuhr. Paradoxerweise hatte er zu viel erreicht, als dass das eine Option blieb.

Und jetzt war sie hier und forderte weder die Dankbarkeit ein, die ihm gebührte, noch die Anerkennung, die er verdiente. Auch keine Entschädigung für die endlose Liste von Verletzungen, die er sich zugezogen hatte, oder für die persönlichen Verluste. Sie bat nur darum, dass man ihm erlaubte, den Rest seines Lebens in Frieden zu verbringen. Trotz allem, was er für sein Land geleistet hatte, war es das Höchste der Gefühle.

Sie betraten den Aufzug und fuhren in die sechste Etage. Als Kennedy ausstieg, fand sie zwar die gleiche Einrichtung vor, aber ausnahmslos neue Gesichter. Nicht überraschend, aber dennoch verwirrend. Alte Weggefährten hatten sie davor gewarnt, dass Hargrave wenig Interesse an den Aktivitäten der Agency in der restlichen Welt zeigte und sich ganz darauf konzentrierte, ihren Einfluss aus der Organisation zu tilgen. Talentierte Veteranen wurden degradiert, in den Ruhestand gedrängt oder auf bedeutungslose Posten versetzt, nur um durch Leute abgelöst zu werden, die sie selbst niemals in verantwortungsvollen Positionen installiert hätte.

Nach nur einer Woche unter der Leitung von Hargrave bewahrheiteten sich diese Prognosen. Der Schwerpunkt der CIA-Tätigkeit verlagerte sich vom Schutz des Landes auf den Schutz der Cooks.

Man wies ihr einen Stuhl in ihrem ehemaligen Vorzimmer zu und forderte sie auf zu warten. Es würde eine Weile dauern, vermutete sie. Ein unbedeutendes Machtspiel, dem so viele in Washington nicht widerstehen konnten. Eine weitere Erinnerung an ihre frisch erlangte Bedeutungslosigkeit.

Kennedy zog ein Tablet aus der Tasche und öffnete das eBook, das sie gerade las. Erstaunlicherweise beschäftigte es sich weder mit Geopolitik noch mit Wirtschaft oder Militärstrategie. Stattdessen handelte es sich um die Memoiren einer Frau, die nach Italien gezogen war, um ein altes Haus zu renovieren. Kennedy hatte es seinerzeit als gebundene Ausgabe gekauft, war aber gezwungen gewesen, es ungelesen der örtlichen Bibliothek zu spenden, als ihr der Platz im Bücherregal ausging. Jetzt hatte sie ein Drittel in elektronischer Form gelesen und fühlte sich prächtig unterhalten.

»Ma'am?«

Kennedy sah zu Hargraves Assistent auf. »Ja?«

»Elektronische Geräte sind verboten.«

Sie lächelte und widmete sich weiter ihrer Lektüre.

»Ich hätte dann jetzt Zeit für Sie, Irene.«

Fast eine Dreiviertelstunde nach ihrer Ankunft tauchte Darren Hargrave endlich in der Tür zu seinem Büro auf. Kennedy schaltete das Tablet ab und stand auf. Statt ihr die Hand zur Begrüßung zu geben, verschwand er wortlos im Raum. Sie sammelte ihre Sachen zusammen, trat ein und schloss die Tür, nur um festzustellen, dass er bereits hinter dem Schreibtisch saß.

Natürlich waren all ihre persönlichen Gegenstände verschwunden. Wie versprochen, hatte man sie ihr am Tag nach der Entlassung per Kurierdienst nach Hause geliefert. Die Kunstwerke, überwiegend Leihgaben, fehlten ebenfalls und waren durch unzählige gerahmte Fotos ersetzt worden, auf denen Hargrave mit anderen Leuten posierte. Das war nicht weiter ungewöhnlich. Die Bewohner Washingtons liebten es, Bilder von sich aufzuhängen, die sie in Gesellschaft der Reichen und Mächtigen zeigten. Bei genauerer Betrachtung stellte sie jedoch fest, dass Hargraves Auswahl etwas limitierter war. Auf jedem einzelnen Abzug – und es waren mehr, als sie zählen konnte, ohne aufzufallen – war Anthony Cook zu sehen. Interessant fand sie auch, dass keins der Fotos noch eine dritte Person zeigte.

»Setzen Sie sich.« Er wies auf einen Stuhl vor dem Schreibtisch.

Sie tat es und ignorierte dabei, dass die Worte in einem Tonfall kamen, mit dem man normalerweise einen Hund herumkommandierte.

»Catherine hat mich gebeten, dieses Gespräch zu führen, deshalb sitzen wir hier. Also, was wollen Sie?«

»Ich nehme an, Sie haben inzwischen herausgefunden, dass Mitch sich in Afrika aufhält?«

Er musterte sie wortlos. Ein Mann wie Hargrave interpretierte diese Aussage als versteckte Beleidigung. Eine Erinnerung daran, dass es ihm nicht gelungen war, Rapp in seinem Haus in Virginia festzunehmen und ihn daran zu hindern, das Land zu verlassen. In Wahrheit hegte sie keine Absichten, ihn zu brüskieren. Obwohl sie eine starke Abneigung für ihren Nachfolger empfand, konnte sie ihm kaum die Schuld für seine Erfolglosigkeit geben. Hätte man sie mit der Ergreifung von Mitch Rapp beauftragt, wäre es ihr auch nicht besser ergangen.

»Warum sollte mich das interessieren?«, feuerte er zurück und schien dann die Idiotie seiner Antwort zu erkennen.

»Es scheint, dass der Präsident befürchtet, Mitch wolle ihm schaden. Ich bin hier, um Ihnen zu versichern, dass das nicht der Fall ist.«

Er lachte. »Man hat mir gesagt, dass Sie eine überzeugende Frau sind, Irene. Aber ich bin kein Dummkopf.«

»Mitch ist auch keiner. Er erkennt an, dass der Präsident jedes Recht hatte, Mike Nash zu bitten, ihm Informationen aus der CIA-Datenbank zur Verfügung zu stellen, und dass es ihm freistand, mit diesen Informationen zu tun, was er für richtig hielt.«

»Es geht aber um mehr als das, nicht wahr, Irene? Nash ist nicht nur zum Reden nach Uganda gereist.«

»Mike hätte jederzeit aufhören können. Dass er es nicht getan hat, war seine eigene Entscheidung.«

»Ich frage noch einmal, Irene. Was wollen Sie?«

»Einen Waffenstillstand.«

Er betrachtete sie einige Sekunden lang schweigend. »Bedingungen?«

»Keine. Er will in Ruhe gelassen werden. Wenn der Präsident nichts gegen ihn unternimmt, wird er die gleiche Zurückhaltung üben.«

»Der große und schreckliche Mitch Rapp wird also einfach die andere Wange hinhalten, hm?«

»Er ist nicht so sprunghaft, wie die Leute ihn darstellen, Direktor Hargrave. Und er hat jetzt eine Familie.«

Ihr Nachfolger überlegte einen Moment lang. »Mag sein, dass er keine Bedingungen stellt, aber wir stellen welche.«

»Zum Beispiel?«

»Dass er und seine Leute dauerhaft abtauchen und keiner von ihnen jemals wieder einen Fuß in die Vereinigten Staaten setzt.«

»Wenn Sie von ›seinen Leuten‹ sprechen, wen meinen Sie damit?«

»Scott Coleman und sein Team.«

»Unmöglich. Sie sind Amerikaner und leben hier. Der Disput zwischen Mitch und dem Präsidenten hat nichts mit ihnen zu tun. Es bleibt der Regierung natürlich unbelassen, sie überwachen zu lassen, solange sie sich in den Vereinigten Staaten aufhalten, aber das wäre eine Verschwendung von Zeit und Ressourcen. Selbst wenn Mitch Anthony Cook etwas antun wollte – was er ganz sicher nicht will –, würde er wohl kaum Personen einbeziehen, von denen allgemein bekannt ist, dass sie ihm nahestehen.«

»Und was ist mit Rapp?«

Sie atmete lange aus. »Ich denke, ich kann ihn überzeugen, sich von den USA fernzuhalten, solange die Cooks an der

Macht sind. Was die Sichtbarkeit angeht, wird er wahrscheinlich zustimmen, dass er keinen aktiven Versuch unternimmt, sich einer Überwachung zu entziehen. Wenn Ihre Leute ihn aus irgendeinem Grund aus den Augen verlieren sollten, können sie ihn jederzeit kontaktieren, und er wird ihnen mitteilen, wo er sich aufhält. Außerdem halte ich es für vernünftig, ihm ein dreimonatiges Zeitfenster einzuräumen, um seine Angelegenheiten hier zu regeln.«

»Nie im Leben. Soll sich doch seine Freundin darum kümmern.«

Einmal mehr war Kennedy verwirrt von dem, was hier gerade geschah. Ohne Mitch Rapp gäbe es Amerika vermutlich gar nicht mehr. Nachdem ein einheimischer Terrorist das Stromnetz des Landes lahmgelegt hatte, war er es gewesen, der den Täter festgesetzt und in Erfahrung gebracht hatte, wie sich die Energieversorgung wieder in Gang setzen ließ. Ohne diese Maßnahme wäre Amerika unter Hunger, Kälte und Gewalt zusammengebrochen. Anthony Cook hatte dies kürzlich bei einer Unterredung selbst eingeräumt.

»Ich werde ihn fragen müssen«, sagte Kennedy schließlich. »Aber ich denke, er wird einverstanden sein.«

»Dann werde ich mich umgekehrt mit Tony abstimmen.«

Sie griff nach der Tasche neben ihrem Stuhl und stand auf. »Danke.«

Er zog einen Aktenordner aus einem Stapel zu seiner Linken und weigerte sich, ihr weiterhin Beachtung zu schenken.

9

In der Nähe von Franschhoek, Südafrika

Rapp schielte auf den Herzfrequenzmesser am Lenker und sah einen Wert, der ihn leicht beunruhigte. 183. Auf dem Großbildfernseher vor ihm war sein Avatar umgeben von anderen Radfahrern auf einer flachen Straße zu sehen. Die Software ermöglichte es ihm, sein Fahrrad für Echtzeitrennen zu benutzen, an denen Personen aus der ganzen Welt teilnahmen. Dieses Rennen hatte gemächlich begonnen, aber bei Kilometer 30 hatte sich eine kleine Gruppe abgesetzt, darunter einige junge Radprofis. In einem Anflug spontanen Wahnsinns hatte er beschlossen, sich dem Sprint anzuschließen.

Sein Trainingsprogramm – ein Dokument, das er für gewöhnlich so behandelte, als wäre es auf biblischen Steintafeln überliefert worden – sah vor, dass er 150 Kilometer mit einer moderaten Herzfrequenz von 135 zurücklegte. Sich auf die offene Straße zu begeben, wo er von einem Gewehrschuss oder sogar von einem Auto erwischt werden konnte, schien ihm jedoch keine so gute Idee zu sein. Dieses virtuelle Rennen war kein idealer Ersatz, aber weitaus gesünder, als seine Wut und Frustration mit allem zu betäuben, was sich im hinteren Teil des Schnapsschranks finden ließ.

Die simulierte Straße wurde steiler und der Rollentrainer erhöhte automatisch den Widerstand. Rapp schaltete einen Gang runter und ging aus dem Sattel. Der Schweiß rann ihm in Strömen von der Stirn, obwohl durch die Türen des Nebengebäudes ein angenehmer, 16 Grad kühler Luftzug hereinwehte.

187 Schläge pro Minute.

Auf dem Bildschirm überholte ein junger Bursche, der für ein belgisches Team fuhr, und schoss den Berg hinauf. Keiner war so verrückt, ihm zu folgen. Rapp schleppte zu viel Ballast auf den Schultern und in der Brust herum, um es ernsthaft in Erwägung zu ziehen. Und dann waren da noch die Jahre, die ihn von dem Jungspund am anderen Ende der Welt trennten. Jedes einzelne von ihnen war härter gewesen, als er sich erinnern mochte. Also hielt er sich in der Mitte der Verfolgergruppe. Das Tempo forderte seinen Tribut und die Gruppe fiel auseinander.

191 Schläge pro Minute.

Es hatte eine Zeit gegeben, in der er diesen Wert nicht als beunruhigend empfunden hätte. Doch jetzt musste er einräumen, dass ein 62 Kilo schwerer Knabe in seinem Keller in Antwerpen sich anschickte, das zu schaffen, was so viele vor ihm vergeblich versucht hatten: Mitch Rapp umzubringen, wenn er das Tempo noch mehr verschärfte.

Seine Lungenflügel fühlten sich an, als wären sie voll mit Batteriesäure, und das Brennen in den Beinen wurde so betäubend, dass sie zu versagen drohten. Weniger als eine halbe Minute bis zum Gipfel des Anstiegs. Er musste nur noch knapp 30 Sekunden durchhalten.

193 Schläge pro Minute. Seine Trainerin würde ihm eine Standpauke halten, wenn sie diese Datei sah. Vielleicht konnte er Marcus Dumond dazu bringen, sich einzuhacken und sie in einen gemütlichen Sechs-Stunden-Ausdauerlauf zu verwandeln.

Das Metallica-Geschrammel in den Kopfhörern wurde abrupt durch einen altmodischen Klingelton abgelöst. Die Nummer von Irene Kennedy erschien auf dem Handy, das am Lenker befestigt war, aber weder dieser Umstand noch die Tatsache, dass sein peripheres Sehvermögen zu schwinden begann, reichte aus, ihn zur Kapitulation zu bewegen. Er beugte sich vor, schloss die Augen und sprintete dem Gipfel entgegen. Erst als die Gruppe in Richtung Tal rollte, nahm er den Anruf an.

»Ja«, keuchte er, während die Fahrer ihn scharenweise überholten und in der Ferne verschwanden.

»Mitch? Geht es dir gut?«

Er stützte Arme und Stirn auf den Lenker. »Wird schon wieder.«

»Hast du Zeit zum Reden?«

»Ja. Was gibt's?«

»Ich habe gestern mit Darren Hargrave über dich gesprochen. Er hat mich heute Morgen angerufen, um mir mitzuteilen, dass die Cooks den Bedingungen zustimmen, die ich ausgehandelt habe.«

Rapp stolperte vom Fahrrad und klappte auf dem kalten Steinboden zusammen. »Was … Was für Bedingungen?«

»Dass du dich nicht in der Öffentlichkeit zeigst oder in die USA zurückkehrst, solange sie an der Macht sind.«

Mit einem Handtuch wischte er sich den Schweiß aus dem Gesicht. »Damit kann ich leben. Man kann nie wissen. Vielleicht verliert er ja die nächste Wahl.«

»Das ist meine Hoffnung, aber ich glaube nicht, dass man sich darauf verlassen sollte. Es gibt eine realistische Chance, dass er die maximalen acht Jahre im Amt bleibt. Und ich denke, es gibt auch eine realistische Chance, dass seine Frau die Nominierung der Partei gewinnt, wenn er die Bühne verlässt.«

»Also im schlimmsten Fall 16 Jahre.«

»Ja. Vorausgesetzt, sie verankern nicht eine längere Amtszeit im Gesetz.«

»Das scheint mir eher unwahrscheinlich zu sein.«

»Die Cooks zu unterschätzen wäre ein Fehler.«

Die Zahl 16 erschien ihm etwas abstrakt, bis ihm klar wurde, dass Anna realistischerweise eigene Kinder haben könnte, bevor er wieder einen Fuß in die eigene Heimat setzte. Er hätte dann vermutlich sogar Anspruch auf Sozialleistungen.

»Was bekomme ich dafür?«

»Ich denke, wir können davon ausgehen, dass du, Scott und seine wichtigsten Mitarbeiter weiterhin überwacht werden, aber darüber hinaus vergessen die Cooks, dass ihr jemals existiert habt.«

»Glaubst du ihm?«

»Eins steht jedenfalls fest: Im Moment ist er verängstigt. Der Geheimdienst steigert in seinem Auftrag die Sicherheitsvorkehrungen so drastisch, dass selbst ein Attentatsversuch durch dich vereitelt werden könnte. Wenn erst eine gewisse Zeit ins Land gegangen ist, in der du dich an deinen Teil der Vereinbarung gehalten hast, dürfte er sich wesentlich sicherer fühlen. Dann hast du wahrscheinlich nichts mehr zu befürchten.«

»Wahrscheinlich?«

»Ich will dich nicht anlügen, Mitch. Anthony Cook ist ein Mann, dem es um Macht und Dominanz über andere geht. Du kennst diesen Typus Mensch genauso gut wie ich. Die Frage ist, ob dieses Bedürfnis stärker ausgeprägt ist als sein Überlebensinstinkt.«

Der Anschluss, von dem aus sie anrief, war zwar verschlüsselt, aber nicht mit einem ihrer hochsicheren Protokolle. Es war durchaus möglich, dass die NSA mithörte, aber das war ihm in diesem Moment vollkommen egal.

»Damit bleiben mir drei Möglichkeiten.«

»Drei?«, fragte Kennedy. »Lass mal hören.«

»Erstens: Ich könnte versuchen, ihn auszuschalten. Aber das wäre eine knifflige Angelegenheit und würde mir garantiert nachträglich um die Ohren fliegen.«

»Ich stimme zu. Und die zweite Option?«

»Ich verschwinde. Ich packe heute Abend meine Sachen, tauche ab und segle den Rest meines Lebens unter dem Radar.«

»Ich sehe viele Nachteile bei diesem Plan, Mitch. Wenn er dich aus den Augen verliert, wird er befürchten, dass du hinter ihm her bist. Die ganze Welt wird Jagd auf dich machen. Lass uns lieber über Option drei reden.«

»Das ist die simple Variante. Ich verlasse mich auf sein Wort. Über mein Leben hier kann ich mich nicht beklagen. Ich könnte wieder in den Rennsport einsteigen, mich vollständig auskurieren, und wenn mir langweilig wird, erledige ich ein paar Jobs mit Scott.«

»Ich will nicht so klingen, als ob ich dich in eine Ecke dränge, Mitch, aber ich finde, das ist die einzig gangbare Alternative. Es ist zwar möglich, dass Cook die Sache nicht auf sich beruhen lässt, aber ich neige zu der Vermutung, dass er einen Strich darunter ziehen will. Und ich kann dir quasi garantieren, dass es der First Lady genauso geht.«

»Okay. Du hast mich überzeugt. Aber bevor ich zustimme, muss ich mit Scott und den Jungs reden. Sie werden unter Beobachtung stehen. Zumindest für eine gewisse Zeit besteht die Gefahr, dass er ihnen ans Leder will. Die Gelegenheit, sie in etwas hineinzuziehen, das sich im Nachhinein als schiefgelaufene Operation verkaufen lässt, könnte für Cook reizvoll sein. Falls sie bereit sind, sich darauf einzulassen, haben wir einen Deal.«

10

WEISSES HAUS
WASHINGTON, D. C.

»Ich habe soeben einen Anruf von Irene Kennedy erhalten«, erklärte Darren Hargrave. »Rapp hat unseren Bedingungen zugestimmt.«

Präsident Anthony Cook ließ den Blick durch das Oval Office wandern, zuerst zum besorgten Gesichtsausdruck von Stephen Wright, dann zur eher undeutbaren Miene der First Lady. Während alle anderen in der Raummitte standen, hatte sie sich für einen Platz auf einem der Polstermöbel entschieden.

Es schien, dass seine Frau endlich auf ein Problem gestoßen war, das ihr brillanter Verstand nicht zu lösen vermochte. Ihr fataler Fehler war stets die Überzeugung gewesen, dass andere Menschen – zumindest bis zu einem gewissen Grad – Sklaven der gleichen eiskalten Logik waren, die ihr Leben beherrschte. Nichts könnte weiter von der Wahrheit entfernt sein. Der Verstand des Durchschnittsmenschen war eine Flut aus widersprüchlichen Emotionen, die nicht durch Intellekt oder Kalkül eingegrenzt wurden. Liebe, Hass, Angst, Gier, Lust – alle kämpften um die Vorherrschaft, drängten sich in den Vordergrund oder zogen sich zurück, kontrollierten und rechtfertigten jede Aktion und Reaktion.

Ihr Rat mochte nützlich sein, wenn es um jemanden wie Irene Kennedy ging, aber bei einem Mann wie Mitch Rapp stocherte sie vollkommen im Nebel. Er war klüger und besser ausgebildet als die meisten Menschen, wurde aber von denselben Impulsen und Leidenschaften beherrscht.

Im Gegensatz zu seiner Frau konnte Cook diese Impulse nachvollziehen, denn er verspürte sie selbst. Das war es, was seine Popularität beflügelte und ihn für den Durchschnittswähler so anziehend machte. Und es ermöglichte ihm, die Bedrohung, die Mitch Rapp darstellte, auf eine Weise einzuschätzen, an der seine Frau kläglich scheiterte.

Oder steckte doch mehr dahinter? Er hatte fast sein ganzes Leben lang von der Präsidentschaft geträumt, aber Catherine war es, die ihm gezeigt hatte, dass es kein Selbstzweck sein musste. Dass es ein Sprungbrett sein konnte. Aber wenn für sie nichts als dieses große Ziel zählte, war er dann am Ende nur ein weiteres Rädchen in ihrem Getriebe? Eine Niederlage bei der nächsten Wahl hätte eine verheerende Wirkung auf die Verwirklichung ihrer eigenen Ambitionen. Sein Tod hingegen wäre ein vergleichsweise geringer Rückschlag. Ein Rückschlag, den sie ausnutzen könnte, um selbst nach dem Präsidentenamt zu greifen. Natürlich ein paar Jahre früher als geplant, aber in dieser Hinsicht war sie flexibel. Catherine Cook reagierte immer flexibel auf veränderte Umstände.

»Vertrauen Sie ihm?«, fragte Cook schließlich.

Hargrave lachte. »Machen Sie Witze? So wie er das sieht, haben Sie einen seiner besten Freunde losgeschickt, um ihn zu töten. Und ich glaube nicht, dass jemand so dumm ist, an die Geschichte von Nashs Selbstmord zu glauben. Rapp hat ihn zu Tode gefoltert, wie er es mit all seinen Feinden macht.«

Cook spürte, wie ihn bei den Worten des anderen ein vager Anflug von Übelkeit überkam, doch er ließ sich nichts anmerken. »Also bietet er einen Waffenstillstand an, um Zeit zu schinden.«

»Genau das, was ich erwartet habe, Sir. Er hält uns auf Abstand, um in Ruhe zu eruieren, wie er zuschlagen kann, bevor wir die Vorkehrungen für Ihre persönliche Sicherheit entscheidend ausgeweitet haben.«

»Meines Wissens überwachen wir jede Person aus seinem engeren Umfeld«, warf Catherine ein.

Hargrave zuckte mit den Schultern. »Es gibt nach wie vor keine zuverlässigen Informationen zu Scott Coleman. Wir glauben, dass er sich weiterhin auf Wards Anwesen in Uganda aufhält. Bruno McGraw ist kürzlich in Griechenland aufgetaucht. Unsere Leute vor Ort beobachten ihn. Bisher sind keine Überraschungen aufgetreten. Wir haben zwar alle im Blick, aber sie halten sich voneinander getrennt in Europa, Virginia, Südafrika und Wyoming auf. Im besten Fall macht er es uns unmöglich, sie alle mit einer einzigen Operation auszuschalten. Im schlimmsten Fall bringt er sie in Position, damit sie uns aus mehr Richtungen gleichzeitig attackieren, als wir es bewältigen können. In unserem derzeitigen Stadium der Vorbereitungen dürfte eine solche Taktik sogar funktionieren. Wir reden hier nicht von einem Haufen Amateure oder Fanatiker. Wir reden von dem Team, das vom IS-Anführer über den russischen Präsidenten bis hin zu Christine Barnett jeden umgebracht hat, den es wollte.«

Cook richtete das Wort an den Secret-Service-Direktor, bevor die First Lady dazwischengrätschen konnte. »Steve?«

»Wir machen stetig Fortschritte und verbessern unsere Sicherheit mit jedem Tag mehr. Aber sind wir bereit für einen konzertierten Angriff, falls ihn jemand wie Mitch Rapp koordiniert? Nein.«

Cook nickte langsam. Trotz der Vertrauten in seinem Büro und Millionen von Anhängern im ganzen Land fühlte er sich zunehmend isoliert.

»Das sehe ich genauso«, meinte er schließlich. »Die Tatsache, dass sich Rapp und seine Leute aus der Deckung wagen und überall verstreuen, scheint mir ein Trick zu sein. Ich frage mich, ob er versucht, uns auf eine falsche Fährte zu locken. Wie Darren bei unserem letzten Treffen hervorhob, sind Scott Coleman und seine Männer nicht die einzigen Rapp-Loyalisten da draußen. Wir haben keine Ahnung, welche Pläne er mit Einsatzkräften schmiedet, von deren Existenz wir gar nichts ahnen.«

»Das entspricht exakt unserer Einschätzung«, sagte Hargrave. »Ich habe Teams, die die Datenbank der Agency nach genau der Art von Leuten durchforsten, von denen Sie sprechen. Die Liste umfasst bereits mehr als 100 Kandidaten, von denen etwa die Hälfte keine amerikanischen Staatsbürger sind. Und vergessen wir nicht, dass Rapp selbst recht wohlhabend und sein Bruder ein Milliardär ist. Mit diesen finanziellen Mitteln könnte er einen Kontraktor oder eine ganze Reihe von Auftragnehmern anheuern, zu denen er keine nachweisbare Beziehung pflegt. Alles, was er tun müsste, wäre, sie mit einem Plan auszustatten und ihnen den nötigen Zugang zu verschaffen.«

»Und was gedenken Sie dagegen zu unternehmen?«, erkundigte sich Catherine von ihrem Platz auf dem Sofa. »Sie haben bereits versucht, ihn in seinem Haus zu erledigen, und sind gescheitert. Warum sperren Sie sich gegen die Möglichkeit, dass er bereit ist, die Sache auf sich beruhen zu lassen? Mitch Rapp ist ein kaltblütiger Killer, aber er war nie jemand, der sich hinter Lügen und Täuschung versteckt. Wenn er jemanden tot sehen will, macht er daraus keinen Hehl.«

»Worauf willst du hinaus?«, fragte der Präsident.

»Ich will darauf hinaus, dass ein weiterer Schlag gegen ihn besser erfolgreich sein sollte. Andernfalls wird es keine Verhandlungen oder Waffenstillstände mehr geben. Dann heißt es: er oder wir.«

»Er oder *ich*«, korrigierte Cook. »Ich bin derjenige, der in seinem Fadenkreuz steht, Catherine. Nicht du. Nicht Darren. Nicht Steve. *Ich.*«

Sie weigerte sich, den Blick abzuwenden. »Ein Grund mehr, mit Bedacht zu agieren, findest du nicht?«

»Auf jeden Fall«, stimmte Hargrave zu. Ein kaum wahrnehmbares Lächeln umspielte seine Lippen. Cook kannte diese Regung. Der Mann wusste etwas, das alle anderen nicht wussten.

»Wie denken Sie darüber, Darren?«

»Nun, wir sollten unbedingt auf sein Angebot eines Waffenstillstands eingehen. Danach dürfen wir zwar nicht mehr gegen ihn vorgehen, aber das kann dann ja ein anderer für uns übernehmen.«

»Ich bin nicht in der Stimmung für Ratespielchen«, mahnte Cook. »Worauf wollen Sie hinaus?«

Das Lächeln des CIA-Chefs wurde breiter. »Wie ich schon sagte, sind wir alle Geheimakten der Agency über Rapp und die Leute durchgegangen, mit denen er im Laufe der Jahre in Verbindung gekommen ist. Überraschenderweise stellt sich heraus, dass seine interessanteste Beziehung einen Auftragskiller namens Louis Gould betrifft.«

»Gould?«, erinnerte sich Cook. »Ich wurde irgendwann mal über ihn und seine Frau gebrieft. Wenn ich mich recht erinnere, sind beide tot. Und das schon seit einer ganzen Weile.«

»Louis ist definitiv tot. Getötet von Mitch Rapps Mentor. Seine Frau ist allerdings eine andere Geschichte. Sie können sich nicht vorstellen, wie viel Aufwand betrieben wurde, um den Eindruck zu erwecken, dass sie verstorben ist, und anschließend alle Hinweise auf den betriebenen Aufwand aus den Unterlagen zu tilgen. Es wurde so gründlich gearbeitet, dass eine Reihe von Lücken zurückblieb. Lücken, die nur jemandem auffallen, der sehr genau hinschaut.«

»Was kümmert uns das?« Catherine machte sich nicht die Mühe, ihre zunehmende Gereiztheit zu verbergen.

»Es existieren zwar keine Aufnahmen von Claudia Gould mehr in unserer Datenbank, aber dem Mossad ist es gelungen, ein Foto zu organisieren.« Er griff in die Tasche und förderte die grobkörnige Ablichtung einer jungen Frau zutage, die in einem Café saß, offenbar in Europa.

»Darf ich Ihnen Mitch Rapps Freundin vorstellen? Claudia Dufort.«

Cook griff nach dem Foto. »Sind Sie sicher?«

»100-prozentig.«

»Interessant«, fand Stephen Wright. »Aber was nützt uns das?«

»Claudia Gould war nicht nur die Ehefrau von Louis, sondern auch für die gesamte Logistik seiner Operationen zuständig. Und als vollwertige Partnerin machte sie sich viele Feinde. Deshalb war es notwendig, sie verschwinden zu lassen. Obwohl der Agency nicht viele Informationen über ihr Leben als Claudia Dufort vorliegen, verfügt sie über haufenweise Unterlagen zu ihren Aktivitäten und denen ihres Mannes in den zurückliegenden Jahren. Dazu gehört auch eine ziemlich lange Liste von Leuten, mit denen sie sich angelegt hat. Was wäre, wenn eine dieser Personen herausfindet, dass sie noch lebt und sich in Südafrika niedergelassen hat?«

Cook ließ sich die Frage durch den Kopf gehen. »Man würde Jagd auf sie machen, nicht auf Rapp. Und wenn wir bei der Weitergabe der Informationen vorsichtig sind, gäbe es für ihn keinen Anlass zu vermuten, dass wir etwas damit zu tun haben.«

»Genau«, sagte Hargrave. »Unser Worst-Case-Szenario sieht vor, dass Rapp den Angriff auf sie vereitelt und anschließend abtaucht, weil er befürchten muss, dass ihr vorgetäuschter Tod aufgeflogen ist. Alternativ scheitert er und wird von Schuldgefühlen und dem Drang nach Rache übermannt.«

Cook nickte langsam. »So oder so verschafft uns das ausreichend Spielraum, um meine erweiterten Sicherheitsvorkehrungen in trockene Tücher zu bringen.«

»Genau.«

»Sie meinten, das sei unser Worst-Case-Szenario. Und der Optimalfall?«

»Er fängt sich für sie oder die gemeinsame Tochter eine Kugel ein und endet als Kollateralschaden. Damit wären auf einen Schlag all unsere Probleme gelöst.«

Catherine Cook sah Hargrave und Wright beim Verlassen des Oval Office hinterher, dann wandte sie sich ihrem Mann zu. Er wirkte müde. Unsicher. Anstatt Stärke auszustrahlen, schien er Schwäche zu verbergen. Eine subtile Veränderung, aber eine, für die das amerikanische Volk ein Gespür besaß. Sobald sie sich im kollektiven Unterbewusstsein festgesetzt hatte, schlug die Verehrung für den Präsidenten in Abscheu um. Ohne den genauen Grund zu kennen, würde man sich von ihm abwenden und auf die Suche nach einem neuen Staatsoberhaupt begeben, das ihnen gab, wonach sie verlangten.

Ihr Mann erwiderte ihren Blick. »Was?«

»Wie viel Sicherheit ist genug, Tony? Wie lange wird es dauern, bis du davon ausgehst, geschützt vor Mitch Rapp und seinen Leuten zu sein? Wie lange wird es dauern? Und wird die Sicherheit nur hier in diesem Gefängnis gewährleistet sein, das du dir selbst gebaut hast? Oder wirst du eines Tages in der Lage sein, wieder hinaus in das Land zu gehen, das du eigentlich regieren sollst? Die Presse und deine Wähler werden bereits aufmerksam. Während Nicholas Ward sich mit afrikanischen Terroristen anlegt, verschanzt du dich hinter deinem Schreibtisch.«

Wie erwartet – und beabsichtigt – entlud sich sein Zorn. »Wir kontrollieren den Kongress, wir kontrollieren die entscheidenden Regierungsbehörden, und ich habe bewiesen, dass ich genug Einfluss besitze, meine Leute auf Führungsposten zu hieven oder sie vom Hof zu jagen …«

»All das kann über Nacht vorbei sein, Tony. Das weißt du genauso gut wie ich. Wir haben erlebt, wie es anderen Politikern ergangen ist. Zu glauben, wir seien immun, könnte sich als kapitale Fehleinschätzung herausstellen. Ich bin grundsätzlich deiner Meinung, dass wir Vorsichtsmaßnahmen treffen und deine Sicherheit optimieren müssen, aber irgendwann muss es genug sein. Wir brauchen eine konkret definierte Ziellinie. Sobald sie erreicht ist, müssen wir mit dem Tagesgeschäft weitermachen.«

»Ach, bist du plötzlich eine Sicherheitsexpertin?«

»Ach, ist Darren plötzlich einer?«, konterte sie. »Er ist ein manipulativer Psychopath, der förmlich von dir besessen ist. Genau das, was wir gebraucht haben, aber ich befürchte, dass du ihm mittlerweile das Ruder überlassen hast.«

»Er ist loyal, Cathy. Das findet man selten in dieser Stadt. Vielleicht seltener, als ich dachte.«

Sie war sich nicht sicher, ob die Bemerkung auf sie gemünzt war, aber jetzt war nicht der richtige Zeitpunkt, das herauszufinden. »Er stürzt sich auf dich wie ein Parasit auf seinen Wirt, Tony. Als ob er sich von deinem Blut ernährt. Als ob er alle anderen aus deiner Umlaufbahn verdrängen will, bis er der Einzige ist, der übrig bleibt. Mitch Rapp ist das Beste, was ihm je passiert ist. Er wird immer neue Ansatzpunkte finden, neue Bedrohungen, vor denen nur er dich beschützen kann. Denk mal darüber nach, Tony. Wie viele Existenzen hat Darren Hargrave in den Jahren, seit wir ihn kennen, vernichtet? Wie viele Karrieren hat er beendet? Tapp du nicht auch in diese Falle. Bitte.«

Cook drehte sich zu den Fenstern und betrachtete die Lichter der Stadt. »Ich lasse mich nicht von Darren an der Nase herumführen, Cathy. Ich verstehe ihn besser als jeder andere. Besser als er sich selbst versteht. Ohne mich hört er auf zu existieren. Der Vergleich mit der Umlaufbahn, den du eben benutzt hast, trifft es sehr gut. Ich bin die Sonne für ihn. Sobald ich getötet werde, wird in seiner Welt alles dunkel.«

»Ich hätte nie gedacht, dass ich das mal zu dir sage, Tony, aber du bist naiv. Niemand kann dir so gefährlich werden wie Darren. Er wird diesem Waffenstillstand keine Chance geben, denn wenn er funktioniert, verblasst er zu einem von vielen Drahtziehern in Washington. Du hast ihm einen Weg aufgezeigt, dich zu dominieren, und er wird alles riskieren – auch dein Leben und sein eigenes –, um sich diesen Pokal zu sichern.«

Immer noch mit dem Rücken zu ihr schüttelte Cook langsam den Kopf. »Jeder andere in dieser Stadt hat einen Plan B. Im Moment brauchen sie mich, um ihre Macht zu erhalten. Aber wenn ich nicht mehr da bin, hängen sie sich einfach an meinen Nachfolger dran oder nutzen das zwischenzeitliche Machtvakuum sogar, um die eigene Position zu verbessern. Darren hingegen hat keinen Plan B. Er will nicht Präsident werden. Oder Senator. Oder gar CIA-Direktor. Er will bloß meine Dankbarkeit spüren. Und meine Liebe.«

11

In der Nähe von Franschhoek, Südafrika

Rapp kramte in einer Schublade und fand, wonach er suchte: eine Level-II-Schutzweste von Safariland. Sie hielt zwar nicht viel ab, aber sie trug sich ziemlich bequem und war besser als nichts. Er streifte sie über ein Tanktop aus Mesh und komplettierte das Outfit mit einem mattgrünen Sweatshirt. Die farblich abgestimmten Shorts und Schuhe passten nicht zur aktuellen Laufmode mit bunten Kontrasten, aber falls sein Trailrun nicht wie geplant verlief, boten sie zumindest ausreichend Tarnung. Und für den Fall, dass die Sache ernsthaft aus dem Ruder geriet, hatte er eine Glock 30 samt Ersatzmagazin in der Gürteltasche dabei.

Seit dem Beginn des Waffenstillstands mit den Cooks waren zwei Wochen verstrichen. In dieser Zeit hatte er sich nicht über die Mauern von Claudias Grundstück hinausgewagt. Eine überraschend erholsame Atempause, die es ihm gestattete, einige vernachlässigte Aspekte seines Lebens zu regeln und dem häuslichen Fitnessstudio den letzten Schliff zu verpassen. Trotzdem konnte er sich nicht ewig verkriechen. Irgendwann musste er den Kopf in die Welt hinausstecken, um sich zu vergewissern, ob die Cooks ihn dran ließen.

Dieser Tag war heute.

Er hatte vor, sich von Claudia am nordöstlichen Rand eines örtlichen Trailrouten-Netzes absetzen zu lassen. Drei Stunden später sollte ihn ein Taxi an der südwestlichen Seite wieder einsammeln. Nach der letzten Zählung war das amerikanische Team, das ihn beobachtete, auf drei Personen angewachsen, aber keiner von ihnen wirkte wie ein trainierter Schütze. Und selbst wenn er falschlag, dürfte es ihnen schwerfallen, kurzfristig einen Hinterhalt in einem Naherholungsgebiet zu legen. Dennoch reichte sein Vertrauen nicht so weit, dass er Weste und Waffe zu Hause ließ.

Rapp wählte eine CamelBak aus seiner Sammlung und füllte sie im Waschbecken im Bad, als AC/DCs *Back in Black* auf dem Handy losdudelte. Das Gerät war mit dem Alarmsystem des Hauses gekoppelt. Jeder Untersektion war eine eigene Melodie zugeordnet. Der Rocksong wies darauf hin, dass die Bewegungssensoren an der Zufahrtsstraße zum Tor angeschlagen hatten. Es war Sonntag, also konnte es kein Postbote oder Paketdienst sein. Trotzdem musste es nicht zwangsläufig etwas zu bedeuten haben. Sein neues Leben machte es unmöglich, Variablen so zu kontrollieren, wie er es gewohnt war. Spielkameraden, Nachbarn, die vorbeikamen, sogar Vieh, das sich von nahe gelegenen Bauernhöfen auf das Grundstück verirrte. Ständig wurde Fehlalarm ausgelöst. Wären die Cooks nicht gewesen, hätte er die Überwachungsanlage tagsüber vermutlich abgeschaltet.

Er griff nach dem Telefon und stellte eine Verbindung zu den betreffenden Überwachungskameras her. Was er diesmal sah, war allerdings weder eine verirrte Kuh noch ein Pflücker vom Weinberg, der eine ruhige Ecke für seine Frühstückspause suchte. Stattdessen näherten sich zwei SUVs neuester Bauart mit hoher Geschwindigkeit dem Tor. Wahrscheinlich waren es Mietwagen, aber das verriet ihm nichts darüber, wer darin saß; nur dass die ungebetenen Besucher nicht von hier kamen. Vermutlich entpuppte sich das Ganze als harmlos. Und trotzdem: Das Tempo der Fahrzeuge bereitete ihm ein ungutes Bauchgefühl.

»Anna!«, rief er und stürmte in den Flur.

»Bin in meinem Zimmer, Mitch.«

Er fand sie am Schreibtisch, wo sie Plüschtiere drapierte, statt die Hausaufgaben zu erledigen, die sie bereits das ganze Wochenende vor sich herschob.

»Komm mit.« Er streckte die Hand aus. »Nach unten.«

»Wieso? Was …«

Er packte sie am Arm und zerrte sie vom Stuhl. »Beeilung!«

Als sie die Treppe erreichten, stemmte er sie kurzerhand in die Höhe und nahm jeweils drei Stufen auf einmal.

»Claudia!«

»Wohnzimmer«, rief sie zurück. Er verspürte eine Welle der Erleichterung. Dank des bedeckten Himmels und der kühlen Temperaturen war sie nicht draußen, um sich im Garten auszutoben.

»Schutzraum! Sofort!«

»Was ist los?«, hörte er sie fragen, als er bereits die Stahltür aufriss und seine strampelnde Tochter hineinschob. Sie hatten diese Situation oft trainiert. Claudia rauschte an ihm vorbei, ohne die Antwort abzuwarten. Rapp verstaute das Handy in der Reißverschlusstasche seines Sweatshirts und befestigte mit Gewebeband, das er aus einer Schublade mitgenommen hatte, das Bluetooth-Headset am Ohr. Einen Moment später stand die Verbindung zu Claudia.

»Die Überwachung ist angesprungen. Ein SUV ist kurz vor dem Tor, ein weiterer folgt in dichtem Abstand. Keine weiteren potenziellen Bedrohungen sichtbar.«

Die schlitternde, aber kontrollierte Vollbremsung war kein Manöver, das er einem FedEx-Lieferanten oder gar den alkoholsüchtigen Verwandten des Nachbarn zutraute. Die Chance, dass es sich um falschen Alarm handelte, schwand rapide.

»Der Beifahrer des vorderen Geländewagens steigt aus. Er sieht aus wie … Ich könnte schwören, dass es ein Latino ist. Viele Tattoos, keine erkennbare Bewaffnung, aber er hält etwas in der Hand. Warte … Er klebt es an das Schloss. Das muss Plastiksprengstoff sein.«

Ihre Stimme verriet keine Regung – weder Angst noch Zweifel oder Zögern. Er neigte dazu, es zu verdrängen, aber wenn es darauf ankam, war Claudia Gould ein absoluter Profi.

»Das wird genügen«, stellte Rapp in einem ebenso sachlichen Ton fest. »Sonderlich massiv ist das Tor nicht.«

Tatsächlich handelte es sich um einen ganz gewöhnlichen Satz Eisenstangen mit einem ebensolchen Verriegelungsmechanismus und Scharnieren, wie man sie in jedem Baumarkt bekam. Wenn der Riegel erst einmal überwunden war, hielt ihn nur noch die jämmerliche Mechanik an Ort und Stelle, mit der man ihn per Fernbedienung öffnen und schließen konnte.

Er widerstand der Versuchung, sich an ein Fenster zu schleichen. Claudia konnte auf hochauflösende Audio- und Videoübertragungen im gesamten Haus und auf dem Grundstück zurückgreifen und alle relevanten elektronischen Systeme von hier aus steuern. Es gab keinen Grund, sich unnötig in Gefahr zu begeben, solange es nicht absolut notwendig war.

»Soll ich den Alarm auslösen, Mitch?«

Das System war mit einem privaten Dienstleister verbunden, der im Notfall einen Mitarbeiter herschickte und die Polizei benachrichtigte. Letztlich gestaltete das die Situation aber nur unberechenbarer. Im besten Fall kamen sie ihm in die Quere, im schlimmsten Fall wurden sie selbst getötet.

»Negativ«, entschied er. »Nur falls es mich erwischt.«

Das gedämpfte Geräusch einer Explosion erreichte ihn, als er die Küche betrat und eine Schublade in der Granitinsel öffnete. Die Schublade ließ sich auf volle Länge ausziehen, blieb aber nach drei Vierteln des Weges hängen. Mit einem kräftigen Ruck sprengte er das Holzstück, das die Schublade blockierte. Eine Glock 19 und zwei Ersatzmagazine klebten mit Tape an der Rückseite. Er hatte überall im Haus ähnliche Waffenverstecke eingerichtet, keins davon so leicht zugänglich, wie es ihm lieb gewesen wäre. Der Preis für das Zusammenleben mit einer Siebenjährigen.

»Sie benutzen einen der SUVs, um durchs Tor zu brechen und …«

Er hörte Anna etwas Unverständliches sagen. Was auch immer es war, ihre Mutter reagierte sofort. »Leg dich wieder auf den Boden und halt den Mund!«

Es überraschte ihn nicht, dass kaum hörbare Schluchzer folgten.

»Schon okay«, beruhigte er sie. »Bleib ganz ruhig. Sind sie durch, Claudia?«

»Ja. Ein Mann zu Fuß. Er hat eine Pistole in der Hand, aber ich kann nicht erkennen, was für ein Modell. Die anderen sitzen am Steuer. Einer fährt zum Vordereingang, der andere zur Ostseite.«

Wie es jetzt weiterging, war nicht schwer vorherzusehen.

»Die Hunde kommen von hinten ums Haus, Mitch. Anna! Bleib unter dem Tisch und behalt den Kopf unten! Es wird alles gut.«

Rapp rannte ins Wohnzimmer, blieb aber in der Nähe der hinteren Hauswand. Auf das Geräusch hochdrehender Motoren folgten Schüsse in rascher Folge, die aus einer einzelnen Waffe zu stammen schienen. Er begab sich in eine Position, von der aus er durch das westlichste Wohnzimmerfenster verfolgen konnte, was draußen vor sich ging. Die Schüsse verstummten, als sich Aisha und Jambo auf den Eindringling stürzten. Ihm fiel die Waffe aus der Hand und er wehrte sich mit bloßen Händen. Wenige Augenblicke später zerstreuten sich Rapps Befürchtungen, Annas Hunde würden mehr bellen als beißen. Ihre Schnauzen waren rot gefärbt und der Gegner stellte keine Bedrohung mehr dar.

»Der Typ, der zu Fuß unterwegs ist, scheint ausgeschaltet zu sein«, bestätigte Claudia im selben Moment. »Die Übrigen steigen aus den beiden Geländewagen.«

»Kannst du mir sagen, wie viele es sind? Ich kann von meiner Position aus nichts erkennen.«

»Noch nicht. Die Hunde verfolgen das Auto an der Mauer entlang.«

Rapp schob sich nach rechts, bis er das Fahrzeug erkennen konnte. Beide Tiere stürzten sich auf ihre Ziele: die ersten beiden Männer, die vorn aus dem Geländewagen stiegen. Die Eindringlinge wurden zurückgeschleudert und gingen zu Boden. Einer feuerte reflexartig, traf aber nichts. Aisha, der kleinere der beiden Hunde, erwies sich als die Cleverste. Sie ging dem Mann direkt an die Kehle und verbiss sich darin.

Jambo kümmerte sich um den Arm. Der auf diese Weise Attackierte geriet dermaßen in Panik, dass er den Zweck von Waffen vergaß. Statt zu schießen, setzte er sie als unwirksamen Knüppel ein.

»Ich habe das Fahrzeug an der Mauer im Blick«, sagte Rapp. »Erzähl mir, was mit dem anderen los ist.«

»Warte kurz … Okay, sie sind ausgestiegen. Fünf Männer insgesamt.«

Auch der SUV an der Ostseite war inzwischen leer. Die verbliebenen beiden Männer hatten ihn klugerweise auf der anderen Seite verlassen und pirschten sich aus zwei Richtungen an. Die Tatsache, dass die Hunde aktuell mehr oder weniger unbeweglich waren, machte sie zu leichten Zielen.

Sie gingen im Kugelhagel zu Boden, aber erst nachdem zwei Männer tot waren und ein weiterer verletzt. Ihre Chancen gegen Rapp sanken damit massiv. Gleichzeitig warf der unangekündigte Besuch eine Reihe von Fragen auf. Die entscheidende: Wer waren diese Arschlöcher? Keine Profis. Er hielt sie eher für eine Bande von Vollstreckern eines Drogenkartells, mit dem er einmal in Kalifornien zu tun gehabt hatte.

»Zehn Männer insgesamt.« Claudias Stimme aus dem Headset. »Zwei sind erledigt, einer ist noch in Bewegung, aber am linken Arm verwundet. Beide Hunde rühren sich nicht mehr.«

Annas Stimme ertönte. Erneut wurde sie von ihrer Mutter zum Verstummen gebracht. *»Ich hab dir doch gesagt, du sollst in Deckung bleiben und den Mund halten!«* Diesmal wuchs Annas Schluchzen zu einem regelrechten Gebrüll an.

»Die drei Männer aus dem östlichen Fahrzeug schleichen auf dieser Seite um das Haus herum«, meldete Claudia. Ihr Tonfall war inzwischen wieder von zuversichtlicher Gelassenheit geprägt. »Der Verletzte blutet stark, aber er unternimmt nichts dagegen. Er ist mit einer Pistole bewaffnet. Die beiden anderen haben Sturmgewehre. Alle Männer aus dem anderen Fahrzeug scheinen sich auf die Vordertür eingeschossen zu haben. Zwei weitere Sturmgewehre, die anderen drei haben Handfeuerwaffen. Es sind keine Schutzwesten zu erkennen, aber sie könnten leichte Westen unter der Kleidung tragen. Einer hat einen taktischen Gürtel mit Taschen umgeschnallt, in denen Granaten stecken könnten. Gut möglich, dass die Männer, die von hinten ums Gebäude kommen, ebenfalls mit Sprengstoff ausgerüstet sind, aber mir fehlt der Blickwinkel, um das zu klären.«

»Wie steht es mit den Innentüren?«

»Die meisten stehen offen, aber ich habe bei allen die Verriegelung aktiviert. Sobald du sie schließt, bleiben sie zu.«

Glücklicherweise war das alte Haus in viele einzelne Räume unterteilt. Das verschaffte einem einzelnen Mann deutliche Vorteile gegen eine größere Gruppe. Rapp arbeitete sich systematisch durch das Erdgeschoss vor und zog alle Türen ins Schloss. Mit Claudias Unterstützung konnte er auf Zuruf jeden Raum betreten, den er wollte, aber seine Angreifer mussten sich größtenteils mit engen Fluren, Treppenabsätzen und dem Hauptwohnbereich begnügen.

Ein weiterer Vorteil war, dass er die Materialien kannte, die im Hausinneren zum Einsatz kamen. Einige Türen bestanden nur aus Holz, andere verfügten über einen kugelsicheren Kern. Ebenso beschränkten sich einige Wände auf Gebälk und Isolierung, andere waren aus massivem Stein gemauert, wieder andere mit ballistischem Glasfasergewebe verstärkt. Dank der Kennzeichnungen, die nur ein Eingeweihter wahrnahm, konnte er die Sicherungsstufen in der Hitze des Gefechts problemlos unterscheiden. Dazu gesellten sich ein paar kevlarverstärkte Möbelstücke. Das musste reichen. Obwohl es bei Weitem nicht dem Sicherheitsstandard seines Hauses in den USA entsprach, gab es genug, womit sich arbeiten ließ.

»Zwei Männer vor dem Haus sind umgedreht und kommen jetzt um die Westseite des Hauses herum. Das ergibt fünf Männer auf der Rückseite, einer davon verletzt. Die drei auf der Vorderseite schwärmen aus. Einer in Richtung Eingang, einer zum vorderen Esszimmerfenster, der andere mit Sturmgewehr zum ersten Wohnzimmerfenster. Der Mann am Eingang spricht offenbar in ein Kehlkopfmikrofon. Sie koordinieren sich untereinander. Er scheint das Sagen zu haben.«

Alle Fenster waren vergittert – nichts Ausgefallenes, aber auch nicht ohne Weiteres zu überwinden. Selbst mit Sprengstoff biss man sich daran zunächst die Zähne aus. Die Gitterstäbe boten nicht genügend Angriffsfläche, und die Außenwände, in die sie eingelassen waren, bestanden aus massivem Stein. Vorder- und Hintertür boten die besten Chancen, in das Gebäude zu gelangen, wenngleich auch sie nicht leicht zu überwinden waren. Beide verfügten über einen Stahlkern, mehrere Riegel und verstärkte Scharniere. Eine nicht ausreichend starke Sprengladung blockierte sie eher, als sie zu öffnen.

»Haustür entriegeln«, befahl Rapp.

»Verstanden. Haustür ist entriegelt. Okay, es sieht aus, als ob sie die Fenster an der Front einschlagen wollen. Ich denke, du kannst dich auf ein paar Feuerwerkskörper gefasst machen, aber da, wo du gerade bist, sollte dir nichts passieren. Die Männer hinten platzieren etwas an der Tür, das nach einem Sprengsatz aussieht.«

Rapp postierte sich hinter der Eingangstreppe, sodass er das Wohnzimmer in der einen und das Esszimmer in der anderen Richtung überblicken konnte. Er lehnte sich mit dem Rücken an die Wand und hielt sich zwischen beiden Gruppen, um bestmöglich vor den anstehenden Explosionen geschützt zu sein.

»Behalt die Fenster im Auge. Der Mann an der Tür greift nach der Klinke.«

Auf das Geräusch von zersplitterndem Glas folgte das Knarzen der sich öffnenden Vordertür. Einen Moment später erschütterte ein Knall im rückwärtigen Bereich das Haus.

»Die Hintertür ist weggesprengt, ebenso ein Teil der Wand. Die Eingangstür steht offen und die vorderen Fenster sind zersplittert. Auf der Rückseite kommt bislang niemand rein. Es gibt eine Menge Qualm und etwas Feuer. Soll ich die Sprinkleranlage einschalten?«

»Nur wenn der Brand außer Kontrolle gerät. Wir sollten ihre Sicht und ihre Fähigkeit zum Atmen so stark wie möglich einschränken.«

»Verstanden. Die Männer im Freien scheinen darüber zu diskutieren, wer als Erster reingeht.«

Das deutete darauf hin, dass es keine absoluten Vollidioten waren. Sobald sie den Abstellraum hinter sich gelassen hatten, würden sie einen mit Rauch geschwängerten Flur vorfinden, der von verschlossenen Türen gesäumt wurde und durch eine weitere vom Haupthaus abgeschottet wurde.

»Der Mann, den ich für den Verantwortlichen halte, macht Anstalten, das Haus durch die Vordertür zu betreten, Mitch. Nur eine Handfeuerwaffe. Er steht mit dem Rücken zur linken Außenwand und schaut sich um. Okay. Er ist drin. Er sieht in deine Richtung die Treppe rauf. Er dreht sich nach rechts und nimmt das Wohnzimmer ins Visier. Jetzt!«

Rapp bewegte sich weit genug an der Wand entlang, um den Mann in Reichweite zu holen. Ein einziger Schuss traf ihn in die linke Schläfe und bespritzte die Wand mit Hirngewebe, Blut und Knochensplittern. Hastig zog er sich zurück.

»Der Mann am Esszimmerfenster brüllt den Mann am Wohnzimmerfenster an«, sagte sie, obwohl er es von seinem Platz aus hören konnte. Das Wortgefecht fand auf Spanisch statt.

»Sie wirken unschlüssig, was sie machen sollen. Zwei Männer gehen hinten rein, während die anderen drei draußen warten. Es gibt immer noch eine Menge Rauch, aber das Feuer scheint von selbst auszugehen.«

»Verstanden.«

Rapp wandte sich nach links und warf sich in der gleichen Sekunde bäuchlings auf die Fliesen, in der Claudias Stimme erneut in seinem Ohr ertönte.

»Eine Granate fliegt durchs Wohnzimmerfenster!«

Die Explosion schleuderte eine schwere Anrichte quer durch den Raum. Er beobachtete, wie sie an der Wand zerschellte. Ein voller Erfolg, sofern ihr Ziel der Großbildfernseher gewesen war, auf dem die Familie regelmäßig ihre *Grand Theft Auto*-Sessions austrug, ansonsten eher eine Verschwendung von perfekt geeignetem Sprengstoff. Erneut beschäftigte ihn die Frage, wer diese Arschlöcher waren. Wenn sie das Beste waren, was die Cooks auftreiben konnten, stand es nicht gut um die Special-Ops-Community in den Staaten.

»Es ist nach wie vor schwierig für mich, den hinteren Gang klar zu erkennen, aber die beiden Männer scheinen die Tür am Ende erreicht zu haben. Die zwei vor dem Eingang bewegen sich auf die weiterhin geöffnete Haustür zu. Ich glaube, einer hält eine Granate in der Hand, aber sonst ist kein Sprengstoff in Sicht. Wenn du jetzt losrennst, solltest du es gerade noch schaffen, sie rechtzeitig zu schließen.«

Er sprang auf, sprintete zum Foyer, donnerte die Tür zu und zog sich auf den alten Posten zurück. Eine Granate reichte nicht aus, um das Holz zu durchschlagen, es sei denn, sie wurde extrem platziert gezündet. Womöglich kamen sie auf die Idee, ihr Fahrzeug zu diesem Zweck einzusetzen, aber nach allem, was er bisher mitbekommen hatte, traute er ihnen so viel Cleverness nicht zu.

»Ist die Luft im Wohnzimmer rein?«

»Ja. Sie sind draußen stehen geblieben. Das Zuschlagen der Tür scheint sie aus dem Konzept gebracht zu haben.«

»Nenn mir die konkrete Position des Typen, der mir am nächsten ist«, bat er, während er sich vorarbeitete. Das Sofa zur Linken schwelte, zumindest schlugen keine Flammen aus dem Stoff.

»Etwa einen Meter östlich der Veranda. Der andere befindet sich in einer ähnlichen Position auf der entgegengesetzten Seite. Sie stehen sich gegenüber, mit den Schultern vielleicht einen halben Meter von der Fassade entfernt. Die Männer auf der Rückseite machen den Eindruck, als wollten sie einen Sprengsatz an der Tür zum Hauptteil des Hauses anbringen. Wenn die Ladung so stark ausfällt wie die erste, haben sie nach der Detonation vollen Zugang.«

Er antwortete nicht und platzierte sich stattdessen an der zersplitterten Scheibe. Der Winkel machte es ihm unmöglich, die Männer in der Nähe der Veranda zu erkennen, aber der nächstgelegene Gegner dürfte weniger als drei Meter entfernt sein. Er hörte sie unverständlich miteinander sprechen, während er den Lauf der Waffe durch die Gitterstäbe schob. Er zielte nach Claudias Beschreibung, leerte das Magazin und rannte sofort ins Esszimmer, während er im Laufen ein neues Magazin in die Kammer rammte.

»Ein Treffer! Der Mann ist am Boden, aber ich kann dir nicht sagen, wie schwer er verletzt ist. Der andere zieht sich an der Wand entlang zurück und zielt auf das Fenster, aus dem du eben geschossen hast. Zwei Meter vom ersten Esszimmerfenster entfernt. Er hält sich dicht an der Mauer. Ein Meter, weiterhin voll auf das Wohnzimmerfenster konzentriert, ohne nach hinten zu schauen.«

Rapp hatte sich in den rückwärtigen Teil des Esszimmers zurückgezogen und verließ sich darauf, dass die relative Düsternis und der Qualm des brennenden Sofas ihm Deckung gaben. Einen Moment später war die Zielperson auf gleicher Höhe mit dem Fenster. Der Mann feuerte unablässig weiter und schien nichts um sich herum wahrzunehmen.

Die Gitterstäbe und die Glassplitter am Rahmen erschwerten den Schuss, entsprechend sorgfältig visierte Rapp. Mit sanftem Druck auf den Abzug versenkte er einen Schuss direkt neben dem linken Auge des Gegners. Sein Kopf zuckte unkoordiniert, dann verschwand er aus dem Blickfeld.

»Er ist am Boden!«, meldete Claudia via Headset. »Tot oder im Sterben. Die Männer im Gang ziehen sich zurück. Ich glaube, sie wollen die Tür sprengen, also bleib dort weg. Der Mann auf der Ostseite der Veranda ist nicht tot und kämpft sich auf die Beine.«

Rapp schlich zum Fenster und spähte hindurch. Der Mann hatte es tatsächlich auf alle viere geschafft. Er blickte gerade noch rechtzeitig auf, um das Mündungsfeuer zu sehen, das ihn tötete.

»Vor dem Haus gibt es keine Gefahr mehr. Hinten noch fünf Tangos. Alle sind jetzt im Freien. Der Verletzte blutet, hält sich aber stabil auf den Beinen. Das brennende Sofa gerät langsam außer Kontrolle. Darf ich es löschen?«

»Mach ruhig.« Rapp hörte, wie die Sprinkleranlage im Wohnzimmer aktiviert wurde, bevor er sich mit einem Finger das offene Ohr zuhielt, in Erwartung dessen, was als Nächstes kam. Er brauchte nicht lange zu warten. Wieder bebte das Haus, diesmal begleitet von grauen Schwaden und verdampfendem Putz, die durch das Erdgeschoss waberten.

»Die Tür ist futsch«, verkündete sie unnötigerweise. »Alle fünf Männer stehen weiterhin draußen, zwei mit dem Rücken zum Eingang auf der östlichen Seite. Drei in derselben Position auf der Westseite. Keiner rührt sich von der Stelle. Die Flurkamera funktioniert noch, aber vor lauter Rauch und Staub ist kaum etwas zu erkennen.«

Das Zögern war ein Fehler des Angriffsteams. Wenn alle fünf sofort in den Flur gestürmt wären, das Gewehr des Anführers auf Dauerfeuer, hätte Rapp ernsthafte Schwierigkeiten bekommen. So aber gelang es ihm, unbehelligt den Schrank an der Rückseite des Wohnzimmers zu erreichen. Er streckte die Finger nach dem Knauf aus, da ertönte auch schon das leise Klicken, als Claudia das Schloss entriegelte. Drinnen baumelte ein 3M-Atemschutzgerät an einem Bügel. Er legte es an, bevor er sich der halbautomatischen Schrotflinte über dem Türrahmen, einer Benelli M4, zuwandte. Die hölzernen Haken, mit denen sie an der Wand befestigt war, hatten keinen Entriegelungsmechanismus. Er musste rohe Gewalt einsetzen, um sie zu lösen. Eine weitere Vorkehrung, die sie in Hinblick auf Anna getroffen hatten.

»Ein Mann hat den hinteren Flur betreten«, meldete Claudia, als Rapp sich bereits darauf zubewegte. »Zwei decken ihn. Ein weiterer folgt ihnen. Sie bewegen sich langsam im Abstand von etwa einem Meter. Details sind weiterhin schwer zu erkennen.«

Rapp baute sich neben der Öffnung auf und lauschte den Männern, die dahinter husteten. Ihre Augen dürften noch stärker brennen und tränen als seine. In Verbindung mit den unverändert dichten Schwaden machte sie das faktisch blind.

»Alle fünf sind jetzt im Flur, Mitch. Sie bewegen sich in der Hocke langsam vorwärts. Der Anführer ist noch etwa drei Meter von dir entfernt.«

Er reckte den Daumen in die Höhe, was sie per Kamera hoffentlich mitbekam.

»Der Anführer ist jetzt anderthalb Meter von dir entfernt.«

Rapp peilte die Schrotflinte um den Pfosten und drückte ab. Die doppelläufige Munition traf das Ziel im oberen Brustbereich und riss den Eindringling zu Boden.

Sobald sein Team das Feuer erwiderte, hatte sich Rapp bereits von der Öffnung zurückgezogen.

Sechs erledigt, bleiben noch vier.

»Der neue Anführer lauert etwa drei Meter weiter hinten im Flur. Er kniet genau in der Mitte«, verkündete Claudia, obwohl er sie wegen der aufbrandenden Schüsse kaum verstehen konnte. »Seine Pistole hat keine Munition mehr. Er greift in die Tasche, um ein weiteres Magazin herauszuholen, nehme ich an. Der Zweite steht etwa einen Meter hinter ihm und zielt mit einem Sturmgewehr über ihn hinweg. Die beiden anderen halten in etwa den gleichen Abstand, sind geduckt und schießen nicht.«

Die Korrektheit ihrer Ausführungen wurde durch das Muster der Einschusslöcher bestätigt, die sich auf der Rückseite der Treppe in etwa drei Metern Höhe abzeichneten. Rapp stützte sich mit einer Schulter auf den Fliesen ab und brachte erneut die Schrotflinte zum Einsatz. Durch den Qualm sah er, wie der neue Anführer ein frisches Magazin in die Waffe schob. Die Druckwelle von Rapps Schrotflinte fetzte ihm die rechte Kopfhälfte weg, bevor er abdrücken konnte. Der Mann hinter ihm richtete sein Visier auf das Mündungsfeuer aus, aber Rapp hatte sich längst zurückgezogen. Die Kugeln prallten harmlos vom Boden ab und schlugen an der Rückseite der Treppe ein.

»Sieben Tote«, fasste Claudia über die Salven hinweg zusammen. »Drei sind noch übrig. Einer steht im Flur und zielt auf dich. Er scheint sich in die Küche zurückziehen zu wollen. Die beiden anderen sind wieder im Freien an der westlichen Hauswand neben der Tür.«

Sie hatte den Zugang zur Küche elektronisch verriegelt, aber wenn er sich richtig erinnerte, war die Zarge nicht verstärkt. Das Geräusch von splitterndem Holz, das einen Moment später ertönte, bestätigte seine Vermutung.

»Er ist durch«, warnte Claudia. »Die Männer hinten halten ihre Position und schreien sich gegenseitig an.«

Rapp stemmte sich auf die Beine, rührte sich aber nicht vom Fleck. Der Mann in der Küche saß in der Falle. Die Glastür in Richtung Hof war vergittert, ebenso die Fenster. Trotzdem war es taktisch nicht die schlechteste Position. Rapp verspürte wenig Lust, den Flur zu betreten, solange zwei Gegner vor dem Hintereingang lauerten. Schwer abzuschätzen, wann sie den nächsten Vorstoß wagten.

Die Antwort auf diese Frage kam einen Moment später von Claudia. »Die Männer draußen spurten ums Haus herum nach vorn. Einer an der Ostflanke, einer an der Westflanke. Der Mann in der Küche ist unverletzt und hat sich hinter der Nordseite der Insel verkrochen. Dummerweise bewahre ich ausgerechnet dort meine Le Creuset auf.«

Das waren die extrem schweren emaillierten Töpfe, die sie fürs Kochen bevorzugte. Sie eigneten sich perfekt für Rindergulasch, boten aber leider auch einen exzellenten Schutz für jeden, der sie als Schutzschild missbrauchte. Die andere Hälfte des Schranks erhielt Kochutensilien, von denen man das nicht behaupten konnte.

Rapp erreichte den Flur und rutschte an der Wand entlang, bis er die zersplitterte Küchentür erreichte. Der Rauch hatte sich so weit verzogen, dass er einen klaren Blick hatte, aber seine Augen tränten nach wie vor.

»Ich habe alle Türen im Flur entriegelt, falls du eine Rückzugsmöglichkeit brauchst. Die Position des Tangos in der Küche ist unverändert. Die beiden Tangos, die um das Haus herumgehen, haben gerade die vordere Ecke erreicht. Beide stoppen, um zu prüfen, ob sie freie Bahn haben. Die Haustür ist weiterhin verschlossen und unbeschädigt. Es gibt keine einfache Möglichkeit für sie, ins Innere zu gelangen.«

Rapp signalisierte der Kamera im Flur, dass er verstanden hatte, dann schwenkte er die Schrotflinte um den Türpfosten und feuerte über die Granitarbeitsplatte hinweg. Die Aktion verursachte eine Menge Lärm und ließ Putz auf die Position des Gegners hinabrieseln. Rapp entleerte die Waffe in die Le-Creuset-Hälfte des Schranks, bevor er zur Glock 30 in der Gürteltasche wechselte.

Die nächsten Schüsse zielten auf den Boden in der Nähe der Vorderkante der Arbeitsinsel. Sie thronte auf Füßen aus Edelstahl etwa fünf Zentimeter über den Fliesen.

»Es funktioniert!«, meldete Claudia über den Ohrhörer. »Er krabbelt auf die andere Seite!«

Der Mann ging sogar noch einen Schritt weiter und schob einen Arm unter die Insel, um in Richtung Tür zu zielen. Der Versuch stellte keine ernsthafte Bedrohung für Rapp dar, aber so konnte er die Position des anderen besser einschätzen. Nachdem er nicht länger die Deckung von Claudias massiven Töpfen nutzen konnte, lieferte er ein brauchbares Ziel. Rapp stanzte mit fünf Schüssen ein Muster in die Rückwand des Schranks. Das Geräusch von zersplitterndem Glas, Holz und Keramik wurde von einem gequälten Aufschrei begleitet.

»Mindestens ein Treffer«, verkündete Claudia. »Aber ich kann nicht abschätzen, wie ernst.«

Rapp sprintete bereits durch die Küche und wechselte dabei das Magazin. Er sprang auf die Kochinsel und schnellte darüber hinweg, bevor er sich mit der freien Hand an der Kante festhielt und den Schwung abbremste. In dieser Position konnte er sich mit einer Hand über die Rückseite stützen und fünf Schüsse in die Richtung abfeuern, in der er das Ziel vermutete.

»Er hat die Waffe fallen lassen!«, rief Claudia im Headset.

Rapp schob sich weit genug vor, um zu erkennen, dass der Mann in die Schulter und den Bauch getroffen worden war. Ein gezielter Kopfschuss beendete die Angelegenheit.

»Was ist vor dem Haus los?«, fragte er, nachdem er das Atemschutzgerät abgestreift und sich auf den Fliesen niedergelassen hatte.

»Beide Männer sitzen im SUV, der vorm Eingang geparkt hat, und fahren Richtung Tor.«

»Verstanden.« Er rannte in den Eingangsflur und schnappte sich Claudias Autoschlüssel von einem Haken. Sie ließ ihn durch die Vordertür raus, und er startete per Knopf den Motor ihres Wagens, während er über den verlassenen Hof spurtete.

»Schnapp dir Anna und komm nach vorn.« Er klemmte sich ans Steuer und setzte den Wagen in den Innenhof zurück. Er schob die Fahrertür auf und kletterte zwischen den Sitzen nach hinten. Im selben Moment tauchte Claudia auf.

Sie trug Anna und benutzte dabei eine Hand, um das Gesicht des Mädchens gegen ihre Schulter zu drücken. Das war nicht besonders effizient, weil sie sich so schlechter tragen ließ. Immerhin sorgte es dafür, dass die Kleine weder die Schäden am Haus noch die von ihm zurückgelassenen Leichen zu Gesicht bekam.

Claudia verfrachtete Anna auf den Fahrersitz und drängte sie sanft in den Fußraum auf der Beifahrerseite.

»Nicht bewegen!«, mahnte sie, stieg ein und beschleunigte in Richtung Ausfahrt. Anna folgte der Aufforderung und kauerte schluchzend auf dem Boden.

Rapp hatte kurz erwogen, hierzubleiben und die Polizei zu verständigen, aber ohne konkret zu wissen, mit wem sie es zu tun hatten, hielt er das für keine gute Idee. Selbst wenn die

Cooks zu dem Ergebnis gelangt waren, dass der vereinbarte Waffenstillstand für sie nicht funktionierte, dürften sie davor zurückscheuen, eine Hetzjagd durch Südafrikas Weingebiete anzuordnen.

Er lehnte sich in den Laderaum des Geländewagens und betätigte einen versteckten Knopf, um eine Klappe zu öffnen. Ursprünglich bot sie zusätzlichen Stauraum für Werkzeug zum Reifenwechsel, aber die Panzerungsfirma hatte einige Modifikationen vorgenommen. Die Werkzeuge befanden sich jetzt unter dem Fahrgestell, der frei gewordene Platz wurde stattdessen für ein HK416-Sturmgewehr, zwei Glock 19 und zahlreiche Ersatzmagazine genutzt, griffbereit im passgenau ausgeschnittenen Schaumstoff.

»Festhalten!«, rief Claudia. Sie lenkte abrupt und die linke Kante vom Streifschutz des Fahrzeugs prallte gegen ein Hindernis. Anna kreischte vor Schreck. Rapp wurde zur Seite geschleudert und zwischen den Beifahrersitzen eingeklemmt. Als er sich zu ihr umdrehte, bot Claudias Gesicht eine Maske gelassener Konzentration. Sie hatte im Laufe der Jahre eine Reihe von Ausweichmanövern trainiert und schlug sich von Mal zu Mal besser.

Sie trudelten gefährlich nahe an einen Bewässerungsgraben heran, aber es gelang ihr, das Fahrzeug unter Kontrolle zu bringen, während Rapp sich aus seiner misslichen Lage befreite. Der Wagen, mit dem sie kollidiert waren, hatte sich vor wenigen Minuten durch das Tor aus dem Staub machen wollen. Offenbar hatten die beiden Insassen spontan beschlossen, ihnen im Unterholz aufzulauern. Wie ihr früherer Plan hatte auch dieser kein erfolgreiches Ende gefunden. Die rechte Seitenverkleidung des SUV war zertrümmert und schleifte am Reifen.

Die Chance, dass sie Claudia in dem hochgerüsteten Panzer einholten, den sie steuerte, ging gegen null, aber er griff trotzdem zum HK.

»Brems ab.«

»Wir können sie abhängen, Mitch.«

»Ich will den Typen ein paar Fragen stellen.«

Sie zögerte – zweifellos weil Anna im Auto saß –, aber schließlich tat sie, was er verlangte. Der Abstand zwischen den Fahrzeugen schrumpfte. Der Mann auf dem Beifahrersitz schob den Lauf eines Sturmgewehrs durch das offene Fenster. Gleichzeitig betätigte Claudia den Knopf, der die Heckscheibe ihres Geländewagens nach unten gleiten ließ.

Rapp feuerte ein paar kontrollierte Schüsse in Richtung Fahrer ab. Die verbesserte Aufhängung, in die er viel Geld investiert hatte, erwies sich als überaus nützlich. Trotz der holprigen Fahrbahnoberfläche landeten alle Treffer innerhalb eines Bereichs von 30 Zentimetern. Schwer zu erkennen, was von der Windschutzscheibe übrig geblieben war, aber der Fahrer schien einige Treffer in Hals und Gesicht abbekommen zu haben. Das Fahrzeug driftete nach rechts ab, während der Typ, der sich durch das Beifahrerfenster lehnte, versuchte, das Lenkrad unter Kontrolle zu bekommen. Er konnte sich jedoch nicht dazu entschließen, die Waffe fallen zu lassen, und für dieses Zögern zahlte er einen hohen Preis. Der Reifen, der am Kotflügel schleifte, touchierte den Straßengraben und platzte. Das genügte, um den Beifahrer durch das Fenster hinauszuschleudern und das Fahrzeug von der Straße abzubringen.

»Stopp!«, rief Rapp, während der Mann einen Salto durch die Luft in die Weinranken schlug.

Claudia kam zum Stehen. Er trat in eine Staubwolke hinaus. Eine kurze Untersuchung des Wracks bestätigte, dass der Fahrer tot und die Brandgefahr zu vernachlässigen war.

Die Lokalisierung des zweiten Manns erwies sich als schwieriger, da er vor der Landung durch mehrere Reihen von Reben gerauscht war. Rapp folgte den Spuren und zweifelte mit jedem Schritt stärker am Überleben des anderen.

Ein verzierter Cowboystiefel wurde in einem Draht, der zur Stützung der Pflanzen verwendet wurde, sichtbar und ließ kurz Hoffnung aufkommen. Diese Hoffnung schwand jedoch jäh, als Rapp feststellte, dass der Stiefel zwar noch Fuß und Unterschenkel enthielt, der Rest des Besitzers jedoch fehlte.

Er holte das Telefon aus der Tasche, trennte die bestehende Bluetooth-Verbindung zu Claudia und wählte eine andere Nummer. Scott Coleman meldete sich gerade, als Rapp wieder die Straße erreichte und auf den Geländewagen im Leerlauf zuhielt.

»Hey. Wie läuft das gute Leben?«

»Nicht so, wie ich es mir erhofft hatte. Ich brauche eine Extraktion für drei Personen.«

»Shit! Wo steckst du?«

»Etwa eine Viertelmeile von meinem Haus entfernt in Claudias Geländewagen.«

»Verletzungen?«

»Keine.«

»Verstanden. Tauch erst mal für eine Viertelstunde ab. Bis dahin rufe ich zurück und nenne dir Zeitpunkt und Ort.«

12

Über dem Südwesten von Uganda

Der smaragdgrüne Teppich, der sich Hunderte von Metern unter Rapp ausbreitete, wirkte auf beruhigende Weise vertraut, ebenso wie die Rotorspülung, die durch die offene Luke des Hubschraubers fegte. Weniger vertraut war das kleine Mädchen, das neben ihm saß. Er hatte für sie ein provisorisches Gurtzeug gebastelt und am Rumpf befestigt. Obwohl sie im Ausstieg saß und ihre Füße in den Himmel baumelten, zeichnete sich hinter den Haaren, die ihr ins Gesicht klatschten, keine Angst ab. Nur Wut und Kummer.

Helikopterflüge wie diese halfen ihm beim Nachdenken. Es war Zeit, in der nichts anderes zu tun blieb, als die Welt an sich vorüberziehen zu lassen und über ihre Unvermeidlichkeit zu sinnieren. Ob Anna den Flug als ebenso reinigend empfand, blieb abzuwarten. Zweifellos hatte sie vom Schutzraum aus zumindest einiges von dem mitbekommen, was er getan hatte, und vor allem war ihr nicht entgangen, dass die Hunde nicht mehr lebten. Wie verkraftete sie das?

Die untergehende Sonne tauchte den Horizont in orangefarbene Töne und ließ die Temperatur sinken. Er legte einen Arm um die Schultern des Mädchens. Sie schien es gar nicht zu registrieren. Rapp folgte ihrem Blick in die sich vertiefenden Farben und konzentrierte sich auf die Frage, was zum Teufel in den letzten Stunden eigentlich passiert war.

Für ihn stand fest, dass die Männer, die Claudias Haus überfallen hatten, keinem amerikanischen Eliteteam oder einem professionellen Söldnertrupp angehörten. Anhand der Tätowierungen, ihrer Unterhaltungen auf Spanisch und ihres generellen Verhaltens tippte er auf Mitglieder eines lateinamerikanischen Kartells.

Auf den ersten Blick schien es seltsam, dass die Cooks eine solche Bande auf ihn ansetzten, aber je länger er darüber nachdachte, desto mehr Sinn ergab es. Einer ihrer Getreuen leitete inzwischen die DEA, was ihm Zugang zur Kartellführung verschaffte. Ein Klacks also, diesen Burschen ein paar Gefallen als Gegenleistung für die Unterstützung bei einem kleinen Problem in Kapstadt anzubieten. Vielleicht die Entlassung einiger ihrer Leute aus der Haft. Oder die Zusicherung, bei gewissen größeren Transporten nicht so genau hinzusehen. Sobald Rapp dann tot war, konnten sie eine ungenehmigte Operation, die er einmal gegen das Esparza-Kartell durchgeführt hatte, so hinstellen, als wäre er selbst in den Drogenhandel verwickelt gewesen. Äußerst raffiniert. Die Cooks machten ihrem Ruf weiterhin alle Ehre. Aber nicht mehr lange, wenn er ein Wörtchen mitzureden hatte.

Als der Hubschrauber zum Sinkflug ansetzte, schlief Anna mit dem Kopf auf dem Schoß ihrer Mutter. Die Landschaft unter ihnen hatte sich in der letzten halben Stunde in ein durchdringendes Schwarz verwandelt. Jetzt zeichnete sich im Norden etwas ab, das wie ein einzelner Lichtpunkt aussah. Nicholas Ward hatte in dieser abgelegenen Gegend Ugandas ein Anwesen in den Bergen errichten lassen und verbrachte, obwohl er der reichste Mann seit Menschengedenken war, einen Großteil seiner Zeit dort. Seine Ausrede lautete, dass er ein Forschungsprojekt in der Nähe betrieb, aber in Wahrheit steckte mehr dahinter. Genau wie bei Claudias Haus in Südafrika hatte man hier den Vorteil, von der realen Welt abgeschnitten zu sein. Einer Welt, die entgegen aller Vernunft täglich gefährlicher und unberechenbarer wurde. Vom aufgeklärten Zeitalter, das Technologie und Demokratie einleiten sollten, schien nicht mehr viel übrig zu sein.

Ihr Pilot peilte das Licht an, und ein paar Minuten später landeten sie auf einer Betonfläche, die geschmackvoll wie eine antike Steinplatte gestaltet war. Rapp klinkte sich von der Sicherungsleine ab und holte Anna aus dem Helikopter. Sie hatte sich für den Moment aus dieser Welt verabschiedet. Der undurchdringliche Schlaf einer Siebenjährigen, die viel zu verarbeiten hatte.

Er trug sie aus dem Hubschrauber und näherte sich einer schemenhaften Gestalt am Rande des Lichtkegels.

»Wir haben euch im gewohnten Bungalow einquartiert«, begrüßte Scott Coleman ihn. »Geht es allen gut?«

»Ja«, entgegnete Rapp und orientierte sich auf dem Holzsteg Richtung Osten. Schummerige Laternen, die in den Boden eingelassen waren, leuchteten den Pfad aus. Nach knapp 150 Metern bogen sie ab und gelangten über einen ähnlichen Weg zu einem kleinen, zwischen den Bäumen versteckten Gebäude. Im Holzofen im Wohnbereich flackerte ein Feuer und erhellte das moderne Interieur jenseits der zweistöckigen Glasfassade. Claudia ließ die Tür aufgleiten, und Rapp legte Anna auf ein Sofa, das zu einem Bett ausgezogen worden war. Die kompakte Küche erweckte den Eindruck, als wäre sie erst kürzlich eingebaut worden. Auf dem Tresen stand ein Eiskübel gefüllt mit Bierflaschen.

»Wir haben Kleidung für euch beide im Loft deponiert, außerdem ein paar sichere Laptops, die ans Netzwerk der Anlage angebunden sind«, erklärte Coleman. »Meldet euch, falls ich etwas vergessen habe. Ich bringe es euch dann morgen, sobald das Personal wach ist.«

Claudia umarmte den ehemaligen SEAL. »Es ist schön, dich zu sehen, Scott.«

»Euch auch. Tut mir leid wegen der Umstände.«

»Mach es dir schon mal gemütlich.« Rapp schnappte sich ein paar Bier aus dem Kübel und trat an die offene Tür. »Scott und ich haben ein paar Dinge zu bereden.«

Sie gingen ins Freie. Rapp suchte den Himmel nach Bewegungen zwischen den Sternen ab, die auf die Annäherung eines Flugzeugs hindeuteten. Coleman schien seine Gedanken zu lesen.

»Die Ugander haben eine 50-Meilen-Flugverbotszone um das Anwesen eingerichtet. Wir verfügen über eine solide Radarabdeckung und ausgefeilte Boden-Luft-Abwehrsysteme. Die schwierigen Geländeverhältnisse in Verbindung mit der Mauer würden selbst eine Panzerdivision aufhalten. Die Kameras und Sensoren in den Waldgebieten sind auf dem neuesten Stand der Technik.«

»Personal?«

»Ein Kontingent von 15 Spitzenkräften. Wir können theoretisch innerhalb einer halben Stunde Luftunterstützung von den Ugandern bekommen. Wir haben außerdem gerade Miniguns mit überlappenden Schussfeldern an allen Außenwänden montiert. Sie werden mithilfe einer wirklich raffinierten neuen Software ferngesteuert. Du solltest dir das bei Gelegenheit mal ansehen.«

»Fluchtwege?«

»Vier auf dem Landweg, drei Hubschrauber für kurzfristige Evakuierungen.«

Rapp reichte ihm eine der Bierflaschen und nahm einen Schluck aus der eigenen. Vor etwas mehr als einem Monat hatte Nicholas Ward eine äußerst erfolgreiche Operation gegen eine paramilitärische Gruppierung finanziert, die den Westen Ugandas terrorisierte. Er sorgte zudem für viele Arbeitsplätze, finanzierte NGOs und ließ Krankenhäuser und Schulen in der

Region bauen. Ganz zu schweigen von den Millionen, die er heimlich auf die Schweizer Bankkonten wichtiger Regierungsbeamter überwiesen hatte. Ward mochte auf den ersten Blick wie ein braver Pfadfinder wirken, aber er verstand, wie die Welt funktionierte. Man verdiente nicht eine Billion Dollar im Laufe von 61 Jahren, ohne ein Gespür zu entwickeln, wie man Probleme beseitigte.

»Du hast also ein gutes Gefühl, was die Security angeht?«

»Kommt drauf an, wer der Feind ist.«

»Was, wenn ich Anthony Cook sage?«

Coleman lächelte und schüttelte langsam den Kopf. »Pass auf, Mitch, das mag zwar das am besten geschützte private Grundstück auf dem Planeten sein, aber gegen Tarnkappenbomber? Keine Chance.«

»Ist Ward zu Hause?«, fragte Rapp, um das Thema zu wechseln. »Ich habe ihn seit Tagen ständig in den Nachrichten gesehen.«

»Nein, er hält sich aktuell in den Staaten auf. Seine plötzliche Wiederauferstehung hat sich als ziemlich kompliziert entpuppt. Die Presse verkauft eine Menge Zeitungen, indem sie ihn gegen die Cooks ausspielt, und die SEC droht, ihn wegen Wertpapierbetrugs zu belangen.«

»Ist er stinkig?«

Coleman trank einen Schluck Bier und schüttelte den Kopf. »Nein. Er weiß, dass er ohne dich tot wäre. Und mit einer Billion Dollar steht man gewissermaßen über dem Gesetz. Abgesehen davon glaube ich, dass er daran interessiert ist, die Lage zu entschärfen, sobald sich eine Gelegenheit ergibt. Niemand will sich ernsthaft mit dem Weißen Haus anlegen.«

»Es sei denn, es lässt sich nicht vermeiden«, hielt Rapp dagegen. »Meinst du, die Cooks haben einen guten Draht zur hiesigen Regierung?«

»Irene hält das für unwahrscheinlich. Der ugandische Präsident ist schlau genug, um zu wissen, dass sie ihn nur benutzen und dann im Regen stehen lassen werden. Nick hingegen hat bewiesen, dass er am Wohl dieses Landes ernsthaft interessiert ist.«

»Wie sicher ist sie sich?«

Coleman deutete mit dem Flaschenhals an die Wand. »Das kannst du sie selbst fragen. Sie wohnt zwei Bungalows weiter.«

»Sie ist hier? Jetzt?«

»Ja.«

»Warum?«

»Kommt darauf an, wen du fragst. Nick glaubt, er steht kurz davor, sie für einen Job zu gewinnen. Sie glaubt, sie macht hier Urlaub. Ich bin mir nicht sicher, wer von den beiden am Ende recht behält.«

13

Rapp erwachte in dem Moment, als die Sonnenstrahlen durch die Glasfront des Bungalows drangen. Claudia hatte ihn auf dem Bett ganz nach rechts verbannt, um Platz für Anna zu schaffen, die irgendwann nach Mitternacht zu ihnen gekrochen war. Normalerweise hätte er es nicht toleriert, die Nacht am Matratzenrand zu verbringen, aber in ihrem Fall war er bereit, eine Ausnahme zu machen. Wenn das Ankuscheln an ihre Mutter Anna half, sich von den traumatischen Geschehnissen zu erholen, akzeptierte er im Gegenzug den einen oder anderen Sturz auf den Holzboden als hinnehmbares Opfer.

Die kräftigen Strahlen krochen bis auf wenige Zentimeter an ihn heran. Er schob sich unter der Decke hervor und schlich zum Kleiderschrank. Dieser öffnete sich dank der gut geölten Scharniere lautlos. Er kramte ein paar Klamotten heraus, bevor er in Boxershorts die Wendeltreppe hinunterstieg.

Auf dem Küchentresen stand eine French Press für den Kaffee, aber bei der offenen Raumaufteilung weckte er zwangsläufig alle auf, wenn er auf dem Herd einen Topf mit Wasser zum Kochen brachte. Stattdessen zog er Jeans und Sweatshirt an und schlüpfte durch die Vordertür.

Draußen war die Luft still und frisch. Der Duft der blühenden Pflanzen war überwältigend. Das Rascheln in den umliegenden Bäumen rührte von den Vögeln her, die auf den Zweigen hockten. Nicholas Ward hatte unzählige Millionen investiert, um diesen Zufluchtsort auf einem Berggipfel zu errichten. Wie üblich hatte er perfekte Arbeit geleistet. Die Tatsache, dass Rapp tags zuvor in ein Gefecht verwickelt worden war, bei dem Claudias Haus verwüstet wurde und zehn Männer starben, erschien einem hier wie ein Hirngespinst. Jemand anders als er hätte sich vermutlich sogar einreden können, dass es gar nicht passiert war. Leider gehörte Wunschdenken nicht zu seinen vielen Talenten.

Rapp streifte ein Paar Flip-Flops über und tappte den Weg entlang, der vor den Bungalows verlief. Zwei Häuser weiter fand er, wonach er suchte. Irene Kennedy war nie eine gute Schläferin gewesen, und obwohl sie keinen Kaffee trank, reiste sie nie ohne ihren Spezialvorrat an stark koffeinhaltigem Tee.

Sie saß vor einer Feuerstelle, die sie zum Bekämpfen der morgendlichen Kühle entzündet hatte. Eine überdimensionale Porzellantasse wärmte ihre Hände. Sie trank einen

Schluck der dampfenden Flüssigkeit, bevor sie zu einem To-go-Cup auf dem Tisch neben ihr nickte.

»Der ist für dich.«

»Ich hasse es, berechenbar zu sein.« Er griff danach. Kein Tee, wie sich herausstellte, sondern ein hervorragender French Roast.

Rapp ließ sich in einen Adirondack-Stuhl fallen und schob die Füße auf den Rand der Feuerstelle. Vor ihm stieg der Rauch als perfekte Säule in den kristallklaren Himmel.

»Wie ist es dir ergangen?«, fragte sie nach fast einer Minute Schweigen. »Ist irgendetwas Interessantes passiert?«

Er lachte, konnte sich aber nicht dazu durchringen, das Thema ohne etwas mehr Koffein im Magen zu erörtern. »Da fällt mir spontan nichts ein. Dir?«

»Zum ersten Mal seit Jahren entspannen. Versäumte Lektüre nachholen. Nicht schlecht für den Anfang.«

»Und kein schlechter Ort, um es zu tun.«

»Nick ist sehr großzügig.«

»Tatsächlich? Und er fordert keine Gegenleistung ein?«

»Oh, er versucht natürlich, mich als Mitarbeiterin anzuwerben.«

»Und?«

»Ich tu so, als wär ich dumm und bekäme es nicht mit.«

»Kauft er dir das ab?«

»Nein.«

»Ist es etwas, das du ernsthaft in Erwägung ziehst?«

»Es wäre gelogen, wenn ich behaupte, dass ich die Idee nicht verlockend finde. Er könnte tatsächlich dazu fähig sein, die Welt auf eine Weise zu verändern, wie es Regierungen nicht länger gelingt. Nach einer Karriere, in der ich einen Brandherd nach dem anderen gelöscht habe, ist es möglicherweise genau das, was ich brauche.«

»Und es könnte dir eine gewisse Deckung bieten. Er verfügt über mehr Geld und politischen Einfluss als die meisten Regierungen.«

»Vielleicht. Aber auch das Gegenteil könnte zutreffen. Für ihn zu arbeiten bedeutet nicht gerade, sich in einer Denkfabrik oder Lehrtätigkeit zu verkriechen. Es könnte den Konflikt zwischen ihm und den Cooks verschärfen.«

Rapp kannte sie lange genug, um zu wissen, dass ihr letzter Satz nur dem Zweck diente, das Gespräch auf das eigentliche Thema zu lenken. Anthony und Catherine Cook.

»In der Küche ist eine Kanne aufgesetzt«, sagte sie und gönnte ihm eine unerwartete Galgenfrist. »Warum holst du dir nicht etwas Nachschub?«

Er stand auf und ging zum Herd, wobei er feststellte, dass es gar keine Gnadenfrist war. Neben der Kaffeemaschine lag ein Ausdruck eines Artikels aus der *Cape Times*. Eine Großaufnahme von Claudias Hof, fotografiert durch das beschädigte Tor. Vor dem Haus parkte ein Krankenwagen, in den zwei Männer eine mit Laken abgedeckte Leiche luden. Der Begriff ›Blutbad‹ tauchte in der begleitenden Titelstory gleich mehrfach auf, die enthaltenen Details waren extrem lückenhaft. Die Namen der Grundstückseigentümer wurden nicht genannt, es hieß lediglich, dass sie vermisst wurden. Die Zahl der Opfer wurde mit ›bis zu zwölf‹ beziffert, und eine ungenannte Quelle aus Polizeikreisen zitierte man mit den Worten, dass keiner der Toten aus der Gegend zu stammen schien. Im letzten Absatz wurde jeder, der sachdienliche Hinweise liefern konnte, aufgefordert, sich bei den zuständigen Behörden zu melden.

Er schenkte Kaffee nach und kehrte an seinen Platz an der Feuerstelle zurück.

»Korrekt?«, fragte Kennedy und bezog sich auf den Artikel.

»Nur zehn Tote, wenn man die Hunde nicht mitzählt. *Eindeutig* keine Einheimischen. Ich könnte schwören, dass es Latinos waren. Womöglich Söldner, aber wenn dem so ist, ist jemand nicht auf seine Kosten gekommen.«

»Und wer ist dieser Jemand?«

»Wir beide kennen die Antwort darauf.«

»Du hast viele Feinde, Mitch. Die Cooks sind nur zwei davon. Und sie verfügen über die Mittel, Gegner effektiver aus dem Weg zu räumen, ohne dass die Aktion gleich in den Schlagzeilen landet.«

»Vielleicht, vielleicht auch nicht. Sie sind nicht allmächtig. Jedenfalls noch nicht. Sie können nicht einfach Delta-Kräfte zu mir schicken. Ich kenne zu viele von den Jungs. Außerdem wäre es ein bisschen zu auffällig, ein amerikanisches Einsatzkommando mitten in einem südafrikanischen Weinanbaugebiet herumballern zu lassen. Es liegt auf der Hand, sich jemanden zu suchen, der näher am Ort des Geschehens ist und dessen Spur niemand zu ihnen zurückverfolgen kann.«

»Ich gebe zu, dass das, was du sagst, plausibel klingt, aber wir brauchen mehr als ein Bauchgefühl, um gegen den Präsidenten der Vereinigten Staaten in den Krieg zu ziehen. Es wäre verheerend für dich. Für dich und für unser Land.«

»Es ist mehr als nur ein Bauchgefühl, Irene. Findest du es nicht auch seltsam, dass unmittelbar nachdem du einen Waffenstillstand mit diesem arschkriecherischen Drecksack Darren Hargrave ausgehandelt hast, ein externes Killerkommando im Haus von Mitch Burhan, einem pensionierten amerikanischen Armeeoffizier, auftaucht?«

»Auch hier sage ich nicht, dass du unrecht hast, aber für mich passen die Teile nicht ganz zusammen«, erklärte sie. »Warum zum Beispiel greifen Sie auf Nicht-Einheimische zurück? Es gibt genügend Banden in Südafrika, die man anheuern kann. Das wäre weniger verdächtig und sie kennen sich besser mit den örtlichen Gegebenheiten aus.«

»Das stimmt natürlich.«

»Hör zu, mir ist bewusst, dass du innerhalb von drei Wochen zweimal in deinem Haus angegriffen wurdest. Und dass beim letzten Mal sogar Claudia und Anna mit hineingezogen wurden. Aber wenn du einen offenen Konflikt mit den Cooks vom Zaun brichst, gibt es kein Zurück mehr. Selbst wenn du …« Ihre Stimme stockte. »Es fällt mir schwer, es überhaupt laut auszusprechen. Selbst wenn du es schaffst, den Präsidenten der Vereinigten Staaten zu ermorden, bist du zum Verlieren verdammt. Du wirst dein altes Leben nicht zurückbekommen. Oder überhaupt ein Leben, wenn man es genau nimmt. Du müsstest die Jahre, die dir noch bleiben, allein und auf der Flucht verbringen.«

»Worauf willst du hinaus?«

»Hier ist es sicher. Nick lässt dich so lange hier wohnen, wie du willst. Es wird einige Zeit dauern, aber lass mich versuchen, der Angelegenheit auf den Grund zu gehen. Ich mag nicht länger die Direktorin der CIA sein, aber ich habe immer noch Kontakte, die helfen können.«

»Und wenn sich herausstellt, dass tatsächlich die Cooks dahinterstecken?«

Sie holte tief Luft. »Dann werden wir entsprechend handeln. Aber mit äußerster Vorsicht.«

Rapp ging langsam den Weg zurück zum Bungalow, nach wie vor noch unsicher, was er als Nächstes unternehmen sollte. Sein Gespräch mit Kennedy hatte nicht so viel Klarheit gebracht wie erhofft. Vielleicht wäre es das Klügste, einfach diesen Weg weiterzugehen. In den Dschungel einzudringen und nie wieder aufzutauchen.

An der Kreuzung, die ihn zu Claudia und Anna führte, blieb er stehen. Vor ihm zeichnete sich in der Ferne die Außenmauer des Anwesens ab. Hinter den Bäumen zu seiner Linken saß Claudia auf der Veranda und nahm außer dem Laptop vor ihr nichts anderes wahr.

Er schaute sich an, wie ihr Haar keck unter der Strickmütze hervorlugte. Liebevoll betrachtete er die geröteten Wangen und die dunklen Augen, die teilweise von der Lesebrille verdeckt wurden.

Sie war einer der beeindruckendsten – und kompliziertesten – Menschen, die er je kennengelernt hatte. Eine liebevolle Mutter und loyale Partnerin, aber auch die Ex-Frau und ehemalige Komplizin von einem der erfolgreichsten privaten Auftragskiller der Geschichte. Streng genommen war sie nie diejenige gewesen, die den Abzug betätigt hatte, aber diese feine Unterscheidung ignorierte er geflissentlich. Wie er hatte sie jahrelang mit dem Schwert gelebt, und eines Tages würde sie vermutlich durch das Schwert sterben. Sie hatten sich beide bewusst für diesen Weg entschieden und akzeptierten die damit einhergehenden Regeln.

Anna hingegen war ungefragt mitgeschleift worden. Sie hatte das Licht der Welt in einem Loch erblickt, und er wurde das Gefühl nicht los, dass er täglich mehr Erde auf sie schaufelte. Er hatte sich lange an die Illusion geklammert, dass er ihre Sicherheit garantieren und ihr das Leben bieten konnte, das sie verdiente, aber diese Illusion war gestern zerplatzt wie ein Ballon. Für ihn wurde es Zeit weiterzuziehen. Aber nicht indem er sich über den nächstbesten Zaun davonschlich. Einen solchen Ausweg wählten nur Feiglinge.

Er spürte den kalten Schweiß auf der Stirn, als er sich auf den Weg zum Bungalow machte. Trotz der Geräusche seiner Schritte auf der Promenade blieb Claudia auf den Computerbildschirm fokussiert. Oder vielleicht stimmte das gar nicht. Vielleicht konnte sie sich bloß nicht dazu durchringen, ihn anzusehen, weil sie dieselben Schlüsse gezogen hatte.

Er hoffte es fast. Es würde alles so viel leichter machen.

»Können wir reden?«, fragte er und setzte sich gegenüber von ihr an den Tisch.

Das war genug, um sie dazu zu bringen, ihm in die Augen zu sehen, aber nicht genug, um ihr Schweigen zu brechen. Sie hatte nicht vor, es ihm leicht zu machen. Die klassische Geschichte seines Lebens.

»Das war entschieden zu knapp, Claudia. Du hättest getötet werden können. Anna hätte getötet werden können. Und auch wenn es nicht passiert ist, was wird das mit der Kleinen machen? Sie hat zumindest einen Teil davon mitbekommen und seitdem kein Wort mehr mit mir geredet. Hat sie jetzt Angst vor mir? Sie hätte allen Grund dazu.«

Claudia starrte ihn nur an und wirkte fast katatonisch. Schließlich blinzelte sie. »Bitte hör auf.«

»Hör zu, ich weiß, dass wir eine solche Diskussion gerade erst vor Kurzem geführt haben und dir das Thema zu den Ohren rauskommt. Dies wird das letzte Mal sein.«

»Mitch, bitte. Hör auf.«

Etwas in ihrer Stimme ließ ihn verstummen. Keiner von ihnen wollte diese Unterhaltung führen, aber es schien noch mehr dahinterzustecken. Etwas, das er nicht sah.

»Was ist denn?«

Sie drehte den Laptop zu ihm hin. Auf dem Monitor prangte das hochauflösende Bild des toten Mannes im Eingangsbereich ihres Hauses. Sie zoomte heran, um eine Tätowierung hervorzuheben, die die komplette linke Seite des

Halses bedeckte und bis zur Kieferlinie reichte. Sie bestand aus drei Buchstaben, mit Totenköpfen und Rosen verwoben.

»Es sind nicht deine Feinde, Mitch. Es sind meine.«

14

Weisses Haus
Washington, D. C.

»Total versagt!«, stellte Catherine Cook nüchtern fest, sobald Darren Hargrave die Tür des Oval Office hinter sich geschlossen hatte. »Die Medien in Kapstadt sprechen bereits vom ›Franschhoeker Blutbad‹ und melden, dass die Besitzer des Hauses vermisst werden. Darf ich davon ausgehen, dass Rapp all Ihre Leute getötet hat und entkommen ist?«

»Das waren nicht meine Leute.« Hargrave klang weniger defensiv, als sie vermutet hätte. Er entwickelte auf seinem neuen Posten eine enorme Selbstsicherheit. Fast schon zu selbstsicher, aber das bekam sie schon in den Griff.

»Es war ein Killerkommando, das von Gustavo Marroqui geschickt wurde«, fuhr der neue CIA-Direktor fort. »Ein guatemaltekischer Bandenführer, mit dem Louis und Claudia Gould eine sehr unschöne Vergangenheit verbindet. Ein ähnliches Team tauchte vor ein paar Jahren in einem Haus in Bosnien auf, das sie bewohnten, aber sie wurden rechtzeitig gewarnt und konnten sich absetzen. Es wäre absolut glaubwürdig, wenn Marroqui herausfindet, dass sie noch lebt, und daraufhin gegen sie vorgeht. Wie Mitch Rapp ist Gustavo Marroqui kein Mann, der Dinge auf sich beruhen lässt.«

Catherine nahm in der Sitzecke des Oval Office Platz, während ihr Mann sich damit begnügte, hinter dem Schreibtisch zu bleiben.

»Das ist also Ihre Definition von Erfolg?«, fragte sie.

»Absolut«, antwortete Hargrave. »Wir wussten von Anfang an um die geringen Chancen, dass ein Haufen guatemaltekischer Bandenmitglieder erfolgreich gegen Mitch Rapp agiert, aber das spielt keine Rolle. Wir haben das erreicht, was wir wollten. Rapp wird nicht lange brauchen, um herauszufinden, dass es sich um Leute aus Claudias Vergangenheit handelt, nicht aus seiner eigenen. Sobald er das weiß, bleibt ihm keine andere Wahl, als Marroqui zu verfolgen – einen Mann, den selbst die CIA nicht ausfindig machen kann und der die guatemaltekische Regierung quasi in der Tasche hat. Das führt dazu, dass Rapp und wahrscheinlich auch seine Leute abgelenkt sind und sich mit etwas beschäftigen, das nichts mit dem amerikanischen Präsidenten zu tun hat.«

»Glauben Sie nicht, dass der Zeitpunkt Rapp und Kennedy etwas verdächtig vorkommen wird?«

»Ich bin sogar sicher, dass Irene mit der Theorie liebäugelt, dass wir Claudia Goulds Identität aufgedeckt und sie Marroqui zugespielt haben. Aber wird sie es zulassen, dass Rapp deswegen Amerika in einen Krieg hineinzieht? Ohne jegliche Beweise? Das bezweifle ich ernsthaft.«

»Wie steht es mit den polizeilichen Ermittlungen? Die Südafrikaner …«

»Cathy …«, sagte ihr Mann in einem Ton, der andeutete, dass sie auf verlorenem Posten kämpfte. Sie verstummte, aber Hargrave witterte Blut und beschloss, noch einen obendrauf zu setzen.

»Die Südafrikaner haben sicher längst herausgefunden, woher die toten Männer stammen. Es ist ihnen buchstäblich auf die Haut tätowiert. Aber auch daraus entwickelt sich für uns kein Nachteil. Es könnte sie sogar zur Annahme verleiten, dass Rapp im lateinamerikanischen Drogenhandel mitmischt. In diesem Fall wird es sie veranlassen, seine Identität genauer unter die Lupe zu nehmen oder ihn sogar abzuschieben. Beides würde sein Leben noch mehr in Unordnung bringen und seine Bereitschaft, gegen uns vorzugehen, weiter verringern.«

Er beendete seine Ausführungen mit einem arroganten Lächeln, das ihr Mann von seiner Position aus nicht mitbekam.

Er feierte einen wichtigen Etappensieg in dem eskalierenden Krieg zwischen ihnen. Fürs Erste stand außer Frage, dass er ihn für sich entschieden hatte. Obwohl sie fand, dass seine Machenschaften gegen Rapp gefährlich und unnötig waren, konnte sie nicht leugnen, dass sein kleiner Plan aufging. Für den unwahrscheinlichen Fall, dass Rapp sich nicht an den Waffenstillstand hielt, musste ein potenzieller Rachefeldzug nun erst einmal warten. Gustavo Marroqui gab nicht auf, bis Claudia Gould tot war.

»Und wo ist er jetzt?«, fragte Catherine und wollte Hargrave das selbstgefällige Grinsen aus der Visage wischen.

»Zu den entscheidenden Vorteilen von Rapps Aufenthalt in Franschhoek gehörte, dass wir ihn die ganze Zeit im Blick hatten.«

»Wir glauben, dass er sich zusammen mit Kennedy und Scott Coleman auf dem Anwesen von Nicholas Ward in Uganda befindet.«

»Sie *glauben?*«

»Unsere Leute sind ihm bis zu einer privaten Landebahn gefolgt. Dort stiegen er, Claudia und ihre Tochter in ein Privatflugzeug. Sie landeten auf dem Airport von Entebbe und flogen weiter nach Kampala. Dort haben wir sie aus den Augen verloren. Satellitenaufnahmen zufolge landete jedoch kurze Zeit später ein Hubschrauber auf dem Gelände von Ward. Ich halte es für plausibel, dass er sich mit seiner Familie an Bord befand.«

»Wenn sich alle gleichzeitig dort aufhalten, bietet sich da für uns nicht eine Chance?«, fragte Präsident Cook.

»Um Gottes willen, Tony!«, entfuhr es Catherine. Ihr Ausruf wurde ignoriert.

»Für den Moment glaube ich das nicht, Sir. Die Sicherheitsstandards auf Wards Grundstück sind außergewöhnlich hoch. Natürlich wären wir in der Lage, sie gezielt auszuhebeln, aber dann ließe sich unsere Beteiligung nicht länger verschleiern. Ich halte es für eine wesentlich zielführendere Strategie, Rapp in Guatemala zu schnappen. Früher oder später wird er sich dorthin begeben müssen, und es ist kein gewohntes Arbeitsumfeld für ihn. Sobald er im Land ist, macht ihn das für unsere Agenten oder zumindest für Marroqui angreifbar. Wenn wir den richtigen Regierungsbeamten stecken, wer er ist und welche Ziele er verfolgt, wird Guatemala zu einem äußerst gefährlichen Pflaster für ihn.«

»Aber selbst wenn es ihm gelingt, Marroqui zu töten, braucht er dafür Zeit«, ergänzte der Präsident. »Bis dahin werden meine erweiterten Sicherheitsvorkehrungen umgesetzt sein, und wir werden jeden, der Rapp und Kennedy gegenüber loyal eingestellt ist, aus der Regierung entfernt haben.«

»Ja, Sir. Dann befinden wir uns in einer ungleich stärkeren Position.«

Catherine versank noch ein wenig tiefer in den Kissen des Sofas. Hargrave würde vermutlich nie die Einschätzung äußern, dass die Security des Präsidenten jetzt ausreichte.

Sie bezweifelte sogar, dass er jemals Leute nach Guatemala schickte. Immerhin würde sich durch den Tod von Mitch Rapp die Bedrohung für ihren Mann – und damit seine Abhängigkeit von Hargrave – in Luft auflösen.

15

Im Südwesten von Uganda

Mit ihrer gewohnten Effizienz hatte Claudia bereits ein schockierend detailliertes Briefing über die von Gustavo Marroqui geführte kriminelle Organisation zusammengestellt. Drogen, Prostitution, Auftragsmord, Menschenhandel, Pornografie – vor allem Kinderpornografie – und Regierungskorruption bildeten nur die Spitze des Eisbergs. Wenn etwas illegal war, hatte Marroqui garantiert die Hand im Spiel. Man schätzte sein Vermögen auf gut eine Viertelmilliarde Dollar. Rapp hätte es dennoch kaum überrascht, wenn er regelmäßig im Supermarkt etwas mitgehen ließ.

Die Organisation des Guatemalteken umfasste nicht weniger als 30 untereinander vernetzte Straßenbanden, zusätzlich zu der elitären Kampftruppe, mit der er sich umgab. Er hatte Jahre in einen blutigen Kampf um die Vorherrschaft in seiner Heimat investiert und massiv dazu beigetragen, sie zu einer der mordreichsten Regionen der Welt zu machen. Jetzt schien er mehr oder weniger gewonnen zu haben. Sicher, die MS-13 galt weiterhin als bedeutende Kraft, aber ihr Territorium wurde kleiner. Sie musste sich mit anderen, noch marginaleren Gruppierungen um die Reste streiten, die Marroqui ihnen gönnte.

Rapp blätterte direkt zur Zusammenfassung des Berichts, um die Lektüre abzukürzen. Das Fazit lautete, dass sich die Situation schlimmer als erwartet darstellte. Und zwar in jeder Hinsicht. Gegen Marroqui in Guatemala vorzugehen drohte in mancher Hinsicht schwieriger zu werden, als Anthony Cook aus Washington zu entfernen. Ein Attentat auf einen Präsidenten war eine saubere, ausgeklügelte Operation. Professionelle Mitarbeiter, sekundengenaues Timing, hochmoderne Ausrüstung. Marroqui in seinem Heimatland auszuschalten drohte eher in einem blutigen Schlamassel zu enden.

Er warf die Mappe auf den Tisch und konnte nicht verhindern, dass ein Lächeln auf seine Lippen trat. In einem Baum in der Nähe trällerte sich ein bunter Singvogel die Seele aus dem Leib. Der Himmel war weiterhin wolkenlos, die Temperaturen pendelten sich inzwischen bei angenehmen 23 Grad ein. Eine Brise aus nördlicher Richtung trug die Düfte des Regenwaldes heran.

Verdammt, es ging ihm schon deutlich besser.

Die Last der Ereignisse in Südafrika hatte selbst ihn überfordert – etwas, das er erst feststellte, als Kennedy ihn davon befreite. Rapp hegte unverändert den Verdacht, dass die Cooks hinter den Vorfällen steckten, aber sie hatte ein starkes Argument gegen diese Theorie vorgebracht. Es war zwar durchaus denkbar, dass Darren Hargrave Claudias wahre Identität entdeckt und Marroqui darüber in Kenntnis gesetzt hatte. Dennoch hielt er dieses Szenario nicht für das wahrscheinlichste. In Wahrheit griff Claudia von Zeit zu Zeit auf ihre alten Kontakte in der kriminellen Welt zurück. Natürlich wandte sie sich dabei ausschließlich an Leute, denen sie vertraute, doch Gauner blieben Gauner. Keinen von ihnen stufte er als sonderlich zuverlässigen Partner ein. Sobald sich einer von ihnen verplapperte, machte es in einschlägigen Kreisen sicher rasch die Runde, dass sie noch lebte.

Obwohl er nicht endgültig davon überzeugt war, unterstellte Rapp vorerst, dass es sich beim Timing des Anschlags um einen unglücklichen Zufall handelte. In diesem Fall trug Claudia die alleinige Schuld. Sie konnte aktuell zwar nicht darüber lachen, aber ihn amüsierte der Umstand ausgesprochen.

Aller Wahrscheinlichkeit nach mussten sie das Gespräch, das Claudia so satthatte, nie wieder führen. Ihre Aussage bei der jüngsten Neuauflage traf ins Schwarze: Sie hatten beide Leichen im Keller, und wenn eine davon nach draußen kroch, waren sie zu zweit besser dran als allein. Der Angriff auf das Haus in Südafrika hatte ihre Effektivität als Team auf sehr eindringliche Weise unter Beweis gestellt. Das Ganze ging sogar noch einen Schritt weiter: Nachdem Kennedy die Agency verlassen hatte und mutmaßlich einen bequemen Job in der Privatwirtschaft anstrebte, besaß er keinen Zugang mehr zu den geheimdienstlichen und logistischen Ressourcen, auf die er für seine Arbeit angewiesen war. Claudias beträchtliche Talente in diesem Bereich halfen, diese Lücke zu schließen. Umgekehrt hatte der Tod ihres Ex-Manns sie ohne verlässliche ausführende Hand zurückgelassen – eine Lücke, die er problemlos schließen konnte.

Die Tür zum Bungalow schwang auf. Anna blieb in ihrem Powerpuff-Girls-Pyjama kurz vor der Schwelle stehen und starrte ihn intensiv an. Rapp zuckte unwillkürlich zusammen. Was sah sie in ihm? Den Vaterersatz, der alles Menschenmögliche getan hatte, um sie zu beschützen? Oder einen Schlächter, der seelenruhig zehn Männer hinrichtete, während sie es live und in UHD miterlebte?

Schließlich kam sie auf ihn zu. Die Erleichterung, die er verspürte, als sie auf seinen Schoß kletterte, war überraschend groß. Seltsam, vor nicht allzu langer Zeit hätte er alles in seiner Macht Stehende getan, sie in die Obhut ihrer Mutter abzuwälzen.

Sie lehnte den Kopf an seine Brust, schwieg aber. Als Erwachsener war es zweifelsohne seine Aufgabe, etwas Tröstendes zu sagen. Vielleicht sogar etwas Tiefgründiges. Aber was? Sollte er einer Siebenjährigen erklären, wie die Welt funktionierte und welche Rolle er darin spielte? Oder war es besser, so zu tun, als wäre nichts davon je passiert? Kinder verfügten über eine kurze Aufmerksamkeitsspanne, richtig? Und Einbrüche in Häuser galten in Südafrika als nicht weiter ungewöhnlich. Selbst in ihrem Alter dürfte sie entsprechende Geschichten von Klassenkameraden gehört haben. In ein paar Tagen erinnerte sie sich vermutlich überhaupt nicht mehr daran, oder doch?

»Soll ich dir Frühstück machen?«, fragte er. Nicht gerade tiefgründig, aber hoffentlich zumindest beruhigend.

»Nein. Mama kümmert sich darum. Sie hat gesagt, dass sie es mir rausbringt.«

»Was gibt es denn?«

»Keine Eier mit Schinken oder so. Eher Joghurt und Obst.«

Sie verstummte. Er ließ das Schweigen zwischen ihnen fast eine Minute lang in der Luft hängen.

»Es tut mir leid, was passiert ist. Ich wollte diesen Männern nicht wehtun. Aber mir blieb keine andere Wahl, um dich und deine Mutter zu beschützen.«

»Aisha und Jambo hast du nicht beschützt.«

Die Hunde. Auf dieses Argument war er nicht vorbereitet. Die Tatsache, dass er diese Männer umgebracht hatte, schien sie kaum zu stören. Sie störte sich eher an der Tatsache, dass er sie nicht schnell genug umgebracht hatte.

»Ich habe sie nicht rechtzeitig erwischt. Sie konnten noch auf die Hunde anlegen, bevor sie zu Boden gingen.«

»Mitch!«, ertönte die mahnende Stimme von Claudia aus dem Inneren des Bungalows. Offenbar hatte sie gelauscht.

Doch es war zu spät. Anna schaute zu ihm auf, mit leicht verkniffener Oberlippe und einem Schimmer in den Augen, bei dem ihm ganz mulmig wurde. Er erinnerte sich an den gleichen Gesichtsausdruck bei ihrem Vater, als er glaubte, er habe Stan Hurley eiskalt erwischt. Nur ein paar Augenblicke bevor Hurley ihm die Kehle durchschnitt.

Auf dem Weg hinter ihm erklangen Schritte. Er drehte sich um und sah, wie Scott Coleman näher kam. Der ehemalige SEAL streichelte Anna kurz über den Kopf, bevor er sich in einen Stuhl fallen ließ.

»Wie geht es dir, Kleine?«

»Sie haben Aisha und Jambo getötet.«

»Ja, davon habe ich gehört. Es tut mir wirklich leid. Aber sie haben dich geliebt und wollten dich beschützen. Sie waren bestimmt glücklich, im Wissen zu sterben, dass du in Sicherheit bist.«

»Woher weißt du das?«

»Weil es bei Mitch und mir auch so wäre.«

Rapp verspürte einen Anflug von Eifersucht. Coleman war ein Naturtalent im Umgang mit Menschen. Er wurde in Annas Gegenwart nie nervös, hatte nie das Bedürfnis, jedes Wort vorher auf die Goldwaage zu legen. Zu Hause in Virginia plauderten die zwei stundenlang über alles Mögliche. Keine peinlichen Pausen. Keine Missverständnisse oder unbehagliche Blicke.

Rapp hingegen betrachtete seine Beziehung zu der Kleinen als Minenfeld, das man nur mit ausreichend langer Vorbereitung sicher durchqueren konnte. Coleman schaltete den

Kopf in solchen Fällen aus. Er wusste, dass eine Explosion manchmal ganz reinigend war.

Anna starrte Scott einen Moment lang an und brach abrupt in Tränen aus. Rapp spürte, wie er verkrampfte, als sie sich fester an ihn presste. Coleman goss sich seelenruhig einen Kaffee ein und verfolgte die Episode teilnahmslos.

Normalerweise beruhigte sich die Kleine ziemlich schnell, aber diesmal nicht. Als ihr Schluchzen in Heulkrämpfe überging, nahm Rapp sie fester in den Arm. Schließlich klopfte er ihr auf den Rücken. Nichts funktionierte. Claudia kam mit dem Frühstück heraus und startete eine Rettungsaktion.

Es gelang ihr, das Mädchen von Rapp zu lösen. Sie brachte Anna ins Haus, während die beiden Männer hilflos zuschauten. Sobald die Tür hinter ihnen zufiel, schüttelte Coleman den Kopf.

»Gustavo Marroqui. Du Glückspilz. Ich kann nicht glauben, dass du aus dem Schneider bist.«

»Bist du fertig?«

»Bin ich«, erwiderte Irene Kennedy. »Ich danke dir. Es war wieder mal köstlich.«

Claudia räumte alle Teller auf einen Tisch neben dem Sofa auf der Terrasse. Sie hatten schweigend gegessen, aber jetzt wurde es Zeit, das Geschäftliche zu regeln – etwas, worauf sie nicht sonderlich erpicht zu sein schien. Kaum überraschend. Sie entschuldigte sich zwar nie für ihr früheres Leben, aber sie sprach nur darüber, wenn es unbedingt nötig war. Und selbst dann wählte sie Formulierungen, die klangen, als ob sie Geschichten über einen Bekannten erzählte, an den sie sich nur lückenhaft erinnerte.

»Vor Jahren hatte Louis …« Ihre Stimme stockte, und sie schielte zurück zum Bungalow, um sich zu vergewissern, dass Anna nicht lauschte. »Louis und *ich* hatten den Auftrag, Gustavos älteren Bruder Alvaro zu töten, der damals die Geschäfte führte.«

»Von wem?«, fragte Kennedy.

»Es waren mehrere Puffer dazwischengeschaltet, aber ich nehme an, dass der ursprüngliche Auftrag von der guatemaltekischen Regierung stammte. Alvaro scharte einflussreiche Leute um sich und gliederte verschiedene Banden in seine Organisation ein. Dadurch untergrub er die Bemühungen der Staatsführung, die verschiedenen Gruppierungen gegeneinander auszuspielen, um sie schwach zu halten.«

»Und ihr wart erfolgreich?«, wollte Coleman wissen.

»Ja, aber die Politiker erhielten nicht das erhoffte Ergebnis.«

Kennedy seufzte. »Ein alter Fehler, der sich ständig wiederholt. Man sollte sich nie von jemandem trennen, solange man nicht ausschließen kann, dass derjenige, der seinen Platz einnimmt, die Lage weiter verschlimmert.«

»Und Gustavo ist nicht nur schlimmer, er ist der Schlimmste überhaupt, richtig?« Coleman schüttelte sich innerlich. »Ist das nicht der Typ, der ganze Familien zerstückelt, sie mit Schweineresten neu zusammennäht und wie Skulpturen in der Stadt aufstellt?«

»Ja.« Claudia starrte auf die Tischplatte.

»Das ist die Art von Aktion, mit der man in einem Land wie Guatemala alles erreicht, was man will«, stellte Rapp fest.

»Und die ihn am Leben gehalten hat, obwohl so viele Leute – mich eingeschlossen – ihn tot sehen wollten«, sagte Kennedy. »Regierung und Strafverfolgungsbehörden vor Ort können sich entscheiden. Entweder mischen sie bei den krummen Geschäften mit und kassieren Millionen an

Bestechungsgeldern, oder sie riskieren, dass ihre Angehörigen als moderne Kunstinstallationen enden.«

»Ihr habt also versucht, ihn loszuwerden?«, fragte Rapp.

»Wir haben versucht, Guatemala zu helfen, ihn loszuwerden. Aber die Abgrenzung, wo sein Einfluss anfängt und der der Regierung endet, ist knifflig.«

»Und das macht es schwer, ihn zu finden.«

»Nahezu unmöglich. Nur ganz wenigen Menschen ist bekannt, wo er sich aufhält, und diese Menschen sind ihm absolut loyal ergeben – entweder weil sie Teil seiner Organisation sind, oder weil sie ihn fürchten.«

»Nun, ob nahezu unmöglich oder nicht, wir müssen ihn aufspüren. Wie stellen wir das an?«

Coleman lehnte sich zurück und verschränkte die Arme vor der Brust. »Nur unter großen Schwierigkeiten. Selbst wenn wir einfach nach Guatemala fahren und Leute fragen könnten, die wissen, wo er steckt, wie sollen wir an die Informationen rankommen? Ihnen ist bewusst, dass sie unter Beobachtung stehen. Und in Anbetracht der Konsequenzen, die ihren Familien im Fall eines Verrats drohen, werden sie ihr Wissen so lange wie möglich für sich behalten. Selbst beim Einsatz extremer Verhörmethoden.«

»Was Marroqui Zeit verschafft, den Standort zu wechseln«, stellte Rapp fest.

»Richtig.«

»Es steht außer Frage, dass wir die Operation in zwei Teile splitten müssen«, meinte Kennedy. »Zuerst müssen wir den Mann finden. Bis dahin muss Claudia unsichtbar bleiben.«

»Aber wir können uns nicht die nächsten fünf Jahre hier verkriechen«, widersprach sie. »Und es könnte buchstäblich so lange dauern, bis uns etwas gelingt, woran fast alle weltweiten Geheimdienste gescheitert sind.«

Rapp stieß die Luft zwischen den Zähnen aus. »Vielleicht auch nicht.«

»Worauf willst du hinaus?«, fragte Kennedy.

»Ich habe vor einiger Zeit in Mexiko einen Mann kennengelernt, der uns möglicherweise helfen kann.«

»Wen?«, fragte Kennedy.

»Damian Losa.«

»Du hast Damian Losa *kennengelernt?*«, entfuhr es Claudia. »Persönlich?«

»Wer ist Damian Losa?«, schaltete sich Coleman ein.

»Ein lateinamerikanischer Geschäftsmann mit einem ziemlich variablen Portfolio«, antwortete Kennedy. »Hauptsächlich Drogen- und Waffenhandel, erweitert um eine beträchtliche Bandbreite von legalen und quasilegalen Aktivitäten in der ganzen Welt.«

»Hattest du jemals mit ihm zu tun?«, hakte Rapp nach.

»Nein. Aber einige meiner Kollegen. Ich weiß, dass er erstaunlich vernünftig sein kann, sofern es seinen Interessen dient. In gewisser Weise ist er eine wesentlich mächtigere, wesentlich reichere und wesentlich klügere Version von Gustavo Marroqui. Das hat ihm einen gewissen Schutzstatus bei den Geheimdiensten verschafft. So peinlich es mir ist, das laut auszusprechen, manchmal kann eine Person wie er ausgesprochen nützlich sein.«

»Nachdem ich ihm begegnet bin, stimme ich dieser Einschätzung zu«, sagte Rapp. »Er wirkte auf mich wie der Hyde zu Nick Wards Dr. Jekyll.«

»Ein überaus passender Vergleich«, fand Kennedy.

»Und du glaubst, dass er weiß, wo Marroqui steckt?«, fragte Coleman.

Rapp zuckte mit den Schultern. »Wenn es jemand weiß, dann er.«

»Meinst du, er verrät es dir?«

»Keine Ahnung. Wir kamen gut miteinander klar. Er hat sogar versucht, mich anzuwerben.«

»Nein«, verkündete Claudia mit einer Stimme, die so entschlossen klang, dass sich alle Köpfe in ihre Richtung drehten. »Es wäre ein Fehler, Losa um Hilfe zu bitten. Er mag zwar aalglatt und professionell wirken, aber wir sollten nicht aus den Augen verlieren, wer er ist.«

»Und wer ist er?«

»Ein Mann, dem man nichts schuldig sein will.«

»Ich kann dir nicht widersprechen, aber ich sehe keine Alternativen. Du etwa?«

»Wir könnten einen privaten Erkundungstrupp nach Guatemala schicken«, schlug sie vor. »Nick könnte uns sicher die nötigen Ressourcen zur Verfügung stellen. Mit etwas Zeit machen wir ihn bestimmt ausfindig.«

»Von wie viel Zeit reden wir?«, fragte Rapp.

»Ein Jahr«, musste sie einräumen. »Eher mehr.«

»Oder nie.« Er zückte sein Handy. »Jedes Risiko birgt auch das Potenzial für Belohnungen. Wenn es uns gelingt, jemanden wie Marroqui auszuschalten – vor allem wenn es uns schnell gelingt –, übermittelt das eine klare Botschaft an alle anderen da draußen, denen zu Ohren gekommen ist, dass du noch lebst.«

Alle verfolgten nervös, wie er den gespeicherten Eintrag aufrief und eine kurze SMS absetzte.

»Schaut nicht so besorgt.« Er legte das Telefon auf den Tisch. »Es ist lange her. Ich bezweifle, dass er überhaupt antwortet …«

Das Telefon vibrierte. Die Nummer auf dem Display war dieselbe, die er gerade kontaktiert hatte.

»Ich muss mich wohl korrigieren.« Er nahm das Gespräch entgegen. »Danke, dass Sie sich melden.«

»Ich gebe zu, dass ich überrascht bin, von Ihnen zu hören«, erwiderte Damian Losa mit einem Akzent, der sich irgendwo zwischen Schulenglisch und Ricardo Montalbán verorten ließ. »Mir ist zu Ohren gekommen, dass Sie einen Platz in Nicholas Wards Organisation gefunden haben und Irene Kennedy Ihnen wahrscheinlich bald folgen wird.«

»Sie sind gut informiert.«

»Ich bin immer auf dem Laufenden über alles, was meinen Interessen dient. Also, was kann ich für Sie tun, Mitch?«

»Ich möchte wissen, wo sich Gustavo Marroqui aktuell aufhält.«

Kurzes Schweigen. »Ich habe gelesen, dass eine Gruppe von Guatemalteken vor ein paar Tagen eine Familie in Südafrika überfallen hat. Der Besitzer des Hauses hat alle erschossen und ist dann mit seiner Frau und seiner kleinen Tochter verschwunden. Wissen Sie etwas darüber?«

»Möglich.«

»Mir war nicht bekannt, dass Sie je mit Gustavo zu tun hatten.«

»Hatte ich nicht.«

»Was veranlasst Sie dann zu dieser Frage, Mitch?«

»Spielt das eine Rolle?«

»Ich habe in diesem Geschäft nur deshalb so lange überlebt, weil ich keine Entscheidungen treffe, ohne dass mir alle verfügbaren Informationen vorliegen. Wenn Sie glauben, ich lasse mich auf etwas ein, ohne die Hintergründe zu kennen, haben Sie mich falsch eingeschätzt.«

Unangenehm, aber nicht gänzlich unerwartet.

»Was ich Ihnen jetzt sage, bleibt unter uns.«

»Sie haben mein Wort.«

»Er hatte es nicht auf mich abgesehen. Er war hinter der Frau her, mit der ich zusammenlebe.«

Rapp hörte das Tippen von Tasten am anderen Ende der Leitung. »Eine Claudia Dufort.«

»Ihr richtiger Nachname lautet Gould.«

Diesmal war die Pause in der Leitung länger. Losa beendete sie mit lautem Gelächter. »Claudia Gould? Sie haben einen seltsamen Geschmack bei Frauen, Mitch.«

»Helfen Sie mir?«

»Auf die Gefahr hin, dass ich wie ein Söldner klinge: Was steckt für mich drin?«

»Ich schulde Ihnen danach einen Gefallen.« Fast wären Rapp die Worte im Hals stecken geblieben.

Es dauerte nicht lange, bis Losa eine Entscheidung traf. »Geben Sie mir 24 Stunden. Meine Assistentin wird Ihnen die gewünschten Koordinaten schicken.«

Rapp beendete das Gespräch. »Er sagt, dass er uns morgen um diese Zeit Marroquis Aufenthaltsort mitteilen wird.«

»So einfach geht das?«, staunte Coleman.

Rapp schüttelte den Kopf. »Ich denke, der Gefallen, den ich ihm schulde, wird mir eines Tages zum Verhängnis. Aber für den Moment geht es so einfach, ja. Darf ich davon ausgehen, dass du Lust auf einen kleinen Abstecher nach Guatemala hast?«

Der ehemalige SEAL grinste. »Für eine gute Piña colada tue ich alles.«

16

GUATEMALA-STADT, GUATEMALA

Wenn sich eins über Claudia mit Gewissheit behaupten ließ, dann dies: Sie kannte einige äußerst verruchte Leute.

Rapp saß auf dem maroden Rücksitz eines Geländewagens, dessen Motor klang, als ob er jede Sekunde klappernd auseinanderfiel. Die Reifen rollten über eine Mischung aus Asphalt und Lehm, die sich durch einen Slum am Rande von Guatemala-Stadt schlängelte. Außer ihm und dem Kerl auf dem Beifahrersitz hatte sich hinten auf jeder Seite ein weiterer neben ihn gequetscht. Alle waren gut 20 Jahre jünger als er und mit Tätowierungen übersät, die sie als Mitglieder von Mara Salvatrucha auswiesen, besser bekannt als MS-13.

Der berüchtigte Bandenzusammenschluss wurde zunehmend von Gustavo Marroquis überlegener Organisation ausgestochen, deren Einfluss weit in die örtlichen Verwaltungen hineinreichte. Ferner profitierte Marroqui von der Unterstützung durch die Vereinigten Staaten und anderer Länder, deren Politiker es für gute Publicity hielten, mit der Bekämpfung einer der global berüchtigtsten Banden in Verbindung gebracht zu werden. Es ging nichts über Fotos von getöteten MS-13-Mitgliedern, um die Aufmerksamkeit der Menschen von Marroquis wachsendem Einfluss in Lateinamerika abzulenken.

Der Feind meines Feindes ist mein Freund. Kein Sprichwort, das für Rapp in der Vergangenheit allzu gut funktioniert hatte. Aber es gab bekanntlich immer ein erstes Mal.

Er griff über den hemdsärmeligen Mann neben sich hinweg und kurbelte das Fenster ein paar Zentimeter weit nach unten. Der Gestank von Schweiß – auch seinem eigenen – drang ihm in die Nase.

Der kühle Luftstrom verbesserte die Lage, obwohl er einen Hauch von Abwasser, Diesel und Verfall der umliegenden Backsteinbauten mitführte. Wellblechwände und -dächer wurden von den Scheinwerfern angestrahlt, einige mit Graffiti verziert, andere mit Rost. Gelegentlich fiel ihm das Aufblitzen bunter Kleidungsstücke auf, die auf Wäscheleinen trockneten, aber der größte Teil dieses Stadtviertels lag im Dunkeln. Strommasten, an denen Drähte hingen, gab es zuhauf, aber die daran befestigten Lampen waren entweder ausgebrannt oder wurden absichtlich nicht ersetzt. Angesichts ihrer verschlechterten Position in Guatemala hatte die MS-13 eine untypische Strategie gewählt: Sie hielt sich zurück. Die Operationen, einst aufgrund der in Aussicht gestellten Straffreiheit in aller Öffentlichkeit durchgeführt, verlagerten sich in den Untergrund. Die Arroganz der jungen Bandenmitglieder, die zu unglaublicher Gewalt fähig waren, wurde durch die Erkenntnis ausgebremst, dass da draußen jemand lauerte, der noch skrupelloser vorging als sie.

Eine vertraute Konstellation. Die Taliban galten als Meister der Einschüchterung, aber sobald das US-Militär in der Nähe war, neigten sie dazu, die Klappe zu halten und sich in ihren Löchern zu verkriechen. Leider endeten damit die Parallelen. Rapp wusste so gut wie nichts über das Land oder die Stadt, in der er sich aufhielt, er beherrschte die Sprache nicht und hatte weder von der guatemaltekischen Regierung noch von den US-Geheimdiensten vor Ort Unterstützung zu erwarten. Und obwohl MS-13 nicht der erste merkwürdige Bettgenosse seiner Laufbahn war, musste er sich normalerweise nicht so stark auf den unfreiwilligen Partner verlassen. Im Prinzip war er zu einem ihrer Mitglieder auf Zeit geworden. Erfolg oder Misserfolg dieser Mission hing davon ab, wie zuverlässig seine neuen Verbündeten agierten.

Der Mann zu seiner Linken öffnete ein Bier. Rapp beobachtete, wie er es in einem langen Zug leerte. Nach seiner Zählung war es das achte, seit sie ihn vor 30 Minuten aufgesammelt hatten. Nicht sonderlich vertrauenerweckend und einer der Gründe, warum Scott Coleman parallel mit einer anderen MS-13-Fraktion zusammenarbeitete. Das Beste, was ihnen einfiel, um das Risiko zumindest etwas zu verteilen.

Rapp checkte die Nachrichten auf dem Handy. Bisher hatte sich der ehemalige SEAL nicht gemeldet. Dieser Fakt war etwas beunruhigend, ließ ihn aber nicht direkt in Panik verfallen. Coleman übernahm bei dieser Mission die eigentliche Schwerstarbeit, also musste er sich zwischenzeitlich auch mal ausklinken.

Damian Losa hatte einen gut bewachten und schwer zugänglichen Berggipfel im südlichen Teil des Landes als momentanen Aufenthaltsort von Marroqui identifiziert. Ironischerweise unterschieden sich die Gegebenheiten nicht wesentlich von der Festung, die Nick Ward in Uganda bezogen hatte. Vermutlich war das Grundstück genauso gut gegen ungebetenen Besuch gesichert. Im Umkreis von 15 Meilen gab es keine befestigten Straßen, das Gelände war extrem zerklüftet und wurde von einer 24/7 bewachten Betonmauer umgeben. Im Gegensatz zu Ward verzichtete er allerdings auf Abwehrmaßnahmen aus der Luft. Zumindest ruhten ihre Hoffnungen auf diesem Umstand.

Rapp genoss in Uganda enorme Beliebtheit, weil er das Land bei der Eindämmung des dortigen Terrorismusproblems unterstützt hatte. Kein Vergleich zu Coleman, den man in Lettland wie einen Nationalhelden verehrte, weil er entscheidend dazu beigetragen hatte, einen Einmarsch der Russen zu vereiteln. Seitdem besaß Scott einen kurzen Draht zu den dortigen Generälen und konnte per Telefonat diskret benötigte Militärwaffen anfordern. Dank der Mithilfe einiger professioneller Schmuggler würden sie bald im Besitz eines Gegenstandes sein, der eine deutliche Warnung an alle da draußen übermittelte, die einen Groll gegen Claudia Gould hegten.

Der Fahrer hielt auf eine mit Planen abgedeckte Lücke zwischen zwei Häusern zu und wurde langsamer. Der behelfsmäßige Tunnel war steil – vermutlich um die zehn Prozent – und zog sich mehr in die Länge, als Rapp es für möglich gehalten hätte. Schließlich gelangten sie zu einem hohen, mit Graffiti beschmierten Tor, das von einem bewaffneten Wachmann nach oben gelassen wurde. Sie passierten eine Reihe ähnlicher Absperrungen, bevor sie auf einen Parkplatz rollten, der ebenfalls von Wellblech umschlossen wurde und auf dem etwa zehn weitere Autos standen. Zu diesem Zeitpunkt hatte sich das vage Dröhnen, das Rapp beim Betreten des Tunnels aufgefallen war, in ohrenbetäubende spanischsprachige Rapmusik verwandelt. Wo er Norden verortete, tanzten farbige Lichter durch einen Spalt.

Drei seiner neuen Freunde verzogen sich direkt nach dem Aussteigen. Der Fahrer gab Rapp ein Zeichen, ihm zu folgen. Sie schlüpften durch eine Art Eingang und fanden sich in einem überdachten Bereich wieder, geschätzt 100 Quadratmeter groß. Grob die Hälfte der Menschen, die sich dort aufhielten, waren Männer, die seinen Sitznachbarn von eben ähnelten, der Rest junge, attraktive Frauen. Wahrscheinlich hatte man sie nach optischen Kriterien gezielt aus der örtlichen Bevölkerung ausgewählt, die wenige Möglichkeiten hatte, sich gegen eine solche Zwangsrekrutierung zu wehren.

Die tanzende Menge teilte sich vor ihm und seinem einheimischen Begleiter. Im Vorbeigehen streiften sie etliche neugierige Blicke. Das primitive Gebäude war aus Schrottteilen zusammengeschustert worden, aber liebevoll dekoriert. Ein Ferrari, der wirkte, als wäre er noch keinen Kilometer gefahren, thronte auf einer Plattform in der Mitte. Ein Marmorbrunnen versprühte Wasser aus italienisch anmutenden Skulpturen. Eine bestens bestückte Bar, die ebenso gut in ein Casino in Monaco gepasst hätte, nahm die hintere Wand ein. So etwas kaufte man wohl, wenn kriminelle Unternehmungen eine Menge Geld abwarfen, es aber an Möglichkeiten zum Ausgeben fehlte.

Schließlich gelangten sie in einen Bereich mit Separees, die an einen gehobenen Nachtclub erinnerten. Rapp wurde zu einer Sitzecke geführt, in der einige Männer um die 30 in Gesellschaft der jüngsten, hübschesten und am spärlichsten bekleideten Frauen von allen saßen. Auf dem Tisch stand ein silbernes Tablett, gefüllt mit Schnäpsen und weißen Linien von etwas, das vielleicht Kokain war, vielleicht auch nicht. Seine Eskorte zog sich diskret zurück, ließ aber keinen Zweifel daran, dass Rapp weitergehen und sich zu der Gruppe gesellen sollte.

Als er sich bis auf wenige Meter genähert hatte, kam von rechts ein Mann auf ihn zu. Er trug ein Seidenhemd, das komplett aufgeknöpft war und eine beeindruckende Ansammlung von Brustmuskeln und eine noch beeindruckendere Ansammlung von Tattoos enthüllte. Er brüllte etwas auf Spanisch und stieß Rapp mit so viel Kraft weg, dass er rückwärts in die tanzende Masse stolperte. Der Mann im hinteren Teil der Sitzecke – eindeutig der Wortführer – machte keine Anstalten einzugreifen.

Keine ideale Situation. Insgesamt hielten sich mindestens 50 betrunkene Bandenmitglieder in der direkten Umgebung auf. Es mangelte ihm nicht nur an Verstärkung, sondern er war auf die Hilfe dieser Typen angewiesen. Das Arschloch von Bodyguard zu einem blutigen Brei zu schlagen führte zu nichts Gutem. Einfach den Schwanz einzuziehen war ebenfalls keine Alternative. Letztlich musste er die Situation mit zivilisierten Mitteln unter Kontrolle bringen.

Nicht gerade seine Stärke, aber zum Lernen war es nie zu spät.

Die Hand des anderen schnellte für einen erneuten Stoß vor. Rapp griff nach dem Daumen des Tätowierten. Ein harter Schlag, kombiniert mit einem Fußfeger, ließ ihn auf dem rasierten Hinterkopf landen. Er wirkte benommen, aber statt es auszunutzen und ihm den Rest zu geben, streckte der Amerikaner die Hand aus und zog sein Gegenüber auf die Beine. Lachend schnappte er sich zwei Schnäpse von einem abgestellten Tablett, drückte dem verwirrten Hünen vor ihm einen Shot in die Hand und kippte den anderen herunter. Das Zeug kratzte im Hals wie Batteriesäure.

Der Mann stand wie erstarrt mit dem Glas in der Hand da. Rapp wurde bewusst, dass niemand mehr tanzte und alle Augen auf ihn gerichtet waren. Wieso trank der Kerl nicht einfach seinen Schnaps? So konnten alle Beteiligten ihr Gesicht wahren und die Sache abhaken. Ansonsten konnte er für nichts garantieren.

Die Sekunden schienen grotesk langsam zu verstreichen. *Eins … zwei … drei …*

Endlich grinste sein Gegenüber, verschluckte sich fast am Drink, klopfte Rapp auf die Schulter und deutete auf die Sitzecke. Zwei Mädchen rutschten heraus, um ihm Platz zu machen, und die Leute auf der Tanzfläche widmeten sich erneut ihren Moves, Drinks oder was auch immer.

»Mir wurde gesagt, dass Sie jemand sind, der seinen Ankündigungen Taten folgen lässt«, verkündete der Mann im Hintergrund mit perfektem amerikanischem Akzent. Wahrscheinlich eins der vielen MS-13-Mitglieder, die in Los Angeles aufgewachsen und irgendwann abgeschoben worden waren.

Rapp nickte nur.

Das schien seinem Gastgeber zu genügen. Er deutete auf die Linien aus Pulver auf dem Tablett. Aus der Nähe wies es eine gräuliche Färbung auf und wirkte ungewöhnlich grobkörnig.

»Was ist das?«, fragte Rapp.

»Eine hauseigene Mischung.«

Wenn Rapp im Laufe der Jahre eins gelernt hatte, dann war es, die Finger von allem zu lassen, was als besondere Mischung oder Delikatesse angepriesen wurde. In diesem Fall blieb ihm keine Wahl. Es handelte sich eindeutig um einen weiteren Test.

Er beugte sich vor, verschloss ein Nasenloch mit dem Zeigefinger und stellte fest, dass dieses Zeug, was auch immer drinsteckte, einen härter kickte als ein verdammtes Maultier. Er verlor vorübergehend das Gefühl für oben und unten und kippte so weit zur Seite, dass das Mädchen neben ihm ihn aufrichten musste. Ein heftiges Kopfschütteln ließ die Haare in seinem schweißnassen Gesicht festkleben. Als er versuchte zu sprechen, stellte er fest, dass seine Zunge so taub war, dass er beim Sprechen massiv lallte.

»Guuuter Stofffff.«

Rapp schob sich an der Wand entlang und hielt so weit wie möglich Abstand zur tanzenden Meute. Er hielt sein fünftes Bier in der Hand. Der Alkohol fing langsam an, das Kribbeln von dem Zeug zu lindern, das er sich in die Nase gestopft hatte. An den Seitenwänden gab es verschiedene Sitzgelegenheiten.

Er entschied sich für eine, die an ein mit Kissen übersätes Doppelbett erinnerte. Es lagen bereits zwei Mädchen darauf, aber sie waren schlank genug, damit ausreichend Platz blieb. Keine der beiden protestierte, als er sich in ihrer Mitte niederließ. Die Chancen, in dieser Nacht Schlaf zu finden, tendierten gegen null, also starrte er einfach zur Decke in die Scheinwerfer, die die Feiernden anstrahlten.

Er war nicht sicher, wie lange er dort gelegen hatte, als das Telefon in seiner Tasche zu vibrieren begann. Zwei Minuten? Zwei Stunden? Lange genug jedenfalls, dass die Mädchen eingeschlafen waren und sich seitlich an ihn schmiegten. Er schob eins der Beine zur Seite, fischte das Telefon aus der Hosentasche und stopfte sich ein Headset in die Ohren, um die Musik auszublenden.

»Schieß los!«, rief er und bog das Mikrofon dicht vor den Mund.

»Wirst du den Sonnenaufgang noch erleben?«, fragte Scott Coleman.

»Die Chancen stehen bei 60/40. Und du?«

»Eine Frau, vor der die Leute Angst zu haben scheinen, hat mich unter ihre Fittiche genommen. Ich weiß allerdings nicht, was sie als Gegenleistung für ihren Schutz erwartet.«

»Ich bin sicher, das kriegst du geregelt.«

»Ich hoffe es. Sie wiegt locker 20 Kilo mehr als ich, und ihr halbes Gesicht sieht aus wie ein Totenkopf. Hat wohl was mit einer gespaltenen Persönlichkeit zu tun, wenn ich's richtig verstanden habe. Mein Spanisch ist einigermaßen dürftig.«

»Wie steht es mit unserem Paket?«

»Ist vor ein paar Stunden in Puerto Barrios eingetroffen. Laut der letzten Rückmeldung kam es reibungslos durch den Zoll und ist jetzt mit einem Lkw unterwegs zu uns. Es sollte rechtzeitig eintreffen.«

»Und unser Flieger?«

»Steht bereit und wartet auf unsere Anweisungen. Ich werde dir die Position aber erst mitteilen, wenn es Zeit wird. Man weiß nie, wer zuhört.«

»Verstanden. Wir sehen uns dann morgen. Und bis dahin pass auf deinen Arsch auf.«

»Nicht nötig. Clarita erledigt das für mich. Ernsthaft, Alter. Sie starrt ihn gerade intensiv an.«

Rapp hielt es für besser, die Verbindung zu trennen.

17

Durch die stark getönten Scheiben konnte Rapp verfolgen, wie der ärmliche Slum von einem halbwegs passablen Einkaufsviertel abgelöst wurde. Gegen halb sieben abends war es zwar noch nicht dunkel, aber es herrschte genug Verkehr auf den Straßen, um ihre improvisierte Autokolonne nicht weiter auffallen zu lassen. Sein Blick glitt über die von Fußgängern bevölkerten Bürgersteige und spähte über ihre Köpfe hinweg zu den Silhouetten der Vulkane, die am Stadtrand in die Höhe ragten. Als die Party gegen elf Uhr morgens zu Ende ging, hatte er endlich ein bisschen Schlaf gefunden. Trotz der sieben Stunden, die ihm eher wie ein Koma vorkamen, fühlte er sich nach wie vor, als wäre er einen Berghang hinuntergerollt. Er überlegte, ob er seinen Gastgeber fragen sollte, was genau er da geschnupft hatte, entschied sich dann aber für die Ungewissheit.

Erfreulicherweise schien ihn sein Auftritt am Vorabend in der Hackordnung nach oben befördert zu haben. Er fuhr in demselben Wagen wie gestern mit, doch diesmal bot man ihm den Beifahrersitz an. Am Steuer saß Carlos, der Glatzkopf, dem er gestern im Club einen blauen Fleck am Allerwertesten verpasst hatte. Der junge Guatemalteke war nicht nachtragend und plapperte in verschwörerischem, aber nahezu unverständlichem Englisch auf ihn ein. Die teure Kleidung war verschwunden und durch ein Paar schmutzige Jeans, Laufschuhe und einen nackten Oberkörper ersetzt worden. Zwischen den Tätowierungen zeichnete sich eine beeindruckende Landkarte aus Einschusslöchern, Messerwunden und Verbrennungen ab. Es stand außer Frage, dass er mit seinen kaum mehr als 20 Jahren schon viele Kämpfe mitgemacht hatte. Nach der Anzahl der Narben zu urteilen schien er keinen einzigen davon gewonnen zu haben.

Rapp sollte sich mit Scott Coleman auf einer knapp zwei Fahrstunden entfernten Landebahn treffen, die von einem Drogenschmugglerring betrieben wurde. Theoretisch sollte die Waffe, die sie von den Letten angefordert hatten, dort sein, ebenso das Flugzeug, das sie mitnehmen sollte. Ob das wirklich zutraf, ließ sich schwer einschätzen. Die MS-13 war nicht gerade für ihre operative Präzision bekannt und den früheren SEAL hatte er seit ihrem Telefonat am Vorabend nicht mehr erreicht.

Zu diesem Zeitpunkt taxierte Rapp die Chancen auf einen erfolgreichen Kontakt mit Gustavo Marroqui auf ungefähr fifty-fifty. Als einige Minuten später das Geräusch mehrerer automatischer Gewehre aufbrandete, revidierte er die Prognose auf unter zehn Prozent.

Ihr Führungsfahrzeug geriet aus zwei Wagen unter Beschuss, die auf beiden Seiten der Straße parkten, wodurch es kurzzeitig zum Stillstand kam und Passanten in alle Richtungen davonstürmten. Rapp zog die Glock aus dem Holster unter dem rechten Arm und drehte sich instinktiv nach hinten. Wie erwartet, wurden sie einen Moment später erneut ins Visier genommen, diesmal von drei Männern, die in Schaufenstern aufgetaucht waren.

Die beiden Insassen auf dem Rücksitz von Rapps Geländewagen kurbelten die Fenster herunter, schulterten die Sturmgewehre und schossen. Allerdings war der Schusswinkel mehr als ungünstig. Ihre Salven glichen eher einem Musterbeispiel für Munitionsverschwendung und unnötige Gefährdung von Zivilisten.

»Hört auf zu schießen!«, schimpfte Rapp.

Sie hatten ihn entweder nicht gehört oder nicht verstanden. Carlos beschleunigte, und Rapp drehte sich nach vorn um, während sie über den Bordstein bretterten. »Das ist keine Ausfahrt!«, protestierte er, als der Guatemalteke auf eine viel zu schmale Lücke zwischen Geschäften und parkenden Autos zuhielt. Genau wie seine Begleiter schien auch er sich nicht für Rapps Einschätzung zu interessieren.

Scheiß drauf!

Rapp riss die Tür auf und sprang ins Freie. Er schaffte es irgendwie, sich auf den Beinen zu halten, als er seitlich gegen einen mit Wasserkanistern beladenen Lieferwagen knallte, der ihm kurz vorher aufgefallen war. Der Aufprall verschlimmerte seine dröhnenden Kopfschmerzen, verbesserte aber seine taktische Situation erheblich. Metall und Beton hielten Kugeln nicht so gut auf, wie die meisten Leute glaubten, aber auf Wasser war in der Regel Verlass.

Das Dröhnen des Maschinengewehrfeuers verebbte. Die Schützen in den Schaufenstern hatten ihre Magazine leer geschossen und wurden zu ungeschicktem Nachladen gezwungen. Carlos merkte viel zu spät, dass Rapp mit den Abmessungen der Lücke, auf die er zusteuerte, richtiggelegen hatte. Er wich aus, zertrümmerte jedoch mit hohem

Tempo die Glasfassade eines Geschäfts und rauschte in den angrenzenden Laden hinein.

Der Bodenabstand des Lkws mit den Wasserbehältern war groß genug, dass Rapp sich unter ihm durchrollen konnte und zwischen ihm und einem Auto, das von seinem verängstigten Insassen verlassen worden war, die Straße erreichte. Er erspähte die drei frontalen Schützen, die sich mit frischen Magazinen auf Carlos' manövrierunfähiges Gefährt konzentrierten. Einige ihrer Leute saßen im nachfolgenden Fahrzeug fest und wurden aus allen Richtungen unter Beschuss genommen. Seltsamerweise schien niemand Rapp zu beachten. Der Grund blieb ihm ein Rätsel, aber er nahm das Geschenk dankbar an.

Er ging in die Hocke und peilte sein Opfer an. Gleich der erste Schuss traf einen der Schützen frontal in die Stirn, ein zweiter drang knapp unterhalb der Schulter seitlich in einen Komplizen ein. Beide brachen zusammen. Rapp rückte zur Vorderseite des Lastwagens vor. Der dritte Gegner schien nicht zu ahnen, dass seinen Kameraden etwas zugestoßen war. Er konzentrierte sich darauf, Carlos' Wagen mit hoher Intensität zu beharken. Einer der Männer auf dem Rücksitz hatte sich ins Freie gerettet, lag nun aber mit dem Gesicht nach unten auf dem Asphalt, den Fuß im Sicherheitsgurt verfangen. Weder Carlos noch der verbliebene Insasse waren zu sehen. Rapp nahm an, dass sie ins Innere des Schuhgeschäfts geflohen waren, mit dessen Fassade das Fahrzeug ungewollt Tuchfühlung aufgenommen hatte.

Der verbliebene Schütze an der Spitze schien zur gleichen Schlussfolgerung gelangt zu sein. Er stellte das Feuer ein und entschied sich für einen Kurs, der ihn an Carlos' Geländewagen vorbeiführte und ihm gleichzeitig Gelegenheit gab, auf die Personen dahinter zu zielen.

Rapp brach die Deckung ab, hob eine heruntergefallene AK-47 auf und feuerte einen kontrollierten Schuss auf den sprintenden Mann. Zu seiner Überraschung verfehlte er das Ziel und stanzte stattdessen ein Loch in die Außenwand eines Bekleidungsgeschäfts links davon. Nach den Einschlagsspuren zu urteilen, lag es nicht an seiner mangelnden Zielsicherheit, sondern an einer Kombination aus defektem Visier und beschissener Waffe. Offenbar erledigte ihr Besitzer seine Opfer bevorzugt aus nächster Nähe.

Bevor er Zeit fand, die schlechte Justierung auszugleichen, hatte der Schütze die vordere Stoßstange des Geländewagens überwunden und zielte auf jemanden dahinter. Rapp verließ sich ganz auf sein Bauchgefühl. Die Salve geriet nicht besonders sauber, aber eins der Projektile schlug mit solcher Wucht in den Unterarm des Tangos ein, dass ihm die Waffe aus der Hand fiel.

Rapp sprintete über die Straße und tauchte ab, als die Schützen, die sich auf ihr Verfolgungsfahrzeug konzentrierten, ihn bemerkten. Er schaffte es zurück in die Deckung des Wassertransporters und feuerte um die hintere Stoßstange herum auf drei sich nähernde Männer. Er traf einen, bevor das Magazin leer war, was seine Begleiter zum Rückzug veranlasste. Aus dem Augenwinkel bekam er mit, wie Carlos hinter seinem Fahrzeug auftauchte, aber statt sich eine Waffe zu schnappen und Rapp zu unterstützen, begann er, wild auf etwas Unsichtbares am Boden einzutreten. Mit ziemlicher Sicherheit der Kerl, den Rapp angeschossen hatte. Carlos' rechter Arm baumelte schlaff nach unten. Blut sickerte aus einer Wunde am Bizeps. Falls er überlebte, durfte sich seine üppige Narbensammlung über Zuwachs freuen.

Die beiden verbliebenen Schützen hatten sich aufgeteilt und versuchten, sich in Schussposition zu bringen. Rapp stürmte auf Carlos zu, der weiter den bewusstlosen Mann zu seinen Füßen traktierte. Er stieß eine Flut spanischer Beschimpfungen aus, bis Rapp ihn packte und tiefer in den Laden hineinzerrte. Weder Kunden noch Angestellte hielten sich darin auf, was auf einen Hinterausgang hindeutete. Rapp schnappte sich ein paar Hemden aus einem Regal und lotste Carlos in den rückwärtigen Lagerraum, wo er ihn gegen eine Wand drückte.

»Hör mir zu«, sagte er, während er den Ärmel von einem der Hemden abriss und um die Oberarmwunde wickelte. »Wir müssen in Bewegung bleiben. Wenn sie wissen, dass ich hier bin, bleibt es nicht bei diesen sechs Typen. Dann schwirren bald 50 hier herum.«

Der andere starrte ihn verwirrt an, während Rapp den provisorischen Verband anlegte. Er nahm an, dass es an der Sprachbarriere lag. Sobald er die Bemerkung langsamer wiederholte, reagierte Carlos.

»Ist wahr, *tío*. Mann, den du tötest, mein Arschloch-Cousin.« Er grinste und klopfte Rapp auf die Schulter. »Er immer das tut.«

Rapp wischte so viel Blut weg, wie es ging, und half dem Guatemalteken in ein sauberes Hemd. Der rasierte Kopf und die Tätowierungen ließen ihn trotzdem hervorstechen wie einen bunten Hund. Trotzdem besser als nichts. Sie fanden den Hinterausgang. Rapp schob Carlos hindurch, bevor er mit einem Feuerlöscher den Innengriff der Tür zerschlug. Mit ein wenig Glück beschäftigte das ihre Verfolger für eine Weile.

Die Gasse hinter dem Laden zog sich stärker als erwartet in die Länge und kreuzte mehrere Straßen, die gen Osten führten. Die ersten waren menschenleer, aber der Tumult der Schießerei wirkte sich nur über eine gewisse Distanz aus.

Nachdem sie die fünfte Abzweigung passiert hatten, kehrte das gewohnte Leben in die Stadt zurück.

»Kannst du fahren?«, fragte Rapp, als sie sich zu einer Gruppe von Fußgängern gesellten, die auf das Überqueren der Kreuzung warteten.

»Kein Problem«, lautete die wenig überzeugende Antwort. Blut tropfte vom Ärmel des Hemds und die umstehenden Leute zogen sich diskret zurück. Als die Ampel auf Rot umsprang, kam der Verkehr zum Stillstand. Das Auto direkt vor ihnen wirkte wie ein vielversprechender Kandidat, aber Rapp war ziemlich sicher, dass es ein Schaltgetriebe hatte, mit dem Carlos unmöglich klarkam. Dahinter kam eine Hyundai-Limousine neueren Datums, was grundsätzlich passte, aber die Fenster waren runtergelassen und die Frau am Steuer beäugte sie misstrauisch. Zweifelsohne hatte sie die Türen verriegelt.

Der dritte Wagen entpuppte sich als exakt das, wonach sie suchten: ein gepflegter Toyota Yaris. Außer dem Fahrer schien sich niemand darin aufzuhalten. Ein abwesend wirkender junger Typ, der die Zigarette aus dem offenen Fenster baumeln ließ.

Rapp schlug einen Bogen nach rechts, schlenderte in lässigem Tempo auf den Toyota zu und machte sich die Tatsache zunutze, dass er auf die meisten Leute wie ein Tourist wirkte. Der Bursche im Auto war so sehr mit Rauchen und der Musik aus dem Radio beschäftigt, dass er Rapp erst bemerkte, als er aus dem Fahrzeug auf den Gehsteig gezerrt wurde. Erst schien er sich wehren zu wollen, doch seine Motivation schwand, sobald er Rapps blutenden, tätowierten Begleiter bemerkte. Am Ende entschied er klugerweise, sich zurückzuziehen.

Rapp rutschte über die Motorhaube und stieg auf der Beifahrerseite ein, während Carlos sich mühsam hinter das

Lenkrad quetschte. Die Ampel wechselte auf Grün und die beiden Autos vor ihnen hatten es plötzlich sehr eilig mit dem Losfahren. Hinter ihnen ertönten ein paar Hupen und irgendwo in der Ferne eine Sirene.

Einen Augenblick später schossen sie geschmeidig über den Asphalt.

Es schien die richtige Abzweigung zu sein, aber die Anweisungen des Navis erwiesen sich in diesem Teil des ländlichen Guatemala als äußerst auslegungsfähig. Rapp lenkte den Yaris einen steilen Feldweg hoch und verlangsamte auf weniger als 20 Kilometer pro Stunde. Das Fahrzeug, das sie gekapert hatten, war nicht gerade in gutem Zustand. Nachdem er den verletzten Carlos am Steuer abgelöst hatte, schaffte er es immerhin, die Karre durch die Gegend zu steuern, ohne dass eine Achse brach oder ein Reifen platzte. Ein weiteres kleines Wunder, das sich zu dem Umstand gesellte, dass die örtliche Polizei nach dem Diebstahl nicht die Verfolgung aufgenommen hatte.

40 Minuten später entdeckte er am oberen Ende der Steigung, wonach er suchte: eine Cessna Turboprop, für den Transport von Rauschgift optimiert. Der Pilot stand knapp außerhalb der Reichweite der Scheinwerfer und wurde nur vom Schein der Zigarette im Mund beleuchtet. Claudia zufolge war er einer der Besten – ein wahres Genie auf dem Pilotensitz und ein Mann, der jahrzehntelang Stürmen, Dunkelheit und der DEA getrotzt hatte.

Rapp stieg aus und trat in die kühle Bergluft. Während der Fahrt hatte es zeitweise leicht geregnet, doch für den Moment beschränkten sich die Launen der Natur auf die erhöhte Luftfeuchtigkeit.

»Benjamín?«

Der Mann nickte. »Mitch?«

Rapp näherte sich dem Heck des Flugzeugs und deutete auf die Zigarette zwischen den Lippen des Guatemalteken. Dieser zog eine Packung aus der Brusttasche, schüttelte eine Kippe heraus und hielt ihm das Feuerzeug hin. Rapp schloss genießerisch die Augen und schirmte die Flamme mit der Hand ab.

»Stimmt etwas nicht mit deinem Freund?«, fragte Benjamín und deutete auf Carlos, der auf dem Beifahrersitz des Wagens zusammengesackt war.

»Ich glaube, er könnte tot sein.«

»Was?«

»Er hat ziemlich stark geblutet und seit einer Weile nichts mehr gesagt.«

Der andere schien unsicher zu sein, ob er die Nuancen von Rapps Englisch verstand.

»Sollten wir … Sollten wir etwas unternehmen?«

Rapp zog entspannt an der Marlboro. Eigentlich war er kein Raucher, aber im Laufe der Jahre hatte er herausgefunden, dass sich damit rasch Vertraulichkeit mit einem Fremden herstellen ließ. Ganz zu schweigen davon, dass es eine ziemlich praktische Methode war, Zeit totzuschlagen.

»Nein.«

Es verstrichen weitere 20 Minuten, bis im Westen das matte Leuchten von Scheinwerfern erkennbar wurde. Rapp hob eine Hand, um die Augen vor den am Überrollbügel montierten LEDs des herannahenden Ford F-350 abzuschirmen, und senkte sie, als das Fahrzeug eine 180-Grad-Wende vollzog. Er und der Pilot setzten sich in Bewegung, während der Mann am Steuer die Ladefläche des Pick-ups in eine Position neben der offenen Frachtluke manövrierte.

Die Holzkiste auf der Ladefläche war deutlich größer als von Rapp erwartet. Der hintere Teil hing über die offene Heckklappe, auch seitlich stand sie jeweils gut einen Meter über. Auf der Ladefläche war ein Hydraulikkran montiert, dessen Haken träge hin und her pendelte. Scott Coleman schaltete die Scheinwerfer ab und stieg aus.

»Du siehst beschissen aus«, kommentierte er im Näherkommen.

»Ich fühle mich auch beschissen«, entgegnete Rapp. »Wie ist deine Nacht mit Carlita gelaufen?«

»Ich will nicht darüber reden.«

»Warum reden wir dann nicht hierüber?« Er deutete auf den Lastwagen.

»Hübsch, nicht wahr?«

»Nicht gerade kompakt.«

»Bestimmt nur üppig gepolstert«, mutmaßte Coleman, kramte im Wagen herum und förderte ein paar Brecheisen zutage. »Finden wir es raus.«

Es kostete einiges an Mühe, aber schließlich gelang es ihnen, die Kiste aufzustemmen und zu zerlegen. Was übrig blieb, war eine Röhre von etwa drei Metern Länge mit etwas mehr als 30 Zentimetern Durchmesser. An der Vorderseite befand sich eine gläserne Kuppel, direkt dahinter Flossen zur Stabilisierung. Am anderen Ende befanden sich deutlich größere Leitflossen und Beschriftungen, die auf eine sowjetische Herkunft hindeuteten.

»Ich habe gesagt, dass ich ein Haus zerstören will, Scott, keine ganze Stadt.«

»Wir sind nicht sicher, ob Marroqui über eine Flugabwehr verfügt, also dachte ich mir, wir werfen etwas aus großer Höhe ab. Das Problem ist, dass man dafür eine integrierte Steuerung braucht. Das war das kompakteste Exemplar, das die Letten herumliegen hatten und das alle Anforderungen erfüllt. Außerdem hast du gesagt, du willst ein Zeichen setzen, richtig? Wenn du mich fragst, bringt nichts ein ›Fick dich!‹ so charmant rüber wie eine tonnenschwere Aerosolbombe.«

Rapp nickte in der Dunkelheit. Da hatte sein Freund nicht ganz unrecht.

18

»Zu viel oder gerade genug?«, rief Scott Coleman über den Sturm hinweg, der durch die offene Luke der Turboprop-Maschine hereinfegte. Sie flogen in 2500 Metern Höhe über einer düsteren, unbesiedelten Landschaft. Wie von den Meteorologen prognostiziert, lösten sich die Wolkenfelder auf und schufen Platz für dunstige Sternenfelder. Ein paar matte rote Lichter erhellten den ehemaligen Passagierbereich des Flugzeugs, der zu einem Frachtraum umfunktioniert worden war.

Der ehemalige SEAL hatte gerade die Vorbereitungen abgeschlossen, die Heckflossen der Bombe mit einer Styropordämpfung zu versehen, die sie beim Abwurf durch die Luke schützte, dann aber vor Bodenkontakt durch den Wind weggerissen wurde. Das Ganze glich einer linkischen Bastelarbeit. Die Sowjets hatten die Waffe ursprünglich so konstruiert, dass man sie durch einen deutlich ausgeklügelteren Mechanismus zünden konnte als durch zwei Männer, die sie aus einem Schmugglerflugzeug in Richtung Ziel schleuderten.

»Wenn du mich fragst, sieht das ganz gut aus!«, brüllte Rapp gegen die Luftströmung an.

Coleman reckte die Daumen nach oben und trat an eine Konsole, die mit einem Joystick, einem Monitor und einer beunruhigenden Menge kyrillischer Schriftzeichen versehen war. Die Bombe besaß eine Kameraoptik im Nasenkonus, über die sich ein Ziel lokalisieren und anvisieren ließ. Sobald das geschehen war, übernahmen die Flossen – hoffentlich unbeschädigt und nicht länger mit Polstern bedeckt – die eigentliche Arbeit.

Eine noch unbeantwortete Frage lautete, ob Marroqui nachts Verdunkelungsprotokolle befolgte. Während moderne Waffen mit Infrarot, Sternenlicht, Laser und vielen anderen überteuerten Systemen ausgerüstet waren, die sich Unternehmen aus der Verteidigungsbranche so einfallen lassen, stützte sich dieses Relikt ausschließlich auf Schwarz-Weiß-Videos mit der Auflösung einer x-fach abgenudelten Wiederholung von *Bonanza*. Was den sowjetischen Ingenieuren an Finesse fehlte, machten sie dankenswerterweise durch brachiale Gewalt wett. Punktgenauigkeit war für ein solches Ungetüm ohnehin nicht erforderlich.

Ihr Pilot steckte den Kopf aus dem Cockpit und reckte die Faust – das Zeichen, dass sie noch fünf Minuten vom Ziel entfernt waren und er sie auf die Einsatzhöhe von 7000 Metern bringen würde. Rapp streifte eine Sauerstoffmaske über und befestigte die zugehörige Flasche am Gürtel. Coleman tat es ihm nach. Anschließend banden sie sich an ein paar Leinen, die es ihnen ermöglichten, die offene Luke zu erreichen, ohne vorzeitig hinauszustürzen.

Der Einfluss der Schwerkraft verstärkte sich, je näher sie der Luke kamen. Rapp zog die Daunenjacke an, setzte die Schutzbrille auf und rutschte bäuchlings nach vorn, bis das Seil am Gurtzeug straff war. Selbst über das Headset blieb das Dröhnen der Triebwerke und des Winds ohrenbetäubend, als er prüfend den Kopf nach draußen steckte. Am Boden war nichts zu erkennen. Da er keine Sterne wahrnahm, ging er davon aus, dass sie gerade durch eins der verbliebenen Wolkenfelder flogen.

Zu seiner Rechten fummelte Coleman an der Videokonsole herum und konsultierte gelegentlich die recht fragwürdige Google-Übersetzung des Handbuchs. Rapp konzentrierte sich einen Moment lang auf ihn und bedauerte, wie oft er die Arbeit der Nerds in Langley als selbstverständlich hingenommen hatte. Ihre Fähigkeiten im Umgang mit Sprachen, Computern und Hunderten anderen Dingen hatten ihm häufiger den Arsch gerettet, als ihm lieb war. Wenn sie nicht gegen einen Berg stürzten oder sich mit ihrem neuen sowjetischen Spielzeug in die Luft sprengten, schickte er ihnen vielleicht einen Karton Donuts.

»Siehst du was?«, erkundigte sich Coleman per Kopfhörer.

»Noch nichts.«

Die Innenbeleuchtung des Flugzeugs flackerte, was darauf hindeutete, dass sie die Zielhöhe von 7000 Metern erreicht hatten. Rapp suchte weiter den Boden ab und nahm schließlich etwas im lichtempfindlichen peripheren Blickfeld wahr.

»Benjamín, siehst du das?«

»*Sí!* Genau an den Koordinaten, die ihr mir genannt habt.«

Das Flugzeug blieb auf Kurs, während sich das schwache Glänzen verstärkte. Nach einer weiteren Minute zerfaserte es in einzelne Lichter, die einen ungefähren Kreis im Meer der Finsternis bildeten. Wenig überraschend. Da Marroqui ständig mit Attacken rechnete, ging er davon aus, dass sich jemand über Land näherte. Aus diesem Grund war der Einsatz von Sicherheitsscheinwerfern auf dem Gelände eine sinnvolle Maßnahme. Zumindest bis zu dem Zeitpunkt, da er ein Killerkommando ins südafrikanische Weinanbaugebiet entsandt hatte.

»Eine Minute!«, meldete der Pilot.

Rapp und Coleman bezogen Position auf beiden Seiten der Bombe. Sie war zu breit, um durch die offene Luke zu passen, also hatten sie das Monstrum in einem geeigneten Winkel längs vor der Öffnung verkantet.

»Mach dich bereit … Auf mein Zeichen … Jetzt!«

Das Flugzeug neigte sich stark und kippte an der Ausstiegsseite nach unten, um die Schwerkraft zu unterstützen, als sie anfingen, die Waffe zu schieben. Trotz der Schräglage war sie verflucht schwer. Sie machten langsamere Fortschritte als erwartet. Das änderte sich erst in dem Moment, als die Nase der Bombe aus dem Rumpf des Flugzeugs kippte. Trotz der Tatsache, dass sie nur knapp über Standgeschwindigkeit abgebremst hatten, erfasste eine Böe die vorderen Flossen des massiven Konstrukts und wirbelte es herum, als ob es aus Pappmaschee bestand. Coleman wurde an der Wade getroffen und schlug hart auf. Dabei verhedderte sich seine Sicherheitsleine in einer der hinteren Finnen.

Rapp stürzte zu ihm, als sich die Leine bereits straffte, zog ein Springmesser aus der Tasche und riss es aus der Scheide. Am Ende erwies sich das Manöver jedoch als überflüssig. Die Flosse kappte die Leine selbst, bevor sie ungewollt hinausgezogen wurden, und die Bombe verschwand ohne menschliche Begleitung in der Dunkelheit. Abrupt vom schweren Ballast befreit, pendelte sich das Flugzeug ruckartig ein und der Pilot gab Gas. Rapp manövrierte Coleman zur Videokonsole, während er in Gedanken einen stummen Countdown startete. Ungefähr 30 Sekunden bis zum Aufprall.

Die Nase des ehemaligen SEALs war blutverschmiert und er wirkte benommen. Mit Rapps Hilfe gelang es ihm, die Finger um den Joystick zu schließen. Zunächst blieb der Bildschirm dunkel.

25 Sekunden …

Coleman riss den Stick zur Seite. Einen Sekundenbruchteil später erschien eine Aufnahme von Marroquis Sicherheitsbeleuchtung auf dem Monitor.

»20 Sekunden bis zum Einschlag!«, rief Rapp.

Coleman navigierte das Fadenkreuz in die Mitte des Kreises und drückte eine Taste. Auf dem Bildschirm erschien eine Meldung, von der Rapp annahm, dass sie eine Zielerfassung bestätigte. Scotts Beine klappten unter ihm zusammen. Er befreite den Freund von den Überresten der Sicherheitsleine und wandte sich der Luke zu. Bevor er dazu kam, sie zu schließen, wurde er von einem grellen Blitz geblendet.

Das antiquierte sowjetische Scheißding funktionierte tatsächlich.

Er ließ sich auf den Bauch fallen und robbte zum Rand der Luke. Die Nachwirkungen ihres Angriffs waren alles andere als unauffällig. Der kleine Ring aus elektrischem Licht wurde durch eine Feuersbrunst ersetzt, die locker den 20-fachen Durchmesser aufwies.

Er hatte ein Zeichen setzen wollen. Wie es aussah, war ihm das gelungen. Sie hatten die komplette Bergspitze weggesprengt.

19

WEISSES HAUS
WASHINGTON, D. C.

Der neue CIA-Direktor Darren Hargrave schritt an der Assistentin des Präsidenten vorbei und fühlte sich euphorisch.

Nein, das stimmte nicht. Das Gefühl war sogar noch stärker geworden. Noch berauschender.

Die Rahmenbedingungen hatten sich sowohl im wörtlichen als auch im übertragenen Sinne vollständig verändert. Als er vor vielen Jahren anfing, für die Cooks als Anwalt zu arbeiten, waren ihre politischen Ambitionen kaum mehr als Träume gewesen. Geflüsterte Sehnsüchte. Doch Anthonys Potenzial war nicht zu übersehen gewesen. Er vereinte die Alphamann-Qualitäten von Teddy Roosevelt mit der Attraktivität eines John F. Kennedy und der unheimlichen Begabung von FDR, gleichzeitig Stärke und Mitgefühl auszustrahlen. Hinzu gesellte sich die Erkenntnis, dass die Zwänge, die seine Macht im Zaum hielten, rein imaginärer Natur waren. Eine verblasste Illusion von Männern, die längst das Zeitliche gesegnet hatten.

Cook war jetzt endlich dort, wo er hingehörte. Und als CIA-Direktor war Hargrave in der Lage, ihn für vier Jahre, acht Jahre oder sogar länger im Amt zu halten. Er hatte immer gewusst, dass Cook ihm eine großartige Zukunft bescheren würde, aber die Realität übertraf die kühnsten Erwartungen.

Er öffnete die Tür zum Oval Office, ohne sich die Mühe zu machen, um Erlaubnis zu bitten oder darauf zu warten, dass seine Ankunft angekündigt wurde. Cook saß allein am Schreibtisch und telefonierte. Eine seltene Gelegenheit für eine Privataudienz. Seine Frau – der Dämon, der ihm ins Ohr flüsterte – war nach Ohio gereist und versuchte so, den zunehmend deutlicher werdenden Rückzug ihres Mannes aus dem öffentlichen Leben zu kaschieren.

Cook legte den Hörer auf und richtete die Aufmerksamkeit auf Hargrave, ohne ihn zu begrüßen. Keine überraschende Reaktion. Er hatte garantiert den vorläufigen CIA-Bericht zu den jüngsten Unruhen in Guatemala gelesen.

»Was Sie mir geschickt haben, war das Papier nicht wert, auf dem es gedruckt ist«, meinte der Präsident schließlich. »Nur ein Haufen Spekulationen korrupter guatemaltekischer Politiker.«

»Es ist buchstäblich erst vor ein paar Stunden in einer extrem abgelegenen Region des Landes passiert. Uns erreichen mit jeder Minute weitere Details.«

»Ich habe längst mehr darüber in Erfahrung gebracht«, verkündete Cook, wobei sich sein Blick auf eine Weise intensivierte, die gleichermaßen aufregend wie erschreckend war. »Innerhalb weniger Tage scheint Mitch Rapp etwas gelungen zu sein, woran die Gesamtheit der weltweiten Geheimdienste zuvor gescheitert ist: Gustavo Marroqui zu töten. Nicht nur das, es ist ihm ferner gelungen, das Bergmassiv, auf dem sich dieser Kriminelle verschanzt hat, zu pulverisieren.«

»Ich erinnere Sie daran, dass das bislang reine Mutmaßungen sind, Sir. Marroqui hat sich eine Menge Feinde gemacht und ...«

»Wollen Sie damit andeuten, dass eine rivalisierende Bande dahintersteckt?« Cook fuhr aus der Haut. »Marroqui hat das Land in der Tasche. Seit Jahren hat niemand sich an etwas herangewagt, das auch nur ansatzweise den Begriff Anschlag verdient. Und jetzt, eine Woche nachdem er Mitch Rapp angegriffen hat, gehen sein Anwesen und alles im Umkreis von einer halben Meile rein zufällig in einer Feuersäule auf?«

»Ich stimme zu, dass das eher unwahrscheinlich wäre«, formulierte Hargrave bewusst zurückhaltend. »Man könnte davon ausgehen, dass es Rapp gelungen ist, eine militärische Waffe in die Hände zu bekommen und sie entweder auf Marroquis Gelände zu schmuggeln oder aus einem Flugzeug abzuwerfen.«

»Jetzt besitzt dieser Rapp also auch noch Zugang zu militärischen Waffen!«, fluchte Cook und presste die Handflächen gegen die Schläfen.

»Das ist möglich«, räumte Hargrave ein. »In jedem Fall handelt es sich um eine wertvolle Information zur Optimierung Ihrer persönlichen Sicherheit.«

»Ich dachte, Sie hätten Leute in Guatemala. Dass Sie ihn dort aus dem Verkehr ziehen.«

»Ihn abfangen zu wollen war von Anfang an ein aussichtsloses Unterfangen, Sir. Er führt seine Operationen grundsätzlich im Verborgenen durch, und seien wir ehrlich, er macht das richtig gut. Außerdem steht ihm Irene Kennedy zur Seite, die mit unseren weltweiten Ressourcen besser vertraut ist als jeder andere, und mit Claudia Gould eine Frau, die garantiert über weitreichende Kontakte in der kriminellen Unterwelt Guatemalas verfügt.«

Cook massierte noch einen Moment lang seine Schläfen, bevor er gegen die Stuhllehne sackte. »Wo ist er jetzt?«

»Das wissen wir nicht, Sir. Aber wir haben einen Großteil der Mitglieder seines Teams überwacht. Joe Maslick, Bruno McGraw und Charlie Wicker.«

»Sie meinen die drei Männer, die er *nicht* gebraucht hat, um jemanden zu töten, der von fast so viel Security umgeben war wie ich und in einem Land lebt, in dem Rapp nie zuvor operiert hat?«

Es machte Hargrave wütend, dass ein unbedeutender Killer wie Mitch Rapp über Mittel verfügte, einen beeindruckenden Menschen wie Anthony Cook derart aus der Reserve zu locken. Er führte sich vor Augen, dass daraus auch etwas Positives erwachsen konnte. Nur durch Widrigkeiten lernte der Präsident, diejenigen, die ernsthaft um sein Wohlergehen besorgt waren, von den Blutsaugern zu unterscheiden, die ihn umschwärmten.

»Ja, Sir, aber …«

»Kein Aber, Darren. Es hätte *mich* treffen können. Es kann mich auch in Zukunft treffen. Wer sagt uns, dass er nicht gerade in der tiefsten Provinz in Maryland eine Lenkrakete programmiert, die in ein paar Stunden durch dieses Fenster rast? Was nützen Ihre Sicherheitsmaßnahmen dagegen? Und was nützen mir Ihre Ausreden, wenn vom Weißen Haus nichts mehr übrig ist außer einem Krater?«

»So etwas würde er niemals tun. Zu viele Kollateralschäden.«

»Sie haben keine Ahnung, was ein Killer wie Mitch Rapp tut oder nicht tut.«

»Ja, Sir. Natürlich beziehen wir die jüngsten Erkenntnisse in unsere umfassende Neuausrichtung Ihres Sicherheitsapparats ein. Im Moment erwägen wir, den gesperrten Luftraum in Ihrem Umfeld deutlich zu erweitern, bestehende Ausnahmen für Verkehrs- und Presseflugzeuge zu reduzieren und robustere Abwehrmaßnahmen nachzurüsten. Ich halte es zwar weiterhin für unwahrscheinlich, dass Rapp eine solche Strategie verfolgt, weil dabei viele unschuldige Menschen ums Leben kämen, aber wir verfügen über die Technologie, einem solchen Angriff entgegenzuwirken.«

»Irgendwann.«

»Wir kommen gut voran, Sir, obwohl ich zugeben muss, dass Rapp die Marroqui-Bedrohung früher als erwartet neutralisieren konnte. Claudia Gould hat allerdings mehr als diesen einen Feind. Wenn die Guatemalteken etwas über sie herausgefunden haben, wäre es nicht abwegig, davon auszugehen, dass auch andere Akteure aus ihrer Vergangenheit zu ähnlichen Schlussfolgerungen gelangt sind.«

»Selbst wenn das stimmt, hat Rapp deutlich gemacht, was mit Leuten passiert, die ihn verfolgen. Das werden diejenigen Kräfte in ihre Entscheidung einbeziehen und dann neu abwägen, ob ein bisschen Rache den Verlust des eigenen Lebens wert ist.«

»Sie hat eine ziemlich bewegte Vergangenheit, Mr. President. Einige ihrer Feinde sind nicht so leicht einzuschüchtern.«

»Und Sie könnten den erwähnten Feinden einen weiteren Tipp geben.«

Hargrave nickte kurz.

»Glauben Sie, das verschafft uns die Zeit, die wir brauchen?«

»Es ist unmöglich, das mit Sicherheit zu beurteilen, Sir, aber ich denke, schon. Und selbst wenn nicht, ermöglicht es uns auf jeden Fall Fortschritte. Jede Stunde, in der er abgelenkt ist, versetzt uns in eine bessere Position.«

»Und wenn alle Vorkehrungen getroffen sind?«

»Dann werden wir uns natürlich um eine dauerhafte Lösung für das Problem bemühen. Mitch Rapp ist ein äußerst erfahrener Operator mit einer Menge Unterstützern, aber letztlich ist er auch nur ein Mensch. Schwer zu töten? Ja. Das hat er wiederholt unter Beweis gestellt. Aber unmöglich? Mitnichten.«

20

In der Nähe von Franschhoek, Südafrika

Cyrah Jafari kam nicht umhin, ihre Umgebung zu bewundern. Sie war vor knapp einer Woche in Südafrika eingetroffen und hatte die Zeit damit verbracht, sich mit der Gegend um Franschhoek vertraut zu machen. Das gesamte Westkap beeindruckte sie, aber diese Straße war etwas ganz Besonderes. Sie war nicht asphaltiert, aber gut instand gehalten und wurde auf beiden Seiten von Weinreben gesäumt. Dahinter ging eine Reihe grüner Hügel allmählich in majestätische, steinige Gipfel über. Selbst mit ihrer dunklen Sonnenbrille war sie gezwungen, die Augen vor den grellen Strahlen zusammenzukneifen, die durch die Windschutzscheibe drangen.

Das Grundstück, das sie suchte, entsprach exakt den Fotos, die sie ausgewertet hatte – eine sauber getünchte weiße Mauer, die das komplette Anwesen mit Ausnahme des grauen Strohdachs verbarg, das darüber hinwegragte. Im Näherkommen wurde ein provisorisch mit Blech repariertes Tor sichtbar, aber ihr war deutlich zu verstehen gegeben worden, dass sie es auf keinen Fall benutzen durfte. Stattdessen hielt sie an der Ostseite nach dem schmalen Weg Ausschau, den man ihr beschrieben hatte.

Nach weiteren 100 Metern geriet er in Sicht. Sie steuerte den Wagen nach rechts, wobei sie darauf achtete, dass kein Staub aufwirbelte, der ihre Ankunft weithin sichtbar machte. Der Pfad durch die Reben führte zu einem Schuppen mit landwirtschaftlichen Geräten, in dem gerade genug Platz blieb, um sich hineinzuquetschen.

Sie stieg aus. Nachdem sie den Wagen verriegelt hatte, kontrollierte sie kurz ihr Äußeres im Seitenspiegel. Sonnenbrille und Strickmütze ließen kaum mehr als Grübchen und volle Lippen erkennen. Der Mantel, den sie zum Schutz gegen die kühlen Temperaturen trug, stach trotz modischem Schnitt nicht aus der breiten Masse hervor – eine Eigenschaft, die auch auf ein Paar locker sitzende Jeans zutraf.

Ihre markantesten Merkmale – Augen, Haare und athletische Figur – waren zwar clever verdeckt, jedoch auf eine weit weniger strenge Art und Weise als in ihrer Kindheit im Iran. Mit ihren 35 Jahren besaß sie immer noch das, was die meisten Menschen als unschuldige Schönheit bezeichnet hätten – eine natürliche Anmut, der man mit einem westlichen

Kleidungsstil schwer entgegenwirken konnte. Der Anonymität einer muslimischen Erziehung haftete etwas an, das sich in vielerlei Hinsicht beruhigend anfühlte. Einem Sicherheit verlieh. Selbsttäuschung, keine Frage, aber durchaus nicht unangenehm. Solange man sich dessen bewusst war.

Cyrah schulterte eine Tasche aus Segeltuch und marschierte zurück auf den Feldweg. Sie lief Gefahr, sich zu verspäten.

Das beschädigte Tor hatte ursprünglich aus eisernen Gitterstäben bestanden. Inzwischen waren die Zwischenräume zum Schutz vor neugierigen Blicken mit Wellblech geschlossen worden. Es stand gerade so weit offen, dass man sich hindurchquetschen konnte – eine Tatsache, die der leere Streifenwagen, der davor parkte, verborgen hatte. Laut ihren Informationen war das Gebäude seit dem Anschlag unbewohnt. In den Medien wurde berichtet, die Eigentümer seien wie durch ein Wunder einem zehnköpfigen guatemaltekischen Killerkommando entkommen und mit unbekanntem Ziel geflohen.

Als sie das Tor fast erreicht hatte, trat ein kaukasischer Mann in die Lücke. Er trug die Uniform eines einfachen Polizeibeamten. Tief liegende Augen und spärlicher Bart entsprachen der Beschreibung, die Cyrah von der Frau erhalten hatte, die für diese Begegnung verantwortlich zeichnete.

Officer Michael Pistorius machte keine Anstalten, sie zu begrüßen, sondern musterte sie schweigend, bevor er sich wortlos über den Hof in Bewegung setzte. Sie folgte ihm in einem gemächlichen Tempo, das es ihr gestattete, das Grundstück in aller Ruhe zu inspizieren. Das Haus war im traditionellen Kapholländisch-Weiß gehalten, mit einer ausladenden Veranda und einer Reihe von Fenstern im Erdgeschoss, teilweise mit Sperrholz vernagelt. Vier Dachgauben mit intaktem Glas deuteten auf die Existenz einer oberen Etage hin und verliehen dem steil abfallenden Dach eine besondere Note. Das umliegende Areal bestand aus einer Kombination von gepflegtem Rasen, Kies und Steinplatten mit einer Fülle blühender Pflanzen. Im östlichen Teil stand ein größeres, frei stehendes Gebäude mit fest verschlossenen Erkertüren.

»Beeilung! Wir haben nicht viel Zeit«, mahnte Pistorius und öffnete mit einem Schlüssel die Eingangstür.

Cyrah nickte und betrat das schummrige Innere des Hauses. Die immensen Schäden fielen sofort ins Auge, ebenso eine Pfütze aus getrocknetem Blut, die mit blauem Klebeband auf dem Boden des Eingangsbereichs hervorgehoben wurde.

»Sie haben mein Geld?«, fragte er und machte keinen Hehl aus seiner Abneigung ihr gegenüber.

»Natürlich.« Sie kramte ein Bündel Bargeld aus der Handtasche und übergab es ihm.

»Was ist mit Ihrem Telefon?«

»Abgeschaltet, wie vereinbart.«

»Zeigen Sie es mir.«

Sie holte das Gerät heraus und präsentierte den leblosen Bildschirm.

»Keine Fotos«, erinnerte er sie. »Und alle spezifischen Details, die Sie in Ihrem Artikel erwähnen, müssen von mir freigegeben werden.«

Sie zuckte mit den Schultern. »Ich schütze meine Quellen grundsätzlich. Die Leute, für die ich arbeite, sind eher an Blut und Spektakel interessiert als an Fakten.«

»Und wer genau sind diese Leute?«

Ein weiteres Achselzucken. »Wer immer am meisten zahlt.«

Er zuckte mit dem Kopf in Richtung Wohnbereich. »Fassen Sie nichts an.«

»Kann ich meine Taschenlampen-App benutzen, wenn ich verspreche …«

Sie verstummte, als er eine Stablampe vom Gürtel abzog und ihr hinhielt.

Die Schäden waren in der Tat spektakulär. Ein Sideboard lag zerschmettert da, die weißen Wände waren von Rauch geschwärzt, das Sofa teilweise vom Feuer verzehrt. Es sah aus, als ob Teile davon aus Kevlar bestanden. Einige Wände wiesen massive Schäden durch Einschusslöcher auf, andere waren unversehrt geblieben. Nicht ungewöhnlich für ein älteres Haus – die ursprünglichen Wände bestanden oft aus Backstein oder Ziegeln, während für nachträglich eingezogene Trennwände Gipsplatten zum Einsatz kamen. Das schien hier jedoch nicht der Fall zu sein. Es gab kein durchgängiges architektonisches Muster. Schließlich stieß sie auf einen Riss, der tief genug reichte, um den Einsatz von ballistischem Material zu bestätigen.

»Er hatte auch Waffen im Haus versteckt«, verriet Pistorius. »Eine ganze Menge.«

»Tatsächlich?«, erwiderte sie und leuchtete mit der Stablampe auf die Leiste an der Decke. Irgendetwas hatte sie daran gestört, und jetzt wusste sie auch, was es war. Es gab farbliche Markierungen, die offenbar die Stabilität der Wände einstuften. Bei normaler Beleuchtung wären sie nicht aufgefallen, aber der starke LED-Strahl machte sie an den Ecken erkennbar.

»Sie haben noch acht Minuten.« Pistorius wirkte zunehmend nervös.

»Soweit ich weiß, gibt es einen Panic Room?«

Er nickte und gab ihr ein Zeichen, ihm zu folgen.

Die Einrichtung des Raums beschränkte sich im Grunde auf das Beste, was man für Geld kaufen konnte. Auf einer Reihe von Monitoren liefen Bilder von versteckten Kameras ein, die jeden Raum aus mindestens einem Blickwinkel abdeckten. Die redundant angelegte Kommunikations- und Netzwerkausrüstung wirkte ausgeklügelt und umfasste Steuerungsmöglichkeiten für etwas, das sie für Funkschlösser hielt.

Es sah ganz danach aus, dass Mitch Burhan – ein ehemaliger Green Beret – von dieser Überwachungszentrale aus mit Echtzeitinformationen über die Aktivitäten seiner Angreifer gefüttert worden war. In Kombination mit einem außergewöhnlichen Maß an Nerven und Geschicklichkeit war es ihm anschließend gelungen, acht schwer bewaffnete Killer im Haus und zwei weitere im Freien auszuschalten. Selbst mit einer solchen Ausbildung und diesem Background keine Kleinigkeit.

»Kann ich nach oben gehen?«

Im ersten Stock fiel genug Sonne durch die Fenster, um die Stablampe überflüssig zu machen. Sie reichte sie Pistorius. Der Grundriss war ziemlich simpel. Es gab ein Hauptschlafzimmer mit eigenem Bad, ein Gästezimmer und ein weiteres, in dem offensichtlich die siebenjährige Anna gewohnt hatte. Die beiden letztgenannten Räume teilten sich ein Bad auf dem Flur.

Der Kampf war eindeutig nicht bis hierhin vorgedrungen. Sie entdeckte keine nennenswerten Beschädigungen. Cyrah betrat den begehbaren Kleiderschrank und streckte die Hand nach einer Schublade aus, doch ihr Polizeischatten meldete sofort Protest an.

»Was machen Sie da?«

»Ich bin nur auf der Suche nach ein paar persönlichen Details. Bei dieser Art von Geschichten braucht man eine persönliche Note. Die Leser wollen erfahren, wer diese Menschen sind. Wie sie …«

»Nein«, widersprach er. »Ich habe Ihnen gesagt, dass Sie nichts anfassen dürfen, und dabei bleibt es. Sie haben noch drei Minuten.«

»Falls Sie mehr Geld wollen …«

»Zwei Minuten und 55 Sekunden.«

Sie kannte Männer wie ihn und wusste, dass er sich allenfalls durch einen Hammerschlag gegen den Schädel umstimmen ließ. Eine verlockende, wenn auch nicht praktikable Idee.

Sie beendete ihren Rundgang durch das Obergeschoss und ging die Treppe hinunter. Hinter dem Eingang lag eine zerschlagene Tür auf den Fliesen. Der Blick nach draußen wurde durch die mit Sperrholzplatten verschlossene Lücke blockiert. Angesichts der überschaubaren Schäden an der Vorderseite der Fassade ging sie davon aus, dass die Angreifer hier ins Haus eingedrungen waren. Aufgrund der beengten Umgebung wäre ein einzelner Mann gegenüber einer größeren Gruppe eindeutig im Vorteil gewesen.

»30 Sekunden.«

Sie hätte sich gern noch die Küche angesehen, wandte sich aber stattdessen kurz der zerstörten Eingangstür zu. Keine besonderen Auffälligkeiten. Am Ende war der ganze Besuch wahrscheinlich ein Reinfall gewesen. Sie hatte ihre Existenz gegenüber einem bestechlichen Polizisten preisgegeben und wenig mehr erreicht, als zu bestätigen, was sie bereits wusste: Die Familie hatte mit Ärger gerechnet und war darauf vorbereitet gewesen. Vor allem Claudia weckte in dieser Hinsicht ihr Interesse und ihre Bewunderung. Als die Fremden ins Haus eindrangen, hatte sie ihre Tochter zu sich geholt, den Safe Room betreten und offenbar mit großer Ruhe Burhans Aktionen gegen die Eindringlinge koordiniert.

Eine beeindruckende Frau. Was für eine Schande, dass sie sterben musste.

Cyrah blickte in den Rückspiegel und sah nichts als unbefestigte Straße und Berge. Pistorius dürfte damit beschäftigt sein, den Tatort wieder so herzurichten, dass niemand etwas von der kurzen Stippvisite der angeblichen Reporterin mitbekam.

Sie erreichte die asphaltierte Landstraße und setzte per Handy einen Code ab, der ihre Kolleginnen informierte, dass sie draußen war. Es dauerte länger als gewohnt, bis die Empfangsbestätigung eintraf, doch das überraschte sie nicht. Die anderen teilten ihre Begeisterung für diesen Job nicht und nutzten jede Gelegenheit, sie auf subtile Weise daran zu erinnern.

Nicht dass diese Nadelstiche nötig gewesen wären. Sie verstand die Reaktion nur zu gut. Hinter ihnen lag ein äußerst erfolgreiches Jahr. Allein in der ersten Hälfte hatten sie vier Attentate verübt. Auf einen asiatischen Hoffnungsträger, einen europäischen Playboy, einen alternden katarischen Milliardär und einen betrügerischen Ehegatten, der sowohl die Rachsucht als auch den Einfallsreichtum seiner Angetrauten massiv unterschätzte. Das hatte ihnen nach Abzug der Auslagen knapp sieben Millionen Euro eingebracht. Durch drei geteilt wuchs ihr persönliches Vermögen dadurch um jeweils mehr als zwei Millionen.

Eine ihrer Kolleginnen wollte sich für den Rest des Jahres freinehmen und weiterbilden, die technische Ausrüstung modernisieren und die wenigen Patzer im Rahmen der Jobs genauer analysieren. Die andere plante dasselbe und zusätzlich ein paar simple Aufträge zu übernehmen. Da sie zu festgelegten Tagessätzen arbeiteten, hielten die beiden es für unnötig, besonders gefährliche oder komplizierte Kontrakte zu akzeptieren. Sie bevorzugten leicht verdientes Geld.

Diese Logik war unanfechtbar, aber im Leben ging es nicht allein um Logik. Es ging darum, die Zeit, die einem blieb, voll auszukosten. Es ging um Aufregung, Herausforderung und Nervenkitzel. Es ging darum, die eigenen Grenzen auszuloten und zu überwinden. Herauszufinden, wozu man fähig war und wozu nicht.

Da sich die übertriebene Vorsicht ihrer Kollegen mehr und mehr wie eine Zwangsjacke anfühlte, nutzte Cyrah ihre Hobbys, um sich den nötigen Kick zu verschaffen. Klettern. Bungee-Jumping. Höhlentauchen. Das half, die Leere in ihrer Seele auszufüllen, jedoch nicht auf eine Weise, die sie als sonderlich befriedigend empfand. Nichts kam an den Nervenkitzel einer Jagd heran, und es ergab für sie wenig Sinn, ihr Leben gratis zu riskieren, wenn sie es stattdessen mit erheblichem Gewinn tun konnte.

Als ihnen das Dossier zu Claudia Gould ins Haus flatterte, war Cyrah sofort darauf angesprungen. Nicht nur weil Claudia eine Hälfte des erfolgreichsten privaten Auftragsteams aller Zeiten gewesen war, sondern auch wegen der Kette von Ereignissen, die dem Angriff auf das Anwesen in Franschhoek folgten. Die Tatsache, dass Claudia und ihr Lebensgefährte das Killerkommando von Gustavo Marroqui besiegen konnten, war beeindruckend, aber nichts im Vergleich zu dem, was dann geschah. Im Laufe von nur neun Tagen hatten sie Marroqui nicht nur aufgespürt, sondern auch getötet. Nicht etwa durch einen Schuss oder das Schmieren eines unzufrieden Mitarbeiters. Nein, sie hatten kurzerhand den gesamten Berggipfel, auf dem er sich eingenistet hatte, dem Erdboden gleichgemacht.

Claudia Gould war nicht nur eine unglaublich gefährliche Frau, sie war auch eine Frau mit Stil. Eine, die den Mut hatte, andere zu warnen, ihr besser nicht in die Quere zu kommen, und dieser Warnung konkrete Taten folgen zu lassen.

Cyrah durchfuhr ein dumpfer Puls der Erregung bei der Erkenntnis, dass sie nicht sicher war. Egal wie umsichtig sie agierte, egal wie umfassend sie ihre Pläne durchdachte, es gab keine Möglichkeit, sich vor Claudia Gould zu schützen. Und jeder, der arrogant genug war, diesen Fakt zu ignorieren, endete vermutlich genauso wie Gustavo Marroqui.

21

In der Nähe von Franschhoek, Südafrika

Das Wetter hatte aufgefrischt, mit Temperaturen im einstelligen Bereich. In der vergangenen Nacht waren dichte Wolken aufgezogen. Die Weinstöcke zu beiden Seiten der schlammigen Piste, die Rapp entlangfuhr, reihten sich stumm an einem Faden auf und verschwanden in der Ferne im Dunst. Er und Coleman hatten ganze zwei Wochen gebraucht, um aus Guatemala herauszukommen. Der Tod von Gustavo Marroqui zog deutlichere Konsequenzen nach sich als erwartet. Die Regierung versank im Chaos, weil korrupte Politiker über Nacht ihre schützende Hand verloren. Im ganzen Land brachen Bandenkriege aus und jemand von der MS-13 hatte den Ermittlern eine präzise Beschreibung von Rapp geliefert. Ohne Verstärkung, mit Spanischkenntnissen auf Grundschulniveau und schwindenden Bargeldreserven mussten sie folglich auf eigene Faust losziehen. Der Tag, an dem sie es endlich über die Grenze nach El Salvador schafften, war einer der glücklichsten in seinem bisherigen Leben gewesen.

Rapp spähte durch das Schiebedach zum Himmel, konnte aber außer der Wolkendecke nichts erkennen. Trotzdem ging er davon aus, dass er unter Beobachtung stand. Er hatte den Rückflug aus Mittelamerika unter dem Namen Mitch Burhan gebucht und bei der Buchung des Mietwagens am Flughafen von Kapstadt auf zusätzliche Maßnahmen zum Schutz seiner Identität verzichtet. Es stand außer Frage, dass sie seine Spur längst wieder aufgegriffen hatten, ebenso wie die von Scott Coleman, der für die Rückkehr zum Anwesen von Nick Ward über Entebbe geflogen war.

Damit erschienen Rapp und sein Kernteam wieder auf dem Radar. Er hatte sich gegenüber den Cooks darauf eingelassen, auffindbar zu bleiben, und es lag in seinem besten Interesse, nicht an dieser Vereinbarung zu rütteln. Er unterstellte dem machthungrigen Pärchen zwar, dass sie sich ihrerseits nicht an die Bedingungen des Waffenstillstands hielten, aber für den Moment schien es sinnvoll, so zu tun, als wäre es so. Vorzeitig alles in den Wind zu schießen führte nur zu einer weiteren Baustelle, um die er sich aktuell nicht kümmern wollte. Eine derartige Konfrontation verschob man besser auf später. Oder, im besten Fall, auf den Sankt-Nimmerleins-Tag.

Das Tor vor Claudias Haus war verschlossen und mit einer Sichtblende aus Wellblech versehen worden. Rapp bremste, rollte jedoch in Schrittgeschwindigkeit weiter. Wozu nass werden, wenn die vordere Stoßstange das Öffnen genauso gut erledigen konnte.

Auf dem Grundstück angekommen, fuhr er bis zur Veranda und stieg aus. Das Absperrband der Polizei flatterte im Wind. Er zog es ab, bevor er die mit Brettern vernagelte Tür öffnete. Ein kurzer Test des Lichtschalters ergab, dass der Strom ausgefallen war – wahrscheinlich hatte man die Hauptsicherung abgeschaltet, um zu verhindern, dass eingekerbte Drähte durch Funken einen Brand auslösten. Die Leichen waren verschwunden, doch er konnte nach wie vor den Geruch des Todes wahrnehmen. Darüber waberte ein Gestank nach Kloake. Er ging von einer punktierten Abwasserleitung aus.

Das Wohnzimmer erwies sich als einziger Totalschaden. An den Fliesen klebten Überreste vom Tape der Spurensicherung, an der Decke prangten Wasserflecken, die bereits zu schimmeln begannen. Die Wände waren in ebenso schlechtem Zustand, einige wiesen zusätzlich zu den Sprengstoffschäden Schmauchspuren auf. Noch schlimmer stand es um Claudias geliebte Gemälde.

Er ging weiter in die Küche und traf sie in etwas besserem Zustand an. Dem Fleck auf dem Boden nach zu urteilen, war der Gefrierschrank vollständig abgetaut. Vielleicht war das der Auslöser für den modrigen Geruch, kein Brachwasser. Er verzichtete darauf, sich Gewissheit zu verschaffen. Stattdessen holte er eine Tüte Tortilla-Chips und eine lauwarme Cola aus der Speisekammer. Nachdem er sich einen mit getrocknetem Blut befleckten Hocker zurechtgerückt hatte, setzte er sich an die pockennarbige Kücheninsel und gönnte sich ein karges Mahl.

Dies war eindeutig keine Renovierung, bei der ein Eimer Spachtelmasse und etwas frische Farbe reichten. Hier musste ein Architekt samt komplettem Bautrupp anrücken. Für die gesamte untere Etage stand eine Kernsanierung an. Eine gleichermaßen teure wie zeitaufwendige Prozedur – vor allem weil ihre Versicherungspolice vermutlich keine Schäden durch guatemaltekische Killerkommandos einschloss. Auf der anderen Seite konnte Claudia jetzt endlich die modernen Akzente setzen, von denen sie immer geschwärmt hatte, und er erhielt die Chance, ein integriertes Sicherheitssystem nachzurüsten.

Andererseits: Vielleicht war ihre Zeit in Südafrika vorbei. Der ganze Dreck, der hier passiert war, rückte sie unweigerlich ins Visier ihrer langen Liste von Feinden. Wahrscheinlich sollten sie sich besser für eine Weile nicht mehr hier blicken lassen und die Renovierungsarbeiten per Internet koordinieren. Wenn alles fertig war, konnten sie immer noch entscheiden, ob es sich lohnte, wieder einzuziehen. Ansonsten boten sie die Immobilie einfach zum Verkauf an und machten es sich mit dem Erlös woanders gemütlich.

Normalerweise war diese Art des Abtauchens eine Lösung, wenn man bereits mit dem Rücken zur Wand stand. Er bezweifelte, dass es in ihrem Fall eine Option blieb. Erstens erforderte ein solcher Schritt ein Maß an Disziplin und Zurückhaltung, das er einem Mädchen in Annas Alter nicht zutraute. Zweitens verstieß ein solcher Rückzug gegen die Bedingungen ihres Waffenstillstands mit Cook, und dann konnte von Ruhe und Frieden keine Rede mehr sein.

Nach 30 Minuten hatte er zwei Softdrinks und eine ganze Tüte von Afrikas Antwort auf Doritos im Magen, war aber zu keinem klaren Ergebnis gelangt. Egal, dieser Besuch diente ohnehin nicht dem Zweck, verbindliche Entscheidungen für das weitere Leben zu treffen. Trotzdem kein schlechter Zeitvertreib. Mit der Ruhe dürfte es ohnehin bald vorbei sein.

Er rutschte vom Hocker und wollte gerade nach oben gehen, um den Zustand der ersten Etage zu begutachten, da sah er ein Polizeifahrzeug durchs Tor rollen. Er verfolgte die Fahrt durch eins der wenigen unversehrten Fenster und machte sich auf den Weg zum Eingang.

Selbst nach drei Wochen hatte die Presse noch nicht genug von dem Blutbad in Franschhoek, wobei ein Großteil des anhaltenden Interesses der Tatsache geschuldet war, dass man die Eigentümer des Hauses bisher nicht gefunden hatte. Um sich die Tür für eine spätere Rückkehr offen zu halten, musste er die Sache beenden und sich auf die richtige Seite des Gesetzes stellen.

»Guten Tag!«, rief Rapp dem Cop zu, der aus dem Streifenwagen stieg. Er war allein, vielleicht fünf Zentimeter größer als Rapp, hatte einen rasierten Schädel und eine makellose Uniform.

»Ich bin Thato Gumede«, grüßte der Neuankömmling mit angenehmem afrikanischem Akzent. »Habe ich das Vergnügen mit Mitch Burhan?«

»Höchstpersönlich«, bestätigte Rapp, wobei sein Tonfall gelassener klang, als es die Umstände rechtfertigten. Was er im Moment nicht gebrauchen konnte, war, in einen Verhörraum gesteckt zu werden. »Sind Sie allein?«

Der Mann blieb etwa zehn Meter vor ihm auf dem Rasen stehen. Es regnete nicht länger und er schien das für eine sichere Entfernung zu halten.

»Nach allem, was hier passiert ist, glaube ich nicht, dass mir eine Verstärkung allzu viel nützen würde.«

Rapp war nicht sicher, wie er auf die Bemerkung reagieren sollte, also schwieg er.

»Darf ich fragen, wo Ihre Partnerin und Ihre Tochter sind?«

»An einem sicheren Ort.«

Der Beamte nickte. Er schien kein Dummkopf zu sein und wollte die Angelegenheit offensichtlich so ruhig wie möglich klären. Das erleichterte die Sache. Wäre ein Cowboy aufgetaucht, der seine Macht demonstrieren wollte, hätte die Lage schnell eskalieren können.

»Können Sie das beweisen?«

»Natürlich. Ich werde Ihnen die Karte unserer Anwältin geben. Sie kann Ihnen alles organisieren, was Sie brauchen, auch einen Termin für ein Zoomgespräch mit Claudia und Anna.«

Sie wurden von einer der renommiertesten Kanzleien des Landes vertreten – etwas, das hoffentlich den kläglichen Rest an Glaubwürdigkeit rettete, der ihm blieb. Eine Bande von Latino-Gangmitgliedern in einer noblen südafrikanischen Weinregion wegzupusten war kaum die beste Methode, sich bei seiner Wahlheimat einzuschmeicheln.

»Also, was ist hier passiert, Mr. Burhan?«

Rapp setzte sich in einen der Slingback-Stühle auf der Veranda und lud Gumede ein, es ihm gleichzutun. Der Polizist lehnte höflich ab. Er blieb lieber im nassen Gras stehen, als sich näher an den Amerikaner heranzuwagen.

»Wir waren alle drei zu Hause, als plötzlich zwei Geländewagen durch das Tor rasten. Zehn bewaffnete Männer griffen uns an.«

»Männer, die allesamt getötet wurden.«

»Ja.«

»Von Ihnen.«

»Ja.«

»Von Ihnen allein. Es war sonst niemand hier?«

»Niemand außer Claudia und Anna.«

»Captain Mitchell Burhan«, sprach ihn Gumede mit dem Namen der ausgeklügelten Tarnidentität an, die Rapp erschaffen hatte, um seinen südafrikanischen Wohnsitz zu begründen. »Ehemaliger Green Beret. Ehrenhaft aus dem

Militär entlassen, nachdem er bei verschiedenen Kampfeinsätzen gedient hat, überwiegend in Afghanistan.«

»Korrekt.«

»Nachdem Sie das Militär verlassen hatten, arbeiteten Sie für eine wenig bekannte Sicherheitsfirma. Was haben Sie dort gemacht?«

»Hauptsächlich Personenschutz. Einige Privatkunden, aber überwiegend amerikanische Diplomaten, die in den Nahen Osten reisten.«

»Wollen Sie mir erzählen, dass einer dieser Diplomaten oder Privatkunden Sie dazu gebracht hat, Gustavo Marroqui auf die Füße zu treten?«

Rapp unterdrückte ein Lächeln. Dieser Kerl bildete sich ein, genau zu wissen, womit er es zu tun hatte. Er kam der Wahrheit immerhin so nahe, dass es wenig Sinn hatte, alles abzustreiten.

»Ich habe mir im Laufe der Jahre viele Feinde gemacht. Manchmal fällt es mir schwer, mich an alle zu erinnern.«

»Aber sie scheinen Ihnen präsent genug zu sein, um auf ihren Besuch vorbereitet gewesen zu sein. Häuser in Südafrika sind in der Regel gut gesichert, aber bei Ihnen erreicht das ein ganz neues Niveau.«

»Hoffe das Beste, aber rechne mit dem Schlimmsten.«

»Ich lebe nach derselben Maxime, Mr. Burhan, aber für einen Soldaten und Leibwächter im Ruhestand erscheinen mir die Maßnahmen doch ein wenig übertrieben. Eine Kombination aus kugelsicheren und nicht kugelsicheren Wänden, mindestens zwölf versteckte Waffen, Kevlarverstärkungen in einzelnen Möbelstücken. Ein abgesicherter Raum mit redundanter Videoüberwachung und ferngesteuerten Türschlössern. Beeindruckend.«

»Vielen Dank.«

»Und trotzdem …«, fuhr Gumede fort. »Zehn Männer auszuschalten, wie Sie es getan haben. Das scheint mir selbst für einen Green Beret eine außergewöhnliche Leistung zu sein.«

»Ein bisschen Geschick und Glück gehörten schon dazu. Und ein paar verdammt gut abgerichtete Hunde. Und, ehrlich gesagt, Gegner, die nicht gerade zu den Besten ihrer Zunft gehörten.«

Gumede wechselte das Thema mit einer Abruptheit, die ihn offenbar aus dem Konzept bringen sollte. »Haben Sie die Berichte über die Ermordung von Gustavo Marroqui gelesen? Offenbar wurde er durch eine massive Explosion getötet. Eine Bombe, möglicherweise aus einem Flugzeug abgeworfen.«

»Ich glaube, ich habe etwas darüber auf CNN gesehen«, antwortete Rapp in einem Tonfall, der verdeutlichen sollte, dass er persönlich nach Guatemala gereist war und den Scheißkerl in die Stratosphäre gejagt hatte.

»Ich verstehe«, ließ Gumede keinen Zweifel daran, dass er den nicht ganz so subtilen Hinweis wahrgenommen hatte. »Mir kam zu Ohren, dass Männer wie Sie nach dem Ausscheiden aus den Spezialeinheiten oft für andere Regierungsstellen arbeiten. Solche, die« – seine Stimme verklang für einen Moment – »ein breites Aufgabenspektrum erledigen.«

»Das kommt vor.«

Wieder nickte der Afrikaner nachdenklich und überlegte, wie weit er sich einmischen wollte. »Ich habe eine Reihe offizieller Anfragen über Sie an die amerikanische Regierung gestellt. Sie waren äußerst zuvorkommend, mir oberflächliche Informationen zur Verfügung zu stellen. Sobald ich versuchte, tiefer zu bohren, lief ich gegen eine äußerst entschiedene Mauer aus Bürokratie.«

»Bürokraten«, kommentierte Rapp mitfühlend. »Was will man machen?«

»In der Tat. Und die Bürokraten in unserem Land scheinen diesen unglücklichen Vorfall nicht unnötig hochspielen zu wollen. Sie werten es als eindeutigen Fall von Selbstverteidigung und glauben, dass die Richter zu demselben Ergebnis gelangen werden.«

»Eine sehr vernünftige Haltung.«

»Eher feige als vernünftig, wie ich finde. Letztlich wäre alles andere aber schlecht für den Ruf unseres Landes und vor allem für den Tourismus. Es könnte darüber hinaus zu diplomatischen Verwicklungen führen, mit denen unsere Regierung nichts zu tun haben will.«

»Dann ist das Problem ja gelöst.«

»Darf ich ganz offen sprechen, Mr. Burhan?«

»Ich bitte ausdrücklich darum.«

»Ich halte Sie für einen Soziopathen und kaltblütigen Killer. Ebenso wie ich davon überzeugt bin, dass Sie Ihre Fähigkeiten im Dienste der US-Regierung eingesetzt haben, bin ich auch davon überzeugt, dass Sie irgendwann in den Drogenhandel verwickelt waren. Ob das nun zum Vorteil Ihrer Central Intelligence Agency oder Ihres eigenen Bankkontos geschah, vermag ich nicht zu beurteilen. Es ist mir letztlich auch egal. Ich bin klug genug, um zu wissen, dass ich nichts gegen Sie unternehmen kann.«

Rapp lehnte sich vor und stützte die Ellbogen auf die Knie. Er konnte nicht anders, als diesen Burschen ins Herz zu schließen. Hätte es auf der Welt eine Milliarde mehr von seiner Sorte gegeben, die ungefiltert Klartext redeten, wäre seine Karriere deutlich ruhiger verlaufen.

»Ich weiß Ihre Ehrlichkeit zu schätzen, Officer. Also lassen Sie mich auch ehrlich zu Ihnen sein. Ich bin und war nie in

Drogengeschäfte verwickelt, zumindest nicht zum eigenen Vorteil. Außerdem bleibt alles, was ich in der Vergangenheit getan habe, genau dort: in der Vergangenheit. Jetzt verfolge ich nur noch das Ziel, einen friedlichen Ruhestand zu verbringen. Und so unangenehm diese Sache für Sie sein mag, für mich ist sie noch wesentlich unangenehmer. Wie Ihnen nicht entgangen ist, arbeite ich daran, das zu ändern.«

22

Ein Teil der Deckenkonstruktion gab nach. Rapp konnte gerade noch verhindern, dass ihm Holzbalken auf den Kopf fielen. Er ließ die Brechstange fallen, die er benutzt hatte, und schob die bereitgestellte Schubkarre in Position, um möglichst viele Trümmerteile aufzufangen. Obwohl er das Wasser im ganzen Haus abgestellt hatte, war der Putz teilweise nass genug, um an den antiken Fliesen zu kleben, die Claudia so sehr liebte. Der Rest hüllte ihn in eine stickige Wolke, die er trotz Maske roch, weil sie wegen des Barts nicht luftdicht abschloss.

Er schob die Schubkarre durch den Dunst zur Haustür. Eine improvisierte Rampe ermöglichte es ihm, die Stufen der Veranda zu umgehen. Er rollte sie über den Rasen zu einem großen Müllcontainer vor der Außenmauer. Dort angekommen, nahm er die Maske ab und lud den Schutt mit einer Schaufel um.

Schließlich trat er zurück, schirmte die Augen gegen die Sonne ab und nahm sich einen Moment, um seine Fortschritte zu begutachten. Das Tor war noch nicht repariert und weiterhin mit Wellblech verkleidet, das Pressefotografen und Neugierige ziemlich effektiv abhielt. Mit Drohnen hätte man das Grundstück überwachen können, doch bisher waren ihm keine aufgefallen. Sobald sich das änderte, wartete eine Schrotflinte neben der Tür auf sie.

Der Kühlschrank war gereinigt und das Leck an der Abwasserleitung geflickt, was den schlimmsten Gestank beseitigte. Ein Elektriker hatte so viele Leitungen wie möglich überprüft und alle beschädigten Stromkreise am Sicherungskasten isoliert. Dadurch blieb zwar ein Großteil des Erdgeschosses ohne Strom, aber durch den kreativen Einsatz von Verlängerungskabeln ließen sich die elektronischen Geräte in der Küche, die Arbeitslampen und die wichtigsten Werkzeuge betreiben. Allerdings nicht alles gleichzeitig.

Die meisten Möbel und Kunstwerke aus dem Erdgeschoss hatten auf der Müllhalde ein neues Zuhause gefunden. Später in der Woche sollte ein Umzugswagen den Rest in eine Lagerbox außerhalb von Kapstadt bringen. Dann war das Haus bereit für den Architekten, mit dem Claudia bereits einen Termin vereinbart hatte.

Wie es danach weiterging, wusste er nicht so genau. Eine ordentliche Renovierung nahm mindestens sechs Monate in Anspruch. Ihre vorläufige Planung sah vor, das Haus im Anschluss wieder zu beziehen. Bis dahin sollte der Presserummel abgeklungen sein, ebenso wie alle Gerüchte über Claudia, die sich in kriminellen Kreisen festgesetzt hatten, und auf seinen Waffenstillstand mit dem Weißen Haus blieb hoffentlich weiterhin Verlass.

Was konnte schon schiefgehen?

Das Telefon in seiner Tasche vibrierte. Er streifte die Arbeitshandschuhe ab, um das Gespräch anzunehmen.

»Läuft alles nach Plan?«, verzichtete Claudia auf eine Begrüßung.

»Mehr oder weniger. Ich muss mich beeilen, um alles für die Umzugsfirma vorzubereiten, aber es ist machbar. Die Kartons und das Verpackungsmaterial sollen heute geliefert werden.«

»Du hast dir eine Menge vorgenommen, Mitch. Bist du sicher, dass ich nicht kommen und mithelfen soll? Scott ist zurück. Er kann zusammen mit Irene auf Anna aufpassen.«

»Nein. Ich habe alles im Griff. Mach dir keine Sorgen.«

»Ich mach mir keine Sorgen. Aber das Ganze ist meine Schuld, und ich sitze gemütlich am Pool, während du in einem Haus ohne Strom mit einer undichten Toilette klarkommen musst.«

»Ich bin sicher, dir fällt etwas ein, um dich zu revanchieren.« Er grinste. »Wie läuft es bei dir? Hast du schon eine neue Bleibe für uns gefunden?«

»Nein, aber ich werde dir einige Vorschläge von Objekten schicken, die wir uns nach deiner Rückkehr ansehen können. Natürlich hat alles Vor- und Nachteile. Wollen wir uns in einer großen Metropole wie Paris, London oder Istanbul einnisten oder lieber etwas Ruhiges in einer ländlichen Umgebung suchen? Es gibt einige schöne Flecken in Asien, aber ich tendiere eher zu Lateinamerika. Ich möchte, dass Anna ein wenig Spanisch lernt, was mit ihren Französischkenntnissen nicht schwer sein dürfte. Und obwohl ich ihre Hingabe für Afrikaans bewundere, bin ich mir nicht sicher, ob sie damit auf lange Sicht viel anfangen kann.«

»Was ist mit meiner Alaska-Idee?«

Er hatte gelesen, dass man mitten im Nirgendwo einfach aus dem Zug steigen und ein Stück Land für sich beanspruchen konnte. Eine Hütte am See zu bauen und die Welt für eine Weile auszublenden erschien ihm verlockend. Jagen. Fischen. Er hielt es für sinnvoll, der Kleinen ein paar Überlebenstechniken beizubringen.

»Ich ignoriere sie.«

Ihr Tonfall deutete darauf hin, dass es zwecklos war, das Thema weiterzuverfolgen, also versuchte er es gar nicht erst.

»Wie geht es Anna?«

»Besser. Sie bekommt gar nicht genug vom Pool, und Scott nimmt sie morgen auf eine Gorilla-Safari mit. Aber sie vermisst ihre Freunde. Ich würde gern Ahmale einfliegen lassen. Leider scheitert das daran, dass wir bei den anderen Eltern gerade nicht sonderlich hoch im Kurs stehen.«

»Hast du mit der Kleinen darüber gesprochen, dass wir eine Zeit lang nicht nach Hause können?«

»Nein. Ich denke, dafür ist es noch zu früh. Sie ist zwar zäh, aber ich möchte, dass sie sich erst noch ein bisschen erholt, bevor sie sich damit auseinandersetzen muss. Außerdem finde ich, du solltest dabei sein, wenn ich es ihr sage. Nicht dass ich dir die Schuld in die Schuhe schieben will, aber wir müssen eine einheitliche Front bilden. Geht das für dich in Ordnung?«

Sein Telefon vibrierte erneut. Er schielte kurz zur Anruferkennung auf dem Display.

GAz.

Immer meldeten sich die, von denen er hoffte, nie wieder von ihnen zu hören. Schlimmer noch: die, von denen er hoffte, sie nie wieder zu *sehen.* Grischa Asarow war ein russischer Attentäter, mit dem er vor einiger Zeit in Saudi-Arabien zu tun gehabt hatte. Damals rangierte der Kerl so ziemlich an der Spitze der Nahrungspyramide. Er hätte Coleman in Pakistan fast umgebracht, und als Rapp die Konfrontation mit ihm suchte, lief es nicht besonders hübsch ab. Rapp ging zwar als Sieger hervor, aber zu diesem Sieg gehörte, dass er von einer Ölplattform gesprengt wurde und die brennenden Haare in einer Sanddüne löschen musste.

Am Ende hatte er entschieden, dass es keinen Grund gab, den Russen zu töten. Seine Anschläge basierten nicht auf persönlicher Abneigung, sondern auf Befehlen der Regierung in Moskau. Da seine früheren Auftraggeber tot waren, interessierte sich Asarow mittlerweile nur noch für Anonymität und eine kalifornische Surflehrerin, die er kennengelernt hatte. Als Letztes bekam er mit, dass der Russe geheiratet, 15 Kilo zugelegt und eine Vorliebe für erstklassiges Gras entwickelt hatte.

»Bist du noch dran?«, fragte Claudia.

»Ja.«

»Darf ich dein Schweigen so deuten, dass du findest, ich soll Anna die Neuigkeit allein beibringen?«

»Nein. Ich stimme dir zu, dass wir das gemeinsam übernehmen sollten.« Die Buchstaben pulsierten weiter auf dem Bildschirm. Unerbittlich, genau wie es der Mann, den das Kürzel repräsentierte, früher gewesen war. »Hör zu, da kommt gerade ein zweiter Anruf rein. Können wir das später klären?«

»Sicher.«

Sie trennte die Verbindung und er nahm das andere Gespräch entgegen. »Probleme?«

»Nicht für mich«, kam die akzentuierte Antwort. »Für dich.«

Bei den meisten Menschen hätte das wie eine Drohung geklungen. Aber nicht aus Asarows Mund. Er war nicht der Typ dafür.

»Worüber reden wir?«

»Mir wurde kürzlich ein Dossier an eins meiner alten E-Mail-Konten geschickt. Es enthält eine beträchtliche Menge an Informationen über Claudia. Die Tatsache, dass sie in Wirklichkeit die ehemalige Frau von Louis Gould ist, ihr aktueller Deckname, ein Foto, ihre Adresse in Südafrika, eine Beschreibung ihres Autos, die Orte, an denen sie einkauft, Annas Schule … Du verstehst schon.«

»Wer war der Absender?«

»Ein anonymer Gmail-Account. Nicht zurückverfolgbar, nehme ich an.«

»Wie lautet das Angebot?«

»Es gibt keins. Nur eine Zeile am Schluss mit der Frage, ob ich daran interessiert bin, mit ihr auszugehen. Ich nehme an, dass der Absender dieser Nachricht damit rechnet, dass ich einen Groll gegen sie hege, weil ich vor Jahren mit ihrem Ehemann aneinandergeraten bin. Er hat mir in Moskau eine Menge Schwierigkeiten bereitet. Damals wollte ich ihn umbringen, aber er ist mir durch die Lappen gegangen. Dann kam mir dein Freund Stan Hurley zuvor.«

»Wann ist die Mail eingegangen?«

»Vor etwa drei Wochen.«

Rapps Kiefer krampfte sich zusammen. »Wie viele Tage ist es genau her?«

Eine kurze Pause, während der Russe nachschaute. »19.«

»Shit!«, fluchte Rapp und rechnete zurück. Der Tag, nachdem er Gustavo Marroqui getötet hatte. Jemand mit umfassendem nachrichtendienstlichen Know-how hatte die Tatsache zur Kenntnis genommen, dass der Guatemalteke neutralisiert und auf der Liste von Claudias Feinden nach unten gerutscht war. Jede Hoffnung, dass es sich bei dem Angriff auf das Haus um einen Zufall oder Pech handelte, löste sich damit schlagartig in Luft auf. Das Ganze roch nach Darren Hargrave. Und dieser stiefelleckende Dreckskerl tat nichts ohne Anthony Cooks Segen.

»Ich wollte dich eigentlich nicht damit behelligen, Mitch. Aber Cara meinte, dass du an meiner Stelle sofort zum Hörer greifen würdest. Ich musste eine Weile darüber nachdenken, aber heute Morgen habe ich entschieden, dass ich ihr recht gebe.«

»Hast du auf die Nachricht geantwortet?«

»Ja, tut mir leid. Ich habe abgesagt.«

»Gleich am Tag, als die Mail eintraf?«

»Ja.«

Eine Flut von Schimpfwörtern in mindestens fünf Sprachen schoss Rapp durch den Kopf, aber er biss sich auf die Zunge. Hätte Asarow die Nachricht ignoriert, hätte er ihnen etwas Zeit verschafft. Durch das klare Nein dürfte Hargrave bereits beim nächsten Rivalen vorstellig geworden sein, der Claudia den Tod wünschte.

»Es gibt nichts, wofür du dich entschuldigen müsstest, Grischa. Ich weiß deinen Anruf zu schätzen. Wenn du je etwas brauchst, werde ich mich daran erinnern.«

»Ich werde dir das Dossier zukommen lassen. Ich wünsche dir viel Glück. Euch beiden.«

Die Leitung war tot.

Rapp packte die leere Schubkarre an den Griffen und schleuderte sie über die Wiese. »Fuck!«

23

Im Südwesten von Uganda

Die Sonne war bereits aufgegangen, hing aber noch tief am Horizont, als der Hubschrauber zur Landung ansetzte. Rapp sprang aus der Luke auf das Helipad von Nicholas Wards Anwesen, einen Seesack über der Schulter. Claudia und Anna verfolgten seine Ankunft aus sicherem Abstand. Das kleine Mädchen hob die Arme, sobald er in ihre Richtung kam. Rapp begriff den Wink mit dem Zaunpfahl und wirbelte sie in die Höhe, als der Heli bereits am Himmel verschwand.

»Ich dachte schon, du kommst nicht zurück. Wir gehen zu den Gorillas! Willst du mitkommen? Ich wette, es gibt noch einen Platz für dich. Es ist ein großer Truck und wir haben so ziemlich das ganze Ding gemietet.«

»Klingt lustig, aber das muss ich leider ausfallen lassen. Ich habe noch einiges zu tun.«

»Mama will fragen, ob Ahmale nächstes Wochenende kommen kann. Nick ist im Moment nicht da und sagt, dass wir seinen Pool jederzeit benutzen können, wenn wir wollen. Er arbeitet sogar noch mehr als du. Ich hab ihn gestern im Fernsehen gesehen. Er ist ganz schön langweilig, wenn er im Fernsehen ist. Nicht wie im richtigen Leben.«

»Anna, Mitch hat sich die ganze Woche um das Haus gekümmert und war die ganze Nacht unterwegs«, mahnte Claudia. »Also sei wenigstens so lieb, dich nicht von ihm durch die Gegend tragen zu lassen.«

Das Mädchen verdrehte die Augen und sprang auf den Boden.

»Warum gehst du nicht schon mal vor und machst Mitch dein Spezialmüsli? Er hat noch nicht gefrühstückt.«

Anna sprang sofort darauf an. Offenbar hatte sie gelernt, aus Haferflocken, Milch, Joghurt und einheimischen Früchten ein tolles Gemisch zu zaubern – typischerweise serviert in einer Kokosnussschale, die meistens am Boden auslief. Claudia wartete, bis ihre Tochter den Weg hinauf verschwunden war, bevor sie ihn fragend ansah.

»Warum bist du hier, Mitch? Du wolltest erst in ein paar Tagen kommen und dich vorher mit dem Architekten treffen.«

Er rief das Dossier auf, das Grischa Asarow ihm weitergeleitet hatte, und drückte ihr das Telefon in die Hand. Sie scrollte ein paar Sekunden lang und wurde mit jeder Sekunde blasser.

»Das ist nicht gut … Überhaupt nicht gut.«

Irene Kennedy beendete die Durchsicht von Asarows E-Mail und reichte das Telefon an Scott Coleman weiter, damit er sie ebenfalls lesen konnte. Sie saßen Rapp und Claudia gegenüber im Schatten ihres Bungalows. Alle schwiegen, während der ehemalige SEAL die Unterlagen studierte und dann wütend das Handy auf den Tisch donnerte.

»Dafür gibt es nur eine Erklärung«, stellte Rapp fest.

»Ich weiß«, sagte Kennedy. »Aber ich denke, es ist noch zu früh, konkrete Schlussfolgerungen zu ziehen.«

»Ernsthaft?«

»Pass auf, ich habe sämtliche Spuren zu Claudias vorgetäuschtem Tod und ihrer neuen Identität aus der CIA-Datenbank entfernt. Wir sind sogar so weit gegangen, Marcus einen Wurm entwickeln zu lassen, der jeden Verweis darauf aufspürt und ebenfalls löscht.«

Wenn Kennedy das Offensichtliche aussprach, dann nur, um sich Zeit zum Nachdenken zu verschaffen. Rapp wusste das, aber seine Wut hatte einen Punkt erreicht, an dem er nicht mehr bereit war, sich auf dieses Spiel einzulassen.

»Es gibt keine Möglichkeit, so viele Dateien auch nur annähernd sauber zu beseitigen, Irene. Selbst wenn Marcus' Wurm perfekte Arbeit leistet, ersetzt das nur eine Reihe von Problemen durch andere. Zurück bleiben eine unvollständige Legende, Verweise, die im Nichts enden, und Berichte, die keinen Sinn ergeben. Und das blendet noch die Tatsache aus, dass viele der Leute, die uns geholfen haben, sie verschwinden zu lassen, weiterhin bei der Agency arbeiten. Sicher, wir haben uns diejenigen ausgesucht, denen wir vertrauen, aber wo liegen ihre Loyalitäten jetzt? Ich hoffe, du weißt es, denn nach der Sache mit Mike bin ich mir nicht mehr so sicher.«

»Kein System ist perfekt«, räumte sie ein.

»Und das ist genau die Art von schäbiger, hinterfotziger Operation, die ich Darren Hargrave zutraue.«

»Es ergibt auch Sinn, dass Grischa ganz oben auf seiner Liste steht«, musste Kennedy zugeben. »Die Informationen über seine Auseinandersetzung mit Louis sind in der Datenbank der CIA genauestens dokumentiert, ihre Beziehung zu ihm jedoch nicht. Dieser Punkt ist so sensibel, dass wir ihn nie in die Akten aufgenommen haben. Dazu existierte also keine Datei, die gelöscht werden musste.«

»Hargrave ist ein Drecksack, aber eins muss ich ihm lassen«, schaltete sich Coleman ein. »Das war ein geschickter Schachzug von ihm. Hätte es Mitch wirklich auf den Präsidenten abgesehen, wäre er so lange genug abgelenkt worden, bis Cooks Security entscheidend verstärkt worden wäre. Auf diese Weise kann man Mitch beschäftigen, ohne sich selbst zu belasten. Mit etwas Glück hätte Grischa ihn sogar getötet.«

»Hör zu«, redete Kennedy in dem beruhigenden Tonfall weiter, zu dem sie neigte, wenn die Luft brannte. »Ich stimme zu, dass die Wahrscheinlichkeit groß ist, dass Darren Hargrave dahintersteckt. Aber ob er mit Cooks Wissen agiert hat, ist …«

»Komm schon«, fiel ihr Rapp ins Wort. »Hargrave steckt so tief im Arsch des Präsidenten, dass er Cooks Haarspray schmecken kann. Er …«

»Wie dem auch sei«, versuchte Irene die Kontrolle über das Gespräch zurückzuerobern, »wir müssen herausfinden, womit wir es zu tun haben und welche Optionen uns bleiben.

Einen Krieg mit dem Präsidenten der Vereinigten Staaten anzuzetteln nimmt kein gutes Ende.«

»Ich bin da vollkommen anderer Meinung.« Sofort drehten sich alle zu Scott Coleman um. Er hatte großen Respekt vor Irene Kennedy und mehr als nur ein bisschen Angst vor ihr. Rapp konnte sich nicht daran erinnern, dass er ihr jemals so deutlich widersprochen hatte.

»Diese Arschlöcher werden sich nicht einfach auf Mitch stürzen und mich und die Jungs vom Haken lassen. Wenn sie uns nicht sofort umbringen, werden sie Mittel und Wege finden, uns wegen Verrat oder Mord zu verhaften und einen großen Schauprozess zu veranstalten. Wir sind schließlich kein Nonnenkloster. Wir alle haben Dinge getan, die als Schlagzeile kein gutes Bild abgeben. Ich sage, wir knöpfen uns diese Wichser vor. Wir töten Cook und seine intrigante Gattin, und dann schmeißen wir Darren Hargrave in einen Holzhäcksler, bevor er uns endgültig in die Enge treibt.«

Für einige Sekunden herrschte betretenes Schweigen, bis Kennedy es brach. »Ich höre die Uhr genauso deutlich ticken wie alle anderen, Scott. Trotzdem sollten wir vorher abklären, ob es keine anderen Möglichkeiten gibt.«

»Und wenn wir keine finden?«

»Dann dürfen wir nicht denselben Fehler wie sie machen und es verpatzen. Wir müssen eine klare Vorstellung haben, wie wir vorgehen, um absolut sicher zu sein, dass sie *alle* im Holzhäcksler landen.«

Der ehemalige SEAL lehnte sich zurück. »Damit kann ich leben.«

»In der Zwischenzeit«, fuhr Kennedy fort, »halte ich es für sinnvoll herauszufinden, wer potenziell gegen Claudia vorgehen könnte, und die betreffenden Kandidaten zu neutralisieren, bevor sie zur echten Bedrohung werden. Oder wir ziehen sie auf unsere Seite.«

Die Sonne kroch an den Rand des Tischs. Rapp schaute zum Himmel hinauf. Es fiel schwer, die Parallelen zwischen seiner Situation und der von Gustavo Marroqui zu ignorieren. Der einzige Unterschied bestand darin, dass seine Feinde keine übrig gebliebene sowjetische Bombe aus einem Rauschgiftflieger abwerfen mussten. Sie konnten einfach in eine Northrop B-2 steigen und eine moderne Bombe aus dem reichhaltigen US-Arsenal verwenden.

Claudia kramte einen auffällig stark zerknitterten Zettel aus den Jeans hervor und faltete ihn auf dem Tisch auseinander. Sie schien weniger bestürzt über die Situation zu sein als die anderen, und Rapp vermutete, dass er den Grund kannte. Das Ganze war nicht länger ihre Schuld. Der Mühlstein hing wieder an seinem Hals.

»Ich habe eine Liste von Leuten erstellt, die weiterhin ein Interesse an meinem Tod haben und über die notwendigen Mittel verfügen.«

»Wie viele sind es?«, fragte Rapp.

»Sechs.«

Weniger als erwartet. Allerdings war ihr Mann ein soziopathischer Bastard gewesen, und dazu gehörte auch, dass er nicht viele Feinde am Leben ließ.

»Namen?«

»Malte Kierkegaard, Oren Avraham, Ernst Lang, Aat Rueng, Josef Svoboda und Enzo Ruiz.« Coleman stieß einen leisen Pfiff aus. »Ich will ja nicht negativ rüberkommen, aber darunter gibt es ein paar, von denen man nicht möchte, dass sie einem auf die Pelle rücken.«

»Es könnte schlimmer sein«, sagte Rapp. »Fangen wir vorn an. Malte Kierkegaard.«

Coleman schüttelte den Kopf. »In der E-Mail an Grischa wurde kein Geld angeboten. Kiki tritt nur auf eine Kakerlake, wenn es einen garantierten Zahltag gibt. Es kostet 100 Riesen, ihn überhaupt dazu zu bringen, dass er einen Job annimmt. Fragt mich nicht, woher ich das weiß.«

»Klingt nachvollziehbar«, fand Kennedy. »Dennoch sollten wir ihn kontaktieren und auffordern, uns zu informieren, falls ihm jemand dieses Dossier schickt. Außerdem müssen wir ihn dazu bringen, dass er dem Absender zusagt, den Auftrag auszuführen. Das verschafft uns Zeit und hilft uns womöglich sogar, die Person zu identifizieren, die das Dossier geschickt hat. Machen wir es uns leicht und versprechen wir ihm, jeden Preis zu zahlen, den er fordert.«

»Kein Problem, ich regle das.«

»Wer war der Nächste?«

»Oren Avraham.«

»Der ist tot«, stellte Kennedy nüchtern fest.

»Wirklich?«, antwortete Rapp. »Davon habe ich gar nichts mitbekommen. Bist du sicher?«

Sie nickte. »Ruht auf dem Grund des Indischen Ozeans.«

»Na also, geht doch. Der Nächste?«

»Ernst Lang.«

»Hast du nicht vor ein paar Jahren auf eine seiner Offshore-Firmen zur Finanzierung einer Operation zurückgegriffen?«, fiel Coleman ein.

»Ja«, bestätigte Kennedy. »Bei einer Sache, die nicht mit der CIA in Verbindung gebracht werden durfte.«

»Hast du seine Nummer noch im Speicher?«, fragte Rapp.

Sie blätterte durch die Kontakte auf ihrem Handy, bevor sie den Ton auf Lautsprecher stellte. Es klingelte nur zweimal, bevor abgenommen wurde.

»Ist das ein Scherz?«, fragte eine Stimme mit deutschem Akzent.

»Nein, ich bin es wirklich, Ernst.«

»Warum?«, fragte er misstrauisch. »Ich habe nichts getan, was Ihnen Probleme bereiten könnte. Und ich habe gehört, dass Sie gefeuert wurden.«

»Es geht nicht darum, was Sie getan haben, sondern darum, was Sie für mich tun könnten. Haben Sie in letzter Zeit irgendwelche interessanten anonymen E-Mails erhalten?«

»Ich habe keine Ahnung, wovon Sie reden.«

»Sind Sie sicher?«

»Natürlich bin ich sicher.«

»Okay, gut. Es wäre möglich, dass man Ihnen ein Dossier über eine Frau schickt, die Sie nicht sonderlich schätzen – ihren Namen, ihr Foto, ihre Adresse, ihre Gewohnheiten –, alles, was Sie brauchen, um sich an ihr zu rächen.«

»Und?«

»Ich wäre mehr als enttäuscht, wenn dieser Frau etwas zustößt.«

»Warum sprecht ihr Regierungssklaven nie Klartext? Sie meinen, wenn ich etwas gegen sie unternehme, hetzen Sie mir diesen Psychopathen Mitch Rapp auf den Hals, damit er mich tötet.«

»Tut mir leid. Die Macht der Gewohnheit. Ja. Das ist genau das, was ich tun werde.«

»Für mich ist das kein Problem, denn mir fällt keine einzige Frau auf der Welt ein, die ich so sehr hasse, dass ich sie töten will.«

»Ich werde Sie daran erinnern, dass Sie das gesagt haben. Und wenn dieses Dossier bei Ihnen auf dem Tisch landet, bitte ich Sie darum, mich sofort zu kontaktieren, bevor Sie darauf reagieren.«

Als er wieder sprach, klang Lang ganz nach dem Geschäftsmann, der er war. »Wie ich höre, fordern Sie nicht nur bei mir Gefallen ein, Dr. Kennedy.«

Sie zuckte zusammen. Rapp ahnte, wie ihr zumute war. Wie viele Spuren würden sie überall auf der Welt hinterlassen müssen, bevor die Sache geklärt war? Allein das rechtfertigte es, Cook dafür sterben zu lassen.

»Da hören Sie richtig, Ernst.«

»Ich werde Ihnen jedenfalls gern helfen. Ich gehe davon aus, dass Sie es ebenso halten, wenn ich Sie umgekehrt um einen Gefallen bitte.«

Sie verabschiedete sich und beendete das Gespräch. »Nächster?«

»Aat Rueng«, sagte Claudia.

»Wer ist das?« Rapp konnte mit dem Namen nichts anfangen.

»Ein mittelschwerer thailändischer Gangster. Als Letztes habe ich von ihm gehört, dass er von einer Reihe anderer Gangs unter Druck gesetzt wird und viel von seinem Einfluss eingebüßt hat. Ich kann ihn direkt kontaktieren. Es wird etwas Geld und ein bisschen Kriecherei kosten, aber dann lässt er die Finger davon. Danach hätten wir Josef Svoboda.«

»Ich hasse dieses Arschloch.« Coleman stöhnte. »Er verpasst unserem Business einen schlechten Ruf.«

Rapp nickte zustimmend. Der Mann war talentiert, aber auch extrem publicitysüchtig. Ein Heer von Anwälten und geschmierten Politikern ermöglichte es ihm, Interpol grundsätzlich einen Schritt voraus zu sein und ein Leben wie ein Rockstar zu führen. Soweit er wusste, hatte er eine Beteiligung an einem Prager Nachtclub erworben. Svoboda orientierte sich am Hollywood-Image eines Auftragskillers – 5000 Dollar teure Anzüge, italienische Sportwagen, goldener

Armschmuck. Angeblich trank er sogar Martinis und besaß die Chuzpe, sie geschüttelt und nicht gerührt zu bestellen.

»Womit bist du ihm auf die Füße getreten?«, erkundigte sich Rapp bei Claudia.

»Er und Louis waren für einen Auftrag doppelt gebucht. Louis kam ihm zuvor. Svoboda fühlte sich brüskiert und blamiert. Er bildete sich damals ein, durch Rache an seinem Kontrahenten den guten Ruf retten zu können. Blöd nur, dass er zwar nicht wirklich inkompetent, aber definitiv feige ist. Er erkannte, dass er eine Konfrontation mit Louis mit großer Wahrscheinlichkeit nicht überlebt, also nahm er mich als vermeintlich einfacheres Ziel ins Visier.«

»Können wir das als Druckmittel benutzen?«, überlegte Rapp.

»Das bezweifle ich«, meinte Kennedy. »Es stimmt zwar, dass er sich nicht gern in Gefahr begibt, aber der Typ ist unberechenbar. Ich gehe nicht davon aus, dass wir uns auf Drohungen allein verlassen können. Bei ihm müssen wir damit rechnen, dass er nur seine eigenen Interessen verfolgt.«

»Könnten wir ihn nicht einfach erschießen?«, schlug er vor.

Coleman stieg sofort darauf ein. »Ich kümmere mich darum.«

»Ein weiteres Problem gelöst. War da noch jemand?«

»Nur einer«, sagte Claudia. »Enzo Ruiz.«

»Nie von ihm gehört.«

»Ein spanischer Drogenhändler, der Transporte über Routen in Nordafrika koordiniert hat.«

»Noch ein Drogenhändler.« Rapp seufzte.

»Die haben eine Menge Geld und wollen viele Leute tot sehen«, erklärte Claudia. »Mit ihm bekam es Louis ganz am

Anfang seiner Karriere zu tun, und diesen Job hat er tatsächlich verpfuscht. Ruiz war die Zielperson und überlebte den Schuss. Er blieb jedoch teilweise gelähmt. Seine Kinder zwangen ihn, aus dem Geschäft auszusteigen.«

»Daran kann ich mich erinnern.« Kennedy nickte. »Teil eines erbitterten Schlagabtauschs zwischen spanischen und marokkanischen Banden.«

»Genau, ja. Aber keiner weiß, dass uns seine Kinder angeheuert und den Streit mit den Marokkanern nur als Deckmantel benutzt haben. Louis wollte den Auftrag zu Ende bringen, aber sie forderten uns auf, uns zurückzuziehen. Im Gegenzug zahlten sie uns das vereinbarte Kopfgeld trotzdem in voller Höhe. Offensichtlich verachteten sie ihren Vater und genossen es, ihn machtlos dahinsiechen zu sehen.«

»Wie alt ist der Kerl?«, hakte Rapp nach.

Claudia musste kurz überlegen. »Um die 90?«

»Also ein teilweise gelähmter Greis, der von seiner eigenen Familie zum Grasen auf die Weide geschickt wurde. Was übersehe ich? Inwiefern stellt dieser Typ eine Bedrohung dar?«

»Er ist nicht nur *eine* Bedrohung, er ist der Gefährlichste von allen«, versicherte Claudia. »Ruiz ist ein extrem sadistischer, gewalttätiger Mann, der mir und Louis die Schuld daran gibt, was aus ihm geworden ist. Außerdem ist er nicht so machtlos, wie er seine Kinder glauben lässt. Er kontrolliert weiterhin eine ganze Reihe versteckter Konten und kennt sich erstaunlich gut mit dem Internet aus. Es heißt, er habe sich ein kriminelles Online-Imperium aufgebaut, obwohl ich diesen Gerüchten nie nachgegangen bin.«

»Es dürfte schwierig sein, mit ihm zu verhandeln«, meinte Kennedy. »Wir haben nichts, was er braucht, und ein Mann in seiner Position lässt sich nicht so leicht einschüchtern.«

»Ich werde ihm einen Besuch abstatten, während Scott sich in Tschechien um Svoboda kümmert.« Rapp wandte sich an den Ex-SEAL. »Scott, lass es wie einen Unfall aussehen. Wir wissen nicht, wie exakt die Liste der Cooks mit Claudias Feinden ist. Auf keinen Fall dürfen sie merken, dass wir Leute gezielt aus dem Verkehr ziehen. Es ist besser, sie so lange wie möglich in Sicherheit zu wiegen.«

»Kein Problem.«

Rapp ließ den Blick in die Runde schweifen. »Sonst noch was?«

Als niemand etwas sagte, stand er auf. »Dann lasst uns an die Arbeit gehen.«

24

GIRONA, SPANIEN

Auf der unbefestigten Piste hinter ihm ertönten die Stimmen einiger Mountainbiker. Rapp ging einen Schritt zur Seite, um sie vorbeizulassen. Das spanische Girona gehörte zu den führenden Radsport-Metropolen – eine wunderschöne Stadt und ein beliebter Trainingsort für Profis in der Nebensaison. Er fühlte sich in Versuchung, Claudia zu bitten, sie in die Liste potenzieller Übergangswohnsitze aufzunehmen, aber das kam nicht infrage. Je fitter er wurde, desto mehr fiel er auf, wenn er sich als Sportler betätigte – und das war so ziemlich das Gegenteil von dem, was sie wollten. Barcelona wäre allerdings keine schlechte Wahl. Es lag nur eine halbe Stunde mit dem Zug entfernt, und er hätte nichts dagegen, mit Anna Spanisch zu pauken. Die Sprache begegnete ihm in letzter Zeit immer häufiger.

Für den Moment galt es, sich auf die anstehende Aufgabe zu konzentrieren.

Die Strategie aus Guatemala, entweder den ganz großen Knalleffekt zu inszenieren oder gleich zu Hause zu bleiben, würde in diesem Fall nicht funktionieren. Enzo Ruiz musste verhört werden, was den Abwurf einer Bombe auf ihn impraktikabel machte. Außerdem hätten die europäischen Behörden ein solches Vorgehen vermutlich missbilligt. In diesem Fall lautete die Vorgabe: unauffällig rein, unauffällig raus. Die Frage war nur, wie sich das am besten bewerkstelligen ließ.

Claudias umfangreiche Nachforschungen hatten eine Reihe von Komplikationen zutage gefördert. Zum einen war das Haus des ehemaligen Drogenhändlers nur mäßig geschützt – eine alte Steinmauer und ein paar Wachen hielten unerwünschte Gäste fern. Außerdem war der Mann selbst nicht nur weit über 90, sondern Berichten zufolge auch auf den Rollstuhl angewiesen. Nicht gerade der Schrecken Südspaniens aus früheren Zeiten. Dummerweise bestand sein bescheidenes Sicherheitsteam nicht aus verkoksten Psychopathen, sondern aus legitimen, fest angestellten Wachleuten. Und das machte sie für ihn tabu.

Die Wand hochzuklettern, um in Ruiz' Zimmer im Obergeschoss einzudringen, wäre zwar ein Leichtes gewesen, aber da ihr Auftraggeber nicht ernsthaft bedroht wurde, hielten sich seine Sicherheitsleute nicht an feste Protokolle. Sie liefen meist wahllos auf dem Gelände herum, plauderten miteinander, rauchten oder spielten an ihren Handys. Da es kein klares Muster gab, stufte er das Risiko einer zufälligen Entdeckung als zu hoch ein.

In Anbetracht dieser Umstände zog er einen direkteren Ansatz vor.

Rapp bog in einen abgelegenen Feldweg ein und passierte eine niedrige Barriere aus aufeinandergetürmten Steinen. Die Barriere diente nur noch als Kulisse und erfüllte wohl seit mehr als einem Jahrhundert nicht mehr ihren ursprünglichen Zweck, Ziegen an der Flucht von der Weide zu hindern. Nach weiteren 200 Metern erklomm Rapp einen Hügel und erhielt einen Blick auf das massive Bauernhaus, dem sein Interesse galt. Es stand mitten auf einem Feld und wurde von einem dicht bewaldeten Hügel eingerahmt. Genau wie die umlaufende Mauer war es aus rotbraunen Ziegelsteinen aus der Region errichtet worden. Im oberen Stockwerk unter dem Dach waren ein paar winzige Fenster zu sehen.

Das eiserne Tor wirkte kunstvoll geschmiedet und bot durch die weit auseinanderliegenden Gitterstäbe einen guten Einblick in den Innenhof. Aktuell hielt sich niemand im Außenbereich auf. Es war vier Uhr nachmittags und die Temperatur bewegte sich deutlich oberhalb der 30 Grad, was wahrscheinlich alle in die kühleren Innenräume trieb. Oder war gerade Siesta? Rapp konnte sich nie merken, wann sie anfing und endete.

Neben dem Tor befand sich ein Klingelknopf, den er drückte. Einen Moment später erschien ein Mann in der Eingangstür und kam gelassen auf ihn zu. Er sprach ein unverständliches Katalanisch, wirkte aber völlig sorglos. Die Walther P99 an seiner Hüfte wirkte eher wie ein Missverständnis.

»Ich bin hier, um Enzo Ruiz zu sehen«, sagte Rapp auf Englisch.

Der andere schien den Namen zu verstehen, aber sonst nichts. Eine kurze Handbewegung deutete an, dass Rapp warten sollte, während der Mann zurück zum Haus schlurfte, um jemanden mit besseren Englischkenntnissen aufzutreiben. Unbekümmert zündete er sich eine Zigarette an und ließ ihn stehen. Es dauerte gut fünf Minuten, bis ein Kollege auftauchte, der es ebenso wenig eilig hatte.

»Kann ich Ihnen helfen?«

Ungelenk, aber immerhin verständlich.

»Ich möchte mit Enzo Ruiz sprechen.«

»Hier gibt es niemanden, der so heißt.«

»Ich schlage vor, Sie gehen rein und fragen Ihren Chef, ob er da sicher ist. Richten Sie ihm aus, dass Mitch Rapp vor seinem Haus steht.«

In die gelangweilte Miene schlich sich ein Hauch von Misstrauen, aber keine Erkenntnis. Dieser Typ war vermutlich ein ehemaliger Polizist, der beruflich nie über den Namen Mitch Rapp gestolpert war. Dieser Name kursierte an dunkleren Orten. Orten, an denen sein Boss das ganze Leben verbracht hatte.

Nach kurzem Zögern trabte der Wachmann zum Haus. Diesmal dauerte es so lange, dass Rapp anfing, sich Sorgen zu machen, ob sie den alten Mann durch die Hintertür geschmuggelt hatten.

Schließlich tauchte der Bedienstete wieder auf. »Señor Ruiz möchte gern mit Ihnen sprechen. Sind Sie bewaffnet?«

»Ja.«

»Sie können Ihre Waffe bei mir lassen.«

»Nein.«

Diesmal blieb er nur etwa drei Minuten weg. Als er wiederauftauchte, schien seine Sorge um Rapps Waffe verflogen zu sein. Kein Wunder. Der gefährlichste Feind von Menschen wie Ruiz war die Langeweile, nicht ein Attentäter in den eigenen vier Wänden. Seine Bemerkung zu Claudia, Ruiz' Familie habe ihn zum Grasen auf die Weide geschickt, war eigentlich als Witz gemeint gewesen. Doch der Mann, der den Drogenhandel von Nordafrika aus neu erfunden und seine Jugend mit Menschen verbracht hatte, die sich vor ihm in den Dreck warfen, lebte jetzt tatsächlich auf einer Art Weide und wurde von ein paar verschlafenen Wachen beschützt.

»Bitte folgen Sie mir.«

Rapp hielt ein paar Schritte Abstand. Das Haus verfügte über ein denkbar schlichtes Innenleben. Die Treppe in den ersten Stock war ohne Geländer in die Wand eingelassen und aus demselben Stein wie alles andere gemauert. Man hätte von oben herunterspringen und auf einem Tisch landen können, der wirkte, als hätte er das Gewicht eines Kipplasters ausgehalten. Von dort aus musste man nur noch geradeaus durch die Tür rennen. Nicht dass er eine überhastete Flucht für notwendig hielt, aber er war gern für jede Eventualität gewappnet.

Die Tür, durch die sie traten, befand sich am Ende eines schmalen Flurs im Obergeschoss. Sie führte in einen großen Raum mit einem einzigen Fenster an der Nordseite. Die Einrichtung bestand aus einer merkwürdigen Mischung antiker Holzmöbel und dem billigen Plastik und Edelstahl verschiedener medizinischer Gerätschaften. In der Mitte stand ein Krankenhausbett, das den im Rollstuhl sitzenden Mann an der Wand noch winziger erscheinen ließ, als er es ohnehin war.

Ruiz lallte etwas auf Spanisch. Der Wachmann verließ den Raum und schloss die schlecht austarierte Tür hinter sich. Die rot geränderten Augen wiesen am unteren Rand eine ungesunde gelbliche Verfärbung auf. Die faltige Kopfhaut zierten ein paar Büschel weißer Haare. Die Zeit ging hart ins Gericht mit Ruiz als Vollstrecker der spanischen Drogendiktatur. Oder der Tatsache, dass es ihm gelungen war, die

Afrikaner in ihrem eigenen brutalen Spiel zu besiegen. Von dem immensen Vermögen, das er angehäuft haben musste, war hier wenig zu erkennen. Könige, Bauern, Mörder und Opfer. Am Ende landeten alle am selben Ort.

»Mitch Rapp«, sagte Ruiz. Bereits diese zwei Worte verrieten, dass sein Englisch ausgezeichnet war. Claudia zufolge hatte er in den 70er-Jahren eine britische Geliebte gehabt und britische Kindermädchen zogen seine Kinder auf. »Woher rührt Ihr Interesse an Claudia Gould?«

Rapp ignorierte die Frage, doch der Spanier merkte trotzdem, dass er überrascht war.

»Es ist ein Fluch«, erklärte Ruiz. »Der Geist der meisten Männer wird zusammen mit ihrem Körper schwächer. Meiner ist stärker geworden.«

»Warum beantworten Sie sich Ihre Frage dann nicht selbst?«

Ruiz benutzte einen Joystick, um den Stuhl so zu drehen, dass er seinem neuen Gegner direkt ins Gesicht sah. Ein Lächeln umspielte die rissigen Lippen. »Gustavo Marroqui hat Männer zu ihrem Haus in Südafrika geschickt, um sie zu töten. Aber weil er ein Idiot ist, hat er andere Idioten geschickt, damit sie den Job für ihn erledigen. Sie waren derjenige, der sie hingerichtet hat, und im Anschluss sprengten Sie den gesamten Berg in die Luft, auf dem er lebte.« Der Spanier stieß ein Lachen aus. »Sie machen Ihrem Ruf alle Ehre, Mr. Rapp. Oder bevorzugen Sie aktuell Mr. Burhan?«

Er genoss es eindeutig, am längeren Hebel zu sitzen. Ein Gefühl, das ihm wahrscheinlich seit Jahren nicht mehr vergönnt gewesen war. Allerdings war er kein Hellseher. Vermutlich kannte er lediglich die Teile des Puzzles, und Rapps Auftauchen verriet ihm, wie er sie zusammensetzen musste.

»Sie haben also die E-Mail mit Claudias Dossier erhalten«, stellte Rapp fest.

Ein weiteres Lächeln, diesmal breit genug, um die vom Rauchen verfärbten Zähne eines ganzen Jahrhunderts zu offenbaren.

»Das habe ich.«

»Wann?«

»Sie haben meine Frage nicht beantwortet.«

»Mein Interesse an ihr ist persönlicher Natur.«

Er nickte langsam. »Die einzige logische Schlussfolgerung, obwohl es mir schwerfiel, daran zu glauben. Waren nicht Claudia und ihr Mann für den Tod Ihrer damaligen Partnerin verantwortlich?«

»Ja.«

»Dann sollten wir beide das Gleiche wollen.«

»Und doch tun wir es nicht.«

»Sie sind ein wesentlich komplexerer Mann, als ich erwartet hätte, Mr. Rapp.«

»Jetzt beantworten Sie meine Frage.«

»Welche Frage? Ach ja, das Dossier. Vor etwa drei Wochen.«

»Und was haben Sie damit gemacht?«

Ruiz hievte sich in eine etwas aufrechtere Position. »Was für eine seltsame Überraschung mir das Leben beschert hat. Heute Morgen hatte ich mich damit abgefunden, hier zu sitzen und aus dem Fenster zu starren, wie ich es jeden Tag tue. Und jetzt steht Mitch Rapp vor mir, mit dem Hut in der Hand.«

»Das ist kein Hut, Enzo. Das ist eine Waffe.«

Wieder verschluckte er sich an einem Lachen. »So nutzlos wie Titten an einem Stier. Sagt ihr Amerikaner das nicht so?«

»Wie kommen Sie darauf?«

»Der Tod hat mir schon keine Angst gemacht, als es noch etwas gab, wofür ich leben wollte. Das tut er auch jetzt nicht. Ich nehme an, Sie spekulieren darauf, mir durch Folter die Informationen zu entlocken, die Sie brauchen. Sehen Sie mich an. Was glauben Sie, wie lange ich durchhalte, bevor mein Herz versagt? Und jetzt liebäugeln Sie mit der Idee, meiner Familie zu drohen. Halten Sie mich für einen Idioten? Denken Sie, ich wüsste nicht, dass ich ihnen die ganze Misere verdanke? Dass sie es waren, die Louis Gould angeheuert haben, um mich zu töten, und mich dann, als er versagte, hier verrotten ließen? Sollten Sie beschließen, diese Verräter zu töten, dann bringen Sie sie bitte her und erledigen es vor meinen Augen. Ich würde zu gern dabei zusehen.«

Der alte Bastard hatte recht. Trotzdem war er am Ende eine einfache Kreatur mit noch einfacheren Bedürfnissen. Er genoss die Macht über andere. Nach Rapps weitreichender Erfahrung gab es nur zwei Möglichkeiten, mit den Enzo Ruizes dieser Welt umzugehen: sie zu töten oder ihnen zu geben, was sie verlangten. Und da Ersteres ihn nicht sehr weit brachte, blieb Rapp keine andere Wahl, als sich für Letzteres zu entscheiden.

»Sie halten alle Trümpfe in der Hand«, räumte er ein. »Was wollen Sie?«

Diese Frage war eigentlich schon beantwortet worden. Und obwohl Rapp nicht besonders glücklich darüber war, Ruiz' Kindern den Garaus zu machen, waren sie alles andere als unschuldige Zuschauer.

»Es geht nicht darum, was ich will, Mr. Rapp. Es geht darum, was ich *nicht* will. Ich will nicht an Altersschwäche in diesem Stuhl sterben. Das ist kein angemessenes Ende für einen Mann wie mich.«

»Was hat das mit mir zu tun?«, fragte Rapp, der nicht ganz sicher war, wohin diese Unterhaltung führte.

»Ich möchte vom berüchtigtsten Attentäter der Welt getötet werden.«

Rapp stand einfach nur da.

»Nicht das, was Sie erwartet haben?«

»Ich dachte, Sie wollen, dass ich Ihre Kinder umlege.«

Der alte Mann nickte. »Ein verlockender Gedanke. Noch vor ein paar Jahren wäre das wahrscheinlich mein Wunsch gewesen. Aber ich habe sie zu dem gemacht, was sie sind. Sie sind mein Vermächtnis. Sie sind der Grund, warum ich nicht in Vergessenheit geraten werde.«

»Nun, dann bekommen wir beide kein Problem miteinander, Enzo. Ich bringe Sie gern um.«

Ruiz schien nicht bereit zu sein, die Aussage für bare Münze zu nehmen. »Aber was ich Ihnen sagen werde, ist nicht das, was Sie hören wollen. Es wird Sie wütend machen.«

»Ein Grund mehr für mich, Ihnen den Kopf wegzuballern.«

»Ein Grund mehr für Sie, mich verrotten zu lassen«, konterte der Spanier.

»Wenn Sie mich kennen, wissen Sie, dass ich zu meinem Wort stehe.«

Das schien ihm zu genügen. Gerade so.

»Meine Kinder wissen nicht, dass ich online nach wie vor Geschäfte abwickle. Das ist es, was mich bei Verstand hält. Die Datei erreichte mich über ein E-Mail-Konto, das ich für eine dieser Aktivitäten verwende. Der Absender nutzte einen Gmail-Account.«

»Und wer ist es?«

»Ich habe keine Ahnung. Neben dem Dossier gab es nur eine kurze Nachricht, in der ich gefragt wurde, ob ich daran interessiert bin, Claudia zu töten.«

»Und Ihre Antwort?«

»Ich habe natürlich zugesagt.«

»Wie ging es weiter?«

Er zuckte mit den Achseln. »Ich habe seitdem ein paarmal auf das Gmail-Konto zugegriffen, aber nie eine Antwort vorgefunden.«

»Und haben Sie konkret etwas unternommen?«

»Um sie zu töten?«

»Ja. Um sie zu töten.«

»Wir haben immer noch eine Abmachung, richtig?«

»Die haben wir, Enzo. Und um ganz ehrlich zu sein, hatte ich ohnehin vor, Sie zu töten.«

Der Spanier schien erneut lächeln zu wollen, verkniff es sich jedoch. Offensichtlich hatte er etwas unternommen, worüber Rapp sehr verärgert sein würde. Aber was?

»Ich habe das Dokument an Legion geschickt. Sie haben den Auftrag angenommen und ich habe sie dafür bezahlt.«

Rapp wartete auf weitere Einzelheiten, doch es kam nichts. »Pfeifen Sie sie zurück.«

Der Spanier schaute verwirrt. »Ich kann sie nicht zurückpfeifen.«

»Können Sie nicht oder wollen Sie nicht?«

Seine Verwirrung wuchs. »Kennen Sie Legion etwa nicht?«

Rapp schüttelte den Kopf. Er hatte kein großes Interesse an der neuen Generation von privaten Auftragskillern, es sei denn, sie waren unvorsichtig genug, ihm in die Quere zu kommen. Die meisten waren es nicht. Der Rest war tot.

Ruiz hielt das Steuer wieder fest in der Hand. Er richtete sich auf und hatte sichtlich Spaß an dem Gespräch. »Legion ist eine völlig neue Gruppe von Killern. Sie haben eine anonyme E-Mail-Adresse, die nur wenigen bekannt ist. Wenn man will, dass jemand eliminiert wird, erstellt man seinerseits einen anonymen Account und schickt ihnen Informationen über den geplanten Anschlag. Wenn sie zustimmen, übermittelt man ihnen zwei Millionen Euro in Bitcoins. Danach werden beide E-Mail-Konten gelöscht.«

»Wie kann man sich mit ihnen in Verbindung setzen, wenn man seine Meinung ändert?«

»Gar nicht. Legion weiß nicht, wer ich bin, und ich weiß nicht, wer sie sind. Wir haben keine Möglichkeit, miteinander in Kontakt zu treten. Sobald der Auftrag angenommen und die Zahlung geleistet wurde, ist das Ziel so gut wie tot.«

»Sie haben also zwei Millionen Euro ohne jegliche Garantie in den Cyberspace geschickt? Das erscheint mir ein wenig vertrauensselig. Was, wenn sie es vermasseln? Oder einfach mit Ihrem Geld abhauen?«

»Das wäre das Ende für ihr Business. In den Kreisen, in denen ich mich bewege, spricht sich so etwas schnell herum. Ich kann mir vorstellen, dass es in Ihrer Branche ähnlich ist. Aber es ist noch nie vorgekommen. Legion liefert immer.«

»Es muss doch einen Mechanismus geben, um einen Auftrag zu stornieren.«

Das Lächeln kehrte zurück. Ein wenig zittrig. Ruiz schien diese Muskeln seit Jahren nicht mehr benutzt zu haben. »Nicht dass ich oder sonst jemand davon wüsste. Aber selbst wenn ich sie zurückrufen könnte, gehört das nicht zu meiner Abmachung mit Ihnen. Ich habe Ihnen die Informationen geliefert, um die Sie gebeten haben, und die Tatsache, dass Claudia Gould bald tot sein wird, spielt diesbezüglich keine Rolle.«

Rapp seufzte leise und deutete auf ein Notebook, das auf einer ausfahrbaren Schiene an Ruiz' Rollstuhl montiert war. »Sie haben also alle E-Mails in diesem Zusammenhang gelöscht?«

»Nur die, die mit Legion zu tun haben. So lautet die Vereinbarung. Aber nicht die anderen. Warum sollte ich?«

Um nicht erwischt zu werden, nachdem du einen Auftragsmord angestoßen hast, dachte Rapp, bemerkte dann aber den Fehler in seiner Logik. Was juckte es dieses geriatrische Stück Scheiße? Wenn die spanischen Behörden ihn ins Gefängnis steckten, hätte er sich vermutlich innerhalb von zwei Wochen zum Chef des Ladens aufgeschwungen.

»Drucken Sie mir die Mails aus.«

Anstatt sich zu weigern, tat er es mit einer Begeisterung, die er einem Mann wie ihm niemals zugetraut hätte. Er hatte den Zorn Gottes über die Frau, die Mitch Rapp liebte, heraufbeschworen, und Rapp konnte nichts dagegen unternehmen. Das verschaffte dem Alten vermutlich einen größeren Kick als jedes Heroin.

Aus einem Drucker am Fußende des Betts kamen Papierbogen, die Rapp überflog, bevor er sie in der Gesäßtasche verstaute. An einem der Geländer hing ein Handtuch. Er nahm es, trat um Ruiz' Stuhl herum und drückte es ihm über Mund und Nase.

Der Spanier kämpfte ein letztes Mal in seinem von Gewalt geprägten Leben. Rapp konzentrierte sich darauf, das Handtuch mit so wenig Druck wie möglich festzuhalten und den alten Mann daran zu hindern, mit den Armen um sich zu schlagen. Es würde zwar eindeutig nachvollziehbar sein, was hier passiert war, aber er zog es vor, die hinterlassenen Beweise auf ein Minimum zu beschränken.

Wie von Ruiz selbst vorhergesagt, hielt er nicht lange durch. Rapp behielt das Handtuch noch 30 Sekunden lang an Ort und Stelle, nachdem der Körper des Spaniers erschlafft war, nur um sicherzugehen. Als er es schließlich wegzog, sah er, dass der alte Bastard mit einem Lächeln im Gesicht gestorben war.

Rapp stieg die Treppe hinunter. Der Wachmann, mit dem er sich halbwegs verständigen konnte, stand in der Eingangshalle.

»Wie heißen Sie?«

»Alexandre Fabre.«

Rapp reichte ihm einen Zettel, auf dem ein Name und eine Telefonnummer standen.

»Wissen Sie, wer das ist?«

»Jordi Cardenas? Ja, natürlich. Er ist der Direktor unseres Geheimdienstes.«

»Und ein alter Freund von mir. Wenn Sie irgendwelche Probleme bekommen, von denen Sie glauben, dass sie etwas mit mir zu tun haben könnten, rufen Sie als Erstes diese Nummer an. Seine Assistentin wird Sie direkt zu ihm durchstellen.«

Der Leibwächter reagierte mit verständlicher Verwirrung, zückte aber nach kurzem Zögern die Brieftasche und verstaute den Zettel darin.

25

NÖRDLICH VON KAPSTADT, SÜDAFRIKA

Der Pfad wurde so steil, dass Cyrah Jafari mit zunehmender Höhe ihre Hände zum Balancieren einsetzen musste, um nicht das Gleichgewicht zu verlieren. Das Gebiet war einst ein beliebtes Anlaufziel für Kletterer gewesen, hatte aufgrund häufiger Autoeinbrüche jedoch an Popularität eingebüßt und war nach einem tödlichen Raubüberfall gänzlich in Misskredit geraten.

Dieser hatte sich vor zwei Jahren ereignet. Den Parkplatz deutlich außerhalb der Sichtweite des Highways gab es nach wie vor. Die stillgelegten Trails waren mit etwas Geschick weiterhin begehbar und lockten mit einer spektakulären Aussicht. Das ideale Training nach zu vielen Tagen der Untätigkeit und der perfekte Ort für ihr Vorhaben.

Der Weg wurde flacher und zugleich schmaler. An einer Seite begrenzte ihn eine pockennarbige Felswand, an der anderen eine 100 Meter tiefe Schlucht. Der Himmel war untypisch grau, und sie ertappte sich dabei, dass sie ständig in Richtung Wolken spähte, um die Regenwahrscheinlichkeit abzuschätzen. Der Abstieg war generell anspruchsvoller als der Aufstieg. Eine rutschige Piste hätte diesem langweiligen Tag zumindest noch einen gewissen Kick verpasst.

Nach einer weiteren halben Stunde erreichte sie eine Art Gipfel – die Spitze eines hohen Felsens, vereinzelt noch mit stählernen Kletterhaken präpariert. Nebelschleier verdeckten einen Teil des Panoramas, was ihr äußerst gelegen kam. Sie zog maximale Anonymität vor.

Cyrah machte sich zwar keine Sorgen, gezielt beobachtet zu werden, aber zufällige Entdeckungen wurden in der modernen Welt zu einem wachsenden Problem. Webcams im Internet, Google Maps, Live-Satellitenbilder und Dutzende weitere technische Errungenschaften gefährdeten die absolute Diskretion, die für ihre Unternehmung so wichtig war. Diese Diskretion, kombiniert mit einer 100-prozentigen Erfolgsquote, ermöglichte es ihr und ihren Leuten, auf eine völlig neue Art und Weise zu operieren. Mit Methoden, für die der Konkurrenz sowohl die Fähigkeiten als auch die Kreativität fehlten.

Sie legte den leichten Rucksack ab und ließ ihre Beine über die Klippe baumeln. Nachdem sie ein paar Sekunden lang die Nebelschwaden bewundert hatte, kramte sie ein Telefon hervor. Es war auf dem Schwarzmarkt in China gekauft worden und verfügte aktuell weder über Akku noch über SIM-Karte. Cyrah setzte beides ein und wartete, bis sich das Gerät ins Netz eingebucht hatte. Wie in ihrem veralteten Wanderführer versprochen, bekam man auf dieser Höhe problemlos ein starkes Signal.

Die firmeneigene App für Internettelefonie war mit zahlreichen Sicherheitsvorkehrungen versehen, aber schließlich gelang es ihr, sich in einen virtuellen Konferenzraum einzuloggen. Ein Zwitschern signalisierte, dass ihre beiden Partnerinnen dazugestoßen waren. Sie setzte das kabelgebundene Headset auf.

»Geht es allen gut?«

Die Stimmen, die ihr antworteten, brachten sie zum ersten Mal seit fast 15 Jahren zum Lächeln. Sie als Schwestern zu bezeichnen hätte ihre besondere Beziehung trivialisiert. Schwestern hatten die gleichen Eltern und waren im selben Haus aufgewachsen, aber das war nichts im Vergleich zu dem, was sie zusammen durchgemacht hatten. Wovor sie gemeinsam geflüchtet waren.

»Die für den Anschlag in Guatemala verwendete Bombe wurde wahrscheinlich aus einem Flugzeug abgeworfen und war eindeutig militärischen Ursprungs.« Nasrins Stimme klang vollkommen ruhig. Eine Frau voller Logik und Kontrolle. »Außerdem wird das Haus in Franschhoek unverändert von einem dreiköpfigen Team überwacht. Amerikaner, eindeutig Profis. Es besteht kein Zweifel, dass sie dich bemerkt haben.«

»Kein Zweifel«, antwortete Cyrah unbekümmert. Die Amerikaner, die Claudia Goulds Haus beobachteten, hatten genau das gesehen, was sie wollte – einen unbedeutenden

Polizisten, der sich ein bisschen Geld dazuverdiente, indem er eine Reporterin für ihre Story ins Haus ließ.

»Ich glaube, wir können jetzt sicher sein, dass Mitch Burhan weiterhin in Verbindung zur US-Regierung steht«, sagte Yasmin. Sie war das empathischste Mitglied des Trios. Ein kreativer Kopf, manchmal schwer auf Kurs zu halten. Dafür verstand sie andere Menschen wie keine Zweite und sprudelte förmlich über vor abwegigen Ideen, die am Ende fast immer funktionierten.

»Warum verschwenden wir unsere Zeit mit diesem Thema?«, fragte Cyrah.

»Weil es uns daran erinnert, dass wir den Job nie hätten annehmen sollen«, schimpfte Nasrin.

»Wir nehmen nur Jobs an, wenn alle dafürstimmen. Und das war auch in diesem Fall so.«

»Weil wir Angst hatten, dass du dich beim Schwimmen durch eine dieser Höhlen umbringst«, sagte Yasmin.

»Oder uns alle auffliegen lässt, weil du mit einem deiner Sportwagen das Tempolimit um das Dreifache überschreitest und verhaftet wirst«, steuerte Nasrin bei. Ihre Befürchtungen waren weitgehend unbegründet. Wenn jemand aufflog, dann Cyrah allein. Sie war diejenige, die den Abzug drückte. Die anderen beiden konnten innerhalb weniger Stunden abtauchen, ohne nennenswerte Spuren ihrer Existenz zu hinterlassen.

»Konnten wir Burhan aufspüren?«, fragte Cyrah, die wenig Lust verspürte, den alten Disput erneut aufzuwärmen.

»Nein«, antwortete Nasrin. »Wir verfügen nur über begrenzte Ressourcen vor Ort in Afrika und haben nicht damit gerechnet, dass er das Land verlässt. Allem Anschein nach hat er selbst nicht damit gerechnet.«

»Wie kommst du darauf?«

»Er hatte in zwei Tagen einen Termin mit seinem Architekten. Den hat er kürzlich abgesagt. Er hat auch den Umzugswagen abbestellt, mit dem die Sachen aus dem Haus in ein von ihm gemietetes Lager gebracht werden sollten.«

»Die Frage ist, ob er zu einem späteren Zeitpunkt zurückkehrt. Hat er entsprechende Vereinbarungen getroffen? Aus meiner Sicht ist er unsere beste Chance, Claudia zu finden.«

»Nicht dass wir wüssten«, erwiderte Nasrin. »Wir haben ihren Architekten, den Bauunternehmer, die Anwaltskanzlei, ihren Immobilienmakler und jede andere Person oder Organisation, mit der sie möglicherweise zusammenarbeiten, im Blick. Bis zu dem Moment, als er verschwand, verfolgte er eine produktive Strategie für die Renovierung. Die Arbeiten waren zwar noch nicht konkret terminiert, aber das schien nur eine Frage der Zeit zu sein. Natürlich stand er regelmäßig in Kontakt mit seinen Auftragnehmern, um Besichtigungen, Vorschüsse und dergleichen zu regeln. Wir spekulierten darauf, dass Claudia an dem einen oder anderen Vor-Ort-Termin selbst teilnimmt. All das erforderte ein größeres Ausmaß an Vorplanung.«

»Irgendetwas muss passiert sein, dass er so unerwartet verschwindet«, überlegte Cyrah. »Haben wir eine Theorie?«

»Im Moment nicht«, gestand Yasmin. »Aber wir arbeiten daran.«

»Wie steht es mit der Polizei?«, hakte Cyrah nach. »Wie ist seine Begegnung mit Thato Gumede gelaufen?«

»Offenbar ziemlich gut. Unsere Informanten sagen, dass die Polizei kein Interesse daran hat, Burhan eines Verbrechens zu beschuldigen. Er hat das Recht, sich zu verteidigen, und aufgrund der Ereignisse in Lateinamerika haben sie die gleiche Schlussfolgerung wie wir gezogen; nämlich dass er mit den amerikanischen Geheimdiensten zusammenarbeitet.«

»Aber seine Identität ist wasserdicht?«

»Ja, aber das hat nichts zu bedeuten. Im Fall von Claudia verhält es sich genauso, obwohl wir wissen, dass sie gefälscht ist. Auch hier lässt sich kaum der Verdacht von der Hand weisen, dass die US-Regierung ihre Finger im Spiel hat.«

»Verstanden. Aber es gibt eine Schwachstelle.«

»Die Tochter.«

»Ganz genau. Habt ihr etwas Brauchbares über sie herausgefunden?«

»Wir stellen gerade eine Liste ihrer Freunde zusammen und überprüfen aktuell Ahmale Okoro, zu der die Verbindung am engsten zu sein scheint. Die Telefone junger Mädchen sind oft nur schwach gesichert und sie lassen sie gern irgendwo herumliegen. Manche spielen online gegeneinander. Es wird ein wenig dauern, aber es besteht eine gute Chance, dass wir auf diese Weise herausfinden, wo Anna sich momentan aufhält.«

»Glaubst du ernsthaft, dass sie so einen leichtsinnigen Fehler begehen?«

»Kinder sind schwer zu kontrollieren«, meinte Nasrin. »Trotzdem gebe ich dir recht. Ich bin nicht ganz so optimistisch wie Yasmin, was unseren Erfolg betrifft. Deshalb arbeiten wir parallel daran, die Kommunikation des amerikanischen Teams abzuhören, das ihn beschattet. Aufgrund von deren Professionalität ist das keine leichte Aufgabe. Hinzu kommt, dass sein abrupter Abgang sie offenbar genauso überrumpelt hat wie uns.«

»Gibt es Anzeichen, dass sie wissen, wohin er gegangen ist oder wann er zurückkehrt?«

»Keine.«

»Trotzdem ist es ein Ansatz, dem wir nachgehen sollten, aber mit äußerster Vorsicht. Wir dürfen nicht riskieren, dass die amerikanische Regierung von unserer Existenz erfährt. Letztendlich müssen wir uns wohl damit abfinden, dass die Suche eine Weile dauern wird.«

»Wir haben Geld und Zeit«, stellte Yasmin fest. »Das verschafft uns den Luxus, methodisch vorzugehen. Wenn es sechs Monate dauert, dauert es eben sechs Monate.«

Cyrah nickte und ließ den Blick über die verwaiste Landschaft schweifen. »Dann seid ihr jetzt am Zug, wie man so schön sagt. Bringt für mich in Erfahrung, wo Claudia steckt, damit ich mich an die Arbeit machen kann.«

»Aber du machst in der Zwischenzeit keine Dummheiten, oder?«, fragte Nasrin. »Du wirst nicht spontan auf die Idee kommen, mit Haien zu tauchen oder Leoparden mit bloßen Händen zu fangen?«

Cyrah lächelte und kappte die Verbindung. Sie entnahm die SIM-Karte und den Akku. Erstere machte sie mit der Flamme eines Feuerzeugs unbrauchbar, Letzteren schleuderte sie sie über den Rand der Klippe. Ein faustgroßer Stein reichte aus, um das Handy zu zerstören. Beim Abstieg verstreute sie die Bruchstücke wahllos in der Gegend.

Und jetzt? Vielleicht ein Drink in der Wohnung, die sie angemietet hatte? Sie trank nur selten Alkohol, aber nachdem es ihr bis zur Volljährigkeit verwehrt geblieben war, hielt sie es für eine passende Art, den Tag zu beenden. Eine weitere Erinnerung daran, wie weit sie es gebracht hatte.

Die Stimmen wurden hörbar, als Cyrah noch mehr als 100 Meter entfernt war. Sie hallten von dem Stein wider. Nicht Englisch oder Afrikaans, sondern eine der Stammessprachen des Landes.

Aus Gewohnheit hatte Cyrah sich ohnehin leise bewegt, aber jetzt wurde sie noch langsamer und vermied jedes

Geräusch. Eine Fähigkeit, die sie sich selbst angeeignet hatte, um den Misshandlungen ihres Vaters zu entgehen. Ein Talent, das selbst ihre männlichen Ausbilder neidlos anerkannten.

In Wahrheit hatte sie sich beim Training in allen Disziplinen bestens geschlagen und bei jedem Test, dem sie unterzogen wurde, hervorragend abgeschnitten. Schnelligkeit, Ausdauer, Intelligenz, Mut. Zu ihren größten Stärken gehörte die Fähigkeit, unter Druck ruhig zu bleiben. Selbst ihre größte Schwäche, die fehlende Körpermasse, ließ sich vernachlässigen. Für eine Frau, die nur 1,62 groß war und knapp 56 Kilo wog, schlug sie sich ausgezeichnet. Die Diskrepanz zwischen Erwartung und Realität bei ihren Gegnern erwies sich als enorm nützlich. Allerdings hatte sie nie Gelegenheit gehabt, sie für ihr Land einzusetzen.

Der relativ liberale iranische Präsident hatte das Programm zum Aufbau einer Abteilung mit weiblichen Spionen und Saboteuren ins Leben gerufen. Damit wollte er ihre israelischen Feinde auf dem falschen Fuß erwischen, da sie mit Angriffen aus dieser Richtung überhaupt nicht rechneten. Es machte sie für den Gegner quasi unsichtbar. Er rekrutierte junge Frauen aus allen Teilen der Gesellschaft. In ihrem Fall aus der Polizei, aber auch Universitäten, Geheimdienste und Forschungseinrichtungen hielten als Quellen her. Die meisten wurden relativ schnell wieder aussortiert, aber sie und ein paar andere hielten durch. Am Ende der Ausbildung waren außer ihr nur noch Nasrin und Yasmin übrig gewesen.

Allerdings sollte es nach dem Willen ihrer Vorgesetzten keine heimlichen Infiltrationen auf feindlichem Territorium geben. Keine ruhmreichen Einsätze, um Feinde aus dem Weg zu schaffen und die Fertigkeiten des vermeintlich schwachen Geschlechts unter Beweis zu stellen. Nach endlosen

Auseinandersetzungen zwischen der Zivilregierung, religiösen Anführern und Militär hatte sich der Präsident schließlich gezwungen gesehen, ihr Programm der Republikanischen Garde zu übergeben. Erwartungsgemäß wurden ihre Ausbilder daraufhin sofort durch die grausamsten und frauenfeindlichsten Männer ersetzt, die man auftreiben konnte.

In der Nacht vor ihrer Abschlussfeier war der Direktor des Programms in ihr Quartier gekommen und hatte sie vergewaltigt. Er erklärte ihr, dass dies eine Erfahrung sei, auf die sie vorbereitet sein müsse, falls sie jemals in Gefangenschaft geriet. Nasrin und Yasmin, erfuhr sie später, hatten das gleiche Schicksal erlitten.

Trotz der Demütigung und der erheblichen Verletzungen waren alle drei an jenem Morgen aufgestanden, hatten sich angezogen und auf den Weg zu der Zeremonie gemacht, mit der sie in den innersten Zirkel des iranischen Geheimdienstes aufgenommen werden sollten. Sie hatten stundenlang vor dem Büro ihres Kommandanten strammgestanden, bevor einer seiner Mitarbeiter ihnen mitteilte, dass man das Programm ersatzlos gestrichen hatte und sie mit sofortiger Wirkung dem Schreibbüro zugeteilt wurden.

Schreibbüro! Wer wusste schon, dass so etwas in der heutigen Zeit überhaupt noch existierte? Oder hatte man die Abteilung eigens für sie geschaffen? Als wären die Vergewaltigungen nicht demütigend genug gewesen.

Zum Leidwesen ihres neuen Kommandanten hatten seine sogenannten Schreibkräfte ihre Lektion zu gut gelernt. Die letzte Stunde seines Lebens fiel außerordentlich schmerzhaft aus. Sie endete damit, dass sie ihm den Penis abschnitten und ihn daran qualvoll ersticken ließen. Danach reichte es, mithilfe seiner Zugangsdaten größere Summen Geld auf ausländische Konten umzuleiten, die sie eröffnet hatten, und aus dem Iran zu fliehen.

Kurze Zeit später schlug die Geburtsstunde von Legion.

Der Pfad wurde breiter. Cyrah ging in die Hocke und arbeitete sich zu einem Aussichtspunkt oberhalb der Lichtung vor, auf der sie ihren Mietwagen geparkt hatte. Die Warnungen des Wanderführers vor kriminellen Aktivitäten erwiesen sich als zutreffend. Sie war davon ausgegangen, sobald die Kletterer dem Gebiet den Rücken kehrten, taten es ihnen die Verbrecher gleich, die sie von dort vertrieben hatten. Man durfte jedoch nie die Hartnäckigkeit des kriminellen Elements unterschätzen. Gerade sie hätte das wissen müssen.

Es schien, dass ihr akutes Problem lediglich aus zwei Männern bestand, die Jeans und zerlumpte T-Shirts trugen. Beide liefen trotz der kühlen Temperaturen in Flip-Flops herum, aber sie schienen sich damit wieselflink bewegen zu können. Sie waren mit einem abgehalfterten weißen Lieferwagen mit Rostflecken gekommen und wirkten auf den ersten Blick unbewaffnet.

Wie es in dieser Gegend üblich war, ließ sie das Auto unverschlossen und das Handschuhfach offen, um zu demonstrieren, dass es nichts zu holen gab. Trotzdem hatten die beiden Gauner beschlossen, eine gründliche Durchsuchung des Wagens vorzunehmen. Damit konnte sie leben, solange sie schnell damit fertig wurden und sich vom Acker machten. Andernfalls blieb ihr nichts anderes übrig, als gewisse Maßnahmen zu ergreifen.

Cyrah holte eine SIG Sauer P226 aus dem Rucksack und schraubte einen Octane-9-Schalldämpfer auf. Mit dem Zielfernrohr verfolgte sie einen der Kerle, als er sich auf den Weg zurück zum Lieferwagen machte. Sein Begleiter klappte unterdessen die Motorhaube ihres Fahrzeugs hoch.

Ein intensives Glühen durchzog die Wolkendecke im Westen, dunstige Schatten fielen auf die Lichtung. Die nahende Dunkelheit hätte nach ihrer Einschätzung jeden unerwünschten Besucher fernhalten müssen, doch wie sich jetzt zeigte, lag sie damit falsch. Blieb die Frage, was sie gegen diese Kleinganoven unternahm.

Wie so oft im Leben gab es keine guten Optionen. Sie hätte einfach dasitzen und zusehen können, wie die Männer ihr Auto ausräumten, was unweigerlich zum Kontakt mit der Polizei und endlosen Problemen mit Avis führte. Ihre falsche Identität und ihr Ausweis hielten wahrscheinlich sogar einer genaueren Überprüfung stand, aber so ein Vorfall rückte sie zu sehr ins Licht der Öffentlichkeit, kostete Zeit und beeinträchtigte ihre Möglichkeiten, das Land notfalls schnell zu verlassen. Andererseits barg ein aggressiverer Umgang mit der Situation ganz eigene Risiken und Problematiken.

Wofür sollte sie sich entscheiden?

Als der Mann vom Lieferwagen zurückkehrte, mit einem Schraubenschlüssel in der einen und einer Kiste voller Werkzeug in der anderen Hand, zielte sie vorsichtig und gab einen einzelnen Schuss ab. Die SIG ruckte, und trotz Schalldämpfer erzeugte die Waffe so viel Lärm, dass der andere, der sich über die Motorhaube gebeugt hatte, aufblickte. Das metallische Klappern, mit dem seinem Komplizen die Kiste aus der Hand fiel, sorgte dafür, dass er sich zu ihm umdrehte. Cyrah wartete, bis er ein optimales Ziel bot, bevor sie einen weiteren Schuss abfeuerte. Sofort sackte der Zweite zusammen und verschwand hinter der vorderen Stoßstange.

Nach einem fünfminütigen Abstieg hatte sie die Lichtung erreicht und zuckte zusammen. Beide Schüsse waren perfekt platziert und hatten blitzsaubere Einschusslöcher in die Körpermitte ihrer beiden Opfer gestanzt. Es erweckte exakt den Eindruck, den sie unbedingt vermeiden wollte: die Meisterleistung eines perfektionistischen Profikillers. Minimaler Munitionseinsatz, minimales Chaos, maximale Effizienz. Die Macht der Gewohnheit und im Nachhinein betrachtet nicht das, was sie brauchte.

Cyrah entleerte ihr Magazin wahllos in die beiden Männer, war aber nach wie vor nicht ganz zufrieden mit dem Ergebnis. Sie durfte absolut keinen Zweifel aufkommen lassen, dass es sich hierbei um das Resultat von Bandenrivalität oder Revierstreitigkeiten handelte. Wenn jemand über den Umstand stolperte, dass sich eine rehäugige junge Frau mit Grübchen in der Gegend aufgehalten hatte, musste allein schon der Gedanke, dass sie etwas mit dieser Hinrichtung zu tun hatte, lächerlich wirken.

Sie ging zum hinteren Teil des Lieferwagens und musterte das Durcheinander von Autoteilen, alten Möbeln und Landschaftsbauzubehör. Eine rostige Axt lehnte an einem der Radkästen. Sie griff danach, um das Gewicht in den Händen zu testen. Es hieß zwar, Diamanten seien der beste Freund eines Mädchens, aber in manchen Fällen traf das auf eine scharfe, schwere Klinge mindestens genauso zu.

Cyrah stellte ihren Rucksack auf dem Boden ab. Darin befand sich ein Liter Wasser, aufgrund der kühlen Temperaturen bisher noch unangetastet. Ausreichend für eine improvisierte, wenn auch etwas kalte Dusche. Sie schob ein frisches Magazin in die Pistole für den Fall, dass sie ungebetenen Besuch erhielt, und zog sich aus. Sobald sie völlig nackt war und ihre Kleidung ordentlich gefaltet auf einem Felsen lag, griff sie zur Axt und näherte sich damit der nächstgelegenen Leiche. Dabei spukte ihr ein Gedanke durch den Hinterkopf. Eine vage Erinnerung an einen Dokumentarfilm über eine amerikanische Frau aus der viktorianischen Ära.

Wie war noch gleich ihr Name gewesen?

Er fiel ihr wieder ein, als sie vor dem hemdlosen Mann stehen blieb und die Klinge hob. Lizzie Borden. Ganz genau. Eine beeindruckende Frau, ihrer Zeit weit voraus.

26

WEISSES HAUS
WASHINGTON, D. C.

Darren Hargrave nahm den angestammten Platz neben dem Präsidenten ein, während Stephen Wright, der Direktor des Secret Service, sich auf der anderen Seite des Couchtischs niederließ. Sam Hutchinson, der politische Chefstratege der Regierung, hielt etwas mehr Abstand, aber interessanterweise nicht so viel wie Catherine. Es nahmen zu viele Personen an der Sitzung teil, als dass sie sich vollkommen hätte zurückziehen können. Dennoch entschied sie sich für den Stuhl, der am weitesten entfernt von ihrem Mann stand. Am weitesten von der Macht, wie Hargrave mit einem Anflug von Lächeln feststellte.

»Der Hauptveranstaltungsort wird also nur ein paar Hundert Menschen fassen«, fuhr Hutchinson fort. »Allesamt begeisterte Unterstützer, die für die nötige positive Stimmung sorgen.«

»Und der Rest?«, fragte Cook.

»Weitere 10.000 an verschiedenen Locations in der Hauptstadt und dem Rest des Landes. Alle tragen so ein Ding.« Er reichte dem Präsidenten eine Virtual-Reality-Brille. »Damit wird jedem Teilnehmer, egal wo er sich gerade aufhält, die Illusion vermittelt, drei Reihen vor Ihnen zu sitzen.«

»Und das ist etwas anderes, als einfach nur auf einen Bildschirm zu starren?«

»Gar kein Vergleich. Wenn man den Kopf dreht, folgt die Kamera der Bewegung. Man kann den Saal aus sämtlichen Blickwinkeln betrachten. Und wenn man sich im Publikum umschaut, gewinnt man den Eindruck, das Erlebnis mit einem sehr exklusiven und erlesenen Publikum zu teilen. Ich garantiere Ihnen, dass sich jeder zu 100 Prozent so fühlen wird, als wäre er live dabei.«

Cook wirkte skeptisch, als er das Gerät zurückgab. »Ich verstehe, dass es das Beste ist, was wir im Moment hinbekommen, aber ich bezweifle, dass das auf lange Sicht funktioniert. Politik war schon immer ein persönliches Geschäft.«

»Ich verstehe, Sir, aber glauben Sie mir, wenn ich Ihnen versichere, dass wir gerade erst an der Oberfläche dieser Technologie kratzen. Sie hat das Potenzial, die Möglichkeit, mit Ihren Wählern in Kontakt zu treten, *massiv* zu verbessern. In Zukunft werden wir in der Lage sein, Ihr Gesicht digital auf das eines anderen Redners zu montieren und seine Stimme durch Ihre zu ersetzen. Das ermöglicht virtuelle Auftritte selbst in kleinen Ortschaften, für die Sie sonst keine Zeit fänden. Ihre Unterstützer werden das Gefühl bekommen, einen direkten Zugang zu Ihnen zu erhalten.«

»Ich sehe auch ein großes Potenzial in Bezug auf die Sicherheit«, warf Wright ein. »Wir können diese Auftritte so inszenieren, dass niemand weiß, wo Sie sich zum betreffenden Zeitpunkt tatsächlich aufhalten. Zum Beispiel könnten wir ein virtuelles Bodydouble nach Camp David schicken, während Sie in Wirklichkeit hier sind.«

»Ich fürchte nur, von solchen Spielchen wird die Presse früher oder später Wind bekommen.«

»Möglich, aber wir halten das Risiko für gering«, meinte Hutchinson. »Die Technologie ist so ausgereift, dass selbst Experten keine Anhaltspunkte für ihre Verwendung erkennen. Außerdem können wir behaupten, dass wir auf Wunsch des Geheimdienstes auf künstlich generierte Hintergründe zurückgreifen. Ich glaube kaum, dass Ihnen das jemand verübeln wird.«

»Aber jemand wird die Zuschauer fotografieren«, gab Catherine zu bedenken. »Tausende von Menschen mit Virtual-Reality-Brillen. Das Ganze wirkt dann sicher wie eine Szene aus einem uralten Science-Fiction-Streifen.«

»Ich verstehe, worauf Sie hinauswollen, Ma'am, aber ich kann Ihnen versichern, dass so etwas gerade bei der jüngeren Bevölkerung sehr gut ankommt. Umfragen zeigen, dass sich diese Generation für die Lösung ziemlich aller Probleme auf moderne Technik verlässt. Zu dokumentieren, dass der Präsident souverän damit umgeht, wird sein Image positiv beeinflussen. Spätestens dann, wenn ältere, weniger technikaffine Bevölkerungsgruppen aussterben.«

»Okay«, schaltete sich Cook ein, der allmählich das Interesse an dem Thema verlor. »Wir werden es ausprobieren und sehen, wie es läuft. Falls es für katastrophale Publicity sorgt, steuern wir entsprechend um. Danke, Sam.«

Der Chefstratege stand auf und zog sich mit einem respektvollen Kopfnicken aus dem Oval Office zurück. Der Präsident wartete, bis sich die Tür hinter ihm geschlossen hatte, bevor er weitersprach.

»Sind Sie sicher, dass Sie für die Sicherheit dieser Veranstaltung garantieren können, Steve?«

»Ja, Sir. Wir haben zwar etliche Leute, die als Sympathisanten von Kennedy und Rapp galten, aus dem Beschäftigungsverhältnis entlassen, aber es steht genug loyaler Ersatz bereit, um die Lücken zu schließen. Außerdem wird bis zur letzten Minute so gut wie niemand wissen, an welcher der geplanten Locations Sie auf der Bühne stehen, was die Koordination eines Angriffs nahezu unmöglich macht. Vor allem wenn jemand mit begrenzter Manpower agiert.«

»Ich gehe davon aus, dass es noch keine konkreten Erkenntnisse gibt, wo sich Rapp oder Coleman aufhält?«

»Coleman ist gerade wieder in seinem Haus in Griechenland aufgetaucht. Wir haben Leute auf seine Beschattung angesetzt«, antwortete Hargrave. »Rapp ist zu Nicholas Wards Anwesen in Uganda geflogen, nachdem er Südafrika den Rücken gekehrt hat. Unseres Wissens ist er seitdem dortgeblieben.«

»Unseres Wissens«, wiederholte Cook. »Vergessen Sie nicht, dass eine der Bedingungen unseres Waffenstillstands mit ihm lautet, dass er sich offen zeigt.«

»Ja, Sir. Ich stimme Ihnen zu, dass die Zeit, die er auf Wards Grund und Boden verbringt, diesbezüglich nicht unproblematisch ist. Wir müssen uns auf ein paar sinnvolle Überwachungsprotokolle einigen, aber nach allem, was vorgefallen ist, hielt ich es nicht für sinnvoll, direkt darauf zu drängen. In ein oder zwei Tagen sollten wir diesbezüglich bei ihm vorstellig werden.«

»Okay«, sagte Cook. »Steve, wenn Sie sonst nichts mehr haben, können Sie gehen. Ich weiß, dass Ihr Schreibtisch randvoll mit Arbeit ist.«

»Danke, Sir.«

Wieder wartete der Präsident, bis die Tür vollständig geschlossen war, ehe er das Wort ergriff. »Ich bin nicht besonders glücklich, Darren.«

»Gibt es einen konkreten Grund, Sir?«

»Enzo Ruiz.«

»Ruiz war schwer krank und über 90. Er starb am helllichten Tag, umgeben von Wachen, die alle davon überzeugt sind, dass sein Herz versagt hat. Eine erste Untersuchung durch den Gerichtsmediziner bestätigt das.«

»Aber ohne Rapp im Blick zu haben, können wir nicht ausschließen, dass er dahintersteckt. Wer sagt, dass er sich nicht von Wards Anwesen geschlichen hat, nach Spanien geflogen ist, um Ruiz zu verhören, und dabei von dem Dossier erfuhr, das wir ihm geschickt haben?«

»Alles ist *möglich*«, stimmte Hargrave zu. »Aber plausibel? Sie reden hier davon, dass Rapp aufgrund eines Angriffs von Gustavo Marroqui einen Feldzug zur Auslöschung von Claudia Goulds Feinden eingeleitet hat. Dann spaziert er einfach auf ein bewachtes Grundstück und entlockt einem skrupellosen Drogenbaron Informationen, der in seiner Verfassung keiner Art von körperlichem Druck standhalten würde? Und als wäre das nicht weit hergeholt genug, bringt er den Mann auf eine Weise um, die sowohl seine Sicherheitsleute als auch die Behörden irreführt.«

Cook lehnte sich zurück und verschränkte die Arme vor der Brust. »Ich stimme zu, dass es unwahrscheinlich ist, Darren. Aber ich möchte sicherstellen, dass wir nichts als selbstverständlich voraussetzen. Wenn es um Rapp geht, sind Mutmaßungen ein Luxus, den wir uns nicht leisten können.«

Hargrave nickte schweigend und zögerte, mehr zu sagen. Tatsächlich war Rapps Beteiligung am Tod von Enzo Ruiz nicht so weit hergeholt, wie es Cook hinstellte. Nach jüngsten Informationen war ein weiterer von Claudias Feinden – ein tschechischer Attentäter namens Josef Svoboda – bei einem Unfall ums Leben gekommen. Zumindest sprachen die Behörden von einem Unfall. Ein beunruhigender Zufall, der den Präsidenten aber zu diesem Zeitpunkt nicht zu interessieren brauchte. Es hätte sein Vertrauen in die CIA nachhaltig erschüttert. Das galt es unter allen Umständen zu verhindern. Der Bann, den seine Frau über ihn ausübte, wurde zwar schwächer, war aber noch nicht gebrochen. Solange sie in der Lage war, solche Informationen als Waffe einzusetzen, durfte nichts davon an ihre Ohren dringen.

»Aber Ihr Plan droht zu scheitern«, erklärte die First Lady. »Es ging darum, Rapp aus dem Gleichgewicht zu bringen und anderweitig zu beschäftigen. Wie soll das Abkommen mit den Legion-Söldnern das bewerkstelligen, wenn er gar nichts davon weiß?«

Hargrave grinste. »Ganz im Gegenteil. Die Situation könnte kaum perfekter sein.«

Als er die subtile Veränderung in Mimik und Körpersprache der Präsidentengattin bemerkte, lief es ihm eiskalt den Rücken hinunter. In die herablassende Art und Feindseligkeit ihm gegenüber mischte sich Angst. Sie merkte, dass ihr die Möglichkeit entglitt, ihren Mann nach Belieben zu manipulieren und für ihre Zwecke zu benutzen, weil Anthony Cook anfing, sie zu durchschauen.

»Perfekt?«, fragte der Präsident. »Inwiefern?«

»Wir werden Rapp warnen, dass uns Gerüchte zu Ohren gekommen sind, wonach Legion den Auftrag erhalten hat, Claudia Gould zu töten. Das funktioniert auf jeder Ebene für uns. Es wirkt nicht nur wie ein Akt des guten Willens von unserer Seite …«

»Es wird ihn in Panik versetzen«, unterbrach Cook die Ausführungen von Hargrave. »Auf einmal hat er es nicht mehr mit einem Haufen inkompetenter Vollstrecker eines Drogenkartells zu tun, sondern mit einem der erfolgreichsten und gnadenlosesten Killer der Welt.«

»Ganz genau. Und sobald Claudia umkommt – was mit ziemlicher Sicherheit geschehen wird –, verbringt Rapp den Rest seines Lebens damit, Legion ausfindig zu machen und sich an ihnen zu rächen. Früher oder später macht er sich dadurch angreifbar und wir werden der Sache ein für alle Mal ein Ende setzen.«

Nachdem Hargrave endlich gegangen war, blieb Catherine allein mit ihrem Mann im Oval Office zurück. Sie beobachtete ihn und hatte zum ersten Mal in ihrem Leben nicht den Hauch einer Ahnung, was ihm durch den Kopf ging. Mit jedem Tag war sie mehr davon überzeugt, dass er Mitch Rapp in so gut wie jeder Hinsicht falsch einschätzte. Das galt vor allem für sein Beharren darauf, dass Rapp nicht vorhatte, sich an den Waffenstillstand zu halten, und für die Unterstellung, er sei ein leicht manipulierbarer, rein von Instinkt und Wut getriebener Schlägertyp. In diesem Fall wäre jemand in seiner Position längst unter der Erde gelandet.

Ferner machte ihr Sorgen, wie Hargrave die Möglichkeit herunterspielte, dass Rapp die Existenz des Dossiers über Claudia Gould zu Ohren gekommen war. Es wäre ein Leichtes für Claudia, ihre noch lebenden Feinde zu identifizieren und ausfindig zu machen. Anschließend konnte Rapp sie entweder töten – wie eventuell im Fall von Enzo Ruiz geschehen – oder durch Drohungen auf seine Seite ziehen. Solche Menschen verspürten nicht nur einen immensen Drang, sich zu rächen, sondern verfügten über einen im gleichen Maße gesteigerten Überlebensinstinkt. Sich Mitch Rapp zu widersetzen war quasi der Garant für einen frühzeitigen Tod.

Und schließlich erschien ihr die Annahme, dass Rapp nach Claudias Ableben von Legion besessen sein würde, zu optimistisch. Verschwendete ein Mann wie er überhaupt einen zweiten Gedanken an Legion? Persönliche Befindlichkeiten spielten keine Rolle. Es handelte sich bloß um ein Unternehmen, das eine Dienstleistung gegen Bezahlung anbot. Für viel wahrscheinlicher hielt sie, dass Rapp seine beträchtlichen Energien und Ressourcen darauf konzentrierte, in Erfahrung zu bringen, wer den Scheck ausgestellt hatte. Technisch betrachtet Enzo Ruiz, aber gab er sich damit zufrieden? Oder wühlte er tiefer, bis er auf die Verbindung zu ihnen stieß?

Sie blinzelte in das Sonnenlicht, das durch die Fenster einfiel, und zu der Gestalt, die sich in den Scheiben spiegelte. Ihr Mann war kein brillanter Geist im klassischen Wortsinn, aber definitiv auch kein Dummkopf. Neben seiner Gabe, mit dem einfachen Volk in Kontakt zu treten, hatte er immer ein natürliches Gespür dafür besessen, wem man vertraute, wen man ins eigene Boot holte und wen man besser kaltstellte. Inzwischen schien er jede Aussage von Darren Hargrave unkritisch nachzubeten. Er war so verzweifelt auf der Suche nach Schutz vor Mitch Rapp, dass er sich selbst einredete, Hargrave sei in der Lage, ihm diesen Schutz zu bieten.

Wie wollte ein Mann, der so von Zweifeln und Ängsten zerfressen wurde, eine zweite Amtszeit im Weißen Haus erlangen? Realistisch betrachtet brauchten sie vier volle Amtszeiten, um sich den Platz an den Schalthebeln der Macht auf unbestimmte Zeit zu sichern. Eine Niederlage bei der Wiederwahl besiegelte das Ende all ihrer Träume.

»Es läuft nicht gut«, sagte sie schließlich.

»Wir werden Rapp finden.«

»Ich spreche nicht von Rapp, Tony. Ich spreche von deinen Umfragewerten. Du wirkst schwach und ineffektiv auf die Wähler. Wir haben nicht mit einem ehrgeizigen

Maßnahmenpaket kandidiert, sondern allein auf die Kraft deiner Persönlichkeit gesetzt. Auf deine Fähigkeit, den Menschen das Gefühl zu geben, ihnen Macht und eine Stimme zu verleihen. Je länger du dich hinter diesen Mauern verschanzt, desto weniger bleibt davon übrig.«

»Ich weiß, dass du nicht viel von dem hältst, was Sam auf die Beine stellt, aber ich halte es für einen Schritt in die richtige Richtung.«

»Da stimme ich dir zu. Aber es kann nicht der *einzige* Schritt sein. Du bist nicht einmal mehr in den sozialen Medien präsent. Du überlässt es Leuten, die nicht die nötige Autorität vermitteln, faden Regierungsjargon zu verbreiten. Deine Gabe besteht darin, instinktiv zu erkennen, was die Menschen wollen, und es ihnen zu geben. Du darfst nicht zulassen, dass deine Angst vor Mitch Rapp dir diese Gabe nimmt. Wir treffen bei den nächsten Wahlen auf ein paar potenziell starke Gegner …«

»Ich kann nicht gewinnen, wenn ich tot bin.«

»Du unterstellst, dass Rapp seine Impulse nicht kontrollieren kann. Ich glaube, das kann er. Was würdest du tun, wenn er einfach nach Amerika zurückkehrt? Ich befürchte, du würdest dich im Bunker des Weißen Hauses verschanzen, bis du die Wahl verloren hast. Dann hätte er dich genau da, wo er dich haben will. Hätte es Rapp wirklich auf dich abgesehen – und Darren und du, ihr tut momentan alles, um dafür zu sorgen –, wäre dein Talent, dich an der Macht zu halten, deine beste Verteidigung.«

Er hörte auf, im Raum auf und ab zu gehen, und sah sie an. »Wenn er mich ausschaltet, wirst du vermutlich meinen Posten übernehmen.«

Sie konnte nicht beurteilen, ob es ein Vorwurf oder eine nüchterne Feststellung war. Auf jeden Fall war es eine ziemlich naheliegende und banale Aussage, die keine Antwort verdiente. Seine Ermordung verhalf ihr mit an Sicherheit grenzender Wahrscheinlichkeit dazu, selbst Präsidentin zu werden. Wesentlich schwieriger wurde es, falls er überlebte und bei der nächsten Wahl scheiterte.

Wenn ihr Mann darauf bestand, sich selbst zu zerstören, war sie dann verpflichtet, mit ihm unterzugehen? Alles aufzugeben, wofür sie so hart gearbeitet hatte, wegen seiner Feigheit und seiner Fehleinschätzungen? Ihre Beziehung beruhte im Wesentlichen auf Bequemlichkeit und der gemeinsamen Vision. Jedem von ihnen kam eine spezielle Rolle bei der Umsetzung dieser Vision zu. Konnte sie sich noch darauf verlassen, dass er seine Rolle erfüllte? Was für eine Ironie, dass sie inzwischen befürchten musste, seine Wahl zum Präsidenten der Vereinigten Staaten könnte die Strategie zur Anhäufung von Macht letztlich zum Scheitern bringen.

»Das ist nicht der Plan, Tony. Und du wirst nicht sterben. In diesem Moment bist du besser geschützt als jeder andere amerikanische Präsident der Geschichte. Mitch Rapp ist ein talentierter Killer, aber er ist kein Racheengel. Er kann nicht durch Wände gehen oder sich an zwei Orten gleichzeitig aufhalten.«

Cook antwortete nicht. Er drehte ihr den Rücken zu und starrte aus dem Fenster.

27

IM SÜDWESTEN VON UGANDA

Rapp sprang aus dem Hubschrauber, schulterte den Seesack und rannte geduckt durch den aufgewirbelten Staub. Claudia wartete in sicherem Abstand im Licht der Dämmerung auf ihn, sonst war niemand zu sehen.

Als der Drehflügler in die Luft stieg, drängte sich Rapp unweigerlich die Frage auf, wie lange Nick Ward ihnen noch Unterschlupf auf seinem Anwesen in Uganda gewährte. Im Moment hielt der Billionär sich in den USA auf und erwehrte sich zahlreicher Klagen und Ermittlungen der Börsenaufsicht in Zusammenhang mit dem Täuschungsmanöver, das ihm das Leben gerettet hatte. Nach seiner Rückkehr verspürte er möglicherweise wenig Lust, Menschen in seiner Nähe zu dulden, die von einem Präsidenten ins Visier genommen wurden, der ihm ohnehin das Leben schwer machte.

»Ich habe gelesen, dass Enzo Ruiz kürzlich eines natürlichen Todes gestorben ist«, sagte Claudia anstelle einer Begrüßung.

»Ein Jammer, nicht wahr?«

»Gibt es Spuren, die ich für dich beseitigen muss?«

»Nein. Jordi Cardenas kümmert sich um die Zeugen und Ermittler. Niemand hat Grund, in dieser Angelegenheit unnötig Staub aufzuwirbeln. Was ist mit Svoboda?«

»Du hast es nicht gesehen?«, fragte sie, zückte ihr Handy und scrollte kurz, bevor sie es ihm reichte.

Auf dem Display prangte das Cover einer Boulevardzeitung in tschechischer Sprache. Das Foto eines Mannes, der in der Suite eines Nobelhotels an einer Schlinge von der Decke baumelte, nahm fast die gesamte Seite ein. Sein Gesicht wies ein ungesundes Lila auf. Mit Ausnahme der Boxershorts, die um die Knöchel hingen, war er nackt. Ein wenig strategische Unschärfe bemühte sich vergeblich, die Aufnahme etwas weniger reißerisch zu gestalten.

»Autoerotischer Erstickungstod?« Rapp reichte ihr das Gerät zurück.

»Scott hielt es für passend.«

Er nickte zustimmend. »Probleme mit den Cops?«

»Nein. Alle sind so froh, dass er endlich weg ist, dass die Polizei seinen Tod bereits als Unfall eingestuft und den Fall zu den Akten gelegt hat.«

»Wo sind unsere Leute?«

»Scott ist zu Hause in Griechenland, Bruno zum Angeln nach Neuseeland geflogen. Wick hält sich in seinem Haus in Wyoming auf, Mas in Virginia.«

Rapp mochte es nicht besonders, wenn seine Ressourcen in alle Himmelsrichtungen verstreut waren, aber unter den gegebenen Umständen zog er sogar vor, sie nicht am selben Ort zu wissen.

»Was ist mit Irene? Ist sie noch hier?«

»Ist sie.«

»Kannst du sie bitten, im Bungalow vorbeizuschauen? Wir müssen reden.«

Die weitläufige Terrasse lag noch im Schatten und klammerte sich an die morgendliche Kälte. Anna schlief in ihrem Zimmer. Rapp entzündete ein Feuer und zog ein paar Stühle heran. Claudia erschien gerade mit zwei Tassen dampfendem Kaffee, als Irene mit ihrer üblichen Tasse Tee den gepflasterten Weg entlangkam. Rapp drückte der früheren CIA-Chefin einen Kuss auf die Wange, bevor er ihr einen Stuhl anbot.

»Klingt, als wäre alles glatt gelaufen.« Sie rückte etwas näher an die Flammen heran.

»Ruiz ist tot, aber das löst nicht so viele Probleme, wie wir gehofft haben.« Rapp reichte ihr die E-Mails, die der alte Mann ausgedruckt hatte. Er beobachtete, wie sie sie durchblätterte, wobei sich ihr Mund um eine Nuance verzog, die jedem, der sie nicht seit Jahrzehnten kannte, entgangen wäre. Er erkannte sofort, was sie von dem Ganzen hielt: Die Kacke war sprichwörtlich am Dampfen.

Kennedy ließ die Zettel fallen und starrte stumm geradeaus, als ob sie alles um sich herum ausblendete. Anscheinend war er der Einzige, der sich bisher nicht mit der nächsten Generation von Auftragskillern auseinandergesetzt hatte. Alle anderen schien die bloße Erwähnung von Legion mit der Wucht eines Schlagrings zu treffen.

Schließlich setzte sie ihre Lesebrille ab und rieb sich mit Daumen und Zeigefinger die Augen. »Ich denke, es gibt keinen Grund, etwas zu beschönigen. Das ist ein Worst-Case-Szenario für uns. Nicht nur wegen des Rufs von Legion, sondern auch, weil wir jetzt so gut wie sicher sein können, dass das Dossier nicht bei einer der Personen gelandet ist, die wir auf unsere Seite gezogen haben.«

Claudia nickte. »Wenn Legion einmal einen Kontrakt angenommen hat, kann man sie nicht mehr stoppen. Wenn die Cooks mich in tödliche Gefahr bringen und Mitch beschäftigen wollten, haben sie ihr Ziel definitiv erreicht.«

»Kannst du diese E-Mails zu ihrem Empfänger zurückverfolgen, Irene?«, wollte Rapp wissen.

»Unmöglich. Legion ist ein bisschen wie Gustavo Marroqui. Jeder Geheimdienst der Welt hat versucht, an sie heranzukommen, und alle sind gescheitert.«

»Sie?«

»Wir vermuten, dass es sich um ein Team handelt. Wenn ich raten soll: drei Personen. Zwei wären zu wenig, um die Attentate auszuführen, die wir auf ihrem Konto verbuchen, und vier täten sich schwer damit, die absolute Diskretion zu gewährleisten, auf die sie so großen Wert legen.«

»Ruiz hat also die Wahrheit gesagt. Es sind wirklich Phantome.«

»Bis ich diese E-Mails vor einer Minute gelesen habe, hätte ich nicht mit 100-prozentiger Sicherheit bestätigt, dass Legion überhaupt existiert. Bei ihren Kills deutet alles auf Unfälle oder natürliche Todesursachen hin. So clever, wie sie sich anstellen, kann man es nicht zweifelsfrei ausschließen.«

»Das war's also? Das ist alles, was wir haben?«

»Ich denke, wir können gewisse Mutmaßungen anstellen, die ein wenig weiter gehen. Wie ich schon sagte, handelt es sich wahrscheinlich nicht um eine Einzelperson, sondern um ein kleines Team. So gut ausgebildet, dass man mit an Sicherheit grenzender Wahrscheinlichkeit unterstellen kann, dass sie früher in Diensten einer Regierung standen.«

»Oder es ist weiterhin der Fall.«

»Unwahrscheinlich, weil die Leute, die sie angeblich getötet haben, so unterschiedlich sind. Kriminelle, Schwergewichte aus der Finanzwelt, ein paar politische Akteure, zwischen denen sich keinerlei Verbindung herstellen lässt …«

»Wenn sie von einer Regierung ausgebildet wurden, lässt es sich eingrenzen«, meinte er. »Wahrscheinlich keine von denen, mit denen wir regelmäßig kooperieren. Meine Favoriten wären die Russen oder die Iraner. Chinesen und Nordkoreaner könnten zwar Leute auf diesem Niveau ausbilden, aber bei ihnen halte ich es für schwer vorstellbar, dass sie jemals die Kontrolle über ihre Schützlinge verlieren. Auch die Syrer kommen mir in den Sinn, aber das scheint mir fast zu weit hergeholt.«

»Pure Spekulation«, sagte Claudia. »Und vage noch dazu.«

»Völlig richtig«, antwortete Rapp. »Wie kommen wir zu etwas Handfesterem?«

Die Frage wurde mit Schweigen quittiert. Schließlich stand Kennedy auf. »Lass mich ein bisschen darüber nachdenken. Wir treffen uns heute Nachmittag wieder. In der Zwischenzeit halte ich es für sinnvoll, die Sicherheitsmaßnahmen auf dem Gelände einer genaueren Überprüfung zu unterziehen.«

»Einverstanden«, sagte Rapp. »Scott hat eher mit konventionellen Angriffen gerechnet, aber das scheint mir nicht die typische Handschrift von Legion zu sein.«

Kennedy streckte die Hand aus und verabschiedete sich von Claudia, bevor sie sich auf den Weg zu ihrem Bungalow machte. Kaum war sie hinter den Bäumen verschwunden, stand Claudia abrupt auf und verkündete, einen Spaziergang machen zu wollen.

»Willst du, dass ich dich begleite?«

»Lieb von dir, aber ich brauche etwas Zeit zum Nachdenken.«

Und damit ließ sie ihn allein.

Es dauerte mehr als 30 Minuten, bis Claudia zurückkehrte und ihn genau dort vorfand, wo sie ihn zurückgelassen hatte. Anna schlief noch und es gab nicht viel zu tun außer dazusitzen und nachzudenken – vor allem über spektakulär schmerzhafte Möglichkeiten, Anthony Cook den Hals umzudrehen. Aber das waren bloß Hirngespinste. Man konnte über den Mistkerl sagen, was man wollte, sein verdrehter Plan funktionierte. Rapp verfügte weder über die nötige Zeit noch über Ressourcen, sich mit ihm zu beschäftigen. Sein gesamter Kosmos hatte sich auf ein einziges Ziel verengt: die Neutralisierung der von Legion ausgehenden Bedrohung.

Sie blieb ein paar Meter vor ihm im Gegenlicht der Morgensonne stehen. Rapp blinzelte zu ihr hoch und bemerkte einen Ausdruck von Entschlossenheit, der das Glitzern der Tränen überstrahlte, die auf ihren Wangen trockneten.

»Ich habe dir etwas zu sagen, Mitch. Lass mich bitte ausreden und unterbrich mich nicht.«

Er nickte stumm.

»Ich bin so gut wie tot.«

Rapp schickte sich an, die Vereinbarung zu brechen. Er klappte den Mund auf und wollte entschieden widersprechen, wurde aber von ihrer erhobenen Hand zum Schweigen gebracht.

»Selbst wenn ich hierbleibe, wird Legion mich irgendwann erwischen. Vielleicht dauert es ein Jahr. Vielleicht dauert es auch zehn. Oder sie treffen in diesem Moment Vorbereitungen, dass ich beim nächsten Regen von einer Schlammlawine überrollt werde. Und ich weiß, dass du nichts unversucht lassen wirst, um mich zu beschützen, aber selbst du kannst nicht töten, was du nicht siehst.«

Sie atmete langsam ein und aus. Die Ruhe in Person.

»Zweitens weiß ich, dass du dir selbst die Schuld daran gibst. Aber das solltest du lassen. Jeder Tag, an dem ich aufgewacht bin, seitdem das mit deiner Frau passiert ist …« Ihre Stimme stockte. »Jeder einzelne dieser Tage war ein Geschenk für mich. Ich habe in dir endlich die Liebe meines Lebens gefunden und Zeit mit Anna verbringen können, die ich gar nicht verdiene.«

Sie setzte sich so hin, dass sie eher in die Flammen als ihm in die Augen schaute. »Kommen wir zu den nüchternen Fakten. Die gute Nachricht ist, dass bei Operationen von Legion nie Kollateralschäden auftreten. Du und Anna, ihr seid also in Sicherheit. Das Problem ist, dass uns die nötigen

Beweise fehlen, um Irene zu überzeugen, aber wir beide wissen, dass die Cooks dahinterstecken. Wir wissen auch, dass sie niemals Ruhe geben werden. Da sie sich nie völlig in Sicherheit wiegen können, fühlen sie sich erst dann sicher, wenn du tot bist.«

Eine Träne rann über ihr Gesicht und zeichnete eine frische Spur zwischen die getrockneten. »Für den Fall, dass mir etwas zustößt, hatte ich beschlossen, Anna in deiner Obhut zu lassen. Du bist ihr ein so guter Vater geworden, und du brauchst auf deine alten Tage etwas, das dich beschäftigt. Die Wahrheit ist, dass du sie genauso sehr brauchst wie sie dich. Leider ist das nicht länger möglich. Selbst bei Irene oder Scott wäre sie nicht sicher.«

»Claudia …«, startete Rapp einen neuen Anlauf. Wieder brachte sie ihn zum Schweigen.

»Die einzige sinnvolle Lösung, die mir einfällt, ist Maggie Nash. Eine Frau, die bereits vier Kinder hat und vor Kurzem Witwe geworden ist, weil ihr Mann dachte, du willst ihn umbringen.« Sie stieß ein ersticktes Lachen aus. »Da haben wir uns ein tolles Metier ausgesucht, was?«

»Darf ich jetzt etwas sagen?«

»Ja.«

»Du redest, als hätte man bei dir gerade Bauchspeicheldrüsenkrebs diagnostiziert.«

»Nein. Bauchspeicheldrüsenkrebs kann man überleben. Legion hat bisher niemand überlebt.«

»Mich hat auch bisher niemand überlebt. Irene wird eine Möglichkeit finden, diese Schweine aufzuspüren, und dann verpasse ich ihnen eine Kugel. Danach werde ich Anthony Cook mit einem imposanten Staatsbegräbnis verabschieden.«

Sie zog ein Taschentuch hervor und tupfte sich die Augen ab. »Was ist mit Maggie?«

Rapp rutschte unbehaglich auf dem Stuhl herum. Ungewissheit war kein Gefühl, mit dem er sonderlich vertraut war, aber entgegen dem, was viele ihm unterstellten, hatte das nichts mit Arroganz zu tun. Natürlich musste er in Betracht ziehen, dass dieser Kampf womöglich sein letzter sein würde. »Ich stimme zu, dass es keine schlechte Idee wäre, mit ihr zu reden. Nur für den Fall.«

Sie nickte. »Eine letzte Sache noch.«

»Was?«

»Ich will hier weg. Ich möchte, dass wir uns neue Identitäten zulegen, und ich möchte Anna in der Zeit, die mir mit ihr bleibt, die Welt zeigen.«

»Claudia …«

»Versprich es mir.«

Er lehnte sich auf dem Adirondack-Stuhl zurück und atmete tief durch. Ihm blieb keine andere Wahl. »Gut. Versprochen.«

28

Rapp verlangsamte die Schwimmzüge so stark, dass er auf den Grund des Beckens zu sinken drohte. Anna zog ein paar Sekunden später mit ihm gleich und machte ihren Mangel an Technik durch Entschlossenheit wett. Sie schlossen die Bahn fast gleichzeitig ab. Rapp nutzte die längeren Arme, um kurz vor ihr anzuschlagen. Sie stützte sich am Rand ab und schnaufte laut, während er sich nach oben stemmte und an den Beckenrand setzte.

»Du hättest mich fast eingeholt.«

Sie wollte eindeutig zustimmen, bekam aber nicht genug Luft.

Die Sonne senkte sich dem Horizont entgegen und warf lange Schatten, die auf die Fassade von Nicholas Wards Haus fielen. Ein merkwürdiges Konstrukt, dessen Außenwände aus Holzlamellen bestanden. Öffnete man sie, verwandelten sie das Gebäude in eine Art überdachten Innenhof. Rapp lugte hindurch, vorbei an der modernen Kücheninsel und den stilvollen Möbeln zu den Bergen dahinter.

»Deine Arme sind zu lang!«, schimpfte Anna, die endlich genug Luft bekam, um ihren Protest zu äußern. »Du musst kaum schwimmen, sondern bloß die Hände ausstrecken!«

»Ein schlechter Handwerker gibt immer dem Werkzeug die Schuld.«

»Ich weiß nicht mal, was das bedeutet.«

Er zeigte auf den Pool. »Dreh noch eine Runde. Zeig mir, was du draufhast.«

Sie brauchte noch ein paar Sekunden, um vollständig zu Atem zu kommen, dann stieß sie sich trotzig ab.

»Heb den Kopf nicht so weit aus dem Wasser!«, rief Rapp. »Dreh ihn einfach zur Seite, wenn du atmen willst.«

Sie tat ihr Bestes, seine Anweisungen umzusetzen. Er schenkte ihr gerade genug Aufmerksamkeit, damit sie nicht ertrank. Der Rest seiner Gedanken kreiste um Claudia. Wäre sie auch so erpicht darauf gewesen, mit ihm zusammenzukommen, wenn sie gewusst hätte, dass ihn der Präsident der Vereinigten Staaten eines Tages in einen tödlichen Disput verwickelte? Natürlich hätte sie die Frage bejaht, aber stimmte das wirklich? In vielerlei Hinsicht verhielt sich Claudia, als stünde sie durch die Beteiligung am Tod seiner Frau ewig in seiner Schuld. Und jetzt sah es ganz danach aus, dass sie diese Schuld begleichen musste.

Er konnte Enzo Ruiz, Josef Svoboda und jeden anderen ihrer Feinde töten. Er konnte den Präsidenten ausschalten oder sich selbst opfern, um das Ziel von Cooks Besessenheit zu beseitigen. Aber nichts davon änderte etwas daran, dass die tödliche Lunte von Legion entfacht worden war.

»Mitch!«, rief Anna und schlug gegen eins seiner Beine, die im Wasser baumelten.

Er hatte gar nicht mitbekommen, dass sie ihre Runde im Pool erfolgreich beendet hatte.

»Was?«

»Geht es dir gut?«

»Sicher. Warum?«

»Du siehst traurig aus.«

Er schaute auf die Uhr. »Ich bin nicht traurig, nur spät dran. Wir müssen los.«

»Kann ich hierbleiben? Nur noch ein bisschen?«

Er sah sie an und runzelte die Stirn.

»Komm schon, Mitch. Ich verspreche, dass ich nicht ohne dich in den Pool gehe. Ich setz mich einfach auf einen der Stühle, bis ich trocken bin.«

»Versprichst du mir, dass du nicht allein schwimmen gehst?«

Sie grinste. »Ehrenwort!«

»Okay, meinetwegen.«

Er hob sie aus dem Wasser und reichte ihr eins der Handtücher, die neben ihm aufgerollt lagen.

»Kann ich ein Dr. Pepper aus Mr. Wards Kühlschrank haben?«

Er dachte einen Moment lang darüber nach. »Eins. Mehr nicht. Wenn er nach Hause kommt und sein Vorrat alle ist, bekommst du ernsthafte Schwierigkeiten.«

»Er kann sich von seinem Geld doch genug Nachschub kaufen.«

»Anna …«

»Tut mir leid.«

»Und was wirst du schön bleiben lassen, wenn du drinnen bist?«

»In meinem nassen Badeanzug auf den schicken Möbeln sitzen.«

Er stand auf. »Ganz genau.«

»Wo ist Anna?«, fragte Claudia, als er näher kam und sich mit dem mitgenommenen Handtuch die Haare frottierte. Kennedy war bereits eingetroffen und saß im Schatten des Bungalows, um der Nachmittagshitze zu entgehen. Die Tatsache, dass keine Snacks oder Getränke auf dem Tisch standen, bestätigte seinen Eindruck, dass Claudia komplett neben der Spur war.

»Sie wollte eine von Nicks Limos trinken.«

»Aber sie wird nicht unbeaufsichtigt in den Pool springen?«

»Sie musste es mir versprechen«, versicherte er, setzte sich neben sie und warf das Handtuch auf die Treppe. »Ist euch inzwischen etwas eingefallen?«

Keine Reaktion.

»Gar nichts?«

»Ich habe einige Optionen durchgespielt«, erwiderte Kennedy. »Es gibt da etwas, worüber wir vorher sprechen müssen.«

»Und das wäre?«

»Vor etwa einer Stunde erhielt ich einen Anruf von Darren Hargrave.«

»Warum?«

»Zwei Gründe. Erstens pocht er auf ein System, das deine Anwesenheit hier bestätigt. Zweitens hat er mich informiert, dass der Agency Gerüchte zu Ohren gekommen sind, wonach Legion beauftragt wurde, Claudia zu töten.«

Rapp blieb teilnahmslos und fragte sich, was Kennedy davon hielt. Aus nachvollziehbaren Gründen besaß sie eine gewisse Voreingenommenheit, wenn es hieß, gegen das demokratische System in den Krieg zu ziehen, dem sie so lange gedient hatte. Beeinträchtigte das ihr Urteilsvermögen? Es wäre das erste Mal gewesen, nur lebten sie derzeit in einer Welt mit lauter ersten Malen.

»Ich hatte darauf gehofft, dass ein solcher Anruf nie kommt«, fuhr sie fort. »Hargrave weiß nicht, dass Grischa dich kontaktiert hat und dass du Ruiz einen Besuch abgestattet hast. Was ihn angeht, liegt es also in seinem Interesse, dich über die Bedrohung durch Legion in Kenntnis zu setzen.«

»Wenn ich gegen Legion kämpfe, habe ich keine Zeit, mich um seinen Chef zu kümmern. Außerdem erweckt er durch den Anruf den Eindruck, auf meiner Seite zu stehen. Eins muss man ihm lassen: Ohne Grischas Hinweis wären wir vielleicht sogar darauf reingefallen. Ein schlauer Schachzug.«

»Ja«, sagte sie und klang ein wenig niedergeschlagen. »Schlau.«

»Gehe ich recht in der Annahme, dass du nun keine Zweifel mehr daran hast, dass die Cooks in die Sache verwickelt sind?«

»Es gibt keine andere glaubwürdige Erklärung«, musste sie zugeben.

»Dann sollten wir uns dringend um sie kümmern. Ihre Security wird von Tag zu Tag besser.«

»Ich denke, wir sollten uns zuerst um Legion kümmern«, fand Kennedy. »Hinterher können wir immer noch über die Cooks reden.«

»Willst du damit andeuten, dass du eine Lösung gefunden hast?«

»Möglich.«

Rapp winkte ungeduldig. »Ich höre.«

»Es wird dir nicht gefallen.«

»Damit hast du vermutlich recht. Trotzdem möchte ich es hören.«

»Okay. Der entscheidende Faktor ist, dass wir etwas wissen, was vorher keins ihrer Opfer wusste.«

»Und zwar?«, bohrte Claudia nach.

»Wir wissen, dass Legion kommt.«

»Auf keinen Fall.« Rapp schüttelte den Kopf. »Ich weiß, worauf du hinauswillst. Wir werden Claudia nicht als Köder missbrauchen.«

»Das ist meine Entscheidung«, grätschte Claudia dazwischen. »Nicht deine.«

»Niemand muss eine solche Entscheidung treffen«, unterbrach Kennedy. »Das ist nicht, was mir vorschwebt.«

»Sondern?«

Kennedy schob Rapp wortlos ihr Tablet hin. Es zeigte das Foto von Claudia aus dem Dossier, das Grischa Asarow und Enzo Ruiz erhalten hatten. Sie war darauf um einiges jünger, saß in einem Café in Paris und trug eine Sonnenbrille und einen Schal, der einen Teil ihrer Kinnpartie verdeckte. Das Foto war bei ungünstigen Lichtverhältnissen aufgenommen worden, wodurch es leicht grobkörnig wirkte.

»Ich kann dir nicht folgen.«

»Das ist kein sonderlich gutes Bild.«

»Aber sie haben die Adresse, wo ich wohne, und eine detaillierte Aufschlüsselung meines Tagesablaufs«, gab Claudia zu bedenken. »Ich meine, es ist sicher von Vorteil, wenn mehrere hochauflösende Aufnahmen vorliegen, aber in diesem Fall ist es gar nicht notwendig.«

Kennedy zog ein einzelnes Stück Papier aus der Jackentasche. Ein aus ähnlicher Distanz aufgenommenes, leicht unscharfes Foto von Claudia mit derselben Sonnenbrille und demselben Schal, diesmal vor einer Backsteinmauer.

»Das bin nicht ich«, widersprach Claudia.

Rapp beugte sich vor. Nach eingehender Betrachtung musste er ihr zustimmen. Diese Frau war dünner, mit höheren Wangenknochen und blonden Strähnen an der Stelle, wo Claudias Haare mit Photoshop bearbeitet worden waren. Irgendetwas kam ihm an dem teilweise verdeckten Gesicht bekannt vor. Sobald der Groschen gefallen war, schob er den Abzug zurück in Kennedys Richtung.

»Nie im Leben.«

»Wer ist sie?«, fragte Claudia.

Kennedy schien sich zu weigern, den Namen laut auszusprechen, weshalb Rapp es ihr abnahm. »Sadie Hansen. Manchmal auch Sadie Griffith. Oder Hanna Larson. Und Hailey Tolstoi. Habe ich noch einen Decknamen vergessen?«

»Mindestens fünf«, stellte Kennedy nüchtern fest.

Sadie war eine junge, hübsche Psychopathin, die unter manischen Depressionen, möglicherweise einem Hauch von Asperger-Syndrom und zwanghafter Kleptomanie litt. Andererseits verfügte sie über das beste situative Bewusstsein, das Rapp je begegnet war, und schien weder Angst noch Panik zu kennen. Allerdings mehr auf eine lebensmüde denn auf eine mutige Art.

Sadie war britische Staatsangehörige, vom MI6 rekrutiert und rasch wieder fallen gelassen. Die Agency hatte sie vor einer Weile trotz Rapps Einwänden rekrutiert. Er musste sein Urteil revidieren, als sie entscheidend zur Abwendung eines verheerenden Anschlags auf das amerikanische Stromnetz beitrug. Wenn Kennedy ihn aufziehen wollte, behauptete sie, Sadie sei kaum schlechter als ihr anderer, noch berüchtigterer

Rekrut: ein wütender junger Bursche ohne nennenswerte Fähigkeiten namens Mitch Rapp.

»Sadie ist einen Zentimeter größer und etwa drei Kilo leichter als Claudia«, führte Kennedy aus. »Im Moment trägt sie ihr Haar länger und blond, aber es besitzt in etwa die gleiche Struktur, was eine Anpassung problemlos möglich macht. Das gilt auch für ihren Hautton und die Augenfarbe. Außerdem gehört Französisch zu den Sprachen, die sie fließend beherrscht.«

»Nicht zu vergessen, dass sie schizophren ist«, erinnerte Rapp.

»Die Medikamente haben wahre Wunder bewirkt.«

Er holte tief Luft. »Damit ich das richtig verstehe: Du schlägst vor, dass Sadie und ich in das Haus in Südafrika ziehen und sie als Lockvogel für Legion fungiert.«

Kennedy nickte. »Außerdem stellen wir Bebe als deine neue Haushaltshilfe ein.«

Bebe Kincaid war eine weitere Außenseiterin – eine ehemalige FBI-Agentin mit gespenstisch gutem fotografischem Gedächtnis. In Kombination mit der Tatsache, dass sie übergewichtig, mittleren Alters und mit außergewöhnlich unscheinbaren Gesichtszügen gesegnet war, hatte sie sich zur besten Überwacherin der Branche hochgearbeitet. Es gab nur ein Problem: Aufgrund ihrer nicht vorhandenen Fähigkeit, Dinge zu vergessen, fiel es ihr zunehmend schwerer, zwischen aktuellen und länger zurückliegenden Beobachtungen zu unterscheiden. Eine Tatsache, die sie schrittweise in den Wahnsinn trieb.

»Sadie muss im Haus bleiben, nur Bebe darf sich frei bewegen«, vermutete Rapp.

»Ganz genau. Sobald euch jemand beobachtet, kann man sich darauf verlassen, dass sie es mitbekommt.«

»Und Anna?«

»Sie bleibt am besten hier bei Claudia. In Anbetracht des momentanen Zustands des Hauses ist es absolut nachvollziehbar, dass sie die Kleine nicht mit nach Hause nimmt. Wir suggerieren unseren Feinden, dass ihr die Renovierung anstoßt. Keine sichere oder gesunde Umgebung für ein Mädchen in ihrem Alter.«

Claudia, die ungewohnt still geblieben war, meldete sich zu Wort. »Nein. Ich will nicht, dass jemand für mich einspringt. Was, wenn sie getötet wird?«

»Dann zieht Legion weiter«, erklärte Rapp. »Wir hätten zwar immer noch eine Menge Probleme, aber zumindest dieses wäre vom Tisch.«

»Das klingt selbst für deine Verhältnisse verdammt gefühllos«, fand Claudia.

Er zuckte mit den Achseln. »Wir reden hier von Sadie. Ich bezweifle, dass es ihr etwas ausmacht.«

»Darüber brauchen wir nicht zu spekulieren«, sagte Kennedy. »Wir können sie einfach fragen. Claudia, wie wäre es, wenn du das übernimmst? Klär sie über die Risiken auf und frag, ob sie den Job trotzdem übernehmen will. Sie ist eine freie Auftragnehmerin. Wenn sie nicht möchte, lehnt sie ab. Und wenn sie interessiert ist, soll sie uns ihren Preis nennen.«

29

CAPE TOWN INTERNATIONAL AIRPORT
KAPSTADT, SÜDAFRIKA

Rapp lehnte mit dem Rücken an der Wand der Ankunftshalle und beobachtete die vorbeiströmenden Menschen. Einige wurden von Familie und Freunden abgeholt, andere liefen direkt zum Ausgang oder scharten sich vor den Schaltern der Autovermietungen. Bislang war ihm nur ein einziges bekanntes Gesicht aufgefallen – einer der amerikanischen Agenten, die ihn im Auge behielten. Ärgerlich, aber im Grunde gesehen harmlos.

Legion hingegen war nicht so harmlos. Es war fast sicher, dass sie ihn seit der Rückkehr nach Südafrika beschatten ließen, nur von wem? Jemand aus ihrem Team? Mitglieder einer örtlichen Gang? Ein Privatdetektiv? Er hatte keinen blassen Schimmer, ging jedoch davon aus, dass sie bereits einen konkreten Vorstoß planten. Die Wahrscheinlichkeit, dass sie einen Schuss ins Blaue wagten, ging gegen null. Um nicht aufzufliegen, achteten sie strikt darauf, dass ihre Angriffe keinen Verdacht bei den Behörden erregten.

Er war seit drei Tagen zurück, um den restlichen Schutt im Haus zu beseitigen und sämtliche Sanitäranlagen und die Elektrik wieder zum Laufen zu bringen. Außerdem hatte er ein wildes Sammelsurium von Möbeln aus örtlichen Läden zusammengekauft. Das Letzte, was auf seiner Liste stand, war das lästige Klappern der Spülmaschine. Er tippte darauf, dass es sich um eine Kugel handelte, die von den Sprüharmen im Gehäuse herumgewirbelt wurde, war aber bisher nicht fündig geworden.

Das Haus sah nach wie vor nicht besonders hübsch aus, aber immerhin bewohnbar. Es wurde von Stunde zu Stunde etwas gemütlicher. Bebe Kincaid hatte sich am Vortag in einem der Gästezimmer einquartiert und ließ die geballte Wucht ihrer Zwangsneurosen an den Räumlichkeiten aus. Oberflächen wurden penibel geschrubbt, Löcher akribisch zugespachtelt und hastig angeschaffter Schnickschnack mithilfe ihres eingebauten Lineals an den vermeintlich perfekten Platz gestellt.

Rapp runzelte die Stirn, während er die Umgebung des Flughafens durch seine dunkle Sonnenbrille inspizierte. Er wohnte künftig nicht nur mit zwei der durchgeknalltesten Frauen zusammen, die er je getroffen hatte, sondern sie waren auch noch auf exakt entgegengesetzte Weise durchgeknallt. Die eine wanderte gleichgültig durch Kampfsituationen und hatte sie am nächsten Tag bereits vergessen. Die andere zog mit eigenen Messgeräten herum und verfügte über ein fotografisches Gedächtnis.

Er holte das Handy aus der Tasche und tat, als ob er eine längere Liste durchscrollte. Nach einigen weiteren Minuten entdeckte er Sadie in der Flut von Menschen, die von der Gepäckausgabe kamen. Er gab sich nicht sofort zu erkennen, sondern musterte sie aus dem Augenwinkel.

Sie trug die gleiche Sonnenbrille und Marke, die sich Claudia vor einigen Monaten zugelegt hatte. Ihr Haar war exakt identisch geschnitten und koloriert, aber ein Großteil wurde von einem schlaffen Strohhut versteckt. Das locker sitzende Kleid kannte er nicht, es entsprach jedoch eindeutig Claudias Stil – ein dezentes Rot, das bis zur Mitte der Oberschenkel reichte, bevor es auf ein Paar Lederstiefel traf. Noch interessanter war die Tatsache, dass Sadies Gesicht so füllig wirkte, dass es ihre scharfen Wangenknochen kaschierte. Nach allem, was man ihm berichtet hatte, handelte es sich nicht etwa um das Ergebnis eines kosmetischen Eingriffs, sondern um das Resultat einer gezielten Fressattacke mit sechs Big Macs am Tag samt den dazugehörigen Pommes und Milchshakes.

Die Gesamtwirkung war unglaublich. Aus 20 Metern Abstand konnte er sie von Claudia nicht unterscheiden. Allenfalls die Art, wie sie sich bewegte, gab geringfügig Anlass zur Kritik. In dieser Hinsicht hatten sie von Legion allerdings nichts zu befürchten. Die Täuschung war so gut, dass er anfing, Hoffnung zu schöpfen, dass es tatsächlich funktionierte.

Rapp tat übertrieben auffällig so, als hätte er sie gerade erst entdeckt. Er stieß sich von der Wand ab. Wenige Sekunden später lagen sie sich in einer herzlichen Umarmung in den Armen und er zog ihren Rollkoffer hinter sich her. Verrückterweise roch sie sogar wie Claudia.

Sie traten durch die Tür hinaus in die Sonne, wobei Sadie sich so an seine Schulter schmiegte, dass niemand ihre Gesichtszüge genauer erkennen konnte. Auf dem Weg zum Parkplatz plauderte sie angeregt mit einem französischen Akzent, fast identisch mit dem von Claudia. Er antwortete angemessen, stellte vage Fragen über Annas Wohlbefinden und berichtete über seine Fortschritte mit dem Haus.

Wenn Legion dieses Spiel durchschaute, waren sie eindeutig noch aufmerksamer als er.

Cyrah Jafari saß hinter dem Steuer ihres Mietwagens, zwei Reihen von der Stelle entfernt, an der Mitch Burhan seinen kürzlich reparierten gepanzerten Geländewagen abgestellt hatte. Ihm dorthin zu folgen, ohne gesehen zu werden, erwies sich als triviale Angelegenheit, denn sie musste nicht per se *ihm* folgen, sondern sich lediglich an das Team von Amerikanern dranhängen, die ihn keine Sekunde aus den Augen ließen. Warum sie sich so sehr für ihn interessierten, blieb ein Rätsel. Keiner der Männer wirkte wie ein ausgebildeter Operator. Insofern schienen sie denkbar ungeeignet zu sein, ihn anzugreifen oder zu beschützen. Bislang begnügten sie sich mit der Rolle des Beobachters.

Die Polizei hatte mittlerweile offiziell verlautbaren lassen, dass keine Anklage gegen Burhan erhoben wurde, und mit erwartbarer Frauenfeindlichkeit die Theorie geäußert, dass die Guatemalteken hinter ihm und nicht hinter Claudia her gewesen seien. Was könnte eine hübsche kleine Französin schon getan haben, um einen mittelamerikanischen Drogenbaron in Rage zu bringen? Zweifelsohne war sie eine unbeteiligte Zuschauerin, deren Rolle sich darauf beschränkte, hysterische Schreie zu unterdrücken, während sie von ihrem tapferen Mann beschützt wurde.

Was er, zugegebenermaßen, mit beunruhigender Kompetenz getan hatte. Claudia Gould neigte generell dazu, clevere Entscheidungen zu treffen. Vermutlich war es gar nicht so leicht, einen Partner zu finden, der bereit und imstande war, sich mit ihrer dunklen Vergangenheit abzufinden.

Cyrah sank noch ein wenig tiefer in den Ledersitz und atmete tief durch. So viele unbekannte Faktoren. Genau genommen *zu* viele. Sie spürte, wie das Blut durch ihre Adern floss und sich mit einem berauschenden Rinnsal aus Adrenalin vermischte.

Plötzlich verließ einer von Burhans Beobachtern abrupt seine Position am Eingang des Flughafenterminals. Cyrah konzentrierte sich auf den Türbereich. Einen Moment später verwandelte sich das Adrenalinrinnsal in einen tosenden Fluss.

Da ist sie!

Die Rückkehr von Burhan, die rege Betriebsamkeit im Haus und das Auftauchen einer Frau mittleren Alters, die eine Art Hausdame zu sein schien, waren ein ermutigender Anfang, wenn auch alles andere als schlüssig. Nach der Neutralisierung von Marroqui hatte sie erwartet, dass Claudia sich sicher genug fühlte, nach Südafrika zurückzukehren und die Renovierung ihres Hauses selbst in die Hand zu nehmen. Andererseits deutete die Tatsache, dass man Legion beauftragt hatte, darauf hin, dass Marroqui nicht die einzige Person war, die eine alte Rechnung mit ihr begleichen wollte. War sie sich dessen bewusst? Offenbar nicht.

Cyrah folgte den beiden mit den Augen, während sie über den Parkplatz gingen. Claudia sah in ihrem mattroten Kleid, den Lederstiefeln und dem Strohhut sehr attraktiv aus. Das galt auch für ihren Begleiter mit leicht südländischem Touch, langen Haaren, ordentlich getrimmtem Bart und athletischem Gang.

Unter seinem Arm bemerkte sie eine kaum wahrnehmbare Wölbung, die ihn als bewaffneten Linkshänder auswies. Claudia hielt sich rechts von ihm, um ihn nicht zu behindern, falls er die Pistole kurzfristig ziehen musste. Er prägte sich jede Einzelheit in der Umgebung ein, während sie kaum darauf zu achten schien. Offensichtlich hatte Claudia Gould einen Mann gefunden, dem sie blind vertraute.

Leider blieb das Mädchen, Anna, weiterhin verschwunden. Wenn man sich um ein Kind kümmerte, neigte man dazu, unvorsichtig zu werden. Dennoch sah Cyrah keinen Grund, sich zu beklagen. Im Laufe der letzten Tage hatte sich die Situation von unproduktiver Langeweile zu einem recht vielversprechenden Szenario entwickelt. Claudia hielt sich in greifbarer Nähe auf und die bislang nicht identifizierte Hausdame schien nach einem vorhersehbaren Zeitplan zu arbeiten und Besorgungen zu erledigen.

Cyrah lächelte und drehte den Schlüssel im Zündschloss. Endlich etwas, womit sich arbeiten ließ.

Das Tor funktionierte mehr oder weniger wieder. Rapp betätigte den Knopf am Funkschlüssel, um es zu öffnen. Auf dem Grundstück stand eine ganze Batterie von Reinigungsmitteln an der Mauer, was darauf schließen ließ, dass Bebe fleißig zugange war. Sadie hatte die ganze Fahrt über diszipliniert ihre Rolle gespielt, ihrer Erleichterung Ausdruck verliehen, dass man sich um die Guatemalteken gekümmert hatte, und Ideen für die Renovierung in den Raum geworfen. Außerdem beklagte sie lautstark Annas Abwesenheit.

Er bremste in der Einfahrt. Wie auf Kommando erschien Bebe auf der Veranda, das kurze graue Haar unter einem Kopftuch gebändigt und mit einem Besen in der Hand. Sie lehnte ihn vorsichtig an die Wand und kam über den frisch gemähten Rasen, um sie zu begrüßen.

»Es ist so schön, Sie kennenzulernen.« Sadie lächelte warmherzig und reichte ihr die Hand. Der ohnehin beeindruckend gute Akzent schien jedes Mal, wenn sie den Mund öffnete, besser zu werden. »Vielen Dank, dass Sie gekommen sind, um uns zu unterstützen. Ich weiß, dass die Bedingungen nicht ideal sind, aber ich bin sicher, dass wir alles wieder ins Lot rücken können.«

»Es ist auch schön, Sie kennenzulernen, Claudia. Und machen Sie sich keine Sorgen. Ich liebe solche Herausforderungen.«

Sadie legte ihr eine Hand auf den Rücken und führte sie zum Eingang. »Wie wäre es, wenn Sie mich kurz durchs Haus führen, mir die entstandenen Schäden zeigen und mir ein bisschen mehr über sich erzählen? Mitch hat mir kaum etwas verraten. Sie wissen ja, wie er ist. Sollten Sie es nicht wissen, werden Sie es bald herausfinden.«

Er wollte gerade zum Geländewagen zurückkehren, um Sadies Koffer zu holen, als Bebe ihm einen Blick zuwarf und ein stummes »Wow« mit den Lippen formte.

Wow traf es ziemlich gut.

30

Nördlich von Kapstadt, Südafrika

Cyrah Jafari schielte auf den Tacho und stellte fest, dass sie seit dem Verlassen der asphaltierten Straße ziemlich genau zehn Kilometer zurückgelegt hatte. Das Land um sie herum war weitgehend eben und wurde von niedrigen Gewächsen dominiert. Etwa 200 Meter weiter östlich endete ein flacher Abhang an einem Fluss, der genug Wasser führte, um die Sträucher durch dicht wachsende Bäume zu ersetzen.

Der Regen, der gegen die Windschutzscheibe prasselte, war nicht besonders stark, aber er verwandelte den Feldweg in eine schlammige Piste. Wenn sie zu lange wartete, bekam ihr unauffälliges Stadtauto Probleme, sie zurück in die Zivilisation zu bringen. Eine gute Ausrede, um die Begegnung zügig und effizient abzuwickeln.

Da sie sich unbeobachtet wähnte, schaltete sie den Motor ab und trat in den Nebel hinaus. Diesmal verzichtete sie darauf, sich mehr als zehn Meter vom Fahrzeug zu entfernen. Was sie wahrlich nicht gebrauchen konnte, war eine Neuauflage des katastrophalen Spektakels bei ihrer letzten Mission. Zwar stempelte man die beiden verstümmelten Leichen garantiert sofort als Opfer von Bandengewalt ab, doch es war ein leichtsinniger Fehler gewesen, sich in ihren Tod einzumischen. Fehler passten nicht zu ihrem Geschäft – ob leichtsinnig oder nicht.

Mit aktivierter Kommunikationsanwendung und kabelgebundenem Headset suchte sie die verlassene Landschaft ab und wartete. Ihre beiden Kolleginnen würden sich an ähnlich abgelegenen Orten aufhalten. Sie hatte allerdings keine Ahnung, wo genau. Nicht einmal auf welchem Kontinent. Die moderne Technologie machte die körperliche Präsenz des restlichen Teams während eines Einsatzes überflüssig. Es genügte, wenn *sie* da war.

Ein Signalton ertönte, wenige Augenblicke später stand die Verbindung.

»Geht es allen gut?«

Bestätigungen in exakt dem Wortlaut, auf den sie sich geeinigt hatten. Jede abweichende Formulierung hätte auf ein Problem hingewiesen und dazu geführt, dass sie abtauchten, bis wieder ein sicherer Kontakt möglich war. Im Zweifelsfall nie.

»Darf ich darauf hoffen, dass ihr nach unserer jüngsten Glückssträhne gewisse Fortschritte erzielt habt?«

»Einige«, antwortete Nasrin. »Aber mich beschäftigt die Frage, *warum* sie zurückgekommen sind.«

»Worauf willst du hinaus?«

»Nun, Burhan schien mit dem Haus abgeschlossen zu haben und alle Sachen in ein Lagerhaus schaffen zu wollen, bevor er unerwartet verschwand. Jetzt sind sie plötzlich nicht nur zurück, sondern beschäftigen sogar eine Hausangestellte.«

»Ich erachte es als wahrscheinlich, dass Claudia entschieden hat, bei der Renovierung selbst Hand anzulegen«, meinte Cyrah. »Es ist durchaus bewohnbar, vor allem der obere Stock. Was spricht dagegen, nachdem sie den Überfall durch die Guatemalteken vereitelt haben?«

»Warum haben sie die Tochter nicht mitgebracht?«

»Weil sie durch die Geschehnisse jener Nacht traumatisiert ist? Weil das Erdgeschoss immer noch starke Beschädigungen aufweist? Weil sie bei den Renovierungen nur im Weg herumstünde? Deine Abneigung gegen diese Mission macht dich übertrieben misstrauisch, Nasrin.«

»Und deine Begeisterung macht dich übertrieben unvorsichtig.«

»Damit hätten wir ja beide Extreme perfekt abgedeckt«, warf Yasmin versöhnlich ein. Die ewige Friedensstifterin.

»Ich sage es noch einmal, obwohl es eigentlich selbstverständlich ist«, fuhr Cyrah fort. »Wir haben den Vertrag angenommen und wurden dafür bezahlt. Unsere Entscheidung ist gefallen. Wir sollten uns jetzt auf die Tatsache konzentrieren, dass sich Claudia Gould in greifbarer Nähe aufhält. Für wie lange, wissen wir nicht. Eins wissen wir allerdings: Je schneller die Sache erledigt ist, desto schneller können wir weiterziehen.«

Es herrschte einige Sekunden lang Schweigen, bevor Nasrin es brach. »Sie scheinen nicht vorzuhaben, in nächster Zeit zu gehen. Die kaputten Möbel wurden ersetzt, wenn auch ein wenig lieblos. Wir überwachen weiterhin jeden, den sie mit der Renovierung beauftragt haben, sowie Personen und Firmen, die später hinzugezogen werden könnten.«

»Ergeben sich daraus Möglichkeiten?«, fragte Cyrah.

»Ich rechne nicht damit, dass sie sich in nächster Zeit größere Unterstützung von außen besorgen werden. Falls doch, wird es um einzelne Reparaturen gehen. Den Architekten halte ich für die vielversprechendere Option. Es wird Besprechungen zur Abstimmung geben, vermutlich nicht alle im Haus. Das Büro des Architekten ist kaum gesichert. Und natürlich ist davon auszugehen, dass sie für die Auswahl der konkreten Baumaterialien Geschäfte oder Handwerker aufsuchen. Wir haben alle infrage kommenden Anbieter vor Ort ausfindig gemacht und sollten es rechtzeitig mitbekommen, wenn Bemusterungstermine vereinbart werden. Sobald die eigentliche Renovierung beginnt, werden sie vorübergehend ausziehen müssen.«

»Ein Unfall auf der Baustelle?«, überlegte Cyrah laut. Dann kam sie auf den Punkt zu sprechen, der ihr die meisten Bauchschmerzen bereitete. »Wie steht es mit Anna? Gibt es diesbezüglich Fortschritte zu vermelden?«

»Es ist uns gelungen, das Telefon ihrer besten Freundin lange genug in die Finger zu bekommen, um Spyware darauf zu installieren«, sagte Yasmin. »Dadurch haben wir Zugriff auf ihre Social-Media-Konten und die gesamte Kommunikation, die über das Gerät abgewickelt wird. Sie kommuniziert mit Anna hauptsächlich per WhatsApp. Bislang keine verwertbaren Informationen.«

»Und es gibt keine Möglichkeit, herauszufinden, von wo aus sie die Nachrichten abschickt?«, fragte Cyrah.

»Nein. Die GPS-Ortung ist deaktiviert.«

»Das deutet darauf hin, dass sie sich weiterhin nicht ganz sicher fühlen«, meinte Nasrin.

»Wundert dich das?«, fragte Cyrah. »Gustavo Marroqui ist nicht der einzige Feind aus Claudias Vergangenheit. Auch ihr Partner könnte Ballast von früher mit sich herumschleppen. Ich rechne nicht damit, dass sie das Mädchen einfach bei einem Babysitter ein paar Häuser weiter abgeben.«

»Deinen Sarkasmus kannst du dir sparen«, fand Yasmin.

Cyrah seufzte leise und zog ihre Kapuze zum Schutz vor dem stärker werdenden Regen hoch. »Es tut mir leid. Was ich damit sagen wollte: Wenn wir sie finden, wäre es möglich, sie in einen Unfall zu verwickeln, bei dem sie verletzt wird.

Ich gehe fest davon aus, dass ihre Mutter dann Knall auf Fall aufbricht, um für sie da zu sein, ohne sich großartig um die eigene Sicherheit zu scheren.«

»Keine Kollateralschäden.«

»Keine Kollateralschäden«, stimmte Cyrah zu. »Aber in ihrem Alter heilen etwa Knochenbrüche schnell und hinterlassen keine bleibenden Schäden. Versuchen wir, in dieser Hinsicht kreativ zu bleiben, aber wenden wir uns erst einmal der Hausangestellten zu.«

»Bebe Davis«, sagte Nasrin. »Es blieb noch keine Zeit für eine gründliche Recherche, aber eine Internetsuche hat ergeben, dass sie nie verheiratet war, keine Kinder hat und beruflich eine Menge ausprobiert hat. Grundschullehrerin, Immobilienmaklerin, Buchhalterin, Bibliothekarin. Bevor sie diese Stelle antrat, schien sie vorübergehend arbeitslos zu sein. Sie lebt in einem bescheidenen Haus, das abbezahlt ist, und fährt einen 15 Jahre alten Subaru, was darauf schließen lässt, dass sie keine sonderlich hohen Ausgaben hat.«

»Interessant, dass sie einen Job in einem fremden Land annimmt. Besonders unter diesen Umständen«, fand Cyrah.

»Wir stimmen dir zu«, antwortete Yasmin. »Das könnte auf eine frühere Verbindung zu Claudia oder Burhan hindeuten.«

»Könnten wir da ansetzen, um mehr über sie zu erfahren? Ich bin besonders an Burhan interessiert und daran, ob er derjenige ist, der er zu sein vorgibt.«

»Nur wenn wir jemanden hinschicken, der vor Ort nachforscht«, antwortete Nasrin. »Zum jetzigen Zeitpunkt bin ich mir nicht sicher, ob sich das Risiko lohnt. Wir wissen, dass er gefährlich ist und wahrscheinlich Kontakte zur CIA hat. Ich gehe nicht davon aus, dass uns zusätzliche Informationen nennenswert weiterbringen.«

»Okay. Könnte uns diese Bebe in anderer Hinsicht nützlich sein?«

»Möglicherweise«, sagte Yasmin. »Zu den Nachteilen ihrer Anwesenheit gehört natürlich, dass Claudia das Haus weniger oft verlassen wird. Es ist davon auszugehen, dass Bebe einen Großteil der Einkäufe und Besorgungen übernimmt. Nach allem, was wir bisher mitbekommen haben, ist sie ein Gewohnheitstier. Sie gestaltet ihren Tagesablauf nach einem strikten Zeitplan, was auf neurotische Zwanghaftigkeit schließen lässt. Sollte sich das bewahrheiten, ergeben sich daraus interessante Perspektiven.«

»Alles klar«, erwiderte Cyrah. »Wir befinden uns noch im Datenerfassungs- und Planungsmodus, aber die Situation hat definitiv eine Wendung in die passende Richtung genommen. Gebt mir Bescheid, wenn ihr etwas braucht. Bis dahin ziehe ich mich erst einmal zurück.«

Sie trennten die Verbindung. Cyrah schaute sich nach einem scharfkantigen Stein um, der sich dazu eignete, das Telefon zu zerstören. Nachdem sie auch die SIM-Karte unbrauchbar gemacht hatte, verstreute sie die Einzelteile im umliegenden Buschwerk.

In der kurzen Zeit, in der Legion im Einsatz war, hatten sie auf eine Vielzahl von Methoden für die Erfüllung ihrer Aufträge zurückgegriffen, von vermeintlichen Herzinfarkten bis hin zu Abstürzen von Privatflugzeugen. Ihr bislang kreativster Einfall war die Tötung im Rahmen einer Stampede gewesen. Ein russischer Oligarch, von amerikanischen Western förmlich besessen, hatte in Weißrussland eine riesige Rinderfarm angelegt und verbrachte viel Zeit allein mit seiner Herde. Leider machte er sich dadurch nahezu unangreifbar. Sie hatte sich schließlich zwischen den irritierend gutmütigen Kreaturen versteckt, dem Oligarchen mit einer Schlagwaffe in Form eines Kuhhufs den Schädel zerschmettert und die Viecher anschließend mit Futter dazu gebracht, ihn zu zertrampeln. Das entpuppte sich am Ende noch als der leichtere Teil. Die eigentliche Herausforderung bestand darin, die Stampede in Gang zu setzen, die notwendig war, um die Inszenierung glaubwürdig erscheinen zu lassen. Wie sich herausstellte, besaßen die Kühe des Russen eine außerordentliche Toleranz gegenüber Schüssen mit einem Luftgewehr. Die Viecher, mit denen sie in Finnland experimentiert hatte, waren sofort darauf angesprungen. Wie hätte sie ahnen sollen, dass es Verhaltensunterschiede zwischen einzelnen Rinderrassen gab?

Doch selbst verglichen mit ihrem Ausflug in die Untiefen der Kuhpsychologie war die aktuelle Operation hoffnungslos komplex. Der wehrhafte Mitch Burhan mit seinen mutmaßlichen Verbindungen zur Central Intelligence Agency. Die gerissene Claudia Gould. Die Anwesenheit eines amerikanischen Überwachungsteams. Wohin man sah, gab es Bedrohungen.

Der schwüle Nebel hatte sich so weit verdichtet, dass Cyrah das dumpfe Klatschen einzelner Tropfen zu hören begann. Sie verschränkte die Arme vor der Brust und ließ den Blick nachdenklich über die verlassene Ebene schweifen. Egal wie der Job mit Claudia Gould endete, es würde wohl einer ihrer letzten sein. Yasmin machte bereits subtile Andeutungen, aussteigen zu wollen. Die Verlockungen eines ganz normalen Lebens mit Ehemann, Kindern und Freunden wurden zu groß für sie. Das zeichnete sich schon seit Längerem ab.

Und mit dem Tag, an dem sie den Dienst quittierte, hörte Legion auf zu existieren. Cyrah wäre zum ersten Mal in ihrem Leben auf sich allein gestellt. Getrennt von den Schwestern, die sie liebte, den Herausforderungen, nach denen sie sich sehnte, und dem Nervenkitzel, nach dem sie süchtig geworden war.

Wie ging es dann weiter?

31

In der Nähe von Franschhoek, Südafrika

Rapp folgte dem Claudia-Double in die Sicherheitszentrale. Bebe wartete dort bereits auf sie. Einige der Baumaterialien wurden unter dem Tisch gelagert, aber alle fanden noch ausreichend Platz zum Sitzen. Sadie rückte ihm dabei allerdings so dicht auf die Pelle, dass ihre Schulter gegen seine drückte und sie ihm liebevoll das Bein streichelte. Den Arm wegzuschieben war keine Option, dafür fehlte es an Rückzugsmöglichkeiten.

»Ich habe das ganze Haus gefegt«, begann Bebe, die den fleischigen Körper in den gegenüberliegenden Stuhl gezwängt hatte, ihren Bericht. »Alles ist sauber. Ich vermute, dass Legion und die Amerikaner nicht mit deiner Rückkehr gerechnet haben. Das Haus befand sich in einem erbärmlichen Zustand.«

Sadie versteifte sich und antwortete mit dem französischen Akzent, den sie keine Sekunde vernachlässigte: »Du klingst ganz schön negativ.«

Mit ihrem angefutterten Gewicht füllte sie Claudias Jeans ganz passabel aus. Die Beine waren ein wenig kurz, dafür passte die fließende weiße Bluse, die sie im Schrank gefunden hatte, absolut perfekt.

»Ich glaube nicht, dass Bebe es so gemeint hat«, setzte Rapp zu einer Schlichtung an, wurde jedoch unterbrochen.

»Jetzt wirkt es vielleicht noch nicht so annehmbar, aber wenn die Renovierungsarbeiten erst abgeschlossen sind, wird es fantastisch aussehen.«

Bebe legte die Stirn in Falten und ignorierte die zweite Frau im Raum ansonsten vollständig. »Wie du weißt, ist dieser Raum gesprächstechnisch schalldicht und alle elektronischen Geräte sind vom zentralen Stromkreis abgekoppelt. Außerdem habe ich neue, sichere Netzwerk-Hardware installiert und sämtliche Passwörter geändert. Ich halte es zwar für unwahrscheinlich, dass sich bisher jemand hätte einklinken können, aber man kann nicht vorsichtig genug sein. Unter dem Strich bin ich zuversichtlich, dass wir hier frei reden können.«

Rapp nickte. »Was Legion betrifft, gibt es keine Vorsichtsmaßnahmen, die ich für übertrieben halte. Wir kennen weder das volle Ausmaß ihrer Fähigkeiten noch ihrer Ressourcen. Irene kann mit relativer Sicherheit vier konkrete Anschläge auf ihrem Konto verbuchen. Ich halte es aber für nahezu sicher, dass es noch weitere gab. Das sind keine Leute, die mit vorgehaltener Waffe auf dich zustürmen. Es sind Leute, die einen Hai freilassen, wenn du im Meer schwimmen gehst, oder deine Blutdruckmedikamente gegen Zuckerpillen austauschen und warten, bis du einen Schlaganfall bekommst. Selbst wenn wir die Augen ständig offen halten, ist die Wahrscheinlichkeit groß, dass wir sie nicht kommen sehen.«

»Sie sind *unglaublich*«, konstatierte Sadie. »Keine typischen Aktionsmuster. Alles, was sie tun, ist für die jeweilige Mission maßgeschneidert. Perfekt auf das konkrete Ziel zugeschnitten. Und die Tatsache, dass sie völlig anonym mit ihren Auftraggebern kommunizieren, verrät eine Menge. Wie gut muss man sein, um jemanden dazu zu bringen, zwei

Millionen Euro an ein anonymes E-Mail-Konto zu schicken, das noch am selben Tag deaktiviert wird?«

Sie klang eher wie ein Fangirl als wie eine Akteurin, die sie bekämpfte, aber Rapp ließ es auf sich beruhen. Sadie war Sadie, und niemand – auch er nicht – konnte ihr Verhalten beeinflussen.

»Mein Plan lautet jedenfalls«, schaltete sich Rapp ein, »den Spieß umzudrehen. In diesem Raum versammelt sich eine Menge Erfahrung. Wenn man uns drei anheuern würde, um Claudia aus dem Weg zu schaffen, wie würden wir es anstellen?«

»Es soll nicht wie ein Anschlag aussehen und darf keine Kollateralschäden geben?«

»Das scheinen mir die Parameter zu sein, nach denen Legion vorgeht.«

»Gar nicht so einfach. Das Naheliegendste wäre, die hohe Kriminalitätsrate hier in der Gegend als Deckmantel zu nutzen. Ein erneuter Angriff auf das Haus wäre ein bisschen weit hergeholt. Hm, ein Carjacking? Und habe ich nicht etwas über Idioten gelesen, die Backsteine von Autobahnbrücken auf die Fahrbahn schleudern? Ich meine, das ist zwar nicht besonders elegant, aber in Südafrika wirft es bei den Ermittlern zumindest keine lästigen Fragen auf.«

»Zu niedrige Erfolgschancen«, stellte Sadie nüchtern fest. »Besonders bei dem gepanzerten Geländewagen, den Mitch fährt. Da bräuchte der Carjacker schon eine Panzerfaust, und wie willst du mit einem Backstein so genau zielen, dass er die Insassen garantiert tötet? Außerdem fühlt es sich für Legion einfach falsch an. Zu primitiv. Wie steht es mit der Wasserversorgung? Gibt es hier irgendwelche verbreiteten Krankheiten oder Kontaminierungen? Selbst wenn es mich nicht umbringt, könnte es eine Notsituation auslösen, die uns zum Improvisieren zwingt.«

»Das gesamte Wasser läuft über ein Filtersystem, das im Haus installiert und voll funktionsfähig ist. Für eine solche Sabotage müsste man es gezielt deaktivieren.«

»Okay, eher unwahrscheinlich«, räumte Sadie ein. »Was ist mit den Klimaanlagen? Ich habe einmal ein System in einem Hotel manipuliert und Kohlenmonoxid durch ein offenes Fenster in den Raum gepumpt. Allerdings kam dabei auch die Frau des Targets um.« Sie wurde einen Moment lang nachdenklich. »Aber ich glaube, sein Kind hat überlebt. Ich weiß es nicht mehr so genau.«

»Unterstellen wir, dass sie sich außerhalb des Gebäudes, aber auf dem Grundstück befinden«, meinte Rapp, der sich erinnerte, dass jenes Kind damals gestorben war. »Und dass wir uns bemühen, Kollateralschäden zu vermeiden.«

»Bist du dir absolut sicher, dass diese Regel für Legion weiterhin gilt?«, fragte Bebe. »Nach allem, was du den Guatemalteken angetan hast, könntest du den Status des unschuldigen Zuschauers verloren haben. Wenn ich an deren Stelle wäre, würde ich auf meine Regel pfeifen und dich ebenfalls erledigen. Wer will schon für den Rest seines Lebens damit rechnen müssen, dass du eine überschüssige Bombe aus sowjetischen Beständen auf sein Haus abwirfst?«

»Ich bin mir nicht absolut sicher. Aber unsere Klimaanlage ist ein zentralisiertes System. Sie würden sich selbst gleich mit aus dem Verkehr ziehen.«

»Problematisch, aber nicht unlösbar«, fand Sadie. »Du leitest das Gas ein, und wenn alle bewusstlos sind, schließt du das Gerät kurz. Danach brauchst du nur noch mit einem Kohlenmonoxid-Tank und einer Atemmaske hereinzuspazieren. Claudia stirbt, alle anderen werden gesund.«

»Du meinst, *du* stirbst und alle anderen werden gesund«, korrigierte Bebe. Sadie ignorierte die Spitze.

»Man könnte einen nicht diagnostizierten Folgeschaden der Schießerei als Todesursache inszenieren.«

»Kompliziert«, sagte Rapp.

»Ja, aber es gibt keine simple Methode, an Claudia heranzukommen. Und so arbeitet Legion in der Regel, oder? Kompliziert?«

»Okay. Du hast mich überzeugt. Bebe, ich habe zwar Kohlenmonoxiddetektoren im Haus, aber nur billige Teile aus dem Baumarkt. Ich weiß nicht mal, ob sie richtig funktionieren. Kannst du zusätzlich ein paar versteckte installieren, auf die Verlass ist?«

Sie kritzelte etwas auf ihren Notizblock. »Betrachte es als erledigt.«

»Weitere Ideen?«

»Wir haben darüber gesprochen, eine Notsituation zu schaffen, um Claudia vor das Tor zu locken, wo sie verwundbar ist«, meinte Sadie. »Aber wie steht es mit *deiner* Verwundbarkeit? Ich weiß, dass du dich in letzter Zeit mit dem Sport zurückgehalten hast, aber ich habe von Leuten gelesen, die Drähte spannen und andere Fallen platzieren. Ich bin mir nicht sicher, ob so etwas auch hier passiert, aber in den USA und in Großbritannien kommt es häufiger vor. Wenn du dich schwer verletzen würdest, käme ich angerannt.«

»Ich werde es vermeiden, mich solchen Risiken auszusetzen, bis diese Angelegenheit abgehakt ist. Kein Mountainbiking, Trailrunning oder Klettern.«

»Wie steht es mit einer Attacke auf Bebe?«

»Zu unkalkulierbar«, entschied Rapp. »Ich würde ihr womöglich zu Hilfe eilen, aber nicht meine ›Frau‹.«

»Anna ist das schwächste Glied«, gab Bebe zu bedenken. »Jedes Problem bei ihr löst eine panische Reaktion ihrer Mutter aus, die daraufhin ihre eigene Sicherheit links liegen lässt, um so schnell wie möglich zu ihr zu gelangen.«

»Da gebe ich dir recht«, sagte Rapp. »Wir lassen Anna in begrenztem Umfang mit ihren Freunden kommunizieren, verschleiern aber ihren Standort. Ich denke, wir sollten davon ausgehen, dass Legion zumindest das Telefon ihrer besten Freundin abhört. Können wir das ausnutzen, um sie zu einem Spielchen zu bewegen?«

»An deren Stelle würde ich mich auf Anna konzentrieren.« Bebe reihte ihre Bleistiftsammlung in akribischen Abständen rechts neben dem Block auf.

»Also sorgen wir dafür, dass die Kleine gefunden wird«, schlug Sadie vor. »Sie wird verletzt und ich breche fluchtartig von hier auf. Es wird zwar panisch wirken, geschieht aber in Wahrheit äußerst kontrolliert. Sobald Legion den ersten Schritt unternimmt, grätschen wir dazwischen und schalten sie aus.«

»Ich kann deinen Ansatz nachvollziehen.« Rapp verzog das Gesicht. »Anna einer Gefahr auszusetzen kommt allerdings nicht infrage.«

»Ich glaube, dein Urteilsvermögen ist getrübt«, sagte Sadie. »Verletzt zu werden ist besser, als seine Mutter zu verlieren, oder? Und sie werden sie auf keinen Fall umbringen. Einer toten Tochter fehlt es an Dringlichkeit. Ich meine, warum sollte Claudia dann überhaupt das Haus verlassen? Wahrscheinlicher wäre es, dass du jemanden beauftragst, die Leiche für die Beisetzung nach Südafrika zu überführen, richtig? An Legions Stelle würde ich mich für eine schmerzhafte viszerale Verletzung entscheiden. Nicht so schlimm, dass sie im Koma landet. Etwas, das sie wach hält, leiden und nach ihrer Mutter schreien lässt. Schlimme Verbrennungen? Oder wie wäre es mit einem Angriff durch ein wildes Tier? Gibt es in Uganda Schimpansen? Ich habe mal eine Reportage über eine Frau gesehen, die von einem solchen Viech angegriffen wurde. Es hat ihr ins Gesicht gebissen …«

Rapp hob eine Hand, um sie zum Schweigen zu bringen. Die Bilder verursachten ein Zucken in der Magengegend, das sich gefährlich anfühlte. »Lass uns diese Idee für den Moment beiseiteschieben. Ich bin sicher, uns fällt etwas Besseres ein.«

Sadie zuckte nur mit den Achseln.

»Was schwebt dir vor?«, fragte Bebe.

»Keine spektakulären, auffälligen Aktivitäten. Wir lassen dich eine extrem vorhersehbare Routine entwickeln, die dir Gelegenheit gibt, jeden zu identifizieren, der dich beobachtet. Darin bist du besser als jede andere. Sie werden nicht mit jemandem rechnen, dem sich jedes Gesicht dauerhaft in die Erinnerung einbrennt. In der Zwischenzeit überlegen wir uns, wie wir eine kontrollierte Gelegenheit für Legion schaffen und ihre Aufmerksamkeit darauf lenken können. Beispielsweise mithilfe von Bebe oder über den Architekten oder den Bautrupp. Selbst Anna ist nicht endgültig vom Tisch, solange wir sicher sein können, dass sie nie in ihre Nähe kommen. Wir müssen uns in eine Lage versetzen, in der wir nicht nur jeden ihrer Schritte vorhersehen, sondern sie auch kontrollieren können. Vergiss nicht, sie haben keine Ahnung, dass wir wissen, dass sie da draußen sind. Das verschafft uns einen klaren Vorteil.«

»Was ist mit mir?«, erkundigte sich Sadie. »Welche Rolle kommt mir zu?«

»Für den Moment? Du hältst dich hier auf dem Grundstück außer Sichtweite. Du hast das Imitieren von Claudia ziemlich gut im Griff, aber du bist nicht ihr Zwilling. Wenn Legion merkt, dass wir sie an der Nase herumführen, ist alles vorbei.«

»Das ist alles?«, fragte sie, verschränkte die Arme und starrte stur geradeaus. »Endlose Langeweile?«

»Da du das Ziel bist, halte ich Langeweile für etwas Positives«, warf Bebe ein.

»Nicht wenn ich daran sterbe.«

Rapp schnappte sich ein Kopfkissen vom Bett und warf es zusammen mit einer Decke auf das Sofa unter dem Fenster. Das Hauptschlafzimmer des Hauses war groß genug, dass eine zusätzliche Sitzgelegenheit in die Ecke passte. Früher hatte er sich mit Claudia ständig über das Möbelstück gestritten, weil er es als Ablagefläche für dreckige Wäsche missbrauchte.

Da er nicht genau wusste, ob Legion ihn überwachte, war es sinnvoll, alles so normal wie möglich wirken zu lassen. Leider schloss das aus, dass er im Gästezimmer schlief. Nach Guatemala, der neuen Haushälterin und dem Wiederauftauchen von Claudia gab es bereits zu viele auffällige Aktivitäten. Nicht dass sich Legion im klassischen Sinne abschrecken ließen, aber er wollte sie nicht zu vorsichtig werden lassen. Sonst uferte das Ganze am Ende zu einer ewigen gegenseitigen Beobachtung aus.

Das einzige Licht im Raum drang durch die halb geöffnete Badezimmertür ein. Rapp nutzte die spärliche Beleuchtung, um sich einen Bourbon einzuschenken. Er ließ sich auf das Sofa sacken und legte die Füße auf den Couchtisch, bevor er einen genüsslichen Schluck nahm. Obwohl der Gedanke, seine Sinne zu benebeln, mit jeder Minute in Gesellschaft von Sadie verlockender wurde, schied diese Möglichkeit aus. Sobald die

Krise ausgestanden war, stand jedenfalls ein ordentliches Saufgelage an.

Die Dusche lief und Dampf strömte in den Raum. Er wirbelte hypnotisch umher, als wollte er ihm etwas offenbaren. Aber was? Wie auch immer man es betrachtete, es blieb nicht mehr viel Zeit. Jedes Jahr kam es ihm so vor, als ob seine Welt ein wenig kleiner wurde. Vielleicht war das einfach der Lauf der Dinge, wenn man älter wurde. Für ihn hatte es jedoch nichts mit Angst zu tun. Vielmehr konzentrierte er sich stärker auf das, was ihm wichtig war. Aktuell fiel die Liste ziemlich kurz aus. Erstens: Legion töten. Zweitens: die Cooks loswerden. Drittens: eine Entscheidung treffen, wie es danach weiterging.

Er hörte, wie die Dusche abgestellt wurde. Einen Moment später erschien Sadie in der Tür. Selbst im Gegenlicht sah man, dass sie ihre braunen Kontaktlinsen herausgenommen hatte. Helle, seltsam tot wirkende blaue Augen kamen darunter zum Vorschein. Ihr nackter Körper war feucht genug, um zu glänzen und eine Reihe langer, dünner Narben neben ihrem sorgfältig getrimmten Schambereich hervorzuheben. Unzweifelhaft selbst zugefügte Narben.

»Was wird das?«, fragte sie und zeigte auf das Kissen neben ihm. Der französische Akzent war ihr in Fleisch und Blut übergegangen.

»Ich hatte vor, hier drin zu schlafen. Das wirkt natürlicher.«

»Im Bett ist es noch natürlicher. Und ich kann dir aus eigener Erfahrung garantieren, dass es bequemer ist als das Sofa.«

Im Geiste ging er eine Liste möglicher Antworten durch. Wenn es sie betraf, war alles ein heikler Balanceakt. Schließlich zwang er sich zu einem Grinsen. »Da Legion hinter dir her ist, möchte ich lieber ein wenig Abstand zwischen uns halten.«

Sie fuhr sich mit der Hand durchs nasse Haar, ohne ihre Position in der Türöffnung zu verlassen. »Du gönnst mir aber auch gar keinen Spaß, was?«

32

In der Nähe von Franschhoek, Südafrika

Das Wort *Schutzraum* hatte eine völlig neue Bedeutung erlangt. Rapp saß darin mit einem kalten Bier in der Hand. Zwei weitere warteten in einem Kübel mit Eiswürfeln zu seinen Füßen. Er hatte einen der Sicherheitsmonitore zum Fernseher umfunktioniert und verfolgte die Übertragung eines Mountainbike-Rennens. Der Ton funktionierte aus unerfindlichen Gründen nicht, aber das war egal. Eigentlich genoss er die Ruhe sogar.

Jenseits der verschlossenen Tür lauerte eine zunehmend chaotische Welt. An diesem Morgen war er in den Fitnessraum gegangen und hatte festgestellt, dass Bebe alles nach Farben sortiert hatte. Dem dumpfen Surren nach zu urteilen, das durch die Wände kaum zu hören war, setzte sie gerade ihre neue Lieblingswaffe ein: den Staubsauger.

Noch penetranter als das Geräusch war der Duft eines Soufflés, das im Ofen stand. Als er in die Küche gegangen war, um das Bier zu holen, hatte Sadie ihm vorgeworfen, wie ein betrunkenes Nilpferd herumzutrampeln. Sie drohte, ihn für ein etwaiges Misslingen ihrer Backkünste persönlich zur Verantwortung zu ziehen. Daraufhin trat er hastig den Rückzug an.

Sie verlor sich von Tag zu Tag mehr in ihrer Rolle. Längst ließ sich nicht mehr unterscheiden, mit wem er gerade sprach.

Hinweise waren nur in ihren Augen zu erkennen, die teilweise von braunen Kontaktlinsen verdeckt wurden. Er schien es inzwischen mit einem Mischwesen zu tun zu haben – einem Pendel, das an einem zunehmend kürzeren Band mal in die eine, dann in die andere Richtung schwang.

Rapp schielte ungeduldig auf die Zeitanzeige des Mobiltelefons. Ihn überraschte, wie sehr er sich auf den bevorstehenden Anruf freute. Es ging zwar nicht um das erfreulichste Thema, aber wenigstens konnte er mal wieder mit einer Person reden, an deren stabiler mentaler Verfassung keine Zweifel bestanden. Er fühlte sich allmählich wie ein Pfleger in einer Anstalt. Oder zählte er etwa selbst zu den Patienten? Jedenfalls wurde das Gefühl mit jedem Tag überwältigender.

Die verschlüsselte Leitung machte sich exakt zum vereinbarten Zeitpunkt durch ein Klingeln bemerkbar. Er stellte die Verbindung her.

»Schieß los.«

»Wie geht es dir? Alles gut?«, fragte Claudia. Die Stimme klang der von Sadie beunruhigend ähnlich.

»Alles gut. Und bei dir?«

»Bestens. Ich gönne mir gerade eine kleine Pause. Levi hat Anna mitgenommen, um über das Gelände zu patrouillieren.«

Levi Mizrah war ein ehemaliger israelischer Operator, den Rapp seit Jahren kannte. Er war für die Sicherheit der Anlage zuständig, nachdem Coleman in sein Haus in Griechenland weitergezogen war.

»Was ist mit Irene? Sie ist abgereist, oder?«

»Ja. Nach Europa. Sie will sich dort mit einigen ehemaligen Kollegen treffen. Ich glaube, Nick ist auf dem Weg nach Brüssel, um sie zu sehen.«

»Warum? Diskutieren sie nach wie vor darüber, ob sie einen Job bei ihm annehmen wird?«

»Machst du Witze?« Claudia klang etwas verwirrt.

»Was meinst du?«

»Na, selbst du solltest inzwischen gemerkt haben, dass sie nicht nur rein beruflich aneinander interessiert sind.«

Er antwortete nicht sofort. Kennedy war zwar verheiratet gewesen, aber über ihre romantische Seite hatte er sich nie Gedanken gemacht. Seit sie einander kannten, wurde ihr Privatleben weitgehend von der Agency beansprucht. Offenbar hatte sie jetzt, ohne feste Anstellung und mit einem Sohn, der aufs College ging, Zeit für solche Dinge. Warum nicht auch für eine Beziehung? Wenn jemand ein bisschen Glück verdiente, dann sie.

»Okay. Das muss ich wohl verpasst haben.«

»Zu deiner Verteidigung: Im aktuellen Fall scheint es tatsächlich um eine berufliche Besprechung zu gehen. Generell sind ja alle Beziehungen in unserer Branche kompliziert, aber falls sich aus dieser etwas entwickelt, würde sie ein ganz neues Niveau erreichen. Der reichste Mann der Geschichte und die ehemalige Direktorin der CIA. Was für eine Story!«

Das Understatement des Jahrhunderts. »Wo stehen wir mit Legion?«

»Irene hat versucht, sie zu kontaktieren, aber keine der E-Mail-Adressen, die sie in der Vergangenheit verwendet haben, ist noch aktiv. Wir rechnen nicht damit, dass sie eine weitere einrichten, bevor …« Ihre Stimme verebbte. »Bevor dieser Job erledigt ist. Sie hat auch ihre Kontakte überall auf der Welt genutzt. Niemand scheint mehr über die Gruppe zu wissen als die Agency. Wir gehen weiterhin davon aus, dass Legion von einer Regierung ausgebildet wurde, besitzen aber keine Anhaltspunkte, von welcher. Irene verfügt über gute

Kontakte nach Russland und Syrien und ist relativ sicher, dass sie nicht von dort stammen. Aber das allein bringt uns nicht weiter.«

Er hörte lautes Rumoren und dann Annas Stimme. »Ist das Mitch? Hey, Mitch! Ich war gerade auf Patrouille!« Claudia schaltete auf Lautsprecher, damit sie in normaler Lautstärke weiterreden konnte. »Wann kommst du zurück?«

»Ziemlich bald, hoffe ich.«

»Wir sollten besser zu dir kommen. Ich vermisse meine Freunde in der Schule. Und ich kann nicht mit Ahmale reden. Ich darf nur SMS schreiben und Mom löscht hinterher die Hälfte.«

»Deine Mutter ist ziemlich streng.«

»O ja, das finde ich auch. Und dann hat Ahmale ihr Telefon verloren. Aber sie hat es am nächsten Tag wiedergefunden. Ihre Eltern waren richtig sauer. Es war ein brandneues iPhone. Die sind superteuer, weißt du? Fast 10.000 Rand. Und sie … Hey! Warte! Ich bin noch nicht fertig mit Erzählen!«

»Doch, bist du«, hörte er Claudia sagen. »Jetzt geh und fang mit deinen Schulaufgaben an. Ich komm in ein paar Minuten rüber, um dir zu helfen.«

»Tschüs!«, rief sie.

»Okay, da bin ich wieder, Mitch. Wo waren wir?«

»Ahmale hat ihr Handy verloren und es am nächsten Tag wiedergefunden?«

»Du denkst dasselbe wie ich, oder? Gehen wir mal davon aus, dass Legion dahintersteckt und sie Spyware auf dem Gerät installiert haben.«

»Vielleicht können wir das für unsere Zwecke nutzen.«

»Vielleicht. Sag mir Bescheid, wenn du etwas in dieser Richtung probieren willst. Wie läuft es in der Zwischenzeit mit dem Hausprojekt?«

»Der Architekt spielt erste Ideen durch, ist aber noch nicht vor Ort aktiv geworden. Ich bin mir sicher, dass Legion Zugriff auf die gesamte Kommunikation hat und jedes Bauunternehmen und jeden Lieferanten sowie Umzugsfirmen und Autoverleihe in der Region abhört. Daraus ergeben sich etliche Ansatzpunkte, sie aufzuspüren, aber nicht ohne Sadie zu gefährden.«

»Bebe hat keine Beobachter bemerkt?«

»Nur das amerikanische Überwachungsteam.«

»Du darfst nicht zulassen, dass Sadie etwas zustößt«, betonte Claudia. »Es ist nicht ihr Job, für meine Fehler zu sterben. Wie geht es ihr?«

Eine potenziell brisante Frage. Dass er so eng mit einer Frau zusammenlebte, die jemand mal spaßeshalber als ›*Victoria's Secret Agent*‹ bezeichnet hatte, schmeckte ihr natürlich nicht.

»Mach dir keine Sorgen um sie. Leuten wie ihr stößt nie etwas zu. Was ist mit der Cook-Sache?«

»Ich habe nicht viel Zeit darauf verwendet. Irene will sich federführend darum kümmern.«

»Und sie unternimmt gar nichts.«

»Für den Moment.«

»Was, wenn jetzt die beste Gelegenheit wäre? Ich sage ja nicht, dass wir konkret gegen sie vorgehen sollen, aber zumindest wäre es möglich, die Sicherheitsupgrades zu unterlaufen, während sie umgesetzt werden. Ein Schlupfloch schaffen oder jemanden einschleusen? Davon könnten wir später profitieren. Wenn wir nie darauf zurückgreifen müssen, umso besser. Aber entsprechende Vorkehrungen zu treffen empfände ich als beruhigend.«

»Darüber solltest du mit ihr reden, nicht mit mir.« Claudia klang untypisch zögerlich.

»Hey, auf wessen Seite stehst du?«

»Auf der Seite, die am Ende dich betrifft, Mitch. Manchmal muss man auch anderen vertrauen. Ernsthaft, nenn mir eine Person auf der Welt, die du lieber auf diese Aufgabe ansetzen würdest. Mich? Nein. Scott? Nö. Dich selbst? Himmel, niemals. Wie du zu sagen pflegst: Koste jeden Sieg aus, selbst wenn er nur vorübergehend ist. Für den Moment solltest du genau das tun.«

»Ich weiß nicht, Claudia. Ich halte Irene für voreingenommen. Verpassen wir hier eine wertvolle Chance? Mit der richtigen Vorbereitung lässt sich jeder Gegner aus dem Weg schaffen.«

»Vielleicht solltest du Sadie damit beauftragen.«

Er stieß einen langen Atemzug aus, aber nicht so laut, dass sie es hörte. Er hatte keine Lust, über Sadie zu reden. Er wollte für ein paar Minuten nicht an ihr Soufflé denken, an die Tatsache, dass es ihr Spaß machte, sich zu ritzen, an ihre wachsende Verzweiflung über die Trennung von Anna – einem Mädchen, das sie nie kennengelernt hatte …

»Sie ist verrückt, Claudia. Und damit meine ich nicht nur ein bisschen verrückt, sondern komplett verrückt. Aber sie ist überzeugend. Und das ist genau, was wir jetzt brauchen.«

»Talentiert, gefährlich und schön. Wie hat Liz Dawson sie noch genannt?«

Okay, es blieb ihm nicht erspart.

»Victoria's Secret Agent?«

»Bitte sag mir, dass wir das nicht vertiefen«, flehte Rapp.

Eine lange Pause in der Leitung. »Einverstanden.«

»Können wir uns also bitte meinem anderen Problem widmen?«

»Du willst den vorübergehenden Sieg also *nicht* einfach genießen?«

»Ich ziehe es in Erwägung.«

»Gut. Cook veranstaltet in zwei Tagen eine Art virtuelles Live-Event. Es sieht so aus, als ob das die Richtung ist, die sie einschlagen, um ihm ein Maximum an Kommunikation mit den Wählern und gleichzeitig ein Minimum an körperlichem Kontakt zu ermöglichen.«

»Du bleibst also am Ball.«

»Selbstverständlich. Ich will uns alle Optionen offenhalten, Mitch. Ich halte nur nichts von einem überstürzten Vorstoß.«

»Und?«

»Was ich weiß, ist nicht sonderlich ermutigend. Es gibt drei mögliche Veranstaltungsorte, alle massiv gesichert. Die Zuschauer werden mit Bussen hingebracht, aber wo das Event konkret stattfindet, wird erst eine knappe Stunde vorher bekannt gegeben.«

»Aber er wird persönlich anwesend sein. Er wird das Weiße Haus verlassen.«

»Ja. Aber wir wissen nicht genau, wann, wie oder wohin. Außerdem – und ich übertreibe nicht, wenn ich das sage – könnte dies buchstäblich die am besten gesicherte Wahlveranstaltung aller Zeiten sein. Ich halte es für das Beste, wenn wir den Ablauf in aller Ruhe beobachten und uns ein Bild von den Sicherheitsvorkehrungen machen.«

»Du hast erwähnt, dass im Vorfeld nicht bekannt ist, wo er auftritt. Dass es drei mögliche Veranstaltungsorte gibt.«

»Korrekt.«

»Befinden sich alle im Großraum Washington?«

»Ja.«

»Und all unsere Leute stehen unter Beobachtung?«

»Persönliche und elektronische Beobachtung, Drohnen … Auf Schritt und Tritt. Warum fragst du?«

Er lächelte. »Ach, kein konkreter Grund.«

33

Bebe Kincaid blickte bestürzt auf das Handtuch in ihren Fingern. Es war das letzte trockene Exemplar im ganzen Haus. In der vorigen Nacht war ein marodes Rohr geplatzt. Beim Aufwachen hatte sie eine kleine Katastrophe empfangen. Mitch stellte daraufhin sofort das Wasser ab und beseitigte einen Großteil der Flüssigkeit mit einem riesigen Abzieher an einem Besenstiel. Nachdem er zum Sanitärgeschäft aufgebrochen war, rückte sie dem Problem mit Putzlappen auf den Leib. Mittlerweile war der Boden zwar trocken, aber die Fugen zwischen den Fliesen hatten sich in eine hartnäckige kleistrige Masse verwandelt.

Die Flecken, die das Zeug bei jedem Schritt hinterließ, vereitelten ihre Reinigungsbemühungen und zerstörten die optische Perfektion des Gittermusters. Nichts passte mehr zusammen. Nichts sah mehr einheitlich aus. Was, wenn es dauerhaft so blieb? Wie sollte sie sich mit diesem Durcheinander arrangieren?

Sie kniete sich hin und schrubbte weiter. Dabei ignorierte sie die Arthritis in der Schulter, bis der Schmerz so heftig wurde, dass er ihre panische Angst vor dem Chaos auf dem Fußboden übertraf.

Schließlich ging sie in die Hocke und zählte, wie der Therapeut es ihr beigebracht hatte.

Eins, zwei, drei … Alles halb so schlimm. Vier, fünf, sechs. Es ist doch nur ein Stockwerk. Sieben, acht, neun. Ich könnte Fugenreiniger und eine härtere Bürste kaufen. Zehn, elf, zwölf. Das ist eine gute Idee. So kommt alles in Ordnung.

Es war 10:44, 16 Minuten vor der geplanten Abfahrtszeit. Sie ging zurück in ihr Zimmer, machte sich frisch, zog sorgfältig gebügelte Kleidung an und schlich in Schuhen mit Gummisohlen die Treppe hinunter. Die Einkaufsbeutel hingen bereits an der Eingangstür, sodass sie sich davonstehlen konnte, ohne in die Nähe von Sadies Küche zu müssen.

Um Punkt elf saß sie am Steuer von Claudias gepanzertem Geländewagen. Der Motor war angelassen, die Beutel auf dem Beifahrersitz ordentlich gefaltet. Sie empfand ein tiefes Gefühl der Erleichterung, sobald das Grundstück im Rückspiegel schrumpfte. Ihr temporäres Zuhause fühlte sich von Tag zu Tag bedrückender an. Hoffnungsloser. Sie fragte sich, ob den Adeligen im Mittelalter bei der Belagerung ihrer Burg ähnlich zumute gewesen war. Wenn man spürte, dass der Gegner die Zeit auf seiner Seite hatte und die eigene unaufhaltsam ablief.

Sie sah auf den Tacho, um sich zu vergewissern, dass sie mit exakt 40 Stundenkilometern unterwegs war, und schielte in den Rückspiegel. Statt der Hauswand, die in der Ferne verschwand, entdeckte sie jemanden auf der Ladefläche des Geländewagens. Panik ergriff sie. Mit dem Fuß trat sie voll in die Bremsen, wodurch das Fahrzeug trotz des ausgeklügelten Antiblockiersystems massiv ins Schleudern geriet.

»Ich bin's nur!«, hörte sie eine Frau rufen. Der französische Akzent war unverkennbar.

Bebe nahm den Fuß vom Pedal und brachte das Fahrzeug wieder unter Kontrolle, wobei ihr das Herz wie wild pochte. Sadie warf lässig einen Strohhut auf das Armaturenbrett und glitt anmutig über die Rückbank nach vorn. Einen Moment später machte sie es sich auf den Beuteln auf dem Beifahrersitz bequem.

»Was … Was soll das werden?«, stammelte Bebe.

»Ich begleite dich zum Shopping.« Sadie legte den Sicherheitsgurt an und ließ ihn einrasten. »Ich dachte mir, du kannst etwas Unterstützung gebrauchen.«

»Mitch hat gesagt, dass du im Haus bleiben sollst.«

»Ich habe seit einer Woche keinen Fuß vor die Tür gesetzt. Ich komme mir vor wie eine Gefangene. Das wird jeder verdächtig finden, der mich beobachtet. Ich kann nicht ewig im Haus bleiben.«

Bebe musterte die Frau in ihrem peripheren Blickfeld, wobei sie ihr wohlwollend zugestand, dass die körperlichen Proportionen inzwischen nahezu perfekt dem Original entsprachen. Das Gewicht hatte sich auf exakt denselben Wert wie bei Claudia eingependelt und sie füllte die Kleidung als Double fast perfekt aus. Heute trug sie eine Jeans, eine bedruckte Tunika und eine übergroße Sonnenbrille, wie es gerade Mode war.

»Ich sollte dich zurückbringen. Wenn ich mich beeile, schaffe ich es trotzdem rechtzeitig in den Laden.«

»Tu das nicht. Es gibt etwas, worüber ich mit dir reden muss.«

Bebe umklammerte das Lenkrad etwas fester; unsicher, was sie tun sollte. Mitch flippte bestimmt aus, wenn er herausfand, dass sie Sadie zum Einkaufen mitgenommen hatte. Aber zumindest rechnete sie nicht mit einer gewalttätigen Reaktion. Bei dieser Frau konnte sie es hingegen nicht einschätzen. Da sie selbst unter verschiedenen psychischen Störungen litt, brachte Bebe Verständnis für Menschen auf, die mit inneren Dämonen zu kämpfen hatten. Aber Sadie brauchte dringend professionelle Hilfe. Vorzugsweise in einer sicher verriegelten Gummizelle. Niemand konnte voraussagen, wie sie reagierte, wenn jemand sie oder ihre wachsenden Wahnvorstellungen anzweifelte. Die Bedrohung durch Legion kam einem verglichen mit dem Umstand, dass Sadie Hansen Zugang zu scharfen Gegenständen hatte, fast trivial vor.

»Okay«, hörte sich Bebe sagen. »Worüber willst du reden?«

Sadie lächelte warm. Claudias Lächeln.

»Ist dir in letzter Zeit etwas Seltsames an Mitch aufgefallen?«

Sie erreichten den asphaltierten Teil der Strecke. »Worauf willst du hinaus?«

Sadie schien sich ein wenig unwohl zu fühlen, wandte sich kurz ab und schaute durch das Seitenfenster. »Es ist ein bisschen persönlich.«

»Dann sollten wir nicht darüber reden«, schöpfte Bebe Hoffnung, dieser Unterhaltung zu entgehen. »Du solltest direkt zu ihm gehen.«

Sadie ignorierte die Bemerkung. »Es ist nur so, dass ... Nun, er will mich nicht anfassen. Er hat auf dem Sofa geschlafen und tischt mir eine lahme Ausrede nach der anderen auf. Aktuell schiebt er es auf sein Kreuz. Ich frage mich langsam, ob er mir nur etwas vormacht. Früher war es nie so. Hat er dir gegenüber was erwähnt? Ist er irgendwie sauer auf mich und will es mir nicht sagen?«

Bebe versuchte, sich auf die Straße zu konzentrieren, aber ihr entging nicht, dass ein feuchter Glanz in Sadies Augen getreten war. Wollte sie etwa weinen? Weil Mitch ihr gegenüber auf Distanz ging? Gegenüber Claudia? Welche der beiden Frauen saß wirklich bei ihr im Auto?

»Er steht unter großem Druck«, meinte Bebe schließlich. »Er gibt sich selbst die Schuld an allem. Und ihm fehlt Anna.«

Sadie nickte und starrte in den Fußraum. »Mir auch. Aber es beruhigt mich zu wissen, dass unsere Kleine in Sicherheit ist.«

»Du solltest im Auto warten«, schlug Bebe vor, als der Wagen auf dem gewohnten Platz am östlichen Rand des Parkplatzes ausrollte.

»Nein, ich komme mit rein und helfe dir beim Tragen.«

»Mitch wird uns eh schon umbringen. Lass es uns nicht noch schlimmer machen.«

»Tust du immer, was Mitch sagt?«

»Ja.«

»Tja, ich nicht.« Sadies Augen verengten sich auf eine Weise, wie sie es bei Claudia nie erlebt hatte. Ein flüchtiger Blick auf die Person dahinter? Vorausgesetzt, sie existierte überhaupt noch.

Bebe atmete dreimal tief ein und aus, dann stieß sie mit ihrer Schulter die schwere Tür auf. Ihre einzige Möglichkeit war, die Sache so schnell wie möglich hinter sich zu bringen. »Nimm die Beutel mit. Und vergiss deinen Hut nicht.«

Sadie folgte ihr über den Parkplatz und durch die Türen des Ladens. Das Einkaufen war eine simple Angelegenheit, weil ihre Ernährung kaum Abwechslung aufwies. Bebe nahm dreimal am Tag eine Mischung aus Gemüse und Getreide zu sich. Der Inhalt der Schüssel bei Frühstück, Mittag- und Abendessen unterschied sich nur geringfügig. Mitch und Sadie ließen sich morgens Rührei mit Schinken und Bratkartoffeln schmecken. Mittags gab es gegrilltes Hühnchen. Abends wechselten sie in einem Sieben-Tage-Rhythmus durch. Heute stand Mitchs Leibspeise auf dem Programm: Steak, gebackene Kartoffeln und Caesar Salad.

»Ich schiebe den Wagen.« Sadie schnappte sich einen aus der Reihe neben dem Eingang. »Was müssen wir zuerst besorgen?«

»Salat«, antwortete Bebe und ging am Blumenstand im Foyer vorbei zur Gemüseabteilung. Es wird schon alles gut gehen, redete sie sich ein. Legion rechnete bestimmt nicht damit, dass sich Sadie ausgerechnet heute aus der Deckung wagte. Sie agierten geplant und strategisch. Das Risiko, dass sie einen spontanen, unüberlegten Vorstoß wagten, ging gegen null.

Null, null, null …

Als sie vor dem Römersalat standen, streckte Sadie die Hand danach aus. Bebe stellte sich vor sie und trennte vorsichtig den Abschnitt mit den Konserven vom Einkaufszettel ab.

»Warum nimmst du nicht den Wagen und besorgst diese Sachen hier?« Sie ging davon aus, dass dabei nicht viel schiefgehen konnte.

Bebe beobachtete, wie sich die falsche Claudia in den hinteren Teil des Ladens zurückzog. Dabei nutzte sie die Gelegenheit, die Gesichter der Menschen zu betrachten, an denen Sadie vorbeikam. Alle Mitarbeiter kannte sie, ebenso zwei der Kunden – beide wohnten schon lange in der Gegend.

Sie widmete sich erneut dem Salat, streifte einen Plastikhandschuh über und sortierte die Köpfe, bis sie einen gleichmäßig geformten mit makellosen Blättern fand. Nachdem sie ihre Wahl getroffen hatte, verstaute sie ihn behutsam in einer Tüte und steuerte die Fleischtheke an.

Ungefähr auf halbem Weg durch den Gang stoppte sie, alarmiert vom Signalton ihres Handys. Zögernd las sie die eingegangene SMS. Offenbar hatte Mitch seine Besorgungen beendet und war zu Hause.

Wo zum Teufel steckt sie?

Vor lauter Nervosität tippte Bebe eine längere Antwort, als es ihn wahrscheinlich interessierte.

Sie ist bei mir. Ich schwöre, es war nicht meine Idee. Ich konnte sie nicht davon abhalten.

Es dauerte fast 30 Sekunden, bis sie eine Antwort erhielt, die nur aus zwei Worten bestand:

Ich weiß.

Sie rollten durch das Tor. Mitch stand auf dem Rasen und erwartete sie. Bebe fuhr eine lang gezogene Kurve, um die Beifahrertür so dicht wie möglich an ihn heranzusteuern und mehr Abstand zwischen ihn und sich zu bringen. Seine Miene wirkte, als hätte er am liebsten jemanden zerstückelt und dessen Körperteile ins Feuer geworfen – etwas, das er wahrscheinlich tatsächlich irgendwann mal getan hatte.

»Was zum Teufel hast du dir dabei gedacht?«, fragte er, als Sadie mit völlig gleichgültiger Miene ausstieg, bepackt mit Lebensmitteln. Bebe stieg ihrerseits aus und machte eine subtile schneidende Bewegung über die Kehle. Diese Frau spielte mit dem Feuer.

»Wag es nicht, so mit mir zu reden«, erwiderte Sadie ruhig.

»Ich habe dir gesagt, du sollst auf dem Grundstück bleiben. Überfordert dich eine so simple Anweisung?«

»Denkst du jemals auch an mich, Mitch? Oder denkst du nur an dich? Mir ist langweilig. Und ich bin einsam. Ich kann nicht mal zur Entspannung kochen, weil wir tagein, tagaus das Gleiche essen!«

»Wovon zum Teufel sprichst du?«

»Glaubst du, eine andere Frau würde sich das gefallen lassen?« Ihre Stimme wurde schrill. »Von *dir?* Tja, dann schlage ich vor, du suchst dir eine.«

Sie brach in Tränen aus, stürmte ins Haus und ließ ihn am Rand des Rasens stehen. Bebe wagte sich aus der Deckung. »Du solltest ihr sagen, dass es dir leidtut.«

Er fuhr sich langsam mit der Hand durchs Gesicht, bevor er sich zu seinem Fitnessstudio davonstahl.

34

WESTLICH VON MANASSAS, VIRGINIA

Joe Maslick schulterte einen taktischen Rucksack und trat auf die Veranda hinaus. Nachdem er die Tür hinter sich zugezogen hatte, schielte er in den Himmel – etwas, das er sich kürzlich angewöhnt hatte, weil es ihm das Gefühl gab, nicht länger gegen Terroristen zu kämpfen, sondern selbst einer von ihnen zu sein. Irgendwo dort oben, knapp außer Sichtweite, lauerte eine Kameradrohne. Die physische Überwachung setzte direkt vor dem Tor ein. Zwei-Mann-Teams wechselten sich rund um die Uhr in Acht-Stunden-Schichten ab.

Die elektronische Seite des Ganzen war schwieriger wahrzunehmen. Er ging davon aus, dass zumindest sein Festnetztelefon und der Internetanschluss ausspioniert wurden.

Er hatte seinem Land gedient, seit er 18 gewesen war, und Anthony Cook, dieses miese Stück Scheiße, gab ihm das Gefühl, ein Krimineller zu sein. Ein Vaterlandsverräter. Als Rapp ihn über eine verschlüsselte Leitung angerufen hatte und ihm etwas vorschlug, das seine Lage noch schlimmer zu machen drohte, sprang Maslick sofort darauf an. Sicher nicht besonders klug, aber die Cooks konnten ihn mal am Arsch lecken. Und zwar nicht nur an den Backen, sondern gefälligst direkt in der Ritze.

Er warf den Rucksack auf die Ladefläche des Pick-ups und rutschte auf den Fahrersitz. Bei der Fahrt durch das Wohngebiet fühlte er sich wie auf einem Friedhof voller überteuerter Mausoleen. Mike Nash war tot. Scott Coleman hielt sich in Griechenland auf. Bruno war in Neuseeland und Wick in seine Heimat nach Wyoming zurückgekehrt. Und schließlich gab es noch Rapp, der in Südafrika darauf wartete, dass die Lage eskalierte – mit Bebe Kincaid und dieser völlig gestörten Sadie Hansen als einziger Unterstützung.

Wo zum Teufel sollte das alles hinführen? Er konnte ja nachvollziehen, dass sie zur gleichen Zeit am selben Ort ein unwiderstehliches Ziel boten, aber sollten sie sich bis in alle Ewigkeit in der Weltgeschichte verstreuen?

Er hielt es für durchaus denkbar, dass Anthony Cook eine zweite Amtszeit bekam, und laut Irene sah alles danach aus, als wollte Cooks Frau danach in seine Fußstapfen treten. Hieß das, wenn er die Jungs das nächste Mal sah, hatte er bereits graue Haare und eine Gehhilfe? Nur um einem beschissenen Politiker nicht in die Quere zu kommen? Drauf geschissen!

Das Anwesen der Nashs kam auf der linken Straßenseite in Sicht. Es fiel ihm schwer, den Anblick zu ertragen. Maslick hatte versprochen, Mikes Sohn Rory später in der Woche zum Tontaubenschießen mitzunehmen, und morgen früh sollte er ein Gatter auf der Terrasse anbringen, damit Maggie nicht länger befürchten musste, dass Chucky die Treppe herunterpurzelte. Nach allem, was passiert war, fühlte sich die Nachbarschaft für sie verantwortlich. Leider bestand die Nachbarschaft im Moment nur aus ihm und ein paar alten Knackern, die auf dem Höhepunkt ihrer Karriere bestimmt knallharte Burschen gewesen waren, jetzt aber höchstens dazu taugten, mit ihm ein Bierchen zu zischen und dabei seine handwerklichen Fähigkeiten zu kritisieren.

Was zur Hölle geschah gerade mit seinem Heimatland? Mike Nash hatte mal zu den größten Befürwortern der Vereinigten Staaten gehört. Inzwischen wandelte sich Amerikas Motto *E pluribus unum* von Tag zu Tag mehr in ein *Jeder ist sich selbst der Nächste.* Familien zerstritten sich. Lebenslange Freundschaften gingen in die Brüche. Niemand glaubte mehr an Werte und Anstand. Keiner akzeptierte, dass er dem Land etwas schuldete – und nicht umgekehrt.

Und er hing hier fest, im Zentrum dieses gewaltigen Shitstorms. Ohne das Militär, Scott und Mitch würde er heute vermutlich an der Tankstelle in der Nähe seines Elternhauses arbeiten. Stattdessen hatte er einige der beeindruckendsten Menschen überhaupt kennengelernt und war in mehr Länder gereist, als er zählen konnte. Dank ihnen saß er am Steuer eines 90.000 Dollar teuren Pick-ups und bewohnte eine Villa in einer exklusiven Siedlung mit handverlesenen Grundstückseigentümern.

Das Radio war gerade so laut aufgedreht, dass die Stimme des Nachrichtensprechers das Geräusch der übergroßen Truckreifen übertönte. Normalerweise hielt Maslick nichts davon, sich diesen politischen Müll reinzuziehen, aber er hatte festgestellt, dass eine Menge Menschen regelrecht süchtig danach waren. Lag es daran, dass viele seiner Mitbürger zu Kundgebungen gingen und den Leuten auf der Bühne zujubelten, als wäre Jesus Christus persönlich auf die Bühne getreten? Was glaubten sie denn, was diese Arschlöcher für sie tun würden? Warum interessierte es jemanden, dass Anthony Cook seit Wochen oder Monaten oder wann auch immer nicht mehr persönlich in Erscheinung getreten war? Was er bei diesen Gelegenheiten sagte, hatte er schon hundertfach gesagt.

Der Ansager klang immer hysterischer, je näher der entscheidende Moment rückte. Der Moment, in dem der ach so tolle Anthony Cook ins Rampenlicht zurückkehrte und die Nation mit seiner Präsenz beglückte. Noch zwei Minuten.

Noch eine Minute. 30 Sekunden, bis er die Bühne betrat und jedem einzelnen Wähler versprach, ihn reich, gut aussehend und glücklich zu machen. 15 Sekunden, bis er alle schnurstracks ins verdammte Gelobte Land führte.

Als die Menge in tosenden Applaus ausbrach, suchte Maslick nach einer Stelle zum Anhalten. Die Landstraße zwischen seinem Haus und Washington, D. C. war so gut wie menschenleer. Auf beiden Seiten der Fahrbahn ragte dichter Wald in die Höhe. Laut der Anzeige am Armaturenbrett war die Temperatur auf 32 Grad geklettert. Statt im Schatten zu parken, entschied er sich bewusst für eine offene Stelle ohne Deckung durch Bäume.

Er stieg aus und lehnte sich gegen die Ladefläche, zog ein Nemesis-Valkyrie-Scharfschützengewehr unter einer Plane hervor und schnallte es seitlich am Rucksack fest. Ein Motorengeräusch näherte sich von Westen her. Sobald das Fahrzeug hinter einer niedrigen Anhöhe in Sicht kam, erkannte er, dass es nicht zu den Überwachungsteams gehörte, die ihm Tag und Nacht an der Backe klebten. Eine weitere Minute verging, dann hatte der blaue Nissan Murano ihn erreicht. Er schulterte den Rucksack, drehte sich so, dass man sein Gewehr deutlich erkennen konnte, und verzog sich in das nächste Waldstück.

Präsident Cook schritt zügig über die Bühne und demonstrierte die Kraft und Energie, die seine Anhänger von ihm erwarteten, nein, die sie von ihm *brauchten.* Er stellte sich hinter das Rednerpult, hob die Hände und genoss den Jubel im überschaubar großen Saal.

Cook forderte mit einer Geste Ruhe ein, doch seine Sympathisanten dachten gar nicht daran. Stattdessen wurde der Applaus lauter. Solche Momente ließen ihn sämtliche Opfer vergessen – diese fast religiöse Hingabe der Massen. Das Wissen, dass sie ihm jedes Wort abkauften, das über seine Lippen drang. Dass sie alles taten, wozu er sie aufforderte. Sie hätten freiwillig sich selbst und alles um sich herum geopfert, solange sie das Gefühl von Macht und Zugehörigkeit verspürten, das er allein ihnen geben konnte. *Er* war Amerika. Nicht Mitch Rapp. Nicht Irene Kennedy. Er und niemand sonst.

Die Menge beruhigte sich. Er begann mit seiner Ansprache, wobei er den Blick gezielt von Teleprompter zu Teleprompter wandern ließ. Auf diese Weise vermittelte er den Eindruck, als ob er mit allen Menschen im Saal und den über das ganze Land verteilten virtuellen Zuschauern direkten Blickkontakt aufnahm. Die Rede selbst war nichts Besonderes – größtenteils Angriffe auf politische Gegner und eine gehörige Portion Schmeichelei für die eigene Klientel. Konkrete Probleme spielten für diese Menschen keine Rolle. Sie waren zu abstrakt, um eine Verbindung zwischen Führern und Geführten herzustellen. In dieser Situation zählte nur, allen das Gefühl zu vermitteln, dass sie eine große glückliche Gemeinschaft bildeten.

Aus den Augenwinkeln bemerkte Cook, dass hinter der Bühne Unruhe aufkam. Er versuchte, sich nichts anmerken zu lassen und stur den Text abzulesen, wurde aber unsicherer, je mehr der Tumult zunahm. Als fünf Secret-Service-Agenten auf ihn zustürmten, wich er zögernd einen Schritt zurück. Einen Sekundenbruchteil später hatten sie ihn komplett eingekreist und zerrten ihn Richtung Ausgang. Während er ins Stolpern geriet und seine Füße kaum noch den Boden berührten, hörte er die Schreie des Publikums, die immer dumpfer wurden, je weiter er durch den engen Betonkorridor geschleift wurde.

In der Tiefgarage sah er seine persönliche Limousine inmitten einer Eskorte schwarzer Yukons auf eine der Ausfahrten zurasen. Auch die anderen Fahrzeuge auf dem Parkdeck hatten sich bereits in Bewegung gesetzt und schossen mit quietschenden Reifen davon. Er wurde auf den Rücksitz eines unauffälligen Ford Explorers gedrängt. Zwei Mitarbeiter vom Secret Service stiegen links und rechts neben ihm ein. Der Fahrer schloss sich dem Konvoi mit der vermeintlichen Präsidentenlimousine an und verließ das Parkhaus in Richtung Süden.

»Was ist los?«, fand Cook die Sprache wieder. »Warum bringen Sie mich weg?«

Der Leiter des Sicherheitsdienstes drehte sich vom Beifahrersitz zu ihm um. »Joe Maslick hat sich auf der Fahrt nach Washington unserer Überwachung entzogen, Sir. Bei der letzten Sichtung trug er ein Scharfschützengewehr mit sich herum.«

35

WESTLICH VON MANASSAS, VIRGINIA

Die Sonne war untergegangen, aber die Temperaturen bewegten sich weiterhin dicht unterhalb der 30-Grad-Marke. Joe Maslick, mittlerweile in Bermudashorts und Hawaiihemd, stand im Garten, eine Bierflasche in der einen und einen Teflonwender in der anderen Hand. Aus dem Grill schlugen Flammen in die Höhe. Ganz bewusst, weil die Burger auf diese Weise schneller gar waren.

Beim Aufwachen an diesem Morgen hatte er einen ziemlich banalen Plan gehabt. Zum Baumarkt fahren, um Holz für das Gitter auf Maggies Veranda zu besorgen, anschließend ein paar Spareribs in den Smoker packen. Spontan kam ihm die Idee, Skip McMahon zum Essen einzuladen. Der pensionierte FBI-Agent hatte eine Menge witziger Geschichten auf Lager. Die Chance, dass er zu viel trank und in einer Pfütze Barbecuesoße einschlief, lag locker bei 50 Prozent. Der Typ war immer für einen Lacher gut.

Doch dann hatte ihm der Anruf von Rapp mit seiner kryptischen Bitte dazwischengefunkt.

Hey, Mas. Macht es dir was aus, etwa eine Stunde vor der Kundgebung des Präsidenten nach Washington rüberzufahren? Kurz bevor er die Bühne betritt, stellst du deinen Truck am Straßenrand ab und rennst mit einem Scharfschützengewehr in den Wald, okay?

Warum?

Kein bestimmter Grund.

An welcher Stelle?

Völlig egal.

Wie lange muss ich da draußen bleiben?

Keine Ahnung. Eine halbe Stunde?

Nicht dass es die seltsamste Bitte gewesen wäre, die Rapp je an ihn gerichtet hätte. Dieser Pokal ging eindeutig an den Abend, an dem er ihm einen Koffer mit jeder Menge Bargeld in die Hand drückte und ihn aufforderte, ein Bordell außerhalb von Fez in Marokko zu kaufen und den Laden vorübergehend zu schmeißen.

Rückblickend betrachtet nicht mal der schlimmste Job, den er je erledigt hatte. Ganz im Gegenteil.

Er holte sich noch ein Bier aus dem Kühlschrank neben dem Grill, bevor er sorgsam Salat, Tomate und eine geröstete grüne Chili auf einem frisch getoasteten Brötchen anrichtete. Nachdem er eine Scheibe Cheddar darüber ausgebreitet hatte, leerte er die Dose in einem langen Zug und griff zu einer weiteren.

Der Käse begann gerade zu schmelzen, als er über sich ein Brummen vernahm. Offenbar hatte der Betreiber der Überwachungsdrohne nicht länger den Befehl, unauffällig vorzugehen. Das fliegende Auge verlangsamte den Flug und schwebte über der Terrasse, aktivierte einen Scheinwerfer und richtete ihn direkt auf sein Gesicht. Maslick legte den Pfannenwender zur Seite und hob den Mittelfinger der frei gewordenen Hand.

Die Uhr tickte.

Er schob den Burgerpatty auf das Brötchen und schlang alles hinunter. Das Fleisch war noch etwas roher, als er es mochte, aber er hatte das Hackfleisch persönlich durch den Wolf gedreht. Insgesamt gar nicht mal so schlecht. Der Cheddar hatte allerdings etwas zu viel Biss. Und in der Eile hatte er die Zwiebelscheiben auf dem Küchentisch völlig vergessen.

Wie von Rapp vorausgesagt, machten sich wenige Sekunden später Autos bemerkbar, welche die Einfahrt heraufkamen. Er stopfte sich den Burger hastig in den Mund, als von beiden Seiten des Hauses mit Sturmgewehren bewaffnete Männer in seine Richtung stürmten. Die genauen Modelle waren im Halbdunkel nicht erkennbar. Viel mehr beschäftigte ihn ohnehin die Tatsache, dass alle Läufe direkt auf ihn zielten.

»Hände hoch, damit ich sie sehen kann!«, rief jemand.

Maslick schaufelte den Rest des Abendessens in den Mund und folgte dem Befehl. Die Fleischbrocken im Mund machten seine Worte fast unverständlich.

»Was gibt es für ein Problem, Officer?«

Catherine Cook zappte in der Residenz des Weißen Hauses durch die Nachrichtensender und hielt bei einem Beitrag inne, der dokumentierte, wie ihr Mann von der Bühne gezerrt wurde. Der Vorfall lag mehrere Stunden zurück, doch die Clips dominierten weiterhin sämtliche Medien, von linearen Fernsehkanälen über Twitter bis hin zu Facebook. Sie drückte die Pause-Taste einen Sekundenbruchteil, bevor der leitende Secret-Service-Mann den Präsidenten erreichte, und registrierte, wie mickrig ihr Angetrauter wirkte. Wie verängstigt und schwach.

Offenbar war er daraufhin direkt zu einem der neuen geheimen Standorte gebracht worden, von deren Existenz Rapp und Kennedy nichts wussten. Mittlerweile befand er sich auf dem Rückweg zum Weißen Haus.

Sie ließ sich auf einen Stuhl sinken und starrte schweigend auf das eingefrorene Fernsehbild. Die Tür ging auf. Ihr Mann schritt über das Holzparkett und blieb hinter ihr stehen. Er schien nichts zu sagen zu haben. Ganz im Gegensatz zu ihr.

»Du kannst stehlen, Tony. Du kannst lügen. Betrügen. Du kannst sogar eine Politik betreiben, die das Leben deiner eigenen Wähler zerstört.« Sie zeigte anklagend auf den Bildschirm. »Was du *nicht* kannst, ist, solche Bilder zu liefern.«

»Sam arbeitet bereits an Details einer angeblichen Operation, die ich gegen den IS vorbereite. Wir werden behaupten, Informationen über einen bevorstehenden Anschlag erhalten zu haben. Darren füttert das FBI mit Desinformationen über einen ägyptischen Einwanderer, der in Georgetown studiert. Sie werden ihn morgen in seiner Wohnung festnehmen. Es bekommt mehr Gewicht, wenn man der Bedrohung ein Gesicht gibt.«

Wieder deutete sie auf den Fernseher. »*Du* hast dem Ganzen ein Gesicht gegeben, Tony. Das wird das zentrale Plakatmotiv deines nächsten politischen Gegners sein.«

»Joe Maslick …«

»Ich habe davon gehört«, unterbrach sie ihn unwirsch. »Wie weit war er vom Veranstaltungsort entfernt? Gut eine Stunde? Bei diesem Verkehr eher anderthalb Stunden? Worin genau bestand also die konkrete Bedrohung?«

»Du hast ja keine Ahnung.« Cook winkte wütend ab. »Töten ist alles, was Mitch Rapp und seine Leute tun. Wir können es uns nicht leisten, ein Risiko einzugehen.«

Sie schwenkte ein Foto, auf dem Joe Maslick eine Überwachungsdrohne abschoss. »Er spielt mit dir, Tony. Wie viel offensichtlicher soll er es denn noch einfädeln? Er will dich lächerlich machen und dazu bringen, dass du dich komplett aus der Öffentlichkeit zurückziehst. Rapp arbeitet darauf hin, dass du die nächste Wahl verlierst. Sobald du nicht mehr im Weißen Haus bist, kannst du nichts mehr gegen ihn unternehmen.«

»I…«

»Er *weiß* es, Tony. Ich weiß nicht, woher, aber er weiß von dem Dossier. Wahrscheinlich von Enzo Ruiz, aber das spielt keine Rolle. Mitch Rapp hat dir eine Botschaft übermittelt. Der Waffenstillstand ist aufgehoben. Und sollte es Legion gelingen, Claudia Gould zu töten, wird er nichts unversucht lassen, damit auch du unter der Erde landest.«

»Sie und Rapp sind in ihr Haus in Südafrika zurückgekehrt. Dort sitzen sie nahezu ungesichert auf dem Präsentierteller. Darren glaubt, dass sie versuchen, Legion gezielt anzulocken. Statt unnötig Zeit zu verschwenden, sollten wir ihn umgehend beseitigen.«

Sie lachte. »Wir haben mit ihm verhandelt. Wir haben einen Waffenstillstand vereinbart. Und er wollte ihn einhalten. Du hättest einfach nur die Hände in den Schoß legen und abwarten müssen. Aber du konntest wohl nicht anders.«

»Soll das heißen, du vertraust Mitch Rapp?«

»Ich vertraue darauf, dass er seine eigenen Interessen und die Interessen seines Landes verfolgt. Er hat verstanden, dass es ein gutes Geschäft für ihn ist. Und wenn nicht, hätte Kennedy ihn davon überzeugt.«

»Da bin ich anderer Meinung«, versetzte ihr Mann kühl.

»Und was jetzt? Starten wir einen weiteren Versuch, Rapp erledigen zu lassen, und hoffen, dass es diesmal besser läuft? Oder Scott Coleman? Irene? Einen von Hunderten anderen, die Rapp ihr Leben verdanken?«

»Wir haben bereits Maslick.«

»Um Gottes willen, Tony. Lass ihn gehen. Er ist ein Kriegsheld, der keine Gesetze gebrochen hat. In dieser Sekunde überlegt Irene Kennedy, wie sie die Story so drehen kann, dass sie in den Medien maximalen Schaden für dich anrichtet.«

Cook setzte sich auf das Sofa vor ihr. »In letzter Zeit höre ich von dir nur noch Kritik. Dass ich ein Feigling bin. Dass ich ein Idiot bin. Dass mit mir gespielt wird. Was fehlt, sind Lösungen.«

»Ich habe dir die Lösung auf den Tisch gepackt!«, schnauzte sie. »Du hast sie leichtfertig weggeworfen. Und jetzt versuchst du ernsthaft, die Schuld auf mich abzuwälzen? Ich bin kein Mitglied dieses Kults, der dich anbetet, Tony. Also behandele mich gefälligst nicht so.«

Er lehnte sich zurück und brachte so viel Abstand zwischen sie, wie er konnte, ohne den Anschein eines Rückzugs zu erwecken. Sein Ton wirkte deutlich respektvoller. »Du hast immer einen Plan B, Catherine.«

»Diesmal nicht. Der Versuch, Rapp und seine Leute auszuschalten, scheitert mit hoher Wahrscheinlichkeit sofort und zieht politische Gegenreaktionen in einem Ausmaß nach sich, dem selbst wir nicht standhalten können. Ihm die Hand zu reichen und zu versuchen, den Waffenstillstand wiederherzustellen, ist unmöglich, weil er keinen Grund mehr hat, uns zu vertrauen.«

»Was machen wir also?«

Sie holte tief Luft. »Ich sehe nur einen Weg. Dass du dich auf deine Security verlässt und ins politische Leben zurückkehrst.«

Er versteifte sich merkbar. »Das klingt nach einem sicheren Rezept für meinen Tod.«

»Mag sein«, räumte sie ein. »Aber das Weiße Haus zu verlieren ist erst recht eins.«

36

IN DER NÄHE VON FRANSCHHOEK, SÜDAFRIKA

Rapp beendete den letzten Satz Klimmzüge und ließ sich von der Stange fallen, die vor den blitzsauberen Fenstern des Fitnessstudios hing. Bebes endloses Putzen und Aufräumen besaß durchaus Vorteile. Andererseits hatte er nach wie vor nicht kapiert, nach welcher Systematik sie sein Werkzeug umsortierte. Ein Großteil der Schraubenschlüssel blieb spurlos verschwunden. Sie zu fragen wäre die logischste Lösung gewesen, zog aber unweigerlich komplizierte Erklärungen nach sich, auf die er wenig Lust verspürte. Außerdem war es ein Problem, das im Vergleich zur aktuellen Lage zur Bedeutungslosigkeit schrumpfte.

Nach ihrem Einzug hatte Sadie anfangs hart trainiert – vor allem mit Hanteln und intensiven Intervalltrainings auf dem

Laufband. Sie schien sehr auf ihre Fitness bedacht zu sein – in ihrem Beruf absolut nachvollziehbar –, nutzte die Zeit aber auch, um auszublenden, was in ihrem verdrehten hübschen Kopf vorging.

Jetzt gab es allerdings kein schweres Kreuzheben oder Sprints mit Steigung mehr. Wenn sie überhaupt trainierte, beschränkte sie sich auf ein paar anmutige Yoga-Elemente in Claudias modischer Freizeitkleidung. Gelegentlich, wenn sie einen dieser gymnastischen Akte vollführte, zu denen Claudia überhaupt nicht fähig wäre, verhärteten sich ihre Augen hinter den braunen Kontaktlinsen. Diese kurzen Blicke auf die echte Sadie Hansen wurden zunehmend flüchtiger.

Heute war sie nicht gekommen, um zu trainieren, sondern um den jüngsten Neuzugang in ihrem Haushalt zu füttern – eine Sammlung weißer Mäuse, einzeln in Drahtkäfigen gehalten. Ihm entging nicht, dass jedes Haar in ihrem Pferdeschwanz offenbar separat gebürstet worden war und sie eine sorgfältig abgestimmte Kombination aus Claudias Gartenkleidung trug. Irgendwie ließ sie das Ensemble eher wie einen neuen Modetrend wirken als wie etwas, das man zum Rasenmähen anzog.

Er starrte sie eine Weile von hinten an. Sobald es aussah, als ob sie gleich fertig war, hechtete er zurück an die Stange. Jede Ausrede, um ihre Interaktionen auf ein Minimum zu beschränken, kam ihm gelegen.

Nicht dass es ihm besonders gut gelang. Am Abend zuvor war sie aus dem Bad gekommen und hatte sich nackt vor ihm aufs Bett gehockt. Statt einen Annäherungsversuch zu unternehmen, musterte sie ihn mit dem für Claudia so typischen Blick und entschuldigte sich wortreich, in den Laden mitgefahren zu sein, ohne es ihm vorher zu sagen. Von seinem

Platz auf dem Sofa aus hatte er dasselbe getan – gesagt, es tue ihm leid, dass er »überreagiert« habe. Er schob es darauf, wie wichtig sie für ihn und Anna sei. Daraufhin war sie aufgestanden, hatte ihn sanft auf die Stirn geküsst und war dann unter die Bettdecke geschlüpft.

Anstatt ihre psychischen Probleme zu tolerieren, fütterte er sie mittlerweile gezielt. Welche andere Wahl blieb ihm denn? Legion lauerte da draußen und die Operation geriet allmählich aus den Fugen. Je mehr sich Sadie in Claudia verwandelte, desto mehr Angst bekam Bebe vor ihr. Das ging so weit, dass sie sogar ihren unermüdlichen Putzfimmel unterdrückte und sich lieber in ihrem Zimmer abkapselte.

Und die zwei Frauen waren nicht das einzige Problem. Entscheidend, um in diesem Geschäft zu überleben, war die Fähigkeit, den eigenen psychologischen Zustand realistisch einzuschätzen. Seiner verschlechterte sich massiv. Er saß in diesem Haus fest, ohne die geringste Ahnung, wann oder aus welcher Richtung Legion zuschlug, und musste sich mit zwei Teamkolleginnen herumschlagen, die nichts mit den kantigen Operator-Typen gemein hatten, die ihm für gewöhnlich den Rücken stärkten. Gelegentlich lag er nachts wach und malte sich einen Erfolg von Legion aus. Wenn Sadie starb, wäre ihr Job erledigt, und er, Claudia und Anna könnten in einem neuen Leben mit einer neuen Identität abtauchen. Natürlich blieb das Cook-Problem bestehen, aber marode Brücken brannte man erst nieder, wenn man direkt davorstand.

Wie verdreht war das denn? Während es Sadie womöglich egal war, ob sie lebte oder ermordet wurde, trug er eine Verpflichtung gegenüber jedem Mitglied seines Teams. Ob verrückt oder nicht, Sadie unterstand seiner Verantwortung. Warum musste er sich das ständig vor Augen führen? Statt seinen Körper zu stählen, sollte er vielleicht lieber die geistige Stabilität trainieren.

Rapp sprang von der Klimmzugstange und drehte sich widerwillig um. Die Nachmittagsfütterung war beendet und Sadie starrte ihm direkt ins Gesicht.

»Du wirkst nachdenklich, Mitch.«

»Ach ja?«

Sie nickte. »Was beschäftigt dich?«

»Mein Rücken«, log er.

Anfangs war sein imaginäres Rückenleiden ein Scherz gewesen, den sie beide mehr oder weniger überzeugt mitspielten – eine Möglichkeit, klarzustellen, dass ihre angebliche Beziehung allein der Mission diente und sie es nicht übertreiben durften. Jetzt aber hatte es einen festen Platz in der alternativen Realität erobert, in der sie sich bewegten.

»Immer noch Schmerzen?«

»Ja. Ich habe sie die ganze Zeit verdrängt, aber ich glaube, es wird schlimmer.«

»Du solltest dich von mir massieren lassen.«

»Danke, aber es ist die Bandscheibe. Das bringt also nichts. Wenn es nicht bald besser wird, könnte ich es mit Prednisolon versuchen. Nur wenn es gar nicht anders geht. Ich habe in meinem Leben schon zu viele Medikamente geschluckt.«

Er griff nach der Stange und tat, als ob er die Wirbelsäule dehnte. Sie stellte sich hinter ihn, schlang ihm die Arme um den Bauch und lehnte sich mit der Wange an seinen Rücken. Er war darauf vorbereitet gewesen und schaffte es, sich nicht zu versteifen.

»Du bist nicht mehr so jung, wie du mal warst, Mitch. Aber du kommst jedes Mal wieder auf die Beine. Wenn alles vorbei ist, kannst du dich in Form bringen und dein großes Rennen bestreiten. Anna kann es kaum erwarten, am Streckenrand zu stehen und dich anzufeuern. Wer weiß, vielleicht nehmt ihr eines Tages sogar zusammen an einem Wettkampf teil.«

Das Telefon, das er auf der Werkbank liegen gelassen hatte, klingelte. Sie ließ ihn los, damit er rangehen konnte.

»Hallo?«, fragte er und murmelte dann »Irene«, weil Sadie ihn fragend anstarrte.

Sie lächelte und meinte: »Grüß sie von mir.«

Rapp machte sich auf den Weg zur Tür. Das Gefühl der Erleichterung war überraschend stark, als er in den Hof hinaustrat. Kennedy hatte bislang nichts gesagt. Er befürchtete schon, die Verbindung sei zusammengebrochen.

»Irene? Bist du da?«

»Was genau hat dich auf die Idee gebracht, dass uns das weiterbringt?«, fragte sie und bezog sich dabei zweifellos auf den kleinen Streich, zu dem er Joe Maslick überredet hatte.

»Gar nichts. Ich wollte nur ein bisschen Spaß.«

»Du hast den Secret Service dazu veranlasst, ihn aus einem öffentlichen Auftritt herauszuholen. Warum in Gottes Namen kippst du gezielt Benzin ins Feuer, Mitch? Besonders in deiner momentanen Lage.«

»Ich halte nichts von deinem diplomatischen Eiertanz, Irene. Das ist nicht mein Stil. Ich regle solche Dinge auf meine Art.«

»Du hast ihm damit im Grunde mitgeteilt, dass euer Waffenstillstand aufgehoben ist.«

»Es gab nie einen Waffenstillstand. Hinzu kommt, dass er nicht mich, sondern Claudia ins Visier genommen hat. Das kann ich nicht einfach so hinnehmen.«

»Vorher hatten wir einen gewissen Handlungsspielraum. Jetzt haben wir gar nichts mehr.«

»Mag sein. Dafür ist Cook jetzt noch ängstlicher. Und überall im Fernsehen wird er als Mogelpackung entlarvt. Wir beide wissen längst, dass er eine ist.«

»Willst du wirklich, dass er Angst hat? Dass der Präsident der Vereinigten Staaten in die Enge gedrängt wird?«

»Ja, Irene. Das will ich. Und weißt du, warum? Weil *ich* Angst habe und in die Ecke gedrängt wurde. Ich habe Angst, etwas übersehen zu haben, das Sadie ihr Leben kostet. Ich habe Angst, dass Cook sich ein Herz fasst und dich und die Jungs attackiert. Ich habe Angst, dass er auf die Idee kommt, seine schlechte Publicity loszuwerden, indem er Nicks Anwesen in die Luft jagen lässt. Und es gibt nichts, was ich im Moment dagegen tun kann. Ich kann nur eins tun: dafür sorgen, dass er meinen Atem im Nacken spürt.«

Es dauerte lange, bis sie antwortete. »Willst du wissen, was ich sehe, Mitch?«

»Eigentlich nicht, aber ich nehme an, du wirst es mir trotzdem sagen.«

»Ich sehe zwei verwundete Raubtiere, die sich über eine tote Gazelle beugen und einander misstrauisch beäugen.«

»Ach ja? Dann wollen wir mal sehen, wer sie am Ende fressen darf.«

37

NÖRDLICH VON KAPSTADT, SÜDAFRIKA

»Wir haben die Kommunikation zwischen Ahmale Okoro und Anna kontinuierlich überwacht, aber wir konnten keine brauchbaren Erkenntnisse gewinnen. Es ist wahrscheinlich, dass sie zensiert wird. Es erscheint mir bei einem Mädchen ihres Alters relativ unwahrscheinlich, mit keiner Silbe auf ihren aktuellen Aufenthaltsort einzugehen«, meldete Nasrin über die verschlüsselte Leitung.

»Und die IP-Adresse?«, fragte Cyrah.

»Verschleiert.«

Sie lief einen Feldweg entlang, der dem letzten ähnelte. Diesmal war der Himmel jedoch klar und die Temperatur bewegte sich bei etwa 17 Grad Celsius. Die trockene, hügelige Landschaft lag wie ausgestorben da. Sie und das Auto, das 50 Meter weiter hinten parkte, lieferten die einzigen Indizien für die Existenz von Menschen. Sie rückte ihr Headset zurecht, um die Windgeräusche zu minimieren, bevor sie weitersprach.

»Was ist mit Marokko?«

Claudia Gould war mit einer Linienmaschine aus dem nordafrikanischen Land nach Kapstadt geflogen. Es gab keinen Hinweis darauf, dass es sich um eine Umsteigeverbindung handelte. Insofern schien sie dort aufgebrochen zu sein, und wenn das zutraf, hielt Cyrah es für plausibel, dass sich Anna nach wie vor dort aufhielt.

»Nichts Verwertbares. Wir sind auf eine Ferienwohnung in Marrakesch gestoßen, in der sie sich möglicherweise aufgehalten hat. Die Durchsuchung hat erwartungsgemäß nichts ergeben.«

»Ich denke, wir sind uns einig, dass die Angelegenheit zunehmend verdächtiger wird«, warf Yasmin ein. »Warum wird das Mädchen so gut versteckt, wenn Claudia glaubt, dass der Angriff auf sie nur früheren Konflikten mit Gustavo Marroqui geschuldet war? Dieses Problem ist ja ganz offensichtlich beseitigt. Eine dauerhafte Trennung belastet jede Mutter, und das Haus in Südafrika ist inzwischen eindeutig auf einen langfristigen Aufenthalt ausgelegt. Du hast selbst erwähnt, dass das gesamte obere Stockwerk keine Schäden aufweist.«

»Das stimmt«, musste Cyrah einräumen.

»Und Claudia verlässt das Grundstück nie. Weder um ins Fitnessstudio zu gehen, noch um einzukaufen, Freunde zu besuchen …«

»Sie ist erst seit zehn Tagen zurück und vollauf mit den Planungen für die Renovierung beschäftigt. Außerdem vermute ich, dass ihre Freunde ihnen gegenüber ein wenig misstrauisch sind nach allem, was passiert ist. Mich überrascht das nicht sonderlich.«

»Dich überrascht gar nichts mehr«, kommentierte Nasrin.

»Ich lasse mich nicht in eine weitere Debatte verwickeln. Außerdem stimmt es nicht mal, was du sagst. Claudia war immerhin vor drei Tagen einkaufen.«

»Deine Zielstrebigkeit ist dein größtes Kapital«, sagte Yasmin. Besorgnis schlich sich in ihre Stimme. »Wir fürchten nur, dass es zu einer Besessenheit wird. Oder, schlimmer noch, zu einer Art Rausch. Du klingst inzwischen, als ob du lieber sterben würdest, als zu scheitern.«

»Wir werden nicht scheitern.« Cyrah verspürte ein Aufkeimen von Wut in der Magengrube. Es ging um einen koordinierten Angriff, den die zwei ausgiebig trainiert hatten.

»Schieb dein Ego und deine Adrenalinsucht mal für einen Moment beiseite«, bat Nasrin. »Bist du völlig blind für die Möglichkeit, dass sie darauf vorbereitet sind, dass jemand – vielleicht sogar wir – Claudia im Visier hat? Dass sie bereit ist, sich als Köder zur Verfügung zu stellen, aber nicht bereit, ihre Tochter zu gefährden?«

»Woher sollten sie das wissen?«, platzte es aus Cyrah heraus, ehe sie es verhindern konnte. Die Aussage war naiv und untermauerte Nasrins Standpunkt, dass sie ihre professionelle Objektivität eingebüßt hatte.

»Woher sollten sie das wissen?«, kam die unvermeidliche Retourkutsche. »Es ist eins der größten Risiken, die wir bei der Ausarbeitung unserer Protokolle ermittelt haben. Da wir nicht wissen, für wen wir arbeiten, können wir nicht kontrollieren, ob sie gegenüber Dritten zu viel über den Auftrag ausplaudern oder kompromittiert werden.«

»Und das Risiko ist bei dieser Operation größer als sonst«, griff Yasmin den Gedankengang auf. »Wir haben es mit einem Mann zu tun, der höchstwahrscheinlich ehemaliger CIA-Mitarbeiter ist und nach wie vor über beträchtliche Ressourcen verfügt. Es wäre nicht weiter schwierig für Claudia, eine Liste ihrer überlebenden Feinde zusammenzustellen, und für ihn, sie ausfindig zu machen.«

Cyrah drehte sich zu ihrem Wagen um. »Kann ich davon ausgehen, dass es für euch ebenfalls nicht weiter schwierig wäre, eine solche Liste zu erstellen?«

»Kannst du«, bestätigte Nasrin.

»Kann ich weiterhin davon ausgehen, dass ihr es bereits getan habt?«

»Haben wir.«

»Und?«

»In den letzten zweieinhalb Wochen sind zwei der Leute gestorben, die darauf standen.«

»Konkret?«, hakte Cyrah nach.

»Josef Svoboda, den du kennst, ist offenbar bei einem autoerotischen Akt erstickt.«

»Erstaunlich daran ist höchstens, dass es nicht viel früher passiert ist.«

»Und Enzo Ruiz erlitt angeblich einen Herzinfarkt.«

»Wer ist das?«

»Eine ehemals große Nummer im spanischen Drogenhandel.«

»Bestand bei ihm denn die Gefahr eines Herzinfarkts?«

Nach längerem Zögern erhielt sie eine Antwort: »Er war über 90 und saß im Rollstuhl.«

Cyrah lachte amüsiert auf. »Über 90?«

»Ich weiß nicht, was du daran so amüsant findest«, schoss Nasrin zurück. »Einschließlich Marroquis sind *drei* von Claudia Goulds ehemaligen Feinden innerhalb eines unwahrscheinlich kurzen Zeitraums umgekommen. Willst du das als reinen Zufall abtun?«

»Ja«, sagte Cyrah schlicht. »Ich halte es zwar für möglich, dass du richtigliegst, aber wenn wir den Auftrag deswegen knicken, ist unser Ruf endgültig ruiniert. Ich stimme zu, dass wir noch vorsichtiger agieren müssen als sonst, bin jedoch nicht bereit, einfach aufzuhören. Die Frage lautet wohl eher, ob ich allein weitermachen muss oder auf eure Unterstützung bauen kann.«

»Das steht außer Frage«, versicherte Yasmin. »Natürlich hast du unsere volle Unterstützung.«

»Wir sind nicht gefährdet«, meinte Nasrin. »Nur du bist es. Und wie du selbst sagst: Wenn wir uns zurückziehen, wirst du allein weitermachen. Wir befürchten, dass das entweder mit deinem Tod oder deiner Gefangennahme endet. Und wenn nicht, wäre es nur eine kurze Verschnaufpause vor deinem Sprint ins Unvermeidliche.«

»Wie poetisch.«

»Du bist unsere Schwester, und wir wollen nicht, dass dir etwas zustößt – egal ob es deine eigene Schuld ist oder nicht«, sagte Yasmin. »Du musst trotzdem begreifen, dass wir beide, falls wir diese Operation erfolgreich abschließen, in Zukunft bei der Auswahl von Aufträgen deutlich selektiver vorgehen werden.«

Cyrah beschloss, die unterschwellige Drohung zu ignorieren. »*Können* wir sie erfolgreich abschließen?«

Nasrins Seufzer war selbst über das Rauschen der aufkommenden Brise hinweg hörbar. »Wir haben eventuell eine Möglichkeit gefunden.«

»Raus damit.«

»Es gibt keine regelmäßigen Lieferungen an das Haus, nur sporadisch eintreffendes Baumaterial von verschiedensten Zulieferern. Es wurde ein Architekt engagiert, die gesamte Abstimmung erfolgt bislang jedoch per Mail und Telefon. Per Post verschickte Baupläne oder Besprechungen vor Ort sind heutzutage eher eine Seltenheit.«

»Aber?«, forschte Cyrah nach. Sie kam zum zweiten Mal während des Telefonats an ihrem Auto vorbei und wollte nicht länger als nötig hier draußen bleiben.

»Der Schlüssel liegt vielleicht in der Ernährung. Nach ihren Käufen im Supermarkt zu urteilen, variiert sie so gut wie überhaupt nicht.«

»Wie können wir das für uns nutzen?«

»Indem wir bei der Hausangestellten ansetzen«, antwortete Yasmin. »Sie ist extrem zwanghaft in ihrem Verhalten, was sie äußerst berechenbar macht. Was uns besonders interessiert, ist eine konkrete Facette dieser Zwanghaftigkeit. Genauer gesagt, wie sie beim Einkaufen den Römersalat auswählt.«

38

Franschhoek, Südafrika

Bebe Kincaid drehte noch eine Runde auf dem Parkplatz. Obwohl nicht besonders viel los war, parkte jemand auf ihrem gewohnten Platz im östlichen Abschnitt. Wie lange es wohl dauerte, bis der gemeine Parkplatzdieb wegfuhr? Vielleicht wollte er nur rasch etwas besorgen. Sollte sie warten? Ein paar Runden drehen, bis …

Eins, zwei, drei. Alles halb so schlimm. Vier, fünf, sechs. Es ist bloß ein Parkplatz.

Sie stieß rückwärts in eine Lücke, von der aus sie die Umgebung ebenso gut im Blick hatte, und tat, als ob sie auf ihr Telefon schaute, während sie durch die Windschutzscheibe schielte. Es waren nur wenige Kunden zu sehen, darunter eine alte Bekannte – eine Seniorin mit einem Gehstock, der ihr mehr Probleme zu bereiten schien, als er löste.

Das amerikanische Überwachungsteam hatte sie rund eine Woche lang im Auge behalten, schien aber mittlerweile das Interesse verloren zu haben. Kein Wunder. Niemand auf dieser Welt wusste, dass sie existierte, oder interessierte sich dafür. Niemand außer Mitch, Claudia, Scott und seinen Jungs.

Zu Beginn ihrer Karriere war sie die wertvollste Überwachungsspezialistin beim FBI gewesen. Später, als sich ihr geistiger Zustand verschlechterte, hielt man sie für eine Belastung. Ihr Ehemann – ein wunderbarer Mensch – sah sich schließlich gezwungen, sie zu verlassen. Sie begann, ihre Probleme durch zwanghaftes Verhalten zu bekämpfen. Ihre Freunde hatten sich aus demselben Grund von ihr distanziert. Schließlich versetzte das Bureau sie in den Vorruhestand. Wenn Mitch Rapp ihr nicht den Job in Colemans Firma angeboten hätte, wäre sie vollkommen aufgeschmissen gewesen.

Nach drei tiefen Atemzügen stieg Bebe aus und betrat den Supermarkt. Nachdem sie einen Einkaufswagen ausgewählt hatte, tat sie, als ob sie die Gemüseauswahl prüfte, konzentrierte sich aber in Wahrheit auf die Menschen in ihrer Umgebung. Wer auch immer Legion war, sie gaben sich keine Blöße. Jeder, den sie auf ihren Ausflügen außerhalb des Grundstücks mehr als einmal wahrgenommen hatte, entpuppte sich als langjähriger Bewohner der Stadt oder Tourist mit unverdächtigem Hintergrund.

Sie benutzte den gewohnten Spender, um sich einen Plastikhandschuh zu holen, legte dann aber auf dem Weg zum Römersalat eine Pause ein. Eine junge Frau, die sie nie zuvor gesehen hatte, stand vor der Auslage. Geschätzt Anfang 30, fernöstliche Abstammung, hübsch auf eine koboldhafte Art. Bebe speicherte ihre Gesichtszüge ab – ein Automatismus, auf den sie keinen Einfluss hatte – und wartete, bis die Kundin weitergegangen war, bevor sie die Gemüsetheke ansteuerte.

Mit der behandschuhten Hand wühlte sie durch die angebotene Auswahl, die sich als äußerst enttäuschend herausstellte. Die Lage wendete sich zum Besseren, als sie eine Schicht tiefer grub und einige knackige Blätter durchschimmern sah. Einen Moment später hielt sie einen Kopf in der Hand, der vielversprechend glänzte und dessen Blätter sich in gleichmäßigen Wellen kräuselten. Nachdem sie ihn in einem Plastiksäckchen verstaut hatte, ging sie weiter in Richtung Fleischtheke.

39

In der Nähe von Franschhoek, Südafrika

Bebe Kincaid schritt vor dem Tor hin und her, ihre Turnschuhe verursachten kaum ein Geräusch auf den Fliesen. Sie schwitzte stark, obwohl es kalt war und sie keine Jacke trug. Das Haus in ihrem Rücken war vollkommen dunkel, was Rapps Vorgaben entsprach und sie zwang, sich auf das Sternenlicht zu verlassen, um nicht ins Stolpern zu geraten.

Sie zählte leise vor sich hin, um ihre rasenden Gedanken zu beruhigen. Inzwischen war sie bis 2312 gekommen, ohne dass sich etwas änderte. Sie fühlte sich verängstigt und allein. Ersteres war durchaus nachvollziehbar, Zweiteres weniger. Legion lauerte da draußen. Sie warteten. Vielleicht in den Weinbergen. Vielleicht direkt auf der anderen Seite der Mauer.

In der Ferne ertönte ein Motorengeräusch. Sie überprüfte den Live-Feed der Überwachungskamera auf dem Handy. Für ein paar Sekunden blieb alles ruhig, dann flackerten Scheinwerfer auf, gefolgt von den vagen Konturen eines Krankenwagens. Sie neigten dazu, ihre Notbeleuchtung nicht einzuschalten, um keine Anwohner zu stören. Um diese Tageszeit gab es ohnehin kaum nennenswerten Verkehr.

Bebe wischte zu einer anderen App und öffnete das Tor. Wenige Augenblicke später lotste sie das Fahrzeug winkend heran und joggte hinterher, als es vor dem Eingang hielt.

»Was ist los?«, fragte die Frau, die auf der Beifahrerseite ausstieg. Sie war Anfang 40, hatte aschblondes Haar und einen starken südafrikanischen Akzent. Nach einem Abgleich mit ihrer internen Gesichtsdatenbank identifizierte sie die Sanitäterin als Aileen de Jager. Sie stammte ursprünglich aus Durban und war seit mehr als zehn Jahren in diesem Beruf tätig.

»Sie sind oben«, sagte Bebe. »Beiden geht es sehr schlecht. Ihr müsst euch beeilen.«

Der Fahrer stieg aus und verschwand im hinteren Teil des Krankenwagens. Sein Profil blitzte kurz im Licht der Scheinwerfer auf, die von der Hauswand reflektiert wurden. Das genügte Bebe, um ihn als Gatik Patel zu erkennen – ebenfalls ein erfahrener Pfleger. Es gelang ihr, sich ein wenig zu entspannen. Nicht Legion. Noch nicht.

Sie gingen beide äußerst professionell vor, manövrierten die Trage die Treppe hinauf, ohne gegen eine Wand zu stoßen, und folgten Bebe in das Hauptschlafzimmer. Der durchdringende Geruch von Erbrochenem schlug ihnen ins Gesicht, doch es schien sie nicht zu stören. Sie gingen direkt zu Sadie, die in einem fleckigen Schlafanzug regungslos auf dem Bett lag. Rapp hing nur mit einer Jogginghose bekleidet über der Kloschüssel. Unter einem Flickenteppich von Narben kontrahierten sich seine klar definierten Muskeln noch einige Male, bevor er erschöpft auf den Boden glitt.

»Bringen wir ihn zuerst runter«, entschied de Jager und deutete Richtung Toilette. »Danach kümmern wir uns um die Frau.«

Der leise Signalton holte Cyrah Jafari aus dem Schlaf. Sie griff nach dem Handy auf dem Nachttisch. Die eingegangene Kurznachricht bestand nur aus drei Buchstaben. Eine paradoxe Mischung aus Aufregung und Ruhe überkam sie. Sie genoss das Gefühl, während sie barfuß in die Küche tappte. Das Endspiel hatte endlich begonnen.

Sie nahm die SIM-Karte aus dem Gerät und legte sie in die Mikrowelle. Grelle Funken erhellten den Raum, als sie das Handy in ein Geschirrtuch einwickelte und mit einem Fleischklopfer darauf einschlug. Sobald sie den Grad der Zerstörung als zufriedenstellend einstufte, zog sie ein anderes Handy aus der Tasche, legte eine zweite SIM-Karte ein und fuhr es hoch.

Eine proprietäre App übertrug ein Video mit einem Zeitstempel, der 17 Minuten zurücklag. Es war von einer Drohne aufgezeichnet worden, die Nasrin von einem unbekannten

Ort aus steuerte – wahrscheinlich hielt sie sich am anderen Ende der Welt auf.

Ein Krankenwagen zeichnete sich im grellen Licht der eigenen Scheinwerfer vor der weiß getünchten Fassade eines kapholländischen Hauses ab. Die Eingangstür stand offen, aber der Winkel machte es unmöglich, ins Innere zu schauen. Sie spulte zu dem Moment vor, als zwei Sanitäter eine Trage auf die Veranda rollten. Mitch Burhan lag darauf, ohne sich zu rühren. Sein bärtiges Gesicht war das Einzige, was über das Laken hinausragte. Er wurde mit routinierten Bewegungen in den hinteren Teil des Fahrzeugs verfrachtet, ehe die beiden Sanitäter mit einer weiteren Trage ins Haus zurückkehrten.

Als sie erneut zurück kamen, lag Claudia Gould darauf. Sie schien sich in ähnlich schlechter Verfassung zu befinden. Die untere Hälfte ihres Gesichts war mit einer Substanz verkrustet, die sie für Reste von Erbrochenem hielt. Cyrahs Lippen verzogen sich zu einem Lächeln, das abrupt verblasste, sobald Bebe Davis auftauchte. Sie wirkte vollkommen gesund und redete hektisch und mit den Händen fuchtelnd auf die Sanitäterin ein. Schließlich zog sie sich ins Hausinnere zurück, während der Krankenwagen durch das offene Tor in der Ferne verschwand.

Es hatte geklappt. Ihre Ausbilder hätten in dieser Situation zweifellos Allah gepriesen. Sie pries lieber ihr Team. Der Salat war mit einer Substanz präpariert worden, die Symptome einer Lebensmittelvergiftung nachahmte. Diesen Zweck hatte sie bei ihren beiden primären Zielen erfüllt. Sie hatte zwar gehofft, dass auch Davis in Mitleidenschaft gezogen wurde, aber natürlich kam es vor, dass das Personal seine Mahlzeiten getrennt von den Hausbesitzern einnahm. Eine winzige, kaum ins Gewicht fallende Komplikation.

Die ältere Frau erschien auf der Veranda. Sie trug jetzt einen Mantel und machte sich in einem watschelnden Joggingschritt auf den Weg zu Claudias Geländewagen. Einen Moment später rollte sie durch das Tor und beschleunigte, um den Krankenwagen einzuholen.

Cyrah schaltete das Telefon aus, entfernte die SIM-Karte und wiederholte ihr bewährtes Zerstörungsritual. Hinterher ging sie zurück ins Zimmer und zog eine Reihe großer Plastiktüten unter dem Bett hervor. Jede war mit drei Buchstaben bekritzelt. Sie wählte die aus, die mit der vor wenigen Minuten eingegangenen SMS übereinstimmte. Das Kürzel stand für das Krankenhaus, in das die Ziele gebracht wurden. In der Tüte befand sich die passende Dienstkleidung samt Mitarbeiterausweis, ferner ein Klemmbrett mit Dokumenten, versehen mit dem Logo der Klinik.

Sie zog sich an und befestigte mit Klebeband ein Keramikmesser innen an der Taille, das für Metalldetektoren unsichtbar blieb. In der Küche öffnete sie den kleinen Medikamentenkühlschrank und holte eine Spritze in einem schmalen Plastikbehälter heraus. Nachdem sie diese an einer ähnlichen Stelle auf der anderen Seite der Hüfte fixiert hatte, schlüpfte sie in einen langen Mantel und wandte sich zur Tür.

Cyrah wartete auf dem Parkplatz der Klinik, bis zwei Krankenwagen gleichzeitig eintrafen. Im anschließenden Chaos schob sie sich durch die Glastüren. Zielstrebig steuerte sie den Informationsschalter an. Den Grundriss hatte sie im Vorfeld auswendig gelernt.

»Was kann ich für Sie tun?«, erkundigte sich die freundliche Mitarbeiterin am Tresen. Sie schien sich weder für Cyrahs Ausweis noch für die Tatsache zu interessieren, dass der größte Teil ihres Gesichts von einer chirurgischen Maske verdeckt wurde.

»Ich suche Mitch Burhan«, antwortete sie. »Er wurde gegen drei Uhr morgens eingeliefert.«

Die Frau konsultierte ihren Bildschirm und brauchte nur wenige Sekunden, um die Daten abzurufen. »Verdacht auf Lebensmittelvergiftung. Es wurden bereits Tests durchgeführt, aber es sieht so aus, als ob die Ergebnisse aus dem Labor noch nicht vorliegen. Zimmer 428.«

Cyrah blätterte eine Seite auf ihrem Klemmbrett um. »Hier steht, dass er mit einer Claudia Dufort hergebracht wurde. Ähnlicher Zustand.«

Die Frau schob die Maus über das Pad neben der Tastatur. »Richtig. Dufort. Sie ist hier, aber auch bei ihr sind noch keine Laborwerte eingetroffen.«

»Liegt sie im selben Zimmer?«

»Nein. In 432.«

Cyrah lächelte warm durch die Maske. »Danke.«

Der Aufzug beförderte sie in den vierten Stock. Sie bog nach links ab, vorbei an einem weiteren Informationsschalter und einem kleinen Wartebereich. Beiläufig hielt sie nach Bebe Davis Ausschau. Keine Spur. Sie hielt es zwar für unwahrscheinlich, dass sie sich bei Claudia im Zimmer aufhielt, konnte es jedoch nicht ausschließen. Die Frage war nur, wie sie in diesem Fall reagieren sollte. Später wiederkommen oder sie zum Gehen auffordern und wie geplant fortfahren? Normalerweise wäre Ersteres die naheliegende Strategie, aber bei dem zwanghaften Verhalten, das diese Frau an den Tag legte, war es gut möglich, dass sie sich nicht davon abbringen ließ, bis zu deren Entlassung an Goulds Bett auszuharren.

Cyrah bog um die nächste Ecke und erhielt die Antwort auf ihre ungestellte Frage. Davis stand am anderen Ende des Korridors und führte ein Telefonat. Sie blickte kurz vom Handy auf, fixierte Cyrah für einen Moment und kam dann in ihre Richtung. Sie nickten einander im Vorbeigehen stumm zu, dann verschwand die Amerikanerin in einem anderen Flur.

Ein engerer Kontakt, als Cyrah es sich gewünscht hätte, aber kaum der Rede wert. Sie war Davis vorher nur einmal begegnet. Am Tag, an dem sie den präparierten Salatkopf im Lebensmittelladen deponiert hatte. Und da hatte die andere sie nur kurz im Profil und für wenige Sekunden gesehen. Unwahrscheinlich, dass die Frau sich unter optimalen Umständen an sie erinnert hätte, gänzlich unmöglich mit der Schutzbrille, der Maske und dem Kopftuch, das in dieser Sekunde ihr Haar bedeckte.

Zimmer 432 war leicht zu finden. Cyrah spähte durch den in die Tür eingelassenen Glasstreifen. Das Licht war ausgeschaltet, sie konnte gerade noch etwas erkennen. Claudia Gould lag auf dem einzigen Bett im Raum, halb aufgerichtet und mit einer Infusion im linken Arm. Die Trage, auf der sie vermutlich hergebracht worden war, stand in der Ecke. Wahrscheinlich weil sie von verschiedenen Körperflüssigkeiten verschmutzt war und vor der nächsten Verwendung desinfiziert und gereinigt werden musste.

Zufrieden mit diesem Anblick zwängte sich Cyrah durch die Tür und schloss sie hinter sich, bevor sie die Spritze aus dem Versteck am Hosenbund zog. Es wäre ihr weitaus lieber gewesen, die Sache im Dunkeln zu erledigen, aber das passte nicht zu der Rolle, die sie spielte. Eine Krankenschwester, die sich um eine Patientin kümmerte, tat dies bei eingeschalteter Deckenbeleuchtung.

Sie fand den Schalter und legte ihn um. Nichts geschah.

Ihr Zögern währte weniger als eine Zehntelsekunde, aber das reichte, um sie an ihre übertriebene Arroganz zu erinnern. An die schroffe Ablehnung, als ihre Schwestern Bedenken zu dieser Mission vorbrachten. An ihre unstillbare Gier nach Nervenkitzel und Erfolg.

Sie drehte sich zur Tür und war nicht überrascht, als ihr Handgelenk mit hartem Griff gepackt wurde. Sie ließ das Klemmbrett fallen und tastete nach dem Messer, das an ihren Bauch geklebt war. Bevor sie es lösen konnte, spürte sie einen Stich. Etwas drang in ihren Oberschenkel ein.

Ein Arm schlang sich um sie, stark genug, um ihr das Atmen zu erschweren, aber sie schaffte es noch, ihre Finger um die Klinge zu schließen. Diese waren jedoch bereits taub geworden. Sie spürte, wie die Beine unter ihr wegklappten. Ein überwältigendes Gefühl von Wärme und Schwerelosigkeit war das Letzte, was sie bewusst wahrnahm.

Rapp ließ die Frau auf den Boden sinken und hob das Messer und die Spritze auf, die sie fallen gelassen hatte. Als er beides in der Tasche seiner Sanitäteruniform verstaut hatte, war Sadie schon aus dem Bett und ihrem Krankenhauskittel geschlüpft. Sie warf ihm das Kleidungsstück zu. Er hängte es sich um die Schultern, während er die bewusstlose Frau auf dem Boden entkleidete.

Er hatte ihr den Kittel fast übergestreift, da schob Sadie, ebenfalls in Sanitätermontur, die Trage heran. Sie hoben die Frau darauf und zogen ihr das Laken bis zum Hals.

»Mein Gott!« Sadie blickte in ihr schlafendes Gesicht. »Sie ist so … niedlich.«

Keine besonders relevante Beobachtung, aber unbestreitbar zutreffend. Eine Iranerin, hätte Rapp einen Tipp abgegeben sollen – eine Herkunft, die ziemlich gut zu dem Profil passte, das sie erstellt hatten. Ansonsten ließ sich lediglich feststellen, dass sie Anfang oder Mitte 30 war, mit einem schlanken, athletischen Körper, der sie schwerer machte, als es auf den ersten Blick schien. Definitiv niemand, der wie eine der erfolgreichsten Killerinnen ihrer Generation wirkte. Eher wie die neue Kindergärtnerin, die alle Ehemänner dazu brachte, sich plötzlich für die Teilnahme an den Elternabenden zu interessieren.

Rapp schob ihre Kleidung und das Klemmbrett, das sie bei sich trug, unter das Laken und hängte ein weiteres an die Seite der Trage. Es enthielt gefälschte Papiere für die Verlegung in ein anderes Krankenhaus; nur für den unwahrscheinlichen Fall, dass jemand sie unterwegs aufhielt.

»Fertig?«

Sadie nickte. Er vergewisserte sich, dass der Korridor leer war, bevor sie die Trage hinausrollten. Bei normalem Tempo brauchten sie etwa eine Minute bis zum Aufzug und weitere fünf, um den Hinterausgang zu erreichen. Dort wartete ein Rettungswagen, in den sie die Frau luden. Sadie kletterte in den Behandlungsbereich und schlug die Tür hinter sich zu.

40

Cyrah Jafari schlug die Augen auf. Es war so düster, dass sie für einen Moment glaubte, nach wie vor im Krankenhaus zu sein. Sobald sich ihre Umgebung und die Erinnerungen schärften, wurde ihr jedoch klar, dass dies nicht zutraf. Sie kam langsam zu Kräften und versuchte, sich aufzurichten, was ihr jedoch nicht gelang.

Sie ließ den Kopf nach links sacken und stellte fest, dass ihr Arm mit Klebeband, das um Bizeps, Unterarm und Handgelenk gewickelt war, im rechten Winkel zum Körper fixiert wurde. Einen Moment später stellte sie fest, dass ihr rechter Arm das gleiche Schicksal teilte. Sie mühte sich, die nackten Füße von den Planken zu heben, die sich wie grob behauene Bretter anfühlten. Dabei schnitt etwas schmerzhaft in ihre Knöchel.

Sie brachte ihren Kopf in eine neutrale Position und starrte an die dunkle Decke. Eine Metallstange teilte ihren Blick in der Mitte, verwirrte sie für einen Augenblick, lieferte dann aber den entscheidenden Hinweis. Eine Hantelbank. Man hatte sie an eine Hantelbank gefesselt.

Irgendwo in einem fernen Land würde Nasrin wütend mit dem Kopf schütteln. In einem anderen würde Yasmin leise schluchzen. Cyrah hatte immer geahnt, dass es ihr nicht bestimmt war, an Altersschwäche zu sterben, aber sie hatte gehofft, zumindest ihren 40. Geburtstag zu erleben. Warum ausgerechnet dieser Meilenstein? Keine Ahnung. Ein Fixpunkt, den sie irgendwann für sich festgelegt hatte.

Bei vollem Bewusstsein hob sie den Kopf, so weit es ging, und spähte über ihren nackten Körper hinweg. Das wenige Licht verdankte sie Sonnenstrahlen, die durch den Spalt einer Doppeltür eindrangen. Zu ihrer Linken stand eine Werkbank. Die Utensilien, die darauf lagen – einige waren aus diesem Winkel nicht zu erkennen –, ließen nichts Gutes erahnen. Sie war gründlich auf Verhöre vorbereitet worden, aber selbst ihr ehemaliger Kommandant hatte vor gewissen Methoden zurückgeschreckt. Wer immer sie hier festhielt, verzichtete vermutlich auf solche Zurückhaltung. Und am Ende erwartete sie keine Rache wie beim letzten Mal. Nur ein äußerst willkommener Tod.

Sie schloss die Augen und analysierte ihre Situation. Die Bank bestand aus massivem Stahl und schien im Boden verankert zu sein. Ihre Knöchel rührten sich nicht von der

Stelle – offenbar dem Einsatz von Kabelbindern geschuldet. Das Klebeband, das sich an mehreren Stellen um ihre Arme wickelte, war dick und schwarz. Wahrscheinlich Gorilla-Tape, das sie selbst aufgrund der hervorragenden Hafteigenschaften und Reißfestigkeit bevorzugte. In direkter Nähe erspähte sie keinen scharfen Gegenstand. Ohnehin konnte sie kaum mehr als den Kopf bewegen.

Ohne realistische Hoffnung auf ein Entkommen wandte sie sich erneut dem zu, was sich optimistisch als ihre Einsatzumgebung charakterisieren ließ. Ein rosafarbenes Fahrrad mit bunten Luftschlangen, die am Lenker baumelten, erregte ihre Aufmerksamkeit, weil es vollkommen deplatziert wirkte. Nach kurzem Nachdenken wurde ihr klar, dass es Anna gehörte. Man hielt sie also im Nebengebäude von Claudia Goulds Haus fest.

Da es sonst nichts zu sehen gab, schloss Cyrah die Augen. Als Kind hatte sie ein ähnliches, wenn auch deutlich klapprigeres Fahrrad besessen, gekauft von ihrem Onkel. Sie hatte das Gefühl der Freiheit geliebt, das es ihr schenkte, und sie erinnerte sich gut, wie wütend sie gewesen war, als ihr Vater es ihr eines Tages wegnahm. Damals hatte sie ein Alter erreicht, in dem er ihr solche Freiheiten nicht länger gönnte.

Ganz gleich was in den nächsten Tagen – oder gar Wochen – geschah, sie bereute nichts. Sie hatte sich erfolgreich den Beschränkungen entzogen, die ihr die Männer in ihrem Land auferlegten. Sie hatte sich aus freien Stücken entschieden, diesen Weg einzuschlagen. Die Verantwortung für alles, was jetzt geschah, lag allein bei ihr.

Cyrah wusste nicht, wie lange sie bereits dort lag. Als sich die Tür schließlich öffnete und die Deckenbeleuchtung aufflackerte, klapperten ihre Zähne bereits. Sie spürte die Wärme, die mit der Sonne hereinströmte, und konzentrierte sich darauf, wie die Strahlen ihre Haut berührten und hinter den geschlossenen Augenlidern glänzten. Eine Erinnerung, auf die sich zurückgreifen ließ, falls das Bevorstehende zu grausam wurde.

»Ich weiß, dass du wach bist.« Eine männliche Stimme. Allerdings hatte sie zwei Paar Schritte gehört. Es klang, als ob er einen Stuhl neben sich herzog. Etwas wurde auf ihrem Bauch abgelegt, direkt unterhalb des Nabels. Sie konnte es nicht zuordnen. Klein. Leicht. Vielleicht aus Plastik. Eine Art Foltergerät? Sie würde es bald herausfinden.

»Öffne deine Augen.«

Da es keinen zwingenden Grund gab, sich dem Befehl zu widersetzen, gehorchte sie. Mitch Burhan beugte sich über sie. Er saß auf einem Klappstuhl, der an die Wand gelehnt war. Statt der erwarteten Lederschürze und Gummihandschuhe trug er Arbeitsjeans und ein altes T-Shirt, auf dem der Schriftzug ›Specialized‹ prangte. Er ließ mit einem undeutbaren Stirnrunzeln den Blick über ihren Körper wandern. Nicht wütend oder sadistisch. Wenn sie ein Wort dafür finden müsste, hätte sie es wohl als gereizt bezeichnet.

Claudia lehnte hinter ihm an der Werkbank und drehte einen Schraubenzieher geschickt zwischen Daumen und Zeigefinger der linken Hand. Ihr Gesichtsausdruck war noch rätselhafter. Neutral, und doch lag ein gewisser Glanz in ihren Augen, der auf … Vorfreude schließen ließ. Worauf? Auf sie? Auf Blut? Beides? In diesem Moment wurde ihr schlagartig etwas anderes bewusst: Claudia Gould war *Rechts*händerin.

Cyrah richtete den Blick zurück an die Decke, die von LED-Spots erhellt wurde. Der Mann, dessen Gesicht über ihr schwebte, schien ihre Gedanken zu lesen und beantwortete die Frage, die sie beschäftigte.

»Sie ist mit Anna in Uganda.«

Er lehnte sich zurück, schlug die Beine übereinander und rückte einen schwarzen Cowboystiefel in Cyrahs Blickfeld. »Also, warum erzählst du mir nicht etwas über dich?«

Man hatte ihr beigebracht, während eines Verhörs zu schweigen. Alles, was sie sagte, wurde von den Leuten auf der Gegenseite zwangsläufig gegen sie verwendet. Zumindest von denjenigen, die noch fähig waren, zusammenhängend zu denken. Von denjenigen, die nicht im Sterben lagen.

»Ich mag keine Verhöre«, sagte er, als sie schwieg. »Zwing mich nicht, hieraus eins zu machen.«

Die Frau im hinteren Teil des Raums hob die Hand wie ein Schulmädchen, das die Aufmerksamkeit des Lehrers auf sich lenken wollte. »Ich übernehm das gern.«

Ihr Akzent klang britisch, nicht französisch.

Burhan drehte sich um und funkelte sie an. Sie ließ die Hand sinken und erneut das Werkzeug rotieren – in der falschen Hand. Als er Cyrah erneut musterte, hatte sich seine Verärgerung vertieft und ihre Ruhe geriet ins Wanken. Falls die beiden guter Bulle, böser Bulle mit ihr spielten, machten sie ihre Sache ausgezeichnet. Die andere Frau hatte zwar nur wenige Worte gesprochen, aber sie genügten, den dringlichen Wunsch auszulösen, nicht mit ihr allein gelassen zu werden.

»Mein Name ist Cyrah Jafari.«

Es gab keinen Grund, nicht zu reden, führte sie sich vor Augen. Es ging nicht um Gott oder ihr Heimatland. Es ging nicht einmal um ihre Schwestern, die durch nichts, was sie sagte, in Gefahr gerieten. Ihr Schweigen war nichts weiter als ein Überbleibsel ihrer Ausbildung. Und ein Zeichen von Stolz.

»Iranerin?«

»Ja. Ich gehörte einer Spezialeinheit an, in der Frauen für die Infiltration Israels ausgebildet wurden.«

»Aber du hast dich entschieden, zu fliehen und auf eigene Faust zu arbeiten.«

»Das Programm wurde nach dem Regierungswechsel eingestellt. Nachdem mein Kommandant mir eine letzte Lektion erteilt hatte, entschied er, dass mein Platz im Schreibbüro sei.«

»Ich wette, ein Platz im Schreibbüro klingt im Moment ziemlich verlockend.«

»Nein«, erwiderte sie nach ein paar Sekunden Nachdenken. »Tut es nicht.«

Er verschränkte die Arme und starrte sie bestimmt 30 Sekunden lang an. »Das muss ich dir lassen. Wenn es eine Zeitschrift *Gemüsezucht für Profis* gäbe, würden sie deinen Salatkopf glatt auf die Titelseite nehmen.«

»Danke. Ich habe ihn liebevoll in Form gezupft und geschnitten. Das Geheimnis liegt jedoch im Wachs. Es verleiht ihm diesen seidigen Glanz unter den Speziallampen im Supermarkt. Mein Kompliment. Die Zwangsneurosen Ihrer Hausangestellten wirkten sehr überzeugend.«

»Nein, sie ist wirklich so. Du hast ja keine Ahnung, wie viele Varianten es gibt, eine Besteckschublade zu sortieren.«

Cyrah lächelte traurig. Er streckte die Hand aus, um das Ding auf ihrem Bauch zu berühren.

»Was ist dadrin?«

Sie hob den Kopf und sah die Spritze, die für Claudia bestimmt gewesen war. »Kolibakterien kombiniert mit einer hohen Dosis der Giftstoffe, die sie produzieren.«

»Die waren aber nicht auf dem Salat?«

»Nein. Die Wirkung wäre zu unkalkulierbar. Ich habe dem Wachs ein nicht tödliches synthetisches Gift beigemischt, damit es sich nicht abwaschen lässt. Es ist mit konventionellen Methoden im Labor nicht nachweisbar und wirkt in einem äußerst begrenzten Zeitrahmen. Wir haben allerdings verschiedene andere Salatköpfe von diesem Lieferanten mit Bakterien versetzt. In den nächsten Tagen werden etliche Menschen in der Gegend erkranken, allerdings nicht tödlich. So wäre Claudias Tod nicht zu verdächtig erschienen.«

»Sehr vorausschauend.«

»Ich danke Ihnen. Darf ich fragen, woher Sie es wussten?«

»Wir essen nichts von dem, was Bebe im Laden kauft. Unser Essen wird mit einem der Bauwagen aufs Grundstück geliefert.« Er zeigte auf etwas in ihrer Nähe. Es gelang ihr, den Hals weit genug zu recken, um eine Reihe von Mäusekäfigen zu erkennen.

»Wir haben alles getestet, was sie ins Haus gebracht hat. Keine der Mäuse wollte den Salat anrühren. Der Verdacht auf eine Lebensmittelvergiftung lag für uns auf der Hand.«

»Ja«, antwortete Cyrah leise. »Wenn ich es mir recht überlege, war es ziemlich offensichtlich.«

»Aber du hast das nicht alles allein ausgeheckt.«

»Nein.«

»Wie viele gehören noch zu deinem Team?«

»Zwei.«

»Namen?«

»Nasrin Pour und Yasmin Housseini.«

»Wo sind sie?«

»Ich habe keine Ahnung.«

Er griff nach der Spritze, die auf ihrem Unterleib lag, und drehte sie nachdenklich in den Händen. »Das ist die falsche Antwort.«

»Sie wissen, dass es die Wahrheit ist. Unsere Operation basiert auf absoluter Geheimhaltung. Ich weiß nie, wo meine

Kolleginnen gerade sind. Da meine letzten vereinbarten Rückmeldungen ausgeblieben sind, haben sie sich abgesetzt.«

»Du verfügst sicher über eine Möglichkeit, mit ihnen in Kontakt zu treten.«

»Natürlich. Aber wie gesagt, sie würden mir nie ihren Aufenthaltsort verraten. Ohnehin stellen sie keine Bedrohung für Sie dar. Selbst wenn sie beschließen sollten, sich zu rächen – wozu es keinen Grund gibt –, sind sie keine Einsatzkräfte. Sie sind Analysten. Falls Sie über Kontakte zum iranischen Geheimdienst verfügen, können Sie das leicht überprüfen.«

Er begann mit der Spritze zu spielen, und sie wusste, was ihm durch den Kopf ging. Dass sie eine Möglichkeit fand, ihre Schwestern zu warnen, wenn er sie zwang, Kontakt aufzunehmen. Und natürlich lag er damit richtig.

Er drehte sich um und sah die Frau an der Werkbank an. »Brunch?«

Rapp verließ die Küche mit einer leckeren Mahlzeit und etwas Zeit zum Nachdenken. Der Nervenkitzel der Operation in Verbindung mit der Tatsache, dass Cyrah Jafari nackt an eine Hantelbank gefesselt war, hatte ausgereicht, um Sadie in die Realität zurückzuholen. Er hatte die Schwierigkeiten mit ihr für mehr oder weniger gelöst gehalten, bis der Akt der Essenszubereitung sie erneut in den Claudia-Modus versetzte. Ihr Wunsch, die Iranerin wie im finsteren Mittelalter zu foltern, wurde von dem Wunsch überlagert, ein Festmahl zu zaubern, das eines französischen Königs würdig war. Bebe, die nach der Rückgabe des Krankenwagens zurückgekehrt war, hatte sich in ihrem Zimmer eingeschlossen. Wahrscheinlich hockte sie mit gepackten Taschen auf der Bettkante.

Rapp öffnete die Tür zum Schuppen und knipste das Licht an. Die Gefangene reagierte nicht auf sein Eintreffen. Er blieb vor der Hantelbank stehen und blickte auf sie hinab. Sie starrte trotzig in das grelle Licht, klapperte mit den Zähnen und hatte eine Gänsehaut. Er konnte nicht anders, als von ihr fasziniert zu sein. Sie war zäh, gut trainiert und außerordentlich kreativ. Aber das alles wurde von ihrer immensen Tatkraft überstrahlt. Diese Frau wusste, was sie vom Leben wollte, und nahm billigend in Kauf, es entweder zu bekommen oder bei dem Versuch zu sterben.

»Was ist aus dem Kerl geworden, der dir die letzte Lektion erteilt hat und dich ins Schreibbüro abschieben wollte?«

»Ich hab ihm die Genitalien abgeschnitten und in den Hals gestopft.«

»Brutal.«

»Es gab eine Vorgeschichte.«

Er schnappte sich ein mit Farbe bespritztes Laken und warf es über sie, bevor er sich setzte.

»Also, wie machen wir jetzt weiter, Cyrah?«

»Ich wäre Ihnen dankbar, wenn Sie mich einfach töten. Alles, was ich Ihnen gesagt habe, entspricht der Wahrheit. Mehr weiß ich nicht.«

»Wäre es dir nicht lieber, wenn ich dich einfach gehen lasse?«

»Diese Option scheidet aus. Sie müssen davon ausgehen, dass ich zu Ende bringen will, was ich angefangen habe. Legions Ruf beruht auf der 100-prozentigen Erfolgsquote. Ein einziger Misserfolg wäre der Anfang vom Ende.«

»Weil derjenige, der den Vertrag mit euch geschlossen hat, überall herumerzählen wird, dass ihr mit seinem Geld abgehauen seid und den Auftrag nicht erledigt habt.«

»Ja.«

»Du wurdest von einem Mann namens Enzo Ruiz angeheuert. Ich habe mich vor ein paar Wochen mit ihm unterhalten und kann dir garantieren, dass er mit niemandem über Legion oder diesen Auftrag sprechen wird.«

»Trotzdem haben Sie keinen Grund, mich freizulassen. Es birgt nur Risiken, keine Belohnung. Warum spielen Sie mit mir? Sie scheinen nicht der Typ dafür zu sein, und Sie wissen genau, dass es hier nicht um etwas Persönliches geht. Wenn Sie etwas von mir wollen, sagen Sie es. Andernfalls ist ein schneller Tod nicht zu viel verlangt.«

Er grinste. »Nein?«

»Nein.«

»Wie wäre es, wenn ich dich nicht umbringe, sondern wir uns über einen Job unterhalten?«

»Ich verstehe nicht.«

»Es gibt da jemanden, den ich gern tot sähe, aber ich kann mich aktuell nicht selbst darum kümmern. Wir hätten beide etwas davon.«

»Sie meinen, wenn ich diese Person für Sie umbringe, lassen Sie mich einfach gehen?«

»Ja.«

»Ich akzeptiere das Angebot.«

»Nicht so schnell. Du hast noch nicht gehört, wer das Ziel ist.«

»Spielt das eine Rolle?«

»Möglicherweise.«

»Wer ist es?«

»Anthony Cook.«

»Der Präsident der Vereinigten Staaten?«

»Du hast also von ihm gehört.«

Sie runzelte die Stirn genau so, wie er es erwartet hatte. Eine Regung, die er nur zu gut kannte. Verdammt, er hatte sie selbst schon im Spiegel gesehen. Sie war berechnend. Sie wog ab, ob sie es durchziehen konnte. Als sie weitersprach, schien sie völlig verdrängt zu haben, dass sie an eine Hantelbank gefesselt dalag.

»Ich beschäftige mich nicht mit Politik, aber ich habe gelesen, dass er seine persönlichen Auftritte stark eingeschränkt und die Sicherheitsvorkehrungen massiv erhöht hat. Wegen einer IS-Bedrohung, wenn ich mich recht erinnere. Einer der beteiligten Männer wurde gefasst, nicht wahr?«

»Alles frei erfunden. In Wirklichkeit bin ich es, den er fürchtet.«

»Deshalb hat er ein amerikanisches Team auf Ihre Beobachtung angesetzt.«

»Auf mich und meine Leute, korrekt. Sobald einer von uns vom Radar verschwindet, stecken sie Cook in einen Bunker und lassen ihn von einer Hundertschaft des Secret Service bewachen.«

»Ich würde den Auftrag in Erwägung ziehen. Allerdings kann ich nicht für Nasrin und Yasmin sprechen.«

»Wie sehr sind die beiden daran interessiert, dich am Leben zu erhalten?«

»Das weiß ich ehrlich nicht.«

»Bedingungen?«

Sie zögerte keine Sekunde. »Fünf Millionen Euro im Voraus, weitere fünf, wenn der Job erledigt ist.«

»Ich dachte, euer Honorar beträgt zwei Millionen?«

»Wir sprechen hier von einer anderen Dimension und anderen Geheimhaltungsprotokollen. Für mich ist das Risiko größer, außerdem dürfte die Umsetzung äußerst kostspielig werden. Wir decken mit dem höheren Honorar lediglich unsere zusätzlichen Auslagen.«

»Trotzdem, zehn Millionen klingt etwas heftig. Ich nehme an, dafür bekomme ich eine Garantie?«

»Ich werde keinen anderen Job annehmen, bis dieser erledigt ist oder ich tot bin. Das ist das Beste, was ich Ihnen anbieten kann.«

»Und ihr werdet es so durchziehen, dass es sich nicht zu mir zurückverfolgen lässt.«

»Definitiv. Zu keinem von uns.«

»Eine letzte Frage.«

»Okay.«

»Hast du mal einen Mann getötet, indem du seine eigenen Kühe dazu gebracht hast, ihn zu zertrampeln?«

»Ja.«

Er nickte anerkennend und förderte ihr Handy aus seiner Tasche zutage. »Was hältst du davon, wenn wir herausfinden, ob deine Freundinnen drangehen, wenn du sie anrufst?«

41

Rapp steuerte den Geländewagen durch das Tor des Nebengebäudes und stieg aus, um es zu schließen. Cyrah saß an der Werkbank und trug einen locker sitzenden Rock und einen Pullover. Der Großteil ihres Kopfs wurde von einer Strickmütze mit weißer Bommel verdeckt, die hin und her schaukelte, während sie ein Schinken-Käse-Croissant verschlang. Eine von Claudias Sonnenbrillen sollte das Ensemble später vervollständigen. Für den Moment lag sie neben dem Teller.

Sobald sie fertig gegessen hatte, fuhr er sie nach Kapstadt und setzte sie unbemerkt vom amerikanischen Überwachungsteam irgendwo ab. Danach wurde es Zeit, die beiden anderen

Frauen in seinem Leben loszuwerden. Einer von Nicholas Wards Privatjets war unterwegs zu einem abgelegenen Landeplatz drei Fahrstunden nördlich von Kapstadt, um sie zurück in die Vereinigten Staaten zu bringen – Bebe zu ihrem relativ beschaulichen Leben in Maryland und Sadie nach New York. Was auch immer sie dort vorhatte.

Bei der Vorstellung, Sadie Hansen nie wieder zu begegnen, konnte er sich ein Lächeln nicht verkneifen. Es stand außer Frage, dass er ohne sie niemals in der Lage gewesen wäre, diese Nummer durchzuziehen, aber mittlerweile hatte er endgültig genug von ihr. Er wollte sie aus seinem Haus, aus Südafrika und aus seiner Hemisphäre verbannen.

»Sie lassen mich also wirklich einfach gehen?«, fragte Cyrah mit halb vollem Mund.

Er deutete mit dem Daumen auf den Geländewagen. »Deine Kutsche wartet.«

Sie drehte sich auf dem Hocker um und musterte ihn. »Darf ich Ihnen eine Frage stellen?«

»Natürlich.«

»Wie ist Ihr richtiger Name?«

»Wen interessiert das, solange mein Scheck gedeckt ist?«

Sie schien nicht bereit zu sein, das Thema so schnell aufzugeben. »Normalerweise beginne ich meine Kundenbeziehungen nicht auf diese Weise.«

»Mit Panzertape an eine Hantelbank geklebt?«

»Ich bezog mich eher auf die Tatsache, dass Sie wissen, wer ich bin. Das sollte für beide Seiten gelten.«

»Da bin ich anderer Meinung.«

»Sie kennen meine Identität, Mitch. Sie kennen die Identität meines Teams. Und Sie verfügen über eine Möglichkeit, Kontakt aufzunehmen. Das bringt uns in große Gefahr. Wenn Sie einen Fehler machen, könnten wir enttarnt werden.

Wenn Sie in Schwierigkeiten geraten, könnten Sie uns als Druckmittel bei den Behörden einsetzen.«

»Und was ändert mein Name daran?«

Sie rutschte vom Hocker und stellte ihr Gleichgewicht in einem übergroßen Paar von Claudias Stiefeln auf die Probe. »Sie haben hier ein zehnköpfiges Killerkommando besiegt. Es ist Ihnen gelungen, Gustavo Marroqui zu finden – etwas, das vorher keinem gelungen ist – und ihn mit einer Bombe zu töten, die offenbar aus militärischen Beständen stammt. Dann haben Sie mich in Ihre Gewalt gebracht und sich den Präsidenten der Vereinigten Staaten persönlich zum Feind gemacht. Es gibt nicht viele Menschen, die so etwas schaffen.«

»Willst du auf etwas Konkretes hinaus?«

»Ist Ihr richtiger Nachname Rapp? Dann würde ich mich nämlich deutlich besser fühlen. Mitch Rapp ist nicht in der Lage, Fehler zu machen. Und er würde uns niemals verraten.«

In ihrer Stimme lag ein Hauch von Erregung. Kaum wahrnehmbar, aber zweifellos vorhanden. Sie brannte förmlich darauf, den Präsidenten der Vereinigten Staaten auszuschalten. Wunderte ihn das? Wenn es ihr auf die übliche anonyme Art und Weise gelang, ließ sich ihr Status als fähigste private Auftragskillerin der Geschichte kaum bestreiten. Ein Status, auf den sie offenbar sehr, sehr stolz war.

Das Positive war, dass er ihr zutraute, den Job tatsächlich zu erledigen, statt mit seiner Anzahlung zu verschwinden. Die Frauen, die sie als ihre Schwestern bezeichnete, hatten deutlich zurückhaltender auf das Jobangebot reagiert – ›verärgert‹ traf es wohl am besten. Zugleich schien ihr Interesse, Cyrah am Leben zu erhalten, größer als von ihr erwartet zu sein. Die drei hatten viel gemeinsam durchgemacht, also wollten sie nicht, dass ihre Partnerin als Leiche unter Claudias Bougainvillea endete.

Das Negative war, dass die Operation eine gewisse Zeit in Anspruch nahm und er vorerst untertauchen musste. Cook dürften Berichte über die Geschehnisse zu Ohren kommen. Bestimmt brauchten er und sein Schoßhündchen Darren Hargrave nicht lange, um in Erfahrung zu bringen, dass Legion neutralisiert worden war. Und sobald sie das wussten, ließen sie alles auf ihn los, was sie hatten.

Er öffnete das Tor von innen und deutete auf den bereitstehenden Geländewagen. »Sagen wir einfach, ich verweigere eine eindeutige Aussage zu diesem Thema.«

»Das Abendessen wird etwas später fertig«, verkündete Sadie, als er zwei Stunden später die Küche betrat. »Ich hatte wieder Probleme mit dem Ofen. Ich fürchte, das obere Heizelement könnte von einer Kugel getroffen worden sein.«

Sie trug Claudias Schürze, schwenkte ihr Lieblingskochmesser und sprach erneut mit französischem Akzent. Töpfe und Pfannen waren überall verstreut und es roch zugegebenermaßen verdammt gut.

»Es darf nicht zu spät werden«, warnte Rapp. »Ich will das Flugzeug nicht länger als nötig auf der Rollbahn stehen haben. Wir müssen innerhalb von ein paar Stunden hier weg. Hast du schon gepackt?«

»Holen wir Anna her?«, fragte sie verwirrt.

Rapp behielt den neutralen Gesichtsausdruck bei und kämpfte gegen die Sorgenfalten. Es war ein Fehler gewesen, sie in die Küche zu lassen.

»Nein, es geht zurück nach Hause«, sagte er schließlich.

Ihre Verwirrung wuchs. »Nach Virginia?«

»Nein, Sadie. Du fliegst zurück nach New York.«

Sie wich zurück. Eine Mischung aus Schock und Verrat zeichnete sich in ihrem Gesicht ab. »Gibst du mir die Schuld an dem, was passiert ist, Mitch? Du wusstest, dass ich Feinde habe, bevor wir zusammengekommen sind. Und es ist ja nicht so, dass du keine hättest. Wenn überhaupt, sind Anna und ich diejenigen, die ein Risiko eingehen, wenn wir in *deiner* Nähe sind.«

Rapp stand einfach nur da und wusste nicht, wie er auf diesen Ausbruch reagieren sollte.

»Ich habe eine halbe Million Dollar auf dein Schweizer Konto überwiesen.« Zu spät merkte er, wie daneben diese Aussage klang. Im Nachhinein betrachtet war es wohl nicht die beste Entscheidung gewesen, die Psychologie-Kurse am College zu schwänzen.

»Schweizer Konto? Wovon redest du?«

»Sadie, ich bin dir wirklich dankbar, dass du hergekommen bist und *so getan hast,* als wärst du Claudia. Eine verdammt riskante Aufgabe, aber du hast sie mit Bravour gemeistert. Wir haben Legion geschnappt, jetzt kannst du in dein altes Leben zurückkehren.«

»Damit ich das richtig verstehe: Du verlässt mich nicht nur, sondern wirfst mich raus?« Ihre Stimme kippte. »Aus meinem eigenen Haus? Das ist *mein* Zuhause, Mitch. Meins und Annas. Nicht deins. Wenn du zurück nach Virginia willst, tu es. Wir brauchen dich nicht. Wir haben dich nie gebraucht.«

Er machte einen zögernden Schritt nach vorn. »Sadie, hör zu. Dies ist nicht dein Zuhause. Anna ist nicht deine Tochter. Du hast ein Leben in New …«

Nach allem, was er im Laufe seines Lebens erlebt hatte, war es nicht leicht, ihn zu überraschen. Ihr gelang es, indem sie ihn abrupt angriff. Er wollte ihr keinen Schaden zufügen, aber eine wütende Sadie Hansen mit einem Kochmesser war keine Situation, die man auf die leichte Schulter nehmen durfte.

Nur stürzte sie sich nicht als Sadie Hansen auf ihn, sondern als Claudia Gould. Langsam, zielstrebig, mit der Klinge hoch über dem Kopf. Er packte ihr Handgelenk, drehte sie herum und riss ihre Hand hinter dem Rücken nach oben. Da er nicht wusste, was er sonst tun sollte, ballte er die Faust und schlug ihr mit gebremster Wucht auf den Hinterkopf. Ihre Knie knickten ein. Er ließ sie auf den Boden sinken, bevor er das Messer zur Seite trat. Hinter sich hörte er das Knarren der Küchentür.

»Ich hatte dich gewarnt«, meinte Bebe Kincaid.

»Wirklich hilfreich, Bebe. Danke. Jetzt geh raus in den Schuppen und hol mir eine Rolle Panzertape.«

Das gedämpfte Quietschen und Stampfen aus dem Laderaum des Geländewagens wurde lauter, je langsamer Rapp fuhr. Die Scheinwerfer leuchteten über eine Reihe von Sträuchern hinweg und schälten die gesuchte Abzweigung aus der Finsternis. Nur noch ein paar Minuten, dann war alles vorbei.

Die Schotterpiste stieg stetig an und mündete in eine Landebahn, auf der eine nagelneue Gulfstream G700 wartete. Hinter der Frontscheibe war zu sehen, wie einer der Piloten im Cockpit aufstand und in den Passagierbereich verschwand. Rapp bremste neben der Maschine, da hatte der andere bereits die Tür geöffnet und kam über die Gangway zu ihm.

»Haben Sie Gepäck dabei, Sir?«, fragte er, als Rapp ausstieg und zum Kofferraum ging.

»Nicht ganz.« Er öffnete die Heckklappe. Die Augen des Piloten weiteten sich, als er den Inhalt sah, aber er schaffte es, sich einen Kommentar zu verkneifen. Die Tatsache, dass Sadie großzügig mit Klebeband umwickelt war, hinderte sie nicht daran, Rapp in den Unterleib zu treten, als er versuchte, sie herauszuheben. Es kostete ihn einige Mühe. Schließlich gelang es ihm, sie über die Schulter zu legen und zum Flugzeug zu tragen.

Drinnen angekommen, bugsierte er sie auf einen Sitz und schnallte sie an. Sie strampelte weiter, schaukelte wild hin und her und versuchte, sich zu befreien und ihm die Kehle herauszureißen. Bebe hatte sich entschieden, auf den Flug mit dem Privatjet zu verzichten und stattdessen ein Taxi zum nächsten Flughafen zu nehmen. Man konnte es ihr kaum verübeln.

Sadies linke Kontaktlinse war herausgefallen. Sie funkelte ihn mit einem eisblauen und einem weicheren braunen Auge an. Die Haare hingen wirr im schwitzenden Gesicht und ein dünner Rotzfaden lief über das silbrige Klebeband vor dem Mund. Es war schwer, die Parallelen zu *Das Schweigen der Lämmer* zu ignorieren.

»Es tut mir leid, dass es so enden muss.« Rapp meinte es ernst. Der Klang seiner Stimme schien sie ein wenig zu beruhigen. Vielleicht war sie aber auch nur müde geworden. »Du hast dich für mich eingesetzt, und das werde ich dir nie vergessen.«

Eine weitere gefährliche Schuld, dachte er und wandte sich der Crew zu, die in der Nähe des Cockpits wartete.

»Unter keinen Umständen werdet ihr sie während des Flugs losmachen.« Er reichte einem der beiden ein Teppichmesser. »Nach der Landung in New York zerrt ihr sie auf die Rollbahn und lasst den Cutter neben ihr liegen. Dann startet ihr sofort durch. Verstanden?«

Sie nickten stumm.

»Ich meine das ernst«, mahnte Rapp. »Hört zu. Sie wird kämpfen. Und wahrscheinlich weinen. Und sobald man das Klebeband vom Mund abzieht – wovon ich dringend abrate –, wird sie behaupten, dringend aufs Klo zu müssen oder Schmerzen in der Brust zu verspüren. Und was werdet ihr dann *nicht* tun?«

»Sie losmachen«, antwortete einer von ihnen nach längerem Zögern.

»Aber …«, stammelte der andere. »Es ist ein langer Flug, Sir. Sie wird wahrscheinlich *wirklich* auf die Toilette müssen.«

»Ein bisschen nasses Leder ist kein Weltuntergang. Im Gegensatz zu dem, was passiert, wenn man diese Furie in einem kleinen Flugzeug über dem Ozean freilässt. Vor allem wenn sie das Teppichmesser in die Hände bekommt. Also frage ich noch einmal: Habt ihr das verstanden?«

Diesmal wirkte ihr Nicken deutlich energischer.

»Ich habe euch nicht gehört.«

»Wir haben verstanden, Sir.«

»Dann wünsche ich einen guten Flug.«

Er glitt durch die offene Tür und kehrte nicht direkt zum SUV zurück, sondern lief einen angrenzenden Feldweg entlang.

Die Sterne breiteten sich wie eine Decke über ihn. Ein kalter Wind strich durchs Sweatshirt, als wäre es gar nicht da. Trotzdem rührte er sich erst wieder vom Fleck, als die Räder des Jets den Bodenkontakt verloren.

42

Weisses Haus
Washington, D. C.

Der Umstand, dass Darren Hargrave ins Oval Office gelotst wurde, deutete darauf hin, dass er nicht das gewünschte Vier-Augen-Treffen mit dem Präsidenten bekam. Nach kurzem Anklopfen trat er ein und fand seine Vermutung bestätigt.

Anthony saß hinter dem Schreibtisch, seine Frau auf einem der beiden Stühle davor. Hargrave hatte es geschafft, ihr einen beträchtlichen Teil ihrer Macht zu entreißen, aber bei Weitem nicht genug. Vor allem jetzt, da ihm keine andere Wahl blieb, als ihr eine Waffe in die Hand zu geben. Die Frage war nur, wie viel Kraft sie noch besaß, um sie einzusetzen.

»Was ist so wichtig, dass es nicht bis morgen warten kann?«, fragte Cook, ohne aufzustehen oder ihm einen Platz anzubieten.

»Ich habe neue Informationen über Mitch Rapp und Legion.«

Entschieden zu viele Informationen, wie er fand. Er hatte die Fahrt mit der Suche nach Lösungsansätzen verbracht, das Blatt zu seinen Gunsten zu wenden. Je länger er darüber nachdachte, desto aussichtsloser erschien ihm die Lage.

»Ist Claudia Gould tot?«, wollte Catherine wissen.

»Nein«, antwortete Hargrave und kramte eine Reihe von Porträtfotos aus der mitgebrachten Mappe. »Aber wir glauben, dass Legion einen Anschlag auf sie verübt hat.«

»Und?«, fragte Cook.

»Er ist offenbar gescheitert.«

Catherine starrte ihn an. Er war ziemlich sicher, dass das Miststück lächelte. Ihre Mundwinkel zuckten jedenfalls verdächtig.

Er legte die Abzüge auf den Schreibtisch des Präsidenten und reichte der First Lady widerwillig einen zweiten Satz. Sie schien kein sonderliches Interesse daran zu haben. Dass er versagt hatte, war alles, was sie interessierte. Die Details spielten keine Rolle.

»Das erste Foto zeigt einen Krankenwagen, der auf das Grundstück von Claudia Gould fährt. Es wurde am heutigen Vormittag südafrikanischer Zeit aufgenommen. Kurz darauf brach er zu einem örtlichen Krankenhaus auf. Sowohl Rapp als auch die Frau, die wir für Claudia Gould hielten, wurden darin abtransportiert. Bebe Kincaid folgte ihnen wenig später in einem privaten Fahrzeug.«

»Die Frau, die wir für Claudia Gould *hielten?*«, fragte Catherine.

»Wenn Sie sich kurz gedulden, komme ich gleich dazu.« Hargrave musste sich anstrengen, um nicht aggressiv zu reagieren.

»Ich bin schon gespannt.«

»Sie wurden beide mit Verdacht auf eine Lebensmittelvergiftung eingeliefert. Kurze Zeit später verschwanden sie. Ein weiterer Krankenwagen fuhr an ihrem Haus vor. Der Wagen rollte rückwärts in das Nebengebäude, in dem Rapp seine Sportgeräte aufbewahrt, und blieb dort weniger als fünf Minuten, bevor er von Kincaid zum Krankenhaus zurückgebracht wurde. Rapp und die Frau, die wir für Claudia Gould hielten, blieben etwa eine Stunde im Haus und kehrten dann in das Nebengebäude zurück, in dem sie sich eine weitere Viertelstunde aufhielten. Danach zogen sie sich für etwa 45 Minuten in das Wohngebäude zurück.«

»Kommen Sie langsam mal auf den Punkt!«, drängte Catherine. Ihr Mann schien sich damit abzufinden, dass sie die Regie übernahm. »Sie haben immer noch nicht Ihre Formulierung erklärt, warum wir diese Frau nur für Claudia Gould *hielten.*«

»Bitte lassen Sie mich den Ablauf der Ereignisse zu Ende schildern, dann kläre ich Sie auf, was hinter dieser Formulierung steckt.«

»Ich bitte um Entschuldigung«, versetzte sie mit einer Stimme, die vor Sarkasmus nur so triefte. »Ich wollte Sie auf keinen Fall bei Ihren faszinierenden Ausführungen unterbrechen.«

»Anschließend kehrte Rapp in den Anbau zurück und blieb dort etwa 30 Minuten lang. Schließlich fuhr er mit dem SUV rückwärts an das Nebengebäude heran, fuhr danach in die Tiefgarage des Einkaufszentrums und besorgte dort einige Sachen. Danach kehrte er nach Hause zurück. Bebe Kincaid ließ sich von einem Taxi zum Flughafen bringen und bestieg eine Linienmaschine in die USA. Aktuell hängt sie mit einem Layover in Frankfurt fest. Rapp kutschierte die Frau, die wir für Claudia Gould hielten, zu einer abgelegenen Landebahn nördlich von Kapstadt. Unsere Leute erachteten es als zu schwierig, ihm bis zur Landebahn zu folgen, ohne eine Entdeckung zu riskieren, also blieben sie zurück. Er hielt sich dort etwa 15 Minuten auf und kehrte dann in Claudias Haus zurück. Ein Privatjet, der auf eine der Firmen von Nicholas Ward registriert ist, landete auf einem Flugfeld im Bundesstaat New York, wo die Piloten eine gefesselte Frau auf der Rollbahn absetzten.«

Er wartete, während Cook die Fotos durchblätterte. Eins davon zeigte eine Frau, die sich mit einem Teppichmesser von einer beträchtlichen Menge Klebeband befreite.

»Und das ist nicht Claudia?«, hakte der Präsident nach.

»Nein, Sir. Wir haben sie bis zu einer Wohnung in Manhattan zurückverfolgt. Ihr richtiger Name lautet Sadie Hansen. Sie hat in der Vergangenheit verschiedene Auftragsarbeiten für die CIA erledigt. Offensichtlich weist sie eine mehr als nur flüchtige Ähnlichkeit mit Claudia Go…«

»Rapp hat sie als Lockvogel für Legion eingesetzt, um Claudia nicht in Gefahr zu bringen«, unterbrach Catherine.

»So lautet unsere Schlussfolgerung, ja.«

»Hat es funktioniert?«, wollte der Präsident wissen.

»Wir gehen davon aus. Legion scheint es gelungen zu sein, ihnen verdorbene Lebensmittel unterzujubeln. Im Anschluss wollten sie den Job im Krankenhaus zu Ende bringen.«

»Aber Rapp hat sie ausgetrickst«, schlussfolgerte Catherine. »Er hat ihren Agenten gefangen genommen und mit einem Krankenwagen zum Verhör nach Hause geschafft.«

»Das ist die naheliegendste Vermutung«, räumte Hargrave ein. »Allerdings wird er nichts herausgefunden haben. Legion ist so organisiert, dass bei einer Entdeckung die restliche Struktur nicht auffliegt.«

»Das ist eigentlich egal«, fand Catherine. »Legion liegt nun vermutlich unter Rapps Schuppen begraben. Und wir finden uns im direkten Visier eines Mannes wieder, der nicht länger damit beschäftigt ist, seine Partnerin zu schützen. Was meinen Sie, Darren? Sollen wir einen anderen Feind aus ihrer Vergangenheit ausgraben? Einen, den Rapp nicht bereits getötet, eingeschüchtert oder rekrutiert hat? Aller guten Dinge sind drei, richtig? Sagt man das nicht so?«

»Ich möchte nicht …«

»Wo ist Rapp jetzt?«, unterbrach Cook seinen Untergebenen.

»In einem Verkehrsflugzeug. Er wird in weniger als einer Stunde auf dem Flughafen von Entebbe in Uganda landen.«

»Kommen wir dort an ihn heran?«

»Nein, Sir. Wir haben nicht genügend Ressourcen vor Ort. Nach allem, was er für die ugandische Regierung getan hat, ist er dort bestens geschützt. Nach der Erfahrung aus früheren Fällen wird er vom Militär durch die Passkontrolle eskortiert und zu einem wartenden Hubschrauber gebracht, der ihn direkt zum Anwesen von Nicholas Ward fliegt.«

»Und dort kommen wir erst recht nicht an ihn heran.«

»Korrekt, Sir.«

»Dann lassen Sie uns Kontakt zum ugandischen Präsidenten aufnehmen. Ward kann zwar mit Geld um sich werfen, aber wir reden hier nicht von den Vereinigten Staaten. Womit lässt sich der Präsident ködern? Mit Waffen? Zugang zu den Weltmärkten? Unterstützung bei der Beseitigung politischer Gegner? Irgendeinen Ansatzpunkt muss es doch geben.«

»Wir werden uns sofort darum kümmern, Sir.«

Hargrave spürte einen Anflug von Verzweiflung, als Cook sich zu seiner Frau umdrehte.

»Was meinst du, Liebes?«

Sie hob den Arm und richtete ihn anklagend auf Hargrave. »Es ging die ganze Zeit nur um einen Mann. Um Darren. Er brauchte Mitch Rapp für sein Bedrohungsszenario, um mich zu verdrängen. Um dich von ihm abhängig zu machen. Um sich dein Wohlwollen zu sichern. Du weißt, wer und was er ist, seit wir ihm das erste Mal begegnet sind. Und trotzdem hast du zugelassen, dass er den Spieß umdreht. Du bist vom Manipulator zum Manipulierten geworden. Beim ersten Anzeichen eines Problems verfällst du in Panik. Du hast dich zu einem Alles-oder-nichts-Szenario überreden lassen und stehst jetzt vor einem Scherbenhaufen.«

»Ich soll ein Manipulator sein?«, ging Hargrave sie an. »Welchen Grund hätte ich dazu? Ich habe lediglich getan, was nötig ist, um Tony beim Erreichen seiner politischen Ziele zu unterstützen. Nicht für mich, sondern für ihn. Ich will nicht Präsident sein. Bei Ihnen bin ich mir da hingegen nicht so sicher, Catherine.«

»Darren …«, mahnte der Präsident.

»Ruhe!«, rief er zurück und erschreckte sie beide. Catherine befürchtete schon, er könnte sie körperlich angreifen. Ihr Mann schien diese Sorge nicht zu teilen. Oder es war ihm egal.

»Wenn Rapp Erfolg hat und Ihren Mann tötet, was juckt es Sie?«, setzte Hargrave seine Anklage fort. »Sie sind dann eben für ein paar Jahre aus dem Weißen Haus raus, bevor Sie sich getragen von einer Welle nostalgischer Gefühle für Tony selbst ins Amt wählen lassen. Sollte er hingegen nicht wiedergewählt werden, hätten Sie ein ernsthaftes Problem, nicht wahr? Wenn ich ihn hinter diesen Mauern in Sicherheit bringe und er die nächste Wahl verliert, sind Sie erledigt. Dann werden Sie nie hinter diesem Schreibtisch landen.«

»Sicher hinter diesen Mauern?«, schoss sie zurück. »Wenn er in drei Jahren nicht wiedergewählt wird, was passiert dann? Er wird von ein paar Alibi-Wachen nach draußen begleitet. Dann kann er von Glück sagen, wenn er es lebend zurück nach Kalifornien schafft. Und selbst wenn, wie geht es dann weiter mit Ihnen, Darren? Haben Sie sich das mal überlegt? Was bleibt Ihnen, wenn Tony sich auf den Golfplatz zurückzieht? Wenn er keine Verwendung mehr für Sie hat?«

»Schluss damit!« Cook schlug mit beiden Händen auf die Tischplatte und sprang auf. »Ich will Antworten und ich will Lösungsansätze. Von euch beiden.« Er setzte sich wieder. »Und jetzt raus hier.«

Hargrave nickte mechanisch und eilte zur Tür, während Catherine ihm hinterhersah. Als sie den Kopf zurück zu ihrem Mann drehte, sah er sie entschlossen an.

»Das galt für euch beide.«

43

Über dem Südwesten von Uganda

Rapp zog eine Jacke an, verzichtete aber darauf, sich weiter ins Innere des Hubschraubers zurückzuziehen. Er blieb auf seinem bevorzugten Platz und ließ die Beine aus der offenen Luke hängen, wo sie vom Wind der Rotoren umströmt wurden. Im Westen zeichnete sich der Berggipfel mit Nicholas Wards Anwesen ab. Für den Moment ignorierte er den Anblick. Stattdessen konzentrierte er sich auf den Lake Edward und die Wolkenformationen dahinter.

Dies blieb wohl sein letzter Besuch in Uganda für lange Zeit, womöglich sogar für immer. Aktuell ließ sich schwer vorhersagen, was die Zukunft für ihn bereithielt. In Washington lagen die Nerven zweifellos blank. Diesem Arschloch Darren Hargrave traute er zu, dem Präsidenten von Uganda Wirtschaftshilfe, modernste Militärausrüstung und sogar die eigenen Töchter anzubieten, um ihn zum Verrat an Nick Ward zu überreden. Und dann versuchte er das Gleiche und mehr bei MI6, Mossad, SWR und jedem anderen Geheimdienst, der sich potenziell an der Jagd auf ihn beteiligen wollte.

Auf der anderen Seite wirkte Cyrah Jafari ebenso entschlossen, sich zum unangefochtenen Schwergewichtschampion der Attentatsbranche zu machen. Er freute sich fast so sehr darauf, ihre verrückten Pläne zu hören, wie er sich darauf freute, Anthony Cook tot zu sehen.

Doch bis zu diesem herrlichen Tag musste er sich rarmachen. Eine kleine Bildungsreise für Anna in die entlegensten Winkel der Welt kam da gerade recht. Vielleicht zu den Lemuren in Madagaskar. Dann auf die Seychellen zum Tauchen. Ulan-Bator. Istanbul. Machu Picchu.

Der Hubschrauber steuerte auf Wards Grundstück zu und setzte auf. Claudia – endlich die echte – erwartete ihn in der Nähe einer Baumgruppe und hielt ihren Hut mit beiden Händen fest, damit er nicht weggefegt wurde.

Er sprang aus der Luke, schlang die Arme um sie und hievte sie in die Höhe. Sie lachte und küsste ihn, wobei sie eine Hand am Hut behielt.

»Wow! Sieh an, da hat aber einer gute Laune. Kann ich davon ausgehen, dass Legion tot ist? War es nur eine Person oder doch ein Team, wie wir vermutet haben?«

»Ein Team«, bestätigte er und setzte sich zu ihrer Unterkunft in Bewegung. »Drei Leute. Nicht tot, nein. Aber auch keine Bedrohung mehr.«

Sie runzelte die Stirn, ahnte jedoch, dass er die Geschichte in seinem eigenen Tempo erzählen wollte. »Und alle sind wohlauf? Bebe?«

»Kein einziger Kratzer. Sie ist auf dem Weg nach Hause. Wahrscheinlich ist sie sogar schon da.«

»Sadie?«

»Sicher in New York gelandet.«

»Und wie lief es so? Ich meine, mit ihr zu arbeiten?«

Rapp beschloss, sich einen kleinen Spaß zu gönnen. »Ich muss zugeben, dass ich mich in ihr getäuscht habe. Sie ist nicht nur umwerfend schön, sondern hat es absolut drauf.«

Claudias Kiefer verkrampfte, obwohl er noch gar nicht zum entscheidenden Schlag angesetzt hatte. »Und das Erstaunlichste? Sie ist eine unglaubliche Köchin. Ich werde versuchen, sie zu überreden, dass sie dir ein paar Rezepte schickt.«

Wie vorauszusehen, schaute Claudia aus der Wäsche, als wollte sie ihm mit einem stumpfen Messer das Herz herausschneiden. Bevor sie eins zu fassen bekam, löste er das Märchen mit einem Lachanfall auf.

»Sie ist ein totaler Psycho, Claudia. Bebe und ich mussten sie mit Klebeband fesseln, um sie ins Flugzeug zu bekommen. Ich habe den Piloten eingeschärft, sie auf der Rollbahn in New York mit einem Teppichmesser liegen zu lassen, damit sie sich selbst befreit.«

Ihr Gesichtsausdruck wurde sanfter. »Wir stehen trotzdem in ihrer Schuld. Nach allem, was sie für uns getan hat.«

»Ja. Genau das macht mir Angst. Meine Hoffnung ist, Sadie Hansen nie mehr zu begegnen. Also, wie ist die Lage hier? Hast du bereits alles für unsere Ausreise arrangiert?«

»Natürlich.«

»Wie bald können wir aufbrechen?«

»Nicht direkt morgen früh. Eher gegen Nachmittag, wenn ich etwas Druck mache.«

»Dann mach Druck. Ich will meilenweit von hier entfernt sein, bevor die Cooks ihren Marschflugkörper in Position bringen.«

»Okay. Ich kümmere mich sofort darum. Warum überbringst du Anna nicht die gute Nachricht? Sie kann es kaum erwarten, dich zu sehen, und ich glaube, sie wird sich freuen, endlich hier wegzukommen. Sie fängt an, sich zu langweilen.«

»Mach ich.«

»Vorher solltest du kurz bei Irene reinschauen. Sie wird einen vollständigen Bericht hören wollen.«

»Sie ist zurück?«

Claudia nickte. »Wartet auf Nick. Er soll morgen eintreffen.«

Kein Gespräch, auf das er sich freute. Insofern nutzte er dankbar jede Gelegenheit, sich ein wenig Aufschub zu verschaffen.

Rapp schob die Fußspitze unter den Ball und hob ihn sanft in die Luft. »Köpf ihn am besten!«

Anna sprintete über den Rasen vor dem Haus von Nicholas Ward, war aber nicht schnell genug.

»Scott kann das viel besser als du!«, schimpfte sie. »Er spielt ihn immer genau in meine Richtung. Leider musste er weg. Er meinte, er muss arbeiten. Ich weiß nicht, wo. Er hat viele Jobs. Ich frag mich, ob er Joe besucht. Glaubst du, er kommt bald wieder?«

»Ich weiß es nicht.« Rapp nahm den Ball an, als er in seine Richtung flog. »Wir reisen jedenfalls bald ab.«

Ihre Augen weiteten sich. »Nach Südafrika? Ist das Haus in Ordnung? Denn …«

»Nicht nach Südafrika«, rief ihr Claudia vom Pool zu. »Wir werden uns ein bisschen amüsieren.«

»Wo? Fliegen wir mit dem Hubschrauber?«

»Nicht mit dem Hubschrauber«, musste Rapp sie enttäuschen. »Wir reisen auf dem Landweg.«

Er schoss den Ball zurück zu ihr. Sie beachtete ihn gar nicht. »Wie soll das gehen? Es gibt keine Straßen, die hierherführen.«

»Wir brauchen keine Straßen. Wir benutzen kein Auto.«

Anna dachte einen Moment lang darüber nach, bis ihr das spektakulärste Abenteuer ihres kurzen Lebens in den Sinn kam. »Reiten wir etwa auf Ponys?«

Er runzelte die Stirn. »Warum auf einem Pony reiten, wenn man einen Elefanten haben kann?«

Sie war für einen Moment sprachlos. Das kam äußerst selten vor. »Ist das dein Ernst?«

»Ich mache nie Witze über große Dickhäuter.«

Ihre Aufregung schlug in Verwirrung um, was ihre Mutter dazu veranlasste, zu ihnen zu kommen. »Er meint es absolut ernst, Schätzchen. Du bekommst sogar deinen eigenen Dumbo. Er ist noch ein Baby.«

Das löste eine Flut von Fragen über das Tier aus, angefangen beim Namen über sein Alter bis hin zur Frage, ob sie ihn hinterher behalten durfte. Rapp lief, um den Ball zu holen, während Claudia versuchte, halbwegs zufriedenstellende Antworten zu geben. Er hoffte, dass die Begeisterung der Kleinen anhielt. In Wahrheit stand ihnen eine harte Reise bevor. Leider unvermeidlich, wenn sie sichergehen wollten, dass ihnen niemand folgte. Die ersten fünf Kilometer ging es zu Fuß den Berghang hinunter. Nichts als glitschige Wurzeln, Schlamm und Feuchtigkeit. Dann folgten weitere sechs Kilometer auf flachem Terrain, ehe sie das Lager mit den Tieren erreichten.

Die Elefanten würden am nächsten Tag ihr Haupttransportmittel sein. Nach seiner Erfahrung konnte die Realität mit der Fantasie kaum mithalten. Es war zwar besser, als zu Fuß zu gehen, aber die Dickhäuter waren keine Geschöpfe, die sich allzu viele Gedanken darüber machten, mit welchen Ästen, Bäumen oder Felsen ihre Passagiere kollidierten. Im Anschluss folgten eine weitere Nacht unter freiem Himmel, ein Tag zu Fuß und schließlich die Weiterfahrt im Land Cruiser, den Claudia für sie organisiert hatte.

Es wird schon gut gehen, redete er sich ein. Anna würde sich mit der Situation arrangieren. Sie war ein zähes

Mädchen und hatte letztlich keine andere Wahl. Es war ja nicht so, dass die Reise für ein Kind in ihrem Alter eine unzumutbare Härte darstellte. Man konnte nicht früh genug lernen, dass das Leben einem entweder die Scheiße aus dem Leib trat oder umgekehrt. Vor allem wenn man das Pech hatte, ein Mitglied dieser Familie zu sein.

Er dribbelte gerade den Ball zum Pool, da trat Irene Kennedy zwischen den Bäumen hervor. Claudia richtete ihre volle Aufmerksamkeit sofort auf Anna. »Willst du schwimmen gehen? Warum gehst du nicht zum Bungalow und holst unsere Badeanzüge? Dann können wir weiter über die Elefanten reden.«

»Aber ...«

»Sofort, Anna.«

Sie erkannte am Tonfall ihrer Mutter, dass jede Widerrede zwecklos war, und rannte los, wobei sie Irene im Vorbeigehen einen kurzen Gruß zurief.

»Ich dachte, ich hätte den Hubschrauber gehört.«

Sie trug Jeans und eine weiße Bluse, war brauner gebrannt, als Rapp es bei ihr je erlebt hatte, und wirkte doch alles andere als entspannt. Und er stand im Begriff, es noch schlimmer zu machen. Viel schlimmer.

»Wir reisen morgen ab. Ich wollte eigentlich direkt bei dir vorbeischauen, aber ich musste vorher Anna die Nachricht überbringen.«

»Ich verstehe.« Sie winkte zur Terrasse von Nicholas Ward. Er und Claudia folgten ihr dorthin. Mithilfe einer Fernbedienung fuhr sie die Lamellenwände zur Seite. Gleichzeitig hob sich ein großes Paneel und gab einen offenen, mit Jalousien verschatteten Zugang frei. Sie ging hinein und steuerte den Kühlschrank in der Küche an. »Etwas zu trinken?«

»Ich nehm ein Bier«, sagte Rapp.

Claudia schüttelte nur den Kopf.

Kennedy holte eine Flasche für ihn heraus und schenkte sich selbst ein Glas Weißwein ein.

»Du scheinst dich hier wie zu Hause zu fühlen«, bemerkte er und ließ sich auf einen Hocker vor der Kücheninsel sinken.

»Ach ja?«

»Ich nehme an, du hast entschieden, mit Nick ins Bett zu steigen?«

Sie lächelte. »Ist die Zweideutigkeit beabsichtigt?«

»Ich wollte clever sein.«

»Die Sache ist kompliziert. Ich muss mir überlegen, ob ich eine berufliche oder private Verbindung mit Nick eingehen will. Ich glaube nicht, dass beides möglich ist.«

»Bist du sicher?«, fragte Claudia. »So etwas kann klappen, weißt du? Es gibt so etwas wie ein Übermaß an Vorsicht, wenn es um Beziehungen geht.«

»Du hast wahrscheinlich recht, aber ich habe mein Leben nach der Philosophie ausgerichtet, dass man nie vorsichtig genug sein kann.«

»Ich stimme Claudia zu«, mischte sich Rapp ein. »Du bist jetzt im Ruhestand. Gibt es einen besseren Zeitpunkt, die Augen zu schließen und ins kalte Wasser zu springen?«

»Alte Gewohnheiten lassen sich schwer ablegen.« Kennedy trank einen Schluck von ihrem Wein. »Zum Beispiel fällt es mir schwer, die Tatsache zu übersehen, dass ihr beide einen Bogen um das Thema Legion macht.«

Er griff nach der Bierflasche, trank aber nicht. »Wir haben alles im Griff. Bebe und Sadie geht es gut.«

Kennedy setzte sich so hin, dass die Kücheninsel als Barriere zwischen ihnen blieb. Ihr unerschütterlicher Blick verriet, dass sie eine ausführlichere Erklärung erwartete. Claudia knickte zuerst ein.

»Legion besteht aus drei Frauen, die im Iran mit dem Ziel ausgebildet wurden, Israel zu infiltrieren. Das Programm wurde abgebrochen, als die neue Regierung ins Amt kam, und sie setzten sich außer Landes ab.«

»Mitch, deine Formulierung, alles im Griff zu haben, klingt für mich nicht danach, als ob sie tot wären. Klärst du mich bitte auf?«

»Ich habe die Frau erwischt, die für die operative Umsetzung zuständig ist. Aus ihr herauszubekommen, wo sich ihre Mitstreiterinnen aufhalten, erwies sich als unmöglich. Sie weiß es selbst nicht.«

»Ich habe immer noch kein klares Bild davon, was passiert ist«, beschwerte sich Kennedy.

»Ich sah keinen Grund, die Frau zu töten.«

»Ach, tatsächlich? Mir fallen da gleich mehrere ein.«

Claudia nahm sein Bier in Beschlag und gönnte sich einen nervösen Schluck.

»Du hast vermutlich recht. Aber wenn ich sie getötet hätte, hätte ich sie nicht dafür anheuern können, Anthony Cook auszuschalten.«

Kennedys Gesicht verriet Schock. Ein Mangel an Selbstkontrolle, den er in ihrer langen Beziehung nur höchst selten erlebt hatte. Offenkundig war sie so sauer, dass sie keine Zeit darauf verschwendete, ihm ihre Emotionen vorzuenthalten.

»Du hast *was* getan?«

»Es erschien mir nur fair. Der Vizepräsident ist zwar ein Softie, aber das muss für einen Politiker nicht unbedingt schlecht sein.«

Sie schwieg fast eine Minute, in der außer der Brise, die durch die Lüftungsschlitze eindrang, und dem Brummen des Schwimmbadfilters kein einziger Ton zu hören war.

»Hast du eine Möglichkeit, sie zu kontaktieren?«

»Klar. Sie haben ihre üblichen Geheimhaltungsprotokolle aufgehoben.«

»Dann hast du auch die Möglichkeit, die Sache abzublasen.«

»Durchaus. Das habe ich allerdings nicht vor.«

Kennedy drehte ihr Glas auf der Granitarbeitsplatte und starrte hinein. »Ich bin auch wütend, Mitch. Nicht nur über das Verhalten der Cooks dir gegenüber. Ich gebe ihnen die Schuld daran, was mit Mike passiert ist. Sie haben bei ihm eine Lunte entfacht, und als er merkte, dass er das entstandene Feuer nicht selbst löschen kann, sah er sich gezwungen, den Schaden zu begrenzen. Manchmal gibt es keinen Weg, zu gewinnen. Dann bleibt einem nur, die eigenen Verluste zu begrenzen.«

»Dann sind wir uns einig«, meinte Rapp. »Wir lehnen uns zurück und lassen Legion tun, was sie eben tun.«

»Nein. Wir sind uns nicht einig. So schlecht Cook für das Land ist, sein Tod könnte noch Schlimmeres bewirken. Amerika ist im Moment zu fragil. Zu gespalten. Wenn er stirbt, treiben die Verschwörungstheorien, die er ins Weiße Haus getragen hat, noch schlimmere Blüten. Ich übertreibe nicht, wenn ich behaupte, dass wir in einen neuen Bürgerkrieg hineingezogen werden könnten. Selbst wenn nicht, droht die Gefahr, dass sich verbündete Staaten aufgrund der inneren Unruhen von uns abwenden und die politische Führungsrolle an Staaten wie China delegieren. Ich glaube an Amerika, genau wie du. Für den Moment mögen wir vom Kurs abgekommen sein, aber wir finden schon in die Spur zurück.«

»Eine nette Rede, Irene, nur ein bisschen zu abgehoben für meine momentane Situation. Ich werde mein restliches Leben nicht auf der Flucht verbringen, nur weil die Leute auf Facebook eine Revolution anzetteln, wenn Cook etwas zustößt. Ich will ihn tot sehen. Je früher, desto besser.«

»Und wenn ich für deine Sicherheit garantieren kann?«

»Du bist eine wahre Magierin, Irene. Das hast du schon öfter unter Beweis gestellt, als ich zählen kann. Aber manches lässt sich nicht reparieren.«

»Was ist, wenn ich es reparieren *kann*? Würdest du mich lassen?«

Er antwortete nicht, sondern trank einen Schluck Bier.

»Ich frage nicht für die Cooks, Mitch. Nicht mal für Amerika. Sondern für mich. Ich bitte dich um einen persönlichen Gefallen.«

»Willst du diese Karte ernsthaft ausspielen?«

»Ja.«

»Okay. Also gut. Wenn du alles in Ordnung bringst und mich *überzeugst*, dass es in Ordnung ist, werde ich Legion von dem Auftrag abziehen.«

Kennedy nickte. »Danke.«

»Und wie«, brach Claudia das anschließende Schweigen, »willst du das anstellen?«

Kennedy hob ihr Glas zum Mund. »Ich habe keinen blassen Schimmer.«

44

IM SÜDWESTEN VON UGANDA

Irene Kennedy erklomm eine Reihe von Lehmstufen, die sich an der Umgebungsmauer des Anwesens in die Höhe schraubten. Oben angekommen, ließ sie ihren Blick schweigend über den Wald schweifen, der sich unter ihr ausbreitete. Mitch, Claudia und Anna waren vor weniger als einer Stunde aufgebrochen. Sie waren buchstäblich in Richtung Sonnenuntergang losgezogen, mit kaum mehr als einer Machete und der Kleidung, die sie am Leib trugen. Ohne Triumphzug. Ohne Dankesreden des Landes, für das Rapp so viel geopfert hatte. Nicht mal mit ihren guten Wünschen für die Zukunft, wie auch immer sie aussehen mochten.

Für Letzteres schämte sie sich, aber sie war wütend gewesen. So wütend, dass es ihr Urteilsvermögen beeinträchtigt hatte. Das kam in ihrem Leben nicht oft vor, und deswegen fiel es ihr schwer, den Ursachen nachzuspüren. Vielleicht sollte man manches nicht übertrieben analysieren, sondern sich schlicht auf seine Gefühle verlassen.

Es stand außer Frage, dass ihr alter Freund den Zeitzünder für eine Bombe in Gang gesetzt hatte, die alles innerhalb ihrer Reichweite zerstören konnte. Ein erfolgreiches Attentat auf den Präsidenten – auch wenn es nicht nach einem Attentat aussah – hätte Amerika ins Trudeln bringen können. Noch schlimmer wäre ein gescheiterter Anschlag. Cook könnte ihn benutzen, um sein Bild eines von Feinden bedrängten Amerikas zu zementieren, die er allein auszulöschen vermochte. Ein weiterer entscheidender Schritt in seinen Bemühungen, die Macht zu erlangen, die notwendig war, um Amerikas Demokratie niederzureißen. Die Geschichte war voll von Männern wie ihm. Das traurige Fazit lautete, dass ihre Bemühungen häufig von Erfolg gekrönt wurden.

Nein, die Quelle ihres Zorns reichte tiefer. So verlockend es sein mochte, Cook und Rapp alles in die Schuhe zu schieben, war es doch eine Ablenkung. Sie hatte für den Großteil ihres erwachsenen Lebens eine Führungsposition bekleidet und war so sehr auf externe Bedrohungen konzentriert gewesen, dass sie eine gewisse Blindheit dafür entwickelte, was mit ihren eigenen Landsleuten vorging. Die wachsende Ziellosigkeit. Die unbestimmte Wut. Die verzweifelte Suche nach einer Identität und einem Feind, den es zu bekämpfen galt. Nach etwas, woran man glauben konnte. Die Cooks hatten diesen fehlenden moralischen Kompass der Menschen ausgenutzt.

Sie dachte an ihre Karriere zurück, in der sie die Agency zur wohl wirksamsten Klinge aller Zeiten geschärft hatte. Nach außen gerichtet verfügte die CIA über immense Macht, um das Land zu verteidigen, das sie liebte. Wurden diese Kräfte jedoch von Darren Hargrave nach innen fokussiert, entwickelten sie das Potenzial, das heikle Experiment zu zerstören, das die Gründerväter des Landes vor so langer Zeit eingeläutet hatten.

Die Sonne tauchte hinter den Bergen unter und färbte den Horizont in ein tiefes Orange. Sie schlang die Arme gegen die plötzliche Kälte um den Oberkörper und kletterte die Stufen nach unten.

»Wo bist du gewesen?« Nicholas Ward stand am Rand der Veranda und sah ihr entgegen.

»Den Sonnenuntergang genießen.«

»Tatsächlich?«, fragte er und machte keinen Hehl aus seiner Skepsis.

»Nein.«

»Wirst du erfahren, ob sie es geschafft haben?«

Kennedy schüttelte den Kopf und folgte ihm zu einem wasserfesten, halbrunden Sofa, das in den Pool eingelassen war. »Mitch wird keine elektronische Kommunikation mehr benutzen. Er muss die Zivilisation hinter sich lassen.«

»Sogar dich?«

»Vor allem mich. Ich werde die erste Anlaufstelle für jeden sein, der ihn finden will.«

Sie nahm ein Glas Wein entgegen, bevor sie sich setzte. Hier wirkte alles so zivilisiert. So ruhig. Als gäbe es nichts jenseits der Mauern, die sie umgaben. Die Verführungskraft dieser Illusion war so stark, dass sie sich gezwungen sah, aktiv dagegen anzukämpfen.

»Willst du es noch mal probieren?«, fragte er, nahm sich etwas Käse von einem silbernen Tablett und setzte sich neben sie.

Sie konnte die Hitze seines Körpers spüren, die ihre eigene noch steigerte.

»Catherine Cook zu erreichen, meinst du? Gern.«

Er drückte auf eine Fernbedienung. Eine Reihe wärmender Gasflammen züngelte aus dem Couchtisch vor ihnen. »Warum lässt du es nicht mich versuchen? Die Cooks und ich haben unsere Differenzen, aber eine Billion Dollar macht es schwer, mich zu ignorieren.«

Ein verlockender Vorschlag. Sie hatte der First Lady bereits drei Nachrichten mit wachsender Dringlichkeit hinterlassen. Vermutlich hatten sie die Adressatin erreicht, mit Sicherheit wusste sie es nicht.

»Danke, nein. Das ist nichts, in das ich dich hineinziehen möchte.«

»Was ist nichts, in das du mich hineinziehen möchtest?«

»Das willst du lieber nicht so genau wissen.«

»Bist du sicher? Ich bin nicht so zimperlich, wie du vermutest.«

Sie lächelte und nahm einen Schluck. Der Glasinhalt entpuppte sich als spektakulärer Chardonnay. »Es braut sich ein Krieg zusammen, Nick. Und es gibt keinen Grund für dich, mitzukämpfen. Das schwächt deine Position nur unnötig. Ich glaube nicht, dass in dieser Phase irgendjemand daran interessiert sein kann.«

Er nickte langsam. »Es ist deine Welt, nicht meine. Ich bin da, wenn du oder Mitch mich braucht.«

»Ich weiß. Und das schätze ich sehr. Das tun wir beide.«

Er stand auf und deutete auf ihr Glas. »Ich werde kurz nach dem Essen schauen. Soll ich dir vorher nachschenken?«

»Alles gut, danke.«

Sie sah ihm hinterher, während er sich ins Haus zurückzog, und bewunderte seinen athletischen Körperbau und die Art und Weise, wie das Licht die grauen Strähnen im Haar hervorhob. Sogar das dumpfe Klacken seiner allgegenwärtigen Flip-Flops wurde ihr von Tag zu Tag sympathischer.

Eine Katastrophe nach der anderen, ermahnte sie sich.

Eine persönliche Beziehung zwischen ihr und dem reichsten Mann der Welt drängte sie zurück in ein Rampenlicht, das sie unbedingt vermeiden wollte. Und schlimmer noch, es ließ die ohnehin zu große Zielscheibe auf seinem Rücken wachsen.

Sie stieß einen ausgedehnten Seufzer aus und tauschte das Weinglas gegen ein Satellitentelefon ein. Die betreffende Nummer stand ganz oben in der Anrufliste. Sie wählte den Eintrag aus. Das inzwischen vertraute Klingeln ertönte, dann die Stimme von Catherine Cooks Assistentin.

»Hallo Dr. Kennedy.«

»Hallo Susan. Ich habe immer noch keine Antwort von Miss Cook erhalten. Ist sie zu sprechen?«

»Ich fürchte, nein, Ma'am. In den letzten Tagen ging es hier ein wenig chaotisch zu. Soll ich Sie auf ihren Anrufbeantworter durchstellen?«

Kennedy sah zu, wie Ward etwas aus dem Ofen holte. Er war nicht nur unvorstellbar wohlhabend, brillant und gut aussehend, sondern auch ein ausgezeichneter Koch. Wäre ihre Mutter noch am Leben, hätte sie ihre Tochter zweifellos darauf hingewiesen, dass dies nicht der richtige Zeitpunkt war, um einen auf unnahbar zu machen.

»Dr. Kennedy?«, fragte Susan.

»Entschuldigen Sie. Nein, das ist nicht nötig. Könnten Sie ihr stattdessen einen Zettel mit einer Nachricht auf den Schreibtisch legen?«

»Natürlich.«

»Ich befinde mich in einer Situation, in der es um Leben und Tod geht«, formulierte Kennedy mit Bedacht. »Aber es geht nicht um mein Leben oder meinen Tod. Deswegen kann ich mich in dieser Angelegenheit kein weiteres Mal bei Ihnen melden.« Mit der freien Hand griff sie nach ihrem Wein. »Haben Sie das?«

»Ja, Ma'am.«

»Lesen Sie es mir bitte vor.«

Sie tat es. Zögernd, aber Wort für Wort.

»Danke, Susan.«

Kennedy beendete den Anruf, während Ward das Abendessen zurück in den Ofen schob und einen Timer am Handy stellte. Sie war gespannt, wie Catherine Cook auf diese Nachricht reagierte. Nicht nur auf den Wortlaut, sondern auch auf die Tatsache, dass sie diesmal nicht auf ihrem privaten Anrufbeantworter landete. Nun wusste ihre Assistentin, dass die ehemalige CIA-Direktorin eindringliche Warnungen aussprach. So etwas ließ sich nicht so einfach unter den Teppich kehren.

Ward setzte sich gerade, als sie das Telefon einsteckte. »Hast du sie erreicht?«

»Wen?«

»Catherine.«

»Nein, ich habe nicht im Weißen Haus angerufen. Es sah aus, als ob du dadrin mit Schwierigkeiten kämpfst, also hab ich uns was beim Chinesen um die Ecke bestellt.«

Er lachte. »In etwa einer halben Stunde werden dir diese Worte um die Ohren fliegen, wenn du die beste Spanakopita deines Lebens gekostet hast.«

»Und?«

Es war wirklich die beste Spanakopita, die sie je gegessen hatte.

»Ich möchte nicht, dass dein Ego in den Himmel wächst.«

Er grinste. »Das macht Spaß, nicht wahr?«

Sie stach mit der Gabel in den Salat, den er vor knapp einer Stunde selbst gepflückt hatte. »Was?«

»Zusammen essen. Small Talk betreiben. So tun, als ob wir ganz normale Leute wären.«

»Zwei ganz normale Leute, die in einem privaten Resort in Uganda einen Happen essen.«

»Man muss bereit sein, gewisse Aspekte auszublenden«, räumte er ein. »Ein paar Gläser Wein schaden da bestimmt nicht.«

Sie wollte gerade etwas erwidern, als ihr Telefon klingelte. Wahrscheinlich ihr Sohn, der ihr wöchentliches Telefonat wegen eines Mädchens, von dem er besessen war, mal wieder auf den unpassendsten Moment verschoben hatte. Als sie jedoch auf das Display schaute, wurde ihr eine unbekannte Nummer angezeigt.

»Catherine?«, fragte Ward.

»Gut möglich. Entschuldigst du mich bitte für einen Moment?«

»Warte nicht zu lang. Der Teig wird unten schnell weich, wenn sie zu lange steht.«

»Höchstens fünf Minuten«, versprach sie, während sie die Veranda in Richtung einer Treppe überquerte.

»Hallo?«

»Was wollen Sie, Irene?«

»Ihrem Mann sind in letzter Zeit einige Fehler unterlaufen. Ich gehe nicht davon aus, dass Sie damit etwas zu tun hatten.«

»Und?«

»Er wird bald für diese Fehler bezahlen müssen.«

»Das klingt alles sehr dramatisch und kryptisch, Irene. Was soll ich damit anfangen?«

»Ich möchte, dass Sie sich mit mir persönlich treffen, damit wir gemeinsam herausfinden, ob wir das Problem lösen können, bevor es außer Kontrolle gerät.«

»Ich soll also glauben, dass Sie uns helfen wollen. Dass Ihnen plötzlich Tonys Wohlergehen am Herzen liegt.«

»Sagen wir einfach, dass ich ihn momentan für das geringere Übel halte.«

Es herrschte eine kurze Stille in der Leitung. »Wenn wir uns treffen, muss es unauffällig passieren. Nächste Woche lese ich in einem Kindergarten in Maryland vor. Sie können nach dem Termin auf mich warten und wir fahren zusammen nach Washington zurück. Stimmen Sie den genauen Ablauf mit Susan ab.«

Die Verbindung wurde getrennt. Kennedy ging zurück zur Veranda.

45

SÜDLICH VON SWAKOPMUND, NAMIBIA

»Hör auf.«

Rapp beschloss, den Rat zu ignorieren, und stieß Anna erneut den Zeigefinger in den Rücken.

»Hör auf!«

Sie befanden sich auf halber Höhe einer riesigen Sanddüne außerhalb von Swakopmund und kletterten im grellen Licht der unerbittlichen afrikanischen Sonne. Wie er trug auch Anna ein Sandboard auf dem Rücken und blinzelte durch eine dunkle Sonnenbrille. Der Duft der Kokosnuss-Sonnencreme, mit der sie sich großzügig eingeschmiert hatte, vermischte sich angenehm mit dem nur zu vertrauten Staub und Schweiß.

Er blickte den Hang hinab und entdeckte Claudia in einiger Entfernung. Sie saß auf einem Klappstuhl neben dem Land Cruiser. Eine Kühlbox stand neben ihr, darauf eine Wasserflasche, die verführerisch glitzerte. Sie winkte ihm kurz zu und widmete sich dann wieder dem Buch auf ihrem Schoß.

Mit lettischen Pässen, die ihnen Freunde von Scott Coleman organisiert hatten, waren sie vor zwei Wochen aus Uganda herausgekommen. Nach Überquerung der Grenze nach Tansania gondelten sie erst gemütlich durch Sambia, tauchten dann nach Botswana ab und setzten ihre Reise in westlicher Richtung fort. Jetzt wohnten sie in einer hübschen Airbnb-Unterkunft mit zwei Schlafzimmern und liebäugelten damit, den Aufenthalt zu verlängern. Namibia war ein wunderschönes Land, in dem es noch nicht von Kameras mit künstlicher Intelligenz wimmelte.

»Wenn du weiter so trödelst, ist der ganze Sand weggeweht, bevor wir oben ankommen«, mahnte Rapp.

»Du hast längere Beine!«

»Leg einen Zahn zu, Kleine.«

Nach weiteren 20 Minuten, ein paar zusätzlichen Motivationshilfen und einer Menge Gekeuche erreichten sie den Gipfel. Er half ihr, die Schuhe in die Bindung des Boards einrasten zu lassen, richtete sie auf und schob sie an den Rand des Abhangs.

»In Ordnung. Am Ende des letzten Laufs hast du definitiv angefangen, den Rhythmus zu finden. Denk daran, dass deine Spur ungefähr so aussehen sollte wie meine. Schön gleichmäßige Schwünge, die dich am Ende in einer gedachten geraden Linie den Hang runterbringen.«

Ihr Gesicht wirkte konzentriert. Sie nickte kurz und konzentrierte sich ganz auf den steilen Abhang vor ihr. Er ließ los. Anna kippte über die Kante und überließ die Kontrolle der Schwerkraft. Die ersten paar Kurven wirkten solide. Sie hatte das sportliche Talent ihres Vaters geerbt, allerdings auch seinen Hang zum Übermut. Nach etwa einem Viertel der Strecke fuhr sie bereits viel zu schnell.

»Engere Schwünge«, rief er. »Schnörkel, keine Linien!«

Er glaubte, sie befolge seinen Rat, als sie eine Kehre nach rechts vollführte, erkannte jedoch rasch den Irrtum. Jemand hatte in der Mitte des Hangs eine Sperrholzschanze gebaut, die sie zielsicher ansteuerte.

»Bleib da weg!«, warnte er. »Weiter links! Links!«

Sie ignorierte die Aufforderung, fuhr auf die Rampe und kauerte sich in eine Art Hocke. Das dumpfe Poltern beim Kontakt mit dem Brett war so laut, dass er zusammenzuckte und ihre Mutter von ihrer Lektüre aufblickte. Anna blieb unerträglich lange in der Luft, bis sie zur Landung ansetzte.

Auf den ersten Blick wirkte es ganz ordentlich.

Dann wendete sich das Blatt zum Schlechteren. Das Rosa ihres T-Shirts wurde abrupt vom Schwarz an der Unterseite des Boards abgelöst, dann vom Blond ihrer Haare. Rosa, schwarz, blond. Rosa, schwarz, blond …

Er schnappte sich das eigene Brett und machte sich auf den Weg zu ihr, wobei er in betont langen Schwüngen umsetzte und der Sand tiefe Furchen bildete. Als er sie endlich erreichte, befürchtete er erst, sie würde weinen, doch ihr Schluchzen entpuppte sich als Gelächter.

»Hast du das gesehen?«, fragte sie und spuckte dabei Sand aus. »Ich hing locker zehn Meter hoch in der Luft!«

»Mindestens«, kommentierte er und untersuchte sie auf Verletzungen, entdeckte aber kaum mehr als ein paar Schürfwunden. Er half ihr aufzustehen. »Alles okay?«

»Ja. Klar. Nächstes Mal schaff ich es. Ich bin nur vorn eingesunken. Mehr nicht.«

»Warum verbringen wir nicht den ganzen Tag damit, dein Brett unter den Füßen zu halten, und für das nächste Mal bauen wir dir eine kleinere Schanze? Manchmal ist es besser, sich langsam hochzuarbeiten.«

»Hast du mich gesehen?«, fragte Anna, als ihre Boards später am Land Cruiser lehnten. »Mitch meint, ich war mindestens zehn Meter hoch in der Luft.«

Claudia runzelte die Stirn. »Was habe ich zu dir gesagt, bevor ich es erlaubt habe?«

»Dass ich vorsichtig sein muss, weil wir nicht mal wissen, wo das nächste Krankenhaus ist.«

»Und? Warst du vorsichtig?«

»Es ist total weich. Nur Sand, weißt du?«

»Den du jetzt *überall* hast.«

»Das lässt sich ändern.« Rapp packte das Mädchen, drehte es um und schüttelte es an den Knöcheln auf und ab. Sie kicherte, während eine unglaubliche Menge an Sandkörnern aus ihrer Kleidung rieselte. Sobald die Flut zu einem Rinnsal verebbte, drehte er sie um und stellte sie auf die Beine.

»Bist du bereit für deine Sandwiches?«, fragte Claudia.

»Auf jeden Fall! Hast du Hunger, Mitch?«

»Und ob«, antwortete er und holte ihr Mittagessen aus der Kühlbox. Er lehnte sich mit dem Rücken an den Geländewagen, während Anna kniete und den Deckel der Kühlbox zum Tisch umfunktionierte.

»Sind wir für heute fertig?«, wollte Claudia wissen.

Anna schüttelte den Kopf. »Wir wollen noch ein paar Durchgänge üben. Damit ich besser werde und beim nächsten Mal einen richtigen Sprung hinbekomme.«

»Einen Sprung?«

»Mitch sagt, wir können eine etwas kleinere Schanze bauen. Damit ich mich langsam auf die große vorbereite.«

Er blendete den Wortwechsel aus, der sich daraufhin entwickelte, beendete seine Mahlzeit und spülte sie mit einer eiskalten Cola hinunter. Wie lange konnten sie bleiben, ohne sich in Gefahr zu bringen? Zwei Wochen hielt er für realistisch. Gefolgt von ein paar weiteren in Walvis Bay, bevor sie das Land verließen in Richtung … Tja, wohin?

Anna verschlang den Rest ihres Sandwichs und leerte die Wasserflasche, die ihre Mutter ihr gegeben hatte. Danach war sie sofort wieder auf den Beinen. »Bereit, Mitch?«

»Ich muss kurz telefonieren. Warum fängst du nicht schon mal an? Ich komm gleich nach.«

»Allein?«, fragte Claudia skeptisch.

Er deutete auf die leere, weitläufige Düne. »Sie wird sich ja kaum verlaufen.«

Anna stürmte zum Board.

»Okay, aber mach langsam«, bat Claudia. »Es wird richtig heiß.«

»Klar, es ist eh nicht so einfach. Weil der Sand weich ist und man bei jedem Schritt einsinkt. Weißt du, was es leichter machen würde, Mitch?«

Er blickte vom Telefon auf. »Was?«

Sie antworteten unisono. »Elefanten.«

Rapp schnitt eine Grimasse. »Das wirst du mir nie verzeihen, oder?«

Aktueller Konsens schien zu sein, dass er sich das abschminken konnte.

Claudia sah ihrer Tochter nach, wie sie zurück zum Hang stapfte, und wartete mit dem Sprechen, bis Anna außer Hörweite war. »Ich bin nervös.«

»Ihr wird schon nichts passieren.«

»Es hat nichts mit ihr zu tun, sondern mit deiner Entscheidung. Irgendwann wird Anna mehr lernen müssen als nur, wie man Sandboard fährt und warum Zebras Streifen haben. Das bedeutet, dass wir uns überlegen müssen, wie wir sie zu Hause unterrichten. Und wir müssen eine Möglichkeit finden, sie mit anderen Kindern in ihrem Alter zusammenzubringen. Es geht nicht, dass wir auf Dauer ihre einzige Gesellschaft sind.«

»Ersteres ist machbar, aber du weißt genauso gut wie ich, dass Punkt zwei nicht infrage kommt. Sie ist ein cleveres Mädchen, aber wir können nicht erwarten, dass sie über ihre Vergangenheit schweigt. Und die Geschichten, die sie erzählt, erregen zu viel Aufmerksamkeit.«

»Ich weiß.« Claudia klang ziemlich niedergeschlagen. »Es ist nur diese Ungewissheit. Wird dieser Zustand ein paar Monate andauern? Ein paar Jahre? Unser ganzes Leben?

Gäbe es eine grobe Hausnummer, wäre es leichter, sich damit zu arrangieren.«

Er setzte den Akku ins Handy und schaltete es ein. Kaum hatte das Gerät einen Kontakt zum Satelliten hergestellt, forderte ihn eine von Legion entwickelte App auf, einer Telefonkonferenz beizutreten.

»Bin da«, meldete er sich.

»Es wird nicht einfach.«

Cyrah Jafari klang natürlich, aber nicht wie sie selbst. Neben der sicheren Satellitenverbindung und der Verschlüsselung war auch ein Algorithmus zur Veränderung der Stimme aktiv. Wenn es um die Absicherung von Anonymität ging, war Legion der Meinung, dass so etwas wie Overkill nicht existierte. Dieser Philosophie stimmte er von ganzem Herzen zu.

»Hast du das erwartet?«

»Nein. Aber nachdem du untergetaucht bist« – da diese Mission auf gegenseitigem Vertrauen basierte, hatte er ihr zwischenzeitlich das Du angeboten – »wird er seine Teilnahme an öffentlichen Veranstaltungen vorerst auf ein absolutes Minimum beschränken. Und wenn er irgendwo auftritt, wird alles noch besser abgesichert sein als beim letzten Mal, mit Gästen, die lückenlos überprüft wurden.«

»Worauf willst du hinaus?«

»Wenn du dich lange genug versteckst, kann er sich die Wiederwahl abschminken. Danach wird es merklich einfacher.«

Rapp schüttelte den Kopf. Anna wäre bereits zehn Jahre alt, wenn Cook den erneuten Einzug ins Weiße Haus verpasste – vorausgesetzt, es kam überhaupt dazu. Er war nicht bereit, ihr die komplette Kindheit vorzuenthalten.

»Dafür wollt ihr zehn Millionen kassieren? Inakzeptabel. Und euch bringt diese Strategie auch nicht weiter. Einen

Zivilisten mit minimaler Security auszuschalten, ist wahrlich nichts, womit man weltweiten Ruhm erlangt.«

Sie schwieg lange, bevor sie weitersprach. »Ich habe damit gerechnet, dass du so reagierst. Und wir haben tatsächlich eine Idee.«

»Ich höre.«

»Wie ich schon sagte, sieht alles danach aus, als ob er sich weiterhin auf diese virtuellen Auftritte vor kleinem Publikum beschränkt …«

»Einem handverlesenen, sorgfältig überprüften Publikum.«

»Richtig. Aber viele der Teilnehmer, die er für das letzte Event auswählen ließ, waren mehr als nur Wähler. Sie waren fast so etwas wie Jünger. Wenn es nach den Konten in den sozialen Medien geht, die wir uns angesehen haben, scheinen einige davon psychologisch im grenzwertigen Bereich unterwegs zu sein. Sie schreiben über ihn, als wäre er eine Art Messias.«

»Das überrascht mich nicht.« Rapp begriff nicht, worauf sie hinauswollte. »Und es ist naheliegend, solche euphorischen Anhänger auszuwählen, wenn man nur auf eine begrenzte Anzahl von Zuschauern zurückgreifen kann.«

»Das stimmt natürlich. Nun, solche Menschen neigen dazu, leicht beeinflussbar zu sein. Sie wollen unbedingt Teil einer großen Sache sein, sind dabei aber nicht besonders wählerisch. Nach einer flüchtigen Recherche sind wir bereits auf vier Kandidaten gestoßen, die in das von uns entwickelte psychologische Raster passen. Männer, die verbittert und einsam sind und verzweifelt irgendwo dazugehören wollen.«

Er lächelte. »Mit anderen Worten, Männer, die sich leicht von einer attraktiven jungen Perserin beeinflussen lassen, wenn sie ihnen gesteigerte Aufmerksamkeit schenkt.«

»Genau. Liebe und Hass sind letztlich zwei Seiten derselben Medaille. Lenken wir ihre Energie entsprechend um, bringen wir sie unter Umständen dazu, den Job für uns zu erledigen.«

Schwierig, aber durchaus vorstellbar. Cook bei einem lebensuntüchtigen Nerd, der sich bei Mama im Souterrain verkriecht, vom Heiligen zum Dämon umdefinieren, ihn mit einer nicht nachweisbaren Waffe in eine Veranstaltung einschleusen und die Funken fliegen lassen. Eins musste Rapp Cyrah lassen. Sie war ein durchtriebenes Miststück. Sadie Hansen konnte von Glück reden, dass sie noch lebte.

»Viel Theorie, wenig Fakten«, blieb er dennoch skeptisch. »Glaubst du, ihr bekommt das hin?«

»Ich freue mich nicht unbedingt darauf, mich für absehbare Zeit mit mehreren dieser …« Ihre Stimme verstummte zögernd. »Wie nennt man solche Typen?«

»Ich finde Muttersöhnchen ganz passend.«

»Okay, Muttersöhnchen. Jedenfalls halte ich es für eine vielversprechende Strategie.«

»Sie führt allerdings nicht kurzfristig zum Erfolg.«

»Nein. Das wollte ich von vornherein klarstellen. Wir werden vermutlich ein Jahr brauchen. Eher etwas länger.«

Er sah zu Claudia hinüber, hob einen Finger und signalisierte ihr: *Ein Jahr.*

Sie runzelte die Stirn, aber die Zeitspanne schien sie nicht zu überraschen. Sie war selbst das Mastermind hinter einigen ausgeklügelten Attentaten gewesen. Trotzdem fiel es schwer, sich mit diesem Umstand anzufreunden. Ein Jahr lang mit einer Siebenjährigen unter dem Radar segeln. Trotzdem nickte sie entschlossen.

Rapp wandte seine Aufmerksamkeit erneut dem Telefonat zu. »Ihr macht eurem Ruf alle Ehre. Halt mich auf dem Laufenden.«

Nachdem er das Gespräch beendet hatte, klatschte er das Gerät auf die Stoßstange des Land Cruiser.

»Schaffen sie es?«, wollte Claudia wissen, als Rapp zum Board griff, um Anna zu folgen.

»Schwer zu sagen. Eins steht jedenfalls fest: Ich möchte im Moment nicht Anthony Cook sein.«

46

GREENBELT, MARYLAND

Irene Kennedy betrachtete den Regen, der sich auf der Windschutzscheibe sammelte. Jenseits der Tropfen zeichnete sich ein spärlich genutzter Parkplatz ab, den eine Reihe von Bürogebäuden umgab. Eine trügerische Illusion von Frieden, der sie sich schwer entziehen konnte. Im Gegenteil, der Anblick schien sie regelrecht zu verspotten.

Die Lage hatte sich derart zugespitzt, dass ihre einzige Option darin bestand, alles zu riskieren. Und selbst wenn sie als Siegerin hervorging, blieb ungewiss, ob damit ein Problem gelöst wurde.

Demokratie war ein chaotischer, frustrierender Kompromiss, der nie von Dauer zu sein schien. Das amerikanische Volk schlug sich zwar besser als die meisten anderen, nur blieb das so? Wenn das Land den aktuellen Kurs fortsetzte, hielt sie es für unwahrscheinlich. Vielleicht gelang es ihr ja, den Menschen den nötigen Anstoß zu geben, um sie zurück auf den richtigen Weg zu führen. Auf den Weg, der die Vereinigten Staaten zur größten Erfolgsgeschichte der Neuzeit machte.

Im Falle eines Versagens rechnete sie mit verheerenden Konsequenzen. Sie würde sich in einem ähnlichen Szenario wiederfinden wie dem, das Mike Nash das Leben gekostet hatte: in die Enge getrieben, allein und mit dem Blut derer an den Händen, die ihr am nächsten standen.

Eine Limousine rollte auf den Parkplatz. Kennedy verfolgte sie im Rückspiegel, bis sie längsseits heranfuhr. Ein kurzer Ruck am Türgriff, schon war sie draußen, hastete durch den Regen und glitt auf den luxuriösen Rücksitz, ehe sie vollkommen durchnässt war. Sie setzte sich ganz rechts außen hin und nutzte den Blickwinkel, um das Gesicht des Fahrers zu inspizieren. Die Tatsache, dass sie ihn nicht kannte, überraschte sie nicht. Sein osteuropäischer Akzent schon eher.

»Guten Tag, Dr. Kennedy.«

Ein Söldner, bei dem die Cooks absolut sicher waren, dass sich keine Querverbindung zu ihnen herstellen ließ? Jemand, der bereit war, sie an einen dunklen Ort zu bringen, den sie nie mehr verließ? Solche Bedenken spielten jetzt ohnehin keine Rolle mehr. Ihr blieb nur eins: die Fahrt zu genießen.

»Dies ist eine Ersatzlimousine«, erklärte der namenlose Fahrer. »Bei der Limousine, die Miss Cook hergebracht hat, gab es ein technisches Problem. Wir werden kurz vor Ende der Veranstaltung vor dem Gebäude halten. Bitte wechseln Sie bis dahin auf den Platz direkt hinter mir. So ist sichergestellt, dass die Presse Sie nicht sieht, wenn sich die Tür öffnet. Die Tönung der Fenster erledigt den Rest.«

»Ich verstehe«, entgegnete Kennedy schlicht.

Erwartungsgemäß war die Abholung perfekt getimt. Kaum waren sie zum Stillstand gekommen, erschien Catherine Cook auf der Treppe, gefolgt von einer Schar Dozenten und Schüler. Ihre Sicherheitsleute sprachen unwirsch in ihre

Funkgeräte, während sie Pressevertreter abwimmelten und nach potenziellen Bedrohungen Ausschau hielten.

Durch die Scheibe sah Kennedy, dass Catherine mit ihren Versuchen, emotionale Wärme vorzutäuschen, große Fortschritte machte. Ihr Lächeln wirkte aufrichtig. Sie schüttelte Hände, umarmte Menschen und zog sich dann zurück. Ein Secret-Service-Agent begleitete sie mit einem Regenschirm und öffnete die Tür des Fahrzeugs gerade so weit, dass sie hineinschlüpfen konnte.

Die First Lady starrte geradeaus. Ihr Lächeln verblasste, sobald die Tür zugefallen war und eine Glaswand als Abtrennung zum Fahrer nach oben glitt. Sie sagte kein Wort und wartete, bis sich die Wagenkolonne in Bewegung setzte, bevor sie Kennedys Anwesenheit registrierte.

»Mir wurde gesagt, wir haben 20 Minuten. Also beeilen Sie sich mit Ihren Anschuldigungen.«

»Ich glaube, über diese Phase sind wir längst hinaus.« Kennedy deutete auf Catherines Kopf. »Darf ich?«

Die Frau nickte kurz und ließ die Suche nach einem Abhörgerät über sich ergehen. Da die ehemalige CIA-Chefin keins fand, rückte sie so dicht heran, dass ihre Lippen das Ohr der Präsidentengattin streiften. »Lassen Sie uns im Flüsterton sprechen, ja?«

Ein weiteres Nicken.

»Legion wurde neutralisiert.«

Den Umstand, dass ihre Worte keine Reaktion hervorriefen, wertete sie als gutes Zeichen. Es deutete darauf hin, dass die First Lady hier war, um ein ernsthaftes Gespräch zu führen; nicht um Unwissenheit oder Unschuld vorzutäuschen.

»Neutralisiert, aber nicht getötet. Umgeleitet auf ein neues Ziel. Eines, das Ihnen vertraut ist.«

Die Kehle der Frau signalisierte ein nervöses Schlucken.

»Ihr Mann hat einen Krieg angezettelt, von dem Sie ihm vermutlich abgeraten haben. Jetzt hat sich das Blatt gegen ihn gewendet. Selbst mit all Ihren Ressourcen werden Sie Mitch nicht finden. Und er ist zuversichtlich, dass Legion erfolgreich sein wird.«

»Wieso schalten Sie sich als Vermittlerin ein, Irene?«

»Sosehr ich alles verachte, wofür Sie und Ihr Mann stehen, glaube ich nicht, dass sein Tod Amerika oder der Demokratie dienlich sein wird. Und offen gesagt, wenn ich mir das weitere Leben meines Freundes ansehe, gefällt mir nicht, was ich sehe. Er hat etwas Besseres verdient, als die nächsten 30 Jahre in Höhlen zu verbringen und den Himmel nach Drohnen abzusuchen. Sein Land *schuldet* ihm etwas Besseres.«

»Was schlagen Sie also vor?«

»Dass wir eine Möglichkeit finden, den Waffenstillstand zwischen den beiden törichten Männern in unserem Leben zu reaktivieren.«

»Eine schwierige Aufgabe, nicht wahr?«

»Durchaus, aber ich halte es für machbar. Aber zuerst müssen wir uns gegenseitig vertrauen.«

»Eine noch schwierigere Aufgabe.«

»Innerhalb dieses eng umrissenen Bereichs decken sich unsere Interessen.«

Catherine schüttelte langsam den Kopf. »Da irren Sie, Irene.«

»Inwiefern?«

»Der Bereich ist nicht eng umrissen. Schauen Sie sich an, was Sie diesem Land und der Welt angetan haben. Schauen Sie sich an, was die schwachen Präsidenten, die Sie so bewundern, angerichtet haben. Wie lange können wir noch mit einer politischen Klasse und Medien überleben, die von

Hysterie profitieren? Die amerikanische Demokratie hat eine Zeit lang funktioniert, aber jetzt artet alles in Chaos aus. Und Sie wollen mir weismachen, dass die große Irene Kennedy das nicht erkennt? Wenn Sie glauben, dass das amerikanische Volk seine Vernunft von allein wiederfindet, machen Sie sich etwas vor. Und Selbsttäuschung ist etwas, das sich Frauen wie wir nicht leisten können.«

»Uns bleibt nicht viel Zeit, und ich glaube, wir schweifen ein wenig vom Thema ab. Unser …«

»Arbeiten Sie wieder für uns, Irene.«

Kennedy wurde selten auf dem falschen Fuß erwischt, diesmal schon.

»Wir wollen die Welt nicht vernichten«, redete Catherine auf sie ein. »Wir sind nicht Hitler oder Stalin oder Cäsar, und wir streben auch nicht danach, wie sie zu sein. Aber das amerikanische Volk hat sich zu einem Mob entwickelt, der sich selbst zerfleischt. Die Beweggründe sind banal. Ablenkung. Langeweile. Ein wenig Grausamkeit und kurze Einblicke in das, was sie für Macht halten. Darren Hargrave ist ein Idiot und ein Kretin. Er kann uns nicht helfen, dieses Land zu retten. Sie können es. Nehmen Sie mein Angebot an und setzen Sie sich mit uns an den Tisch.«

Kennedy lehnte sich im Lederpolster zurück. »Haben Sie Mike dasselbe Angebot gemacht?«

»Ja. Und er war klug genug, es anzunehmen. Um sich in die Lage zu versetzen, Ihnen zu helfen und die Politik der Zukunft mitzugestalten.«

Kennedy nickte nachdenklich. »Und Mitch?«

»Er muss verschwinden, und das wissen Sie auch. Dafür werden Sie in einer Position sein, die anderen zu schützen. Scott und seine Männer. Claudia und Anna …«

»Haben Sie je darüber nachgedacht, warum?«

»Warum was?«

»Warum Sie Ihr Leben damit verschwenden, etwas zu erreichen, das Sie gar nicht zu schätzen wissen? Sie sind jetzt wohlhabend. Sie sind mächtig. Und doch empfinden Sie keinerlei Dankbarkeit gegenüber dem Land, das Ihnen zu beidem verholfen hat. Sie kapseln sich von dem Chaos ab, das Ihnen angeblich so große Sorgen bereitet. Warum sitzen Sie nicht einfach Ihre Zeit im Weißen Haus ab und ziehen sich anschließend zurück, so wie die anderen vor Ihnen?«

»Was glauben Sie, Irene?«

»Ich vermute, es ist nicht sonderlich kompliziert. Das Problem ist, dass Sie nie genug bekommen. Meiner Erfahrung nach werden Leute wie Sie umso machtbesessener, je mehr Macht man ihnen an die Hand gibt. Und wozu ist Macht gut, wenn man sie nicht auf brutalstmögliche Weise ausübt? Sie sagen, Sie wollen Ordnung in das Chaos bringen, das wir angerichtet haben, aber das wird Ihnen schnell langweilig. Dann werden Sie die Leute mit dem Stiefelabsatz zertreten, bis sie Ihnen blind gehorchen.«

»Absolute Macht korrumpiert absolut«, fasste Catherine zusammen.

»Ist das so? Oder sind die Menschen, die danach streben, schlicht von Natur aus verdorben?«

Catherine lachte. »Ein Grund mehr, mein Angebot anzunehmen, Irene. Sie können sich als Engel auf meine Schulter setzen und uns positiv beeinflussen. Setzen Sie Ihren unglaublichen Intellekt und Ihre jahrzehntelange Erfahrung ein, um uns zu kontrollieren. Uns zu beeinflussen. Wer weiß, vielleicht entmachten Sie uns am Ende sogar. Was für eine Patriotin wären Sie, wenn Sie Ihr Land für einen einzigen Mann verraten?«

47

DAAN-VILJOEN-WILDPARK
IN DER NÄHE VON WINDHOEK, NAMIBIA

Rapp wich einem riesigen Netz mit einer softballgroßen Spinne aus und begann, einen Pfad zu seiner Rechten zu erklimmen. Es war ein gutes Gefühl, allein in der Wildnis zu sein. Das Knirschen der Laufschuhe auf dem Boden zu hören, das protestierende Piepen des Herzfrequenzmessers, wenn man sich zu sehr anstrengte. Die morgendlichen Temperaturen lagen knapp unter 30 Grad, aber das blieb nicht mehr lange so. Deswegen hielt er Schnelligkeit für die beste Form von Tapferkeit. Die kleinen tragbaren Wasserflaschen, die er mitgenommen hatte, leerten sich bei großer Hitze ziemlich rasch.

Auf halber Höhe des Anstiegs schielte er auf die Uhr und ignorierte die Trainingsdaten zugunsten der Zeitanzeige. Noch zwei Minuten. Vermutlich keine schlechte Idee, etwas Schatten zu suchen.

Er fand ihn in Form eines konkaven Felsbands. Ein kurzer Sprint durch zerklüftete Bäume, vorbei an ein paar weiteren prähistorischen Spinnenkreaturen, führte ihn dorthin. Die Ranger hatten ihm versichert, dass es im Park keine Raubtiere gab, doch der beißende Gestank von Urin strafte sie Lügen. Ein weiterer Grund, sich zu beeilen. Er zog ein Satellitentelefon aus dem Rucksack und setzte den Akku ein. Pünktlich um zehn vibrierte es.

»Wie läuft der Fischfang?«, fragte er, sobald die Verbindung stand.

»Ein bisschen träge heute Morgen«, entgegnete Scott Coleman. »Aber das wird schon. Ich hab ein gutes Gefühl.«

Der ehemalige SEAL schipperte vor der Küste der griechischen Insel, die er seine zweite Heimat nannte. Er genoss das Leben und hatte Rapp Unterstützung in Sachen Kommunikation angeboten.

Ein weiteres Telefon klingelte auf Colemans Seite der Verbindung, gefolgt vom erwarteten Knattern in der Leitung. Der Anruf kam von Irene Kennedy über ein weiteres anonymes Satellitenhandy. Coleman ging dran, klebte beide Hörer mit Tape zusammen und packte sie in eine schalldichte Box – wahrscheinlich seinen Bierkühler. Das Vakuum verhinderte, dass die NSA den Anruf nutzen konnte, um Rapp in Namibia zu lokalisieren. Die jahrzehntelange Verfolgung von Terroristen hatte ihn zu einem Experten für Schwachstellen der elektronischen Überwachung gemacht. Ironisch – und ein wenig deprimierend –, dass er sich auf dieselben Tricks verließ, die Al-Qaida und IS gegen Amerika einsetzten.

»Irene?«

»Bin dran. Geht es euch gut?«

»Uns geht es gut. Darf ich davon ausgehen, dass dir etwas eingefallen ist?«

»Ich habe mich mit Catherine getroffen. Sie ist bereit, sich für ein besseres Verhältnis zwischen dir und dem Präsidenten einzusetzen.«

»Warum sollte mich das interessieren? Es hat schon beim ersten Mal nicht funktioniert.«

»Weil wir beide entsprechende … Sagen wir … Zugeständnisse machen werden.«

»Wenn du ›wir‹ sagst, schließt das mich mit ein?«

»Ja.«

»Und um welche Zugeständnisse geht es konkret?«

»Ich kann dich in Schlagdistanz zum Präsidenten bringen.«

»Wirklich? Wo?«

»Im Weißen Haus.«

Er lachte, während er sich an einen geeigneteren Platz begab, um mögliche Annäherungen frühzeitig mitzubekommen. Was er gar nicht gebrauchen konnte, war eine Raubkatze, die sich unbemerkt anschlich. Die Spinnen waren schlimm genug. »Dein Deal mit ihr lautet also, dass sie mich in ein Gebäude voller Agenten reinlässt, die den Befehl haben, mich zu töten? Ich glaube, dein Verhandlungsgeschick ist etwas eingerostet, Irene. Wenn es dir nichts ausmacht, bleibe ich noch eine Weile im Urlaub und lasse meine Probleme von Legion erledigen.«

»Ich glaube, du verkennst das Risiko, das er damit eingeht, Mitch. Es gibt eine lange Liste von Menschen, die du unter Bedingungen getötet hast, die alle für unmöglich hielten.«

»Das mag stimmen, aber diesmal muss und werde ich meinen Arsch nicht riskieren. Ich setze mich lieber gemütlich an den Pool und warte. Ausnahmsweise ist die Zeit auf meiner Seite.«

»Cook stirbt also, der Vizepräsident bleibt ohne echtes Mandat für ein paar Jahre im Amt und dann zieht Catherine ins Weiße Haus ein.«

»Damit habe ich kein Problem. Und weißt du auch, warum? Weil sie dein böser Zwilling ist. Sie wird sich ausrechnen, dass es nichts bringt, mich zu jagen, um die Nadel in ihre Richtung ausschlagen zu lassen. Sie wird sich ganz darauf konzentrieren, sich zur Diktatorin aufzuschwingen. Sollte das amerikanische Volk es zulassen, haben die Menschen es nicht besser verdient. Wie ich bereits sagte, es ist nicht meine Aufgabe, sie vor sich selbst zu retten.«

»Ich kenne dich besser.«

»Bist du sicher?«

»Ich glaube, du ziehst es ins Lächerliche, weil du es dir nicht ernsthaft vorstellen kannst. Du gehst davon aus, dass sie acht Jahre im Amt bleibt und dem Land zwar schadet, es aber im Wesentlichen unverändert zurücklässt.«

»Und du siehst das anders?«

»Wenn Anthony Cook im Laufe des nächsten Jahres stirbt, besteht meiner Meinung nach ein hohes Risiko, dass Amerikas Demokratie endgültig scheitert. Ich denke, wir werden eine Explosion politischer Gewalt erleben. Bundesstaaten, die versuchen, sich von verfassungsmäßigen Mandaten loszusagen. Am Ende steht ein zerrüttetes Land mit einer Regierung, die sich nicht mehr großartig von Russland oder Venezuela unterscheidet.«

»Das scheint mir ein wenig alarmistisch zu sein.«

»Ist es nicht.«

Er fluchte leise. Ein Leben lang hatte er versucht, die Welt auf einem stabilen Siedepunkt zu halten, und jetzt rissen die Köche den Deckel weg, ohne ihn zu fragen.

»Was soll ich deiner Meinung nach tun?«, fragte er schließlich.

»Nenn ihm unsere Bedingungen.«

»Schicken wir ihm einen Brief.«

»Was ich ihm mitzuteilen habe, funktioniert nicht schriftlich oder über eine Telefonleitung. Und offen gesagt, es kann auch nicht von mir kommen. Wie du weißt, müssen Drohungen aus einer Position des Vertrauens und der Stärke heraus vorgebracht werden. Auge in Auge, nicht aus einem Versteck heraus.«

Er reagierte nicht.

»Mitch? Bist du noch dran?«

»Ja, ich bin noch dran.«

»Wirst du es tun?«

»Ehrlich gesagt, ich weiß es nicht, Irene. Sie könnten mich dort hinlocken und mir eine Kugel in den Kopf jagen. Ich wäre nicht mal in der Lage, etwas dagegen zu unternehmen. Selbst wenn ich eine Waffe in die Hand bekäme, auf wen sollte ich zielen? Das ist kein Haufen Terroristen, der ihn beschützt. Das ist der Secret Service. Du bittest mich also nicht nur darum, da reinzugehen und möglicherweise zu sterben. Du verlangst von mir, dass ich da reingehe und möglicherweise auf Knien um Gnade bettele.«

48

Vor dem Weissen Haus
Washington, D. C.

Mitch Rapp spähte durch das offene Fenster der Limousine und fühlte sich an einen Kontrollpunkt in einem aktiven Kriegsgebiet erinnert. In diesem Fall war das Kriegsgebiet jedoch die sonnige Pennsylvania Avenue. Barrikaden und Kampffahrzeuge waren platziert worden, um den Verkehr vom Weißen Haus wegzuleiten, und der Secret Service griff zur Verstärkung auf Personal der Streitkräfte zurück. Stacheldraht, Hunde und nachlässig getarnte Flugabwehrsysteme rundeten die Vorkehrungen ab.

Ihm war bewusst, dass der Präsident Angst vor ihm hatte, aber die Auswirkungen dieser Angst hautnah mitzuerleben verunsicherte ihn. Es machte den Eindruck, als ob Amerika belagert wurde. Und vielleicht wurde es das sogar, aber doch nicht von ihm! Wann war er von der Verteidigung der Tore dazu übergegangen, selbst mit einem Molotowcocktail vor den Toren zu stehen?

Der Fahrer bremste, und Rapp hielt einen Gegenstand aus dem Fenster, den er in den letzten Jahren selten benutzt hatte: seinen echten Reisepass. Ein Soldat im Flecktarn blätterte durch die weitgehend leeren Seiten und glich das Foto mit dem Mann im Wagen ab. Er reichte ihm das Dokument zurück.

»Danke, Sir. Ich wünsche Ihnen einen angenehmen Tag.«

Und schon fuhren sie weiter. Rapp ließ die Scheibe hoch und erinnerte sich an den Streit, den er mit Claudia wegen dieser Aktion gehabt hatte. Noch größer als die Wut auf ihn war allerdings ihre Wut auf Kennedy. Die ehemalige CIA-Direktorin konnte von Glück sagen, dass die eingerichteten Sicherheitsprotokolle einen Anruf von Claudia unmöglich machten. Sie hätte garantiert jedes Schimpfwort der französischen Sprache gelernt, bevor ihr das Trommelfell platzte.

Coleman und die anderen standen ebenfalls auf Claudias Seite. Sie hatten sogar eine Wette am Laufen, wie lange Rapp überlebte, nachdem er das Tor des Weißen Hauses passiert hatte. 38 Minuten war die längste Zeitspanne, auf die jemand zu setzen bereit war. Rapp hielt das für übertrieben optimistisch und hatte selbst 50 Dollar auf elf Minuten und 15 Sekunden gesetzt.

Obwohl dies wahrscheinlich das Dümmste war, was er je getan hatte – eine hohe Messlatte, wenn man seine bisherige Karriere berücksichtigte –, blieb ihm keine andere Wahl. Kennedys Plan, Amerika vom Abgrund wegzuziehen, überzeugte ihn zwar nicht, aber er verdankte dieser Frau immerhin sein Überleben. Nein, nicht nur sein Überleben.

Sein *Leben.* Den Mann, der er geworden war. Die Ziele, die er erreicht hatte. Die lebenslangen Freundschaften, die er geschlossen hatte. Wo wäre der junge, wütende Mitch Rapp ohne Irene Kennedy gelandet? Wahrscheinlich unter der Erde oder im Gefängnis.

Sie schlängelten sich durch eine Reihe von Betonbarrieren, die herannahende Fahrzeuge ausbremsen sollten, und wurden einer dritten Bombenkontrolle unterzogen. Danach erreichten sie den eigentlichen Grund und Boden des Weißen Hauses. Die Sicherheitsvorkehrungen in dieser Zone fielen noch strikter aus und umfassten eine explosionssichere Struktur, die er eindeutig als Killbox identifizierte. Gehörte sie nur zu den jüngsten Modernisierungsmaßnahmen oder war sie eigens für seinen Besuch vorbereitet worden?

Rapp stieg aus der Limousine und blieb stehen, um sich von einem Hund beschnuppern zu lassen. Die Schützen waren so zurückhaltend wie möglich verteilt. Er spürte dennoch, dass sie ihn im Visier hatten.

Als der Beagle zufrieden war, wurde er ein zweites Mal gründlich gefilzt, bevor man ihn zur Killbox führte. Kaum hatte sich die Tür hinter ihm geschlossen, rechnete er halb damit, von einer automatischen Waffe in Stücke gefetzt zu werden. Das geschah nicht. Noch nicht.

»Ziehen Sie sich bitte aus und legen Sie Ihre Kleidung auf das Regal vor sich«, ertönte eine Stimme aus dem Nichts. »Dann ziehen Sie den Overall auf dem Regal hinter Ihnen an.«

Er folgte der Aufforderung und trug schließlich eine leuchtend orangefarbene Gefängnisuniform und ein Paar Socken, die es massiv erschwerten, sich auf einem anderen Untergrund als Teppich fortzubewegen.

»Bitte treten Sie nach links und stellen Sie sich auf die gelben Fußabdrücke.«

Nachdem er die angegebene Position erreicht hatte, ertönte eine andere Stimme in dem beengten Raum. »Schauen Sie geradeaus und strecken Sie die Arme zur Seite.«

Er ließ sich von den Sensoren abtasten, während er auf eine leere Wand starrte.

»Sie können die Arme herunternehmen«, verkündete die Stimme nach etwa 20 Sekunden. »Sie sehen links neben der Tür ein Paar Handschellen hängen. Legen Sie sie bitte mit den Händen hinter dem Rücken an.«

Auch darauf ließ Rapp sich ein.

»Zeigen Sie sie der Kamera.«

Er drehte sich so, dass sie heranzoomen konnten.

Offenbar waren sie mit dem Resultat zufrieden, denn die Tür öffnete sich und ein Mann in Uniform und Splitterschutzweste trat ein. In der einen Hand hielt er eine Tube Sekundenkleber, in der anderen eine Flasche mit Beschleuniger für CA-Klebstoffe. Nachdem er sich hinter Rapp positioniert hatte, zog er die Handschellen so fest, dass sie unangenehm tief einschnitten, und verschloss dann die Schlüssellöcher mit der Tube.

»Um sie loszuwerden, müssten Sie sich die Hände amputieren«, flüsterte er Rapp ins Ohr. »Oder wir begraben Sie darin.«

Niemand vom Geheimdienst. Ausländischer Akzent. Ihm kam die Frage in den Sinn, ob sie ein gemeinsames Erlebnis verband, an das er sich nicht erinnerte.

Rapp wurde von fünf weiteren Männern umringt und zum Presidential Emergency Operations Center geführt – einem sicheren Komplex unter dem Ostflügel. Vor Jahren hatte Rapp einem ehemaligen Präsidenten das Leben gerettet, der sich in einem ähnlichen Bunker nicht weit von hier verschanzt hatte. In vielerlei Hinsicht machte ihn die Operation zu dem, was er heute war. Irgendwie passend, dass sich der Kreis nun möglicherweise am selben Ort schloss. Der Raum hatte sich seit dem letzten Mal, als er ihn betreten hatte, nicht merklich verändert. Der Hauptunterschied bestand darin, dass alle Möbel entfernt worden waren, mit Ausnahme von zwei Stühlen. Der eine in der Nähe der Tür schien zum fehlenden Konferenztisch zu gehören. Der andere stand auf der entgegengesetzten Seite des Raums, war aus robustem Stahl gefertigt und im Boden verankert. Es überraschte ihn nicht, dass er zielstrebig zu diesem gelotst wurde. Kaum hatte er Platz genommen, fixierte man die Handschellen mit einem Vorhängeschloss an einer Kette auf der Rückseite und die Klebezeremonie wurde wiederholt. Dann ließ man ihn allein.

Rapp rechnete damit, eine ganze Weile auf Cook warten zu müssen. Es dauerte weniger als fünf Minuten. Offensichtlich belastete die Situation den Präsidenten so stark, dass er auf diese Form des psychologischen Kräftemessens verzichtete. Noch interessanter fand er, dass sich die Tür direkt nach seinem Eintreten wieder schloss.

»Wo ist Ihre Frau?«

»Sie hat ihren Platz«, antwortete Cook und musterte ihn von der anderen Seite des Raums. »Hier ist er nicht.«

Rapp unterdrückte ein Lächeln. Es war ein Fehler, dass Cook seine klügere Hälfte von diesem Gespräch fernhielt. Bisher lief es sogar besser als von Kennedy und ihrer Kristallkugel prognostiziert.

»Hier gibt es keine Mikrofone, dafür gibt es Kameras«, erklärte Cook und stellte sich so hin, dass ausreichend Abstand zwischen ihnen blieb. »Eine falsche Bewegung, und bewaffnete Wachen stürmen den Raum, bevor Sie einen weiteren Muskel bewegen können. Probieren Sie es besser gar nicht erst. Meine Männer haben dieses Szenario ausgiebig trainiert. Nicht mal Sie sind schnell genug. Niemand ist das. Nicht mal annähernd.«

Die Tatsache, dass er in einer Tour quasselte, deutete darauf hin, dass er nicht so überzeugt davon war, wie er es hinstellte. Er hätte es durchaus sein dürfen. Es gab keine Möglichkeit, sich von den Handschellen zu befreien. Zudem hätte es selbst bei einem Vollsprint gut anderthalb Sekunden gedauert, Cook zu erreichen. Deswegen war Rapp sowieso nicht gekommen.

»Wo fangen wir an?«, fragte der Präsident.

»Mit einer kurzen Zusammenfassung? Nur um sicher zu sein, dass wir auf demselben Stand sind.«

»Meinetwegen. Legen Sie los.«

»Sie und ich hatten einen Waffenstillstand vereinbart. Ich erklärte mich bereit, das Land zu verlassen, solange Sie an der Macht sind, mich unauffällig zu verhalten und keine Schritte gegen Sie zu unternehmen. Im Gegenzug willigten Sie ein, mich in Ruhe zu lassen.«

Cook nickte.

»Stattdessen haben Sie ein Dossier über Claudia an frühere Feinde von ihr geschickt. Das veranlasste Gustavo Marroqui, uns in Südafrika anzugreifen, und endete damit, dass Enzo Ruiz Legion beauftragte, meine Partnerin zu töten. Ich habe Legion in meine Gewalt gebracht und auf eine neue Zielperson angesetzt.«

Cook nickte erneut langsam, bevor er das Wort ergriff. »Ich stimme zwar grundsätzlich mit Ihrer Darstellung überein, bin allerdings nicht davon überzeugt, dass Sie unsere Vereinbarung einhalten wollten. Männer wie Sie begraben das Kriegsbeil mit Vorliebe in den Schädeln von Leuten, die sie als Feinde betrachten.«

»Ich habe mich an mein Versprechen gehalten.«

»Versprechen werden so lange gehalten, bis sie unbequem werden.«

»Gesprochen wie ein wahrer Politiker.«

Cook lächelte dünn über die Beleidigung hinweg. »So weit waren wir schon, Mitch. Die Frage, von der Catherine und Irene wollen, dass wir sie klären, ist eine andere: Wie geht es jetzt weiter? Die beiden scheinen anzunehmen, dass es der erste Schritt ist, Vertrauen zwischen uns aufzubauen, wenn sie uns in denselben Raum setzen. Sie haben zugestimmt, sich in meinem Schutzraum mit Handschellen an einen Stuhl zu fesseln, und ich habe zugestimmt, mich Ihnen bis auf wenige Meter zu nähern. Ich nehme an, die Vorstellung der Frauen ist, dass wir die Verpflichtung aus unserer unvollkommenen kleinen Vereinbarung wiederholen. Und dass sich diesmal beide Seiten daran halten.«

»Und sind Sie wirklich deswegen hier?«

Cook lehnte sich zurück und schlug die Beine übereinander. Auf seine Art war er tatsächlich beeindruckend. Das attraktive Äußere, das Charisma, das ruhige Gefühl von Stärke, das aus jeder Pore sickerte, solange Rapps Handschellen hielten. Es war leicht nachzuvollziehen, warum die Wähler sich einen Mann wie ihn als politischen Anführer wünschten. Warum sie ihm allerdings vertrauten, stand auf einem gänzlich anderen Blatt.

»Ihr Problem lässt sich also leicht zusammenfassen«, meinte der Präsident. »Sie sind mit Handschellen an einen Stuhl gefesselt und von 100 bewaffneten Männern umgeben, die geschworen haben, mich zu verteidigen. Mein Problem ist hingegen etwas komplizierter. Erstens ist Legion jetzt hinter mir her. Zweitens sind Ihre Leute vor Kurzem abgetaucht.«

Das stimmte. Einige Stunden vor Rapps Eintreffen in Washington hatten sich seine langjährigen Begleiter förmlich in Luft aufgelöst. Coleman war in Tauchausrüstung über die Bordwand seines Boots gesprungen und nicht zurückgekehrt. Wick war in seinem Hinterhof – auch bekannt als Wyoming – verschwunden. Bruno hatte sich in Neuseeland davongestohlen und Maslick war irgendwo im nördlichen Virginia in einen Gully geklettert.

»Das trifft es ganz gut, ja.«

»Wenn ich also zustimme, zu unserem Waffenstillstand zurückzukehren, werden Sie Ihre Männer wieder auf der Bildfläche erscheinen lassen und Legion zurückpfeifen. Soll ich das ernsthaft glauben? Dass Sie auf jegliche Vergeltung verzichten und mich als Präsident durchregieren lassen?«

»Sie klingen skeptisch.«

»Weil Sie behaupten können, Legion den Auftrag gekündigt zu haben, obwohl es nicht stimmt. Dann bin ich früher oder später ein toter Mann. Und falls Legion scheitert, können Sie und Ihre Leute erneut verschwinden und einen eigenen Anlauf starten.«

»Meine Leute haben damit nichts zu tun. Und ich bin ohnehin nicht auf sie angewiesen.«

»Warum nicht?«

»Weil Sie nach Ihrem Rücktritt mit wesentlich weniger Security auskommen müssen.«

Cook starrte ihn einen Moment lang perplex an und brach dann in Gelächter aus. Ein wenig nervös, keine Frage, aber er schien sich seiner Sache sehr sicher zu sein.

»Habe ich etwas Amüsantes gesagt?«

»Wo soll ich da anfangen? Zunächst mal, dass Sie ernsthaft glauben, in einer Position zu sein, meinen Rücktritt fordern zu können. Vor allem aber glauben Sie, ich ziehe es ernsthaft in Betracht. Sie tun ja gerade so, als könnten Sie mich jederzeit abservieren, wenn Sie es wollen.«

»Das kann ich bereits jetzt.«

»Ach ja?« Cook klang ungläubig.

Rapp machte eine Bewegung mit dem Kopf, da er seine Hände nicht benutzen konnte. »Glauben Sie ernsthaft, dass dieser ganze Quatsch mehr als nur eine Verschwendung von Steuergeldern ist? Lassen Sie mich Ihnen aus jahrzehntelanger Erfahrung versichern, dass man jeden, den man findet, auch töten kann. Und zwar auf Tausende unterschiedliche Arten.«

»Ich bin sehr gespannt. Wie würden Sie es anstellen, Mitch? Wie würden Sie mich töten?«

»Schwer zu sagen. Ich war in letzter Zeit zu beschäftigt, um mir darüber Gedanken zu machen. Ihr Zusammentreffen mit einer Gruppe afrikanischer Staatsoberhäupter in wenigen Wochen wäre definitiv eine interessante Gelegenheit.«

»Glauben Sie?«

»Wussten Sie, dass einer dieser Männer – der Präsident der Demokratischen Republik Kongo – vor ein paar Jahren an Ebola erkrankte und wieder gesund wurde? Er kann sich also nach wie vor anstecken, hat aber selbst eine Resistenz gegen die Symptome entwickelt. Warum also nicht einen seiner Mitarbeiter dafür bezahlen, dass er ihn kurz vor seiner Abreise infiziert? An einem Tag schüttelt man ihm die Hand, am nächsten blutet man aus den Augäpfeln. Wie gesagt, nur so aus der hohlen Hand. Und seien wir ehrlich, meine Methoden sind in der Regel deutlich gradliniger. Meine Vorstellung von einem exotischen Hit besteht darin, jemanden mit einer SIG statt einer Glock zu erschießen. Legion ist da ein ganz anderes Kaliber. Wussten Sie, dass sie mal ein Opfer von seinem eigenen Vieh zertrampeln ließen? Ein anderes ihrer Ziele wurde von einem Blitz getroffen, den mehrere verlässliche Zeugen gesehen haben wollen. Fazit: Wenn es um Sicherheit geht, gibt es grundsätzlich Schwachstellen.«

In Wahrheit spielte er herunter, was der Secret Service in den letzten Monaten erreicht hatte. Es schien trotzdem zu funktionieren. Die Oberlichter zeichneten einen dünnen Schweißfilm auf Cooks Stirn nach.

»Sie liefern keine guten Argumente für Ihr Überleben, Mitch.«

»Ach nein? Ich finde, ich schlage mich ganz prima. Wie ich schon sagte, ich halte mich an meine Vereinbarungen. Außerdem ist es nicht meine Art, aus Rache zu töten. Ich töte, um Bedrohungen zu neutralisieren, und ohne das Oval Office sind Sie keine.«

»Ich glaube Ihnen nicht«, sagte Cook schlicht.

»Dann sterben wir beide, Mr. President. Ich heute und Sie im Laufe des nächsten Jahres.«

»Da bin ich mir nicht so sicher. Die CIA ist der Ansicht, dass sie die Chancen zu meinen Gunsten beeinflussen kann.«

»Die CIA?«, antwortete Rapp. »Sie meinen Darren Hargrave? Wenn mein Leben auf dem Spiel stünde, würde ich mich definitiv nicht an ihn wenden.«

»Darren ist nicht mein einziger Kontakt bei der CIA.«

»Wenn Sie es sagen.«

Er zeigte auf Rapp. »Wenn ich in alles eingeweiht wäre, was in Ihrem Kopf vorgeht, hätte ich einen ziemlichen Vorteil. Sie wissen alles über Ihre Männer, wie sie ausgebildet wurden, wohin sie sich absetzen würden, wie sie ihre Operationen finanzieren. Und auch wenn Sie mit Legion nicht so vertraut sind, bezweifle ich, dass Sie nichts über sie wissen. Ich nehme an, dass Ihnen eher nicht bekannt ist, *wo* sie sich aufhalten, aber ich denke, Sie wissen, wer sie sind, und besitzen eine grobe Vorstellung davon, wie sie mich ausschalten wollen. Natürlich kann ich mir nicht absolut sicher sein, aber die Perspektiven eines Verhörs sind allemal vielversprechender, als meinen Dienst im Weißen Haus zu quittieren und mich der Gnade eines Mannes auszuliefern, der bekanntlich keine kennt.«

»Das muss nicht zwangsläufig so sein«, widersprach Rapp. »Ich bin schon öfter verhört worden, als mir lieb ist, und nie unter dem Druck zusammengebrochen. Außerdem kenne ich die Leute, die Sie auf mich ansetzen wollen, und sie werden sich weigern – einige, weil wir befreundet sind, andere, weil sie zu schlau sind, das Risiko einzugehen, sich anschließend eine Kugel von Scott einzufangen.«

»Ich glaube, Sie haben jemanden vergessen.« Ein Hauch von Selbstgefälligkeit schlich sich auf Cooks Gesichtszüge.

»Wen denn?«

»Jane Hornig.«

Rapp behielt seine neutrale Miene bei. Dr. Jane Hornig hatte sowohl in Neurologie als auch in Biochemie promoviert und viel über die Psychologie des Schmerzes geschrieben. Dazu gehörte auch ein über 1000 Seiten starkes Standardwerk über antike Foltertechniken und Gerätschaften. Sie hatte Rapp ein handsigniertes Exemplar der druckfrischen ersten Auflage geschickt, das er damals sofort im Müll entsorgte.

Charlie Wicker brachte es mal so auf den Punkt: Diese Frau war nicht nur für die Hölle bestimmt, sondern dafür geboren, den Laden selbst zu schmeißen. Rapp stimmte ihm zu, musste aber einräumen, dass sie nie versäumt hatte, die benötigten Informationen zu liefern – sogar über die hartgesottensten ausländischen Agenten und Terroristen.

Er hatte vor Jahren aufgehört, auf ihre Dienste zurückzugreifen, weil er fand, dass sie und ihre Methoden sogar seinen moralischen Kompass sprengten. Seitdem hatte er die Existenz dieser Frau erfolgreich verdrängt. Genauer gesagt: Er hatte ihre kurze Arbeitsbeziehung bewusst aus dem Gedächtnis gelöscht.

»Eine faszinierende Frau.« Cook schlug die Beine übereinander und beugte sich vor. »Sie scheint nicht nur vollkommen angstfrei zu sein, sondern hat großes Interesse gezeigt, sich mit Ihnen zu unterhalten. Ich weiß nicht, ob sie mir vorschlagen will, dass Sie mir alles erzählen, was Sie wissen, damit sie Ihr Gehirn nicht in Wackelpudding verwandeln muss, oder ob sie von der Herausforderung begeistert ist, einen Mann wie Sie zu brechen. Wenn ich raten müsste, würde ich auf Letzteres tippen.«

Rapp stimmte ihm zu. Dieser Frau hatte man zweimal zur Last gelegt, in ihrem Keller Tiere so lange zu quälen, bis sie qualvoll verendeten. Und was sie mit Tieren anstellte, tat sie auch mit Menschen. Mit der richtigen Menge an Drogen, Schmerz und elektrischen Sonden in der Hirnhaut bekam sie wahrscheinlich alles, was sie wollte.

Cook zog ein Telefon aus der Tasche. »Es besteht keine Notwendigkeit für Spekulationen. Hören wir uns an, was sie selbst zu sagen hat.«

Er schien sich großartig zu amüsieren, während er durch sein Adressbuch scrollte. Warum auch nicht? Nach seiner Einschätzung hatte sich das Blatt bei ihrem Treffen soeben entschieden zu seinen Gunsten gewendet.

Cook schaltete das Handy auf Lautsprecher. Die hervorragende Akustik des Raums übertrug den Klingelton mit nahezu perfekter Klarheit. Als der Anruf entgegengenommen wurde, meldete sich allerdings keine Frau.

»Lebst du noch, Arschloch?«

»Ich fürchte, ja, Mas.«

»Verdammt. Ich hatte 100 Dollar auf 16 Minuten und 15 Sekunden gesetzt.«

»Man kann nicht immer gewinnen.«

Es stimmte zwar, dass Rapp Hornig verdrängt hatte, aber das Gedächtnis von Irene Kennedy gab sich diese Blöße nicht. Joe Maslick hatte die Hexe aus ihrem Haus in Fairfax Station entführt, kurz bevor Rapp mit dem Flieger in den Vereinigten Staaten landete. Wahrscheinlich bereute Cook es in dieser Sekunde, den Mann aus dem Gefängnis entlassen zu haben.

»Wie läuft es so bei Ihnen, Jane?«, fragte Rapp.

»Alles bestens.«

Es war lange her, dass er ihre Stimme zuletzt gehört hatte, aber sie löste unverändert den Wunsch aus, sich augenblicklich unter eine Dusche zu stellen.

»Wir spielen gerade Scrabble«, sagte Maslick. »Können wir das Spiel noch beenden?«

Eine unausgesprochene zweite Frage hing in der Luft. *Oder soll ich ihr eine Plastiktüte über den Kopf ziehen und die Leiche im Wald vergraben?*

»Klar. Ich denke, ihr habt genug Zeit.«

Die Verbindung wurde unterbrochen. Cook starrte fassungslos auf das Display. Dass die Selbstgefälligkeit aus seinem Gesicht verschwunden war, überraschte Rapp nicht.

»Wenn ich für das Amt des Präsidenten kandidieren würde«, fragte er, »glauben Sie, ich könnte Sie schlagen?«

Cook blickte benommen auf. »Wie bitte?«

»Sie haben mich gehört.«

»Mich schlagen? Nein … Natürlich nicht.«

»Würden Sie überhaupt einen zweiten Gedanken an mich verschwenden?«

Die Verwirrung des Politikers wuchs. »Nein, warum sollte ich?«

»Genau. Warum sollten Sie? Sie sind der Beste auf der Welt in dem, was Sie tun. Allein der Gedanke, dass ich Sie und Ihr Team auf dem Terrain, dem Sie Ihr Leben verschrieben haben, schlagen könnte, ist ein Witz. Politik ist Ihr Metier, und Sie könnten mich auf Tausende von Arten vernichten, an die ich noch nicht einmal gedacht habe.« Rapp hielt einen Moment inne. »Tja, in *meinem* Metier ist das genauso, Tony.«

49

Catherine Cook blieb vor der geschlossenen Tür zum Arbeitszimmer stehen. Ihr Mann hielt sich darin auf, viel mehr wusste sie nicht. Nur dass Rapp wie vereinbart erschienen war und Tony sie in letzter Minute von dem Treffen ausgeschlossen hatte.

Warum eigentlich? Obwohl er ihr nicht länger zu vertrauen schien, war ihm bewusst, dass er sie brauchte. Sie bildeten gemeinsam weit mehr als die Summe der Einzelteile. Außerdem stand es ihm frei, ihre Empfehlungen jederzeit zu ignorieren. Tatsächlich war es seine Missachtung ihrer Ratschläge, die sie überhaupt erst in diese Lage gebracht hatte.

Worüber hatten er und Rapp gesprochen? Was war geblieben und was war wegverhandelt worden? Vor allem aber: Konnten sie ein Gerüst aus Zusicherungen schaffen, das zu einer dauerhaften Entspannung führte?

In diesem Fall konnte ihr Mann in die Öffentlichkeit zurückkehren und mit ziemlicher Sicherheit die nächste Wahl für sich entscheiden. Anschließend würde sie für zwei weitere Amtszeiten übernehmen. Am Ende dieser 16-jährigen Regentschaft hätten sie das Land unumstößlich im Griff.

Alles, wovon sie geträumt hatten, alles, worauf sie hingearbeitet hatten, würde sich bewahrheiten.

Wenn Rapp jedoch lediglich versuchte, ihren Mann hinter seinem Schutzwall hervorzulocken, änderte sich das Kalkül. Das Weiße Haus stünde für sie dann zwar zum Greifen nahe, an Timing und Voraussetzungen, um die Kontrolle dauerhaft zu übernehmen, fehlte es jedoch. Nicht ganz was ihr vorschwebte, aber zumindest ein annehmbares Trostpflaster.

Catherine erkannte, dass sie mehr Mitgefühl für die missliche Lage ihres Mannes aufbringen sollte, aber das lag nicht in ihrer Natur. Vor allem weil es sich um Wunden handelte, die er sich selbst zugefügt hatte. Die Wahrheit lautete, dass er die Narren, die ihn verehrten, vor allem begeisterte, weil er in vielerlei Hinsicht einer von ihnen war.

Sie betrat das Büro und schloss die Tür hinter sich. Er saß an einem kleinen Tisch und hatte ein Tablett mit dem Mittagessen vor sich stehen. Die Mahlzeit war unangetastet, stattdessen widmete er sich dem Whiskeyglas, das er in der Hand hielt. Der Anblick reichte aus, um ihr den Schweiß auf die Stirn zu treiben.

»Ist das Treffen positiv verlaufen?«, fragte sie und verlieh ihrer Stimme einen Anflug von Optimismus.

Keine Antwort. Stattdessen starrte er stumm in das Glas, mit einem Ausdruck, den sie als subtile Mischung aus Wut, Angst und Ohnmacht deutete.

»Tony? Was ist passiert?«

Er drehte sich langsam in ihre Richtung, schien aber durch sie hindurchzublicken. »Rapp hat gesagt, wenn ich meinen Rücktritt erkläre, zieht er Legion ab und lässt mich in Ruhe.«

»Was?«, fragte sie verwirrt. Das war nicht das, worüber sie und Kennedy gesprochen hatten. Catherine blieb wie erstarrt stehen. Oder doch? Was genau hatte sie im Rahmen ihrer kurzen Unterhaltung betont? Dass der Waffenstillstand wiederhergestellt werden musste. Nicht, zu welchen Bedingungen.

»Wo ist er, Tony? Wo ist er jetzt?«

Cook zuckte mit den Achseln.

»Du hast ihn gehen lassen?«

»Warum denn nicht?« Er starrte benommen in die trübe Flüssigkeit. »Wenn ich ihn festhalte oder töte, wird es Legion nicht aufhalten. Es wird auch Kennedy und seine Leute nicht aufhalten. Sie würden einfach so lange weitermachen, bis ich tot bin.«

»Du hältst dich am sichersten Ort der Welt auf!«, rief sie. »Und er wird mit jedem Tag sicherer. Hätten wir ihn hier festgehalten, könnten wir ihn zumindest als Druckmittel benutzen, um die Situation zu erschweren. Um ihre Aufmerksamkeit auf etwas anderes zu lenken.«

»Wenn du davon überzeugt bist, geh doch zu ihm, Cathy. Ruf ihn an. Sag ihm, dass ich mich zurückziehen werde, du aber nicht beabsichtigst, das zu tun. Setz gern *dein* Leben aufs Spiel.«

»Warum, Tony? Warum sollte ich das tun? Das ist dein Schlamassel, nicht meiner. Du hast dich von Darren in einen Krieg reinziehen lassen, den du nicht gewinnen kannst. *Du.* Nicht ich.«

Er trank einen großen Schluck Whiskey und ließ ihn einen Moment im Mund kreisen, bevor er schluckte. »Das mag sein. Es ändert nichts. Ich werde nicht sterben, damit du deine Kampagne um meine Leiche herum aufbauen kannst.«

»Er spielt mit dir«, meinte sie, obwohl sie es nicht wirklich glaubte. »Er will dich aus der Reserve locken.«

Ihr Mann durchschaute den abrupten Sinneswandel. In Wahrheit klangen ihre Worte verzweifelt, selbst für ihre eigenen Ohren. Er war der verführerische Lügner in dieser Partnerschaft, nicht sie.

»Er hat mir sein Wort gegeben, Cathy. Bist du nicht diejenige, die ständig betont, dass man sich darauf verlassen kann?«

Bislang hatte sie die Formulierung für ein abgegriffenes Klischee gehalten, aber mit einem Mal beschlich sie tatsächlich das Gefühl, dass die Decke über ihrem Kopf zusammenstürzte. Sie hatten alles in den Dienst des gemeinsamen Traums gestellt. Jede Entscheidung, jede Freundschaft, jedes Gespräch. Es gab kein Leben jenseits der Bemühungen, dieses Ziel zu erreichen. So durfte es nicht enden. Nicht wegen eines bedeutungslosen ehemaligen CIA-Agenten.

Ihr Verstand begann, gangbare Alternativen auszuloten. Ein Rücktritt wäre fatal. Daran bestand kein Zweifel. Wenn jemand die Macht freiwillig abgab, bekam er sie nie mehr zurück. Eine Scheidung? Wollte sie ihn sich zum Feind machen und *gegen* sein Erbe antreten? Ausgeschlossen. Sie verfügte weder über die nötige Rückendeckung in der Partei noch über das nötige Talent, um sie zu erlangen. Schaffte sie es, an Rapp heranzukommen? An Legion? Nein. Selbst wenn es eine Möglichkeit gab, hätte es ihr Mann nicht zugelassen. Und als First Lady blieb sie ohne seine Unterstützung machtlos.

Sie bemerkte, dass er sie anstarrte und die Emotionen interpretierte, die ihr Gesicht unbewusst preisgab. Als er erneut das Glas anhob, klang das Klirren der Eiswürfel ohrenbetäubend laut.

»Schach und matt, Catherine.«

EPILOG

In der Nähe von Swakopmund, Namibia

»Der Geschirrspüler ist voll«, verkündete Anna, die im Durchgang zur Küche stand.

Claudia reagierte nicht sofort, sondern massierte Rapp auf dem Sofa die Füße. Er hievte sie auf ihren Schoß.

»Gibt es noch schmutziges Geschirr?«

»Ein paar Teller. Ich hab sie in die Spüle gelegt.«

»Warum wäschst du sie nicht von Hand ab? Wir wollen uns nicht noch mehr von diesen Käfern einfangen.«

»Weil es zu viele sind! Wir können sie heute Abend in den Geschirrspüler packen. Es sind nicht *so* viele Käfer.«

»Rein da. Ich will dich erst wieder sehen, wenn alle sauber sind.«

»Ich komm nicht an den Wasserhahn ran.«

»In der Speisekammer steht ein Tritthocker. Gibt es noch andere Probleme, bei denen ich dir behilflich sein kann?«

»Mitch hat gesagt, er kümmert sich darum.«

Er schnappte sich ein Zierkissen und schleuderte es in Annas Richtung, wobei er sie nur um wenige Zentimeter verfehlte. »Du wärst längst fertig, wenn du nicht die ganze Zeit jammern würdest.«

»Du hast gesagt, du bleibst zwei Tage weg, aber es war fast eine Woche! Ich musste ständig abspülen. Heute bist du dran.«

Es stimmte, dass es länger als erwartet gedauert hatte, sich unbemerkt nach Namibia zurückzuschleichen. Die Tatsache, dass Cook ihn ziehen ließ, ohne auf das gestellte Ultimatum einzugehen, beunruhigte ihn. Es könnte zwar bedeuten, dass er sich auf den Deal einließ, genauso gut aber ein vorübergehender Rückzug sein, um sich neu aufzustellen. In jedem Fall musste Rapp damit rechnen, dass sich Heimatschutz, US-Militär und eine beträchtliche Zahl amerikanischer Verbündeter mit geballter Macht auf ihn stürzten. In Anbetracht dessen hielt er eine Woche für eine durchaus passable Leistung.

»Anna …«, mahnte Claudia.

»Schon gut.« Die Kleine fügte sich ihrem Schicksal. Wenige Augenblicke später war das wütende Klappern von Geschirr zu hören.

Claudia seufzte. »Es könnte ein sehr langes Jahr werden.«

»Wir schaffen das schon.«

»Natürlich. Aber für den Fall, dass der Präsident dein Angebot nicht annimmt, müssen wir konkretere Ideen ausarbeiten. Wir können nicht einfach alle paar Wochen einen Pfeil auf die Weltkarte werfen und dort hinfliegen, wo er landet. Anna braucht mehr Struktur in ihrem Leben. Sie ist ohnehin kein einfaches Kind. Wir müssen verhindern, dass sie durchdreht.«

In der Küche herrschte beunruhigende Stille. Rapp wollte gerade aufstehen, um nach dem Rechten zu sehen, da klingelte das Telefon auf dem Couchtisch. Sie zuckten beide zusammen. Die einzige Person, die diese Nummer kannte, war Irene Kennedy. Wenn sie sich meldete, musste es wichtig sein.

Claudia leckte sich über die Lippen und starrte auf das vibrierende Plastikgehäuse, als ob es die Geheimnisse des Universums barg. Sie nickte entschlossen.

»Geh schon ran.«

Er hörte ein vertrautes Klacken, als jemand das Gerät, das sie anrief, an einem zweiten fixierte, um ähnlich wie bei Colemans Unterstützung vor zwei Wochen ein abhörfreies Telefonat zu ermöglichen.

»Mitch?«, fragte sie. »Bist du da?«

»Bin ich.«

»Meine Quellen haben mir mitgeteilt, dass der Präsident gleich eine kurzfristig einberufene Pressekonferenz abhält. Sie fängt in fünf Minuten an.«

»Hast du eine Ahnung, worum es geht?«

»Nein. Aber alle großen Sender bemühen sich, live zu übertragen. Habt ihr dort, wo ihr seid, Zugriff auf amerikanisches Fernsehen?«

»Ja.«

»Dann wünsch uns allen viel Glück.«

Sie unterbrach das Gespräch. Trotz aller Vorkehrungen hielt man es besser so kurz wie möglich.

Claudia lachte nervös. »Das ist ein bisschen so, als ob man an Weihnachten eine Schachtel öffnet, die das größte Geschenk enthalten könnte, das man je bekommen hat …«

»Oder ein halbes Kilo Plastiksprengstoff, das mit dem Deckel verdrahtet ist«, führte Rapp den Gedanken zu Ende.

»Genau.«

Mit einer Fernbedienung schaltete er den Fernseher ein und zappte durch die Satellitenkanäle. Schließlich stieß er auf einen Nachrichtensender, der ein Bild des leeren Rednerpults im Briefing Room des Weißen Hauses übertrug. Eine Kommentatorin erging sich in Mutmaßungen, was der Präsident mitzuteilen hatte. Rapp vermutete, dass sie nicht einmal vor Ort war. Ihm fielen nur zwei Gründe ein, warum der Präsident sich an diesem Morgen an die Öffentlichkeit wendete. Entweder wollte er verkünden, dass Mitch Rapp angedroht hatte, ihn zu ermorden, und er ihn weltweit zur Fahndung ausgeschrieben hatte. Oder er informierte die Bevölkerung über seinen Rücktritt. Er hielt beides für in etwa gleich wahrscheinlich.

In der Küche klapperte erneut das Geschirr. Sie ignorierten den Lärm und konzentrierten sich auf das Fernsehbild. Einige Minuten später trat Präsident Anthony Cook ans Pult. Ohne Notizen, akribisch frisiert und mit einem Gesichtsausdruck, der nichts verriet.

»Ich danke Ihnen allen für Ihr Kommen.« Er stellte Blickkontakt zu der vor ihm versammelten Reporterriege her. »Ich werde mich kurzfassen und keine Fragen beantworten. Vor wenigen Tagen wurde bei mir eine schwere Krankheit diagnostiziert. Nach ausführlichen Gesprächen mit meinem Arzt, der First Lady und dem Vizepräsidenten bin ich zu dem Schluss gelangt, dass ich die Verpflichtungen eines Präsidenten nicht mehr in dem Maße wahrnehmen kann, wie es das amerikanische Volk verdient. Aus diesem Grund werde ich zurücktreten, sobald wir einen Ablaufplan festgelegt haben, der einen reibungslosen Übergang gewährleistet. Auch wenn meine Zeit im Oval Office nicht von langer Dauer war, empfand ich es doch als größte Ehre meines Lebens. Ich danke Ihnen für Ihr Vertrauen. Gott segne Amerika.«

Keiner der Reporter gab einen Laut von sich, als er in ihre Richtung nickte und den Raum verließ. Ob es Respekt oder Fassungslosigkeit geschuldet war, ließ sich schwer beurteilen. Nachdem Cook verschwunden war, schien der Kommentatorin einzufallen, dass ihr Mikrofon eingeschaltet war, und sie setzte ihr Geplapper fort.

Rapp schaltete mit der Fernbedienung den Fernseher aus und ließ den Kopf gegen die Rückenlehne des Sofas sinken. Er spürte, wie Claudia gegen sein Bein drückte. Keiner von ihnen sagte etwas. Kennedys wahnwitziger Plan war aufgegangen. Er hatte sich unbewaffnet ins Weiße Haus begeben, einem amtierenden Präsidenten gedroht und das Gebäude nicht nur lebendig, sondern als Sieger verlassen. Es war vorbei. Er hatte sein Leben zurück. Seine Leute hatten ihr Leben zurück.

Jetzt ging es für alle zurück nach Hause.

Danksagungen

Als ich diese Serie vor vielen Jahren übernahm, tat ich das mit einer gewissen Sorge. Völlig zu Unrecht, wie sich herausstellte. Ich habe seitdem nicht nur eine großartige Zeit erlebt, sondern viel von den Fans von Vince und seinem tollen Team gelernt.

Mein aufrichtiger Dank gilt einmal mehr – ohne konkrete Reihenfolge – Kim Mills, Emily Bestler, Sloan Harris, Lara Jones, Simon Lipskar, Dina Williams, David Brown, Ryan Steck, Elaine Mills und Rod Gregg.

Ohne euch wäre das alles nicht möglich.

Die Mitch-Rapp-Serie bei FESTA:

AMERICAN ASSASSIN – Wie alles begann
KILL SHOT – In die Enge getrieben
TRANSFER OF POWER – Der Angriff
THE THIRD OPTION – Die Entscheidung
SEPARATION OF POWER – Die Macht
EXECUTIVE POWER – Das Kommando
MEMORIAL DAY – Die Gefahr
CONSENT TO KILL – Der Feind
ACT OF TREASON – Der große Verrat
PROTECT AND DEFEND – Die Bedrohung
EXTREME MEASURES – Der Gegenschlag
PURSUIT OF HONOR – Codex der Ehre
THE LAST MAN – Die Exekution
THE SURVIVOR – Die Abrechnung (mit Kyle Mills)
ORDER TO KILL – Tod auf Bestellung (mit Kyle Mills)
ENEMY OF THE STATE – Der Überläufer (mit Kyle Mills)
RED WAR – Die Invasion (mit Kyle Mills)
LETHAL AGENT – Die Pandemie (mit Kyle Mills)
TOTAL POWER – In die Finsternis (mit Kyle Mills)
ENEMY AT THE GATES – Der Feind im Nacken (mit Kyle Mills)
OATH OF LOYALTY – Der Treueschwur (mit Kyle Mills)

AMERICAN ASSASSIN und *KILL SHOT* handeln chronologisch vor *TRANSFER OF POWER*, wurden aber später veröffentlicht.

Zuletzt erschienen in der Reihe FESTA ACTION:

Mark Greaney: *The Gray Man – Deckname Dead Eye*
Brad Taylor: *Schwarze Witwe*
Vince Flynn: *Consent to Kill – Der Feind*
Tim Tigner: *Betrayal – Der Verrat*
Vince Flynn: *Lethal Agent – Die Pandemie*
Joel C. Rosenberg: *Russisches Roulette*
Vince Flynn: *Total Power – In die Finsternis*
Mark Greaney: *The Gray Man – Operation Back Blast*
Joel C. Rosenberg: *Das Jerusalem-Attentat*
Matthew Reilly: *Die sieben tödlichen Wunder*
Brad Thor: *Der Verräter*
Vince Flynn: *Act of Treason – Der große Verrat*
Matthew Reilly: *Die sechs heiligen Steine*
Jack Carr: *Menschenjäger*
Matthew Reilly: *Die fünf großen Krieger*
Vince Flynn: *Protect and Defend – Die Bedrohung*
Vince Flynn: *Extreme Measures – Der Gegenschlag*
Matthew Reilly: *Die vier mystischen Königreiche*
Mark Greaney: *The Gray Man – Tödliche Jagd*
Ben Coes: *Blutiger Sonntag*
Vince Flynn: *Enemy at the Gates – Der Feind im Nacken*
Matthew Reilly: *Die drei geheimen Städte*
Stephen Hunter: *Todesschuss*
Andrews & Wilson: *Spezialeinheit Tier One*
Dale Brown: *Polarsturm – Arctic Storm Rising*
Matthew Reilly: *Die zwei verschollenen Berge*
Jack Carr: *Die Hand des Teufels*
Andrews & Wilson: *Kriegsschatten – Spezialeinheit Tier One*
Ben Coes: *Der Russe*
Mark Greaney: *The Gray Man – Undercover in Syrien*
Vince Flynn: *Oath of Loyalty – Der Treueschwur*

Festa: If you don't mind sex and violence and lots of action

Niemand veröffentlicht härtere Thriller als Festa. Werke, die keine Chance haben, in großen Verlagen veröffentlicht zu werden, weil sie zu gewagt sind, zu neuartig, zu extrem.

Statt der üblichen Matt- oder Glanzfolie haben die Bücher von Festa eine raue, lederartige Kaschierung. Sie symbolisiert die Härte und sexuelle Gewagtheit unseres Programms. Diese »Bücher im Ledermantel« sind auch sehr widerstandsfähig – die Bücher wirken nach dem Lesen noch wie neu.

Unsere erfolgreichsten Buchreihen:

HORROR & THRILLER – Moderne Meister des Genres

FESTA ACTION – Blockbuster zum Lesen

MUST READ – Große Erzähler. Muss man gelesen haben

FESTA EXTREM – Wenn Lesen zur Mutprobe wird …
Wegen der brutalen und pornografischen Inhalte erscheinen die Titel ohne ISBN und werden nur ab 18 Jahre verkauft. Sie können nur direkt beim Verlag bestellt werden.

Festa steht beim Thema harte Spannung für viele Jahre bewährte Qualität. Darauf geben wir sogar eine Zufriedenheitsgarantie. Dieser Service ist für einen Buchverlag einzigartig.

Warum tun wir das?

Frank Festa: »Wir wollen, dass die Leser unsere Bücher lieben. Das geht nur mit Qualität. Und als Spezialist für Horror und Thriller aus Amerika können wir in dem Bereich diese Qualität garantieren – so einfach ist das.«